TWINKLE III
Le château de Bel Esprit

DU MÊME AUTEUR

SERIE TWINKLE

Le mystère de Noël (2020)
Le secret de la statuette aux cheveux d'or (2021)

LE LIVRE DE L'AVENT'URE

Le mystérieux parchemin (2023)

RETROUVEZ-LE SUR :

www.amazon.fr/stores/author/B08KPPDKGT

ÉCHANGEZ AVEC L'AUTEUR :

 cassandra.taclert@free.fr
 www.instagram.com/cassandrataclert
 www.facebook.com/cassandra.taclert.4

CASSANDRA TACLERT

TWINKLE III
Le château de
Bel Esprit

Chrissie PICKART
Givet, France

Loi n° 49-956 du 16/07/1949 sur les publications destinées à la jeunesse

ISBN : 979-8-86743-114-3

Dépôt légal : novembre 2023

Pour Chloé

En remerciement de ta fidélité et de ton indéfectible soutien. Félicitations à toi et aux autres courageux Invisibles – sauveurs de l'humanité – pour l'exaltante aventure que vous nous avez permis de vivre, ainsi qu'à votre maître pour cette extraordinairement belle initiative !

"IL NE SAVAIT PAS QUE C'ETAIT IMPOSSIBLE, ALORS IL L'A FAIT."

MARK TWAIN

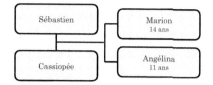

1.

Le retour à la maison, après des vacances d'été bien remplies, s'annonçait rude. Non pas qu'elles ne soient pas heureuses de retrouver la Bretagne, la mer et leurs amis, mais cette fois-ci, Angélina et Marion étaient préoccupées : elles laissaient derrière elles leur nouvelle amie extraordinaire : Sam. Aussi fascinante qu'énigmatique. À l'image de leur dernière rencontre où Sam leur avait fait une invitation hors du commun : passer les prochaines vacances de février au château de Bel Esprit, un lieu imprégné d'une mystérieuse légende qui avait traversé les siècles.

Rencontrée dans les Ardennes, bien loin de leur havre breton, elles n'avaient pas d'autre choix que de garder le lien par téléphone, dans l'attente de la revoir la prochaine fois qu'elles iraient chez leurs grands-parents. Parce que, qu'on se le dise, ce n'est pas pendant l'année scolaire qu'elles auraient le temps de lui écrire une vraie lettre, sur du vrai papier ! Elles avaient bien trop d'occupations ! D'ailleurs, comment leurs parents avaient-ils pu faire à leur âge sans téléphone portable ? Cela restait un véritable mystère pour elles. Non mais sans rire, vive les SMS ! Quel temps de gagné, tant pour écrire que pour envoyer de ses nouvelles. Ça a quand même du bon le progrès.

Le plus difficile avec la rentrée des classes n'était pas de se faire à l'idée de retourner à l'école. Loin de là. Angélina et Marion avaient toujours été enjouées à l'idée de revoir leurs amis. Non, le plus compliqué c'était de réajuster les horloges internes, après deux mois de coucher tardif. Se coucher tôt ne signifie pas qu'on parvient à s'endormir *illico presto* pour être en forme le lendemain. Loin s'en faut ! Maman essayait pourtant chaque année de recaler progressivement les horaires du coucher quinze jours avant la rentrée, se heurtant immanquablement aux protestations générales.

La veille de la rentrée, cartables et habits préparés laissèrent place à une grande excitation pour l'une et à une pointe d'angoisse pour l'autre. On y était. Depuis le temps qu'on en parlait. Demain, Angélina ferait son entrée au collège. Fini l'unique salle de classe avec son instituteur attitré. Fini la petite école de quartier réconfortante, qu'elle connaissait comme sa poche et où elle se sentait comme à la maison. Demain, elle allait sauter dans le grand bain. Dans un établissement immense. Avec dix fois plus d'élèves. De nouveaux locaux, beaucoup plus grands. Elle allait devoir apprendre à se repérer rapidement pour ne pas arriver en retard en cours. Changer de classe toutes les heures et s'adapter à une dizaine de nouveaux professeurs en même temps. Quels changements !

Une boule lui serra soudain la gorge. C'était le seul collège alentour. Elle allait donc retrouver les élèves de l'école où elle était allée du CP au CE2. Là où sa vie avait été complètement chamboulée. Où son monde s'était écroulé. D'abord, sa meilleure amie, Mathilde, qui avait déménagé. Mélusine était certes toujours là mais toutes deux avaient beaucoup souffert du vide que Mathilde avait laissé derrière elle. Les SMS avaient été loin d'être suffisants pour les réconforter. Leur complicité se fendillait peu à peu. Et comme un malheur n'arrive jamais seul, le sort s'était acharné sur Angélina. Et ce sort portait un prénom : Urbain. Le harcèlement qu'il lui avait fait subir avait eu raison de sa santé psychique. Elle avait été forcée de changer d'école pour reprendre pied. Heureusement pour elle, sa nouvelle école avait tenu toutes ses promesses. Non seulement Angélina avait très rapidement retrouvé de nouveaux copains et copines, mais en plus elle avait eu la chance d'avoir, deux années de suite, le meilleur instituteur qui soit ! Un maître extraordinaire, de ceux qui marquent les esprits et dont on se souviendra toute sa vie durant. Ces deux années de CM1 et CM2 lui avaient redonné confiance en elle. Et en les autres. Elle s'était sentie revivre. Le mal faisait partie du passé, d'une autre vie, lointaine, enfouie bien profondément au fin fond de ses souvenirs. Tout du moins, ça l'était. Jusqu'à ce soir. Car demain, elle allait le retrouver. La boule dans la gorge grossissait. Et s'il se retrouvait dans sa classe ? Et si l'enfer recommençait ? Maman avait écrit un courrier au directeur du collège pour l'informer de ce qui s'était passé en CE2 et pour lui demander qu'il ne soit pas dans la même classe qu'elle. Mais qu'est-ce qui disait qu'il allait l'écouter et la prendre au sérieux ? Une bouffée de chaleur l'étouffa tout à coup. Elle ne voulait pas aller au collège demain. Elle n'irait pas, c'était décidé ! Elle n'avait pas le choix ! Il fallait qu'elle se protège !

Elle entendit sa mère monter les escaliers et se cacha sous sa couette.

– Bah alors, ma chérie, il serait temps de dormir au lieu de jouer au sous-marin. Tu vas étouffer là-dessous. Allez, fais-moi un câlin et ensuite tu dors, ok ?

Angélina ne se fit pas prier, sortit immédiatement de dessous la couette, se blottit dans les bras de sa maman et la serra très fort.

– Ça va, mon trésor ? demanda Cassiopée quelque peu inquiète par l'ampleur de cette embrassade. Tu as peur pour demain ? Ne t'inquiète pas, ça va aller. En plus, contrairement à d'autres, tu connais déjà le collège puisque c'est là que tu mangeais le midi vu qu'il n'y avait pas de cantine à l'école élémentaire. Et puis tu vas retrouver tes copines, et aussi Mélusine !

– Et aussi Urbain. Et Lilo. Et les autres, souffla-t-elle dans un sanglot.

– Oui mais ils ne peuvent plus rien faire contre toi. L'équipe d'encadrement du collège est informée, les professeurs et les surveillants veilleront à ce qu'ils ne puissent plus te faire de mal. Et puis tu as beaucoup de copains et de copines pour te protéger, maintenant. Ce n'est pas comme dans l'ancienne école où vous n'étiez que deux filles. Tu n'es plus isolée, ton entourage te protègera. Et il y aura beaucoup plus d'élèves, avec quatre classes de sixième. Donc tu ne les croiseras peut-être même pas. Et n'oublie pas que ta sœur ne sera jamais bien loin. Avec son caractère de cochon, s'ils s'approchent, elle leur flanquera la trouille. Ils partiront en courant de peur qu'elle ne leur en mette une ! Et ce sera le bac qui se retourne sur le cochon, tu ne crois pas ?

Angélina esquissa un sourire en visualisant la scène. Tranquillisée par les paroles rassurantes de sa mère, elle la serra fort contre elle et lui glissa à l'oreille :

11

– Merci Maman. Merci d'être toujours là pour moi. Je t'aime.

– Moi aussi, mon cœur, à la folie. Et je ne laisserai personne te faire de mal. Allez, il faut vraiment que tu dormes, maintenant, si tu veux être en forme pour demain.

Apaisée, elle se cala la tête dans son oreiller et ferma les yeux, dans l'espoir de trouver rapidement le sommeil. Mais rien n'y faisait. Des dizaines de questions existentielles lui venaient en tête et l'empêchaient de s'endormir. Elle se tournait et se retournait dans son lit, sans parvenir à calmer son esprit. Allait-on leur fournir un plan du collège pour se repérer ? Comment saurait-elle où trouver la bonne classe ? Étaient-elles repérées par un numéro ou portaient-elles chacune un nom ? Comment allait-elle retenir le nom de tous les professeurs et de tous les élèves ? Et si elle se retrouvait dans une classe où elle ne connaissait personne ?

Soudain prise de panique, elle décida d'aller chercher des réponses qui, elle l'espérait, l'aideraient à mieux appréhender et vivre cette première journée si angoissante. Bien que sa sœur soit elle aussi couchée, elle savait qu'elle devait être encore éveillée à cette heure-ci. Elle poussa doucement la porte de sa chambre.

– Tu dors ?

– Non. Toi non plus, tu n'arrives pas à dormir ?

Hochement de la tête.

– Allez, viens-là.

Angélina ne se fit pas prier et se coula sous la couette, aux côtés de sa sœur. Marion tenta de rassurer sa petite sœur en lui racontant sa propre expérience. Ça faisait déjà trois ans, pour elle qui ferait sa rentrée en troisième cette année. Elle réalisa que, bien qu'elle n'ait pas elle-même de grande sœur pour la rassurer de la sorte, elle appréciait ce rôle de guide que les aînées ont l'honneur d'endosser dans bien des domaines. Rôle qu'elle commençait à peine à découvrir, les aventures de l'année précédente les ayant rapprochées, elles qui s'entendaient si mal auparavant. Ce sentiment la réconforta et la fit sourire. Elle serra sa sœur dans ses bras et l'embrassa sur le front. C'était une première.

– Si tu veux, tu peux dormir là cette nuit, lui souffla-t-elle doucement.

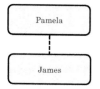

2.

Il s'arrêta subrepticement de lire en voyant Pamela sourire. Assise dans son rocking-chair, son regard semblait perdu dans le lointain. Il espérait secrètement qu'elle était en train de vivre sa lecture. Il n'osa cependant pas s'interrompre pour le lui demander et continua, lui aussi tout sourire. Ces moments les rapprochaient et cela lui faisait le plus grand bien, il n'en demandait pas davantage. De toute manière, il ne le pouvait pas.

Cela faisait maintenant pratiquement un an que James venait chaque jour lui tenir compagnie. Elle n'avait d'abord pas compris pourquoi cet homme lui portait autant d'intérêt, à son âge, mais elle avait tellement apprécié sa compagnie qu'elle s'était rapidement laissée allée à cet élan d'insouciance. En même temps, ce n'est pas comme si quelque chose pouvait lui arriver. Elle était en lieu sûr ici, entourée de ses amis. Elle ne se souvenait plus comment elle en était arrivée à prendre la décision de venir vivre ici mais elle n'avait absolument aucun regret. Ils habitaient à une dizaine dans cette immense maison, tous sur le même palier. La coloc lui convenait parfaitement. Une bande de copains, tous à peu près du même âge, partageant la plupart du temps de bons moments ensemble, dans une propriété où ils n'avaient aucune corvée à effectuer. Une cuisinière et une femme de ménage s'occupaient de tout, pour leur plus grand plaisir. Ils n'avaient même pas à aller faire les courses ! Vraiment pas de quoi se plaindre !

Pourtant, par moments, Pamela sentait une sorte de nostalgie l'envahir et elle ne parvenait pas à contenir ses émotions. Elle oscillait alors entre pleurs et colère, ne comprenant pas d'où lui venaient ces sentiments qu'elle ne savait contrôler. Elle avait la chance, où en était-ce une conséquence, que chacun de ces épisodes survienne alors qu'Angela venait leur rendre visite. Pauvre Angela, qui devait subir ces mouvements d'humeur de manière répétée. Mais elle portait tellement bien son nom. Pamela ne se souvenait plus à quelle occasion elles s'étaient rencontrées mais, malgré les trente ans qui les séparaient, Angela était devenue son ange gardien. D'une douceur incomparable, avec son tact légendaire, elle arrivait chaque fois à la consoler et à lui remonter le moral. Dans ces moments-là, elle l'accompagnait inéluctablement vers le piano du salon et lui jouait des morceaux qui évoquaient des souvenirs lointains mais heureux et parvenaient finalement à l'apaiser.

Il faut dire que Pamela n'avait pas vraiment vécu la vie à laquelle elle aspirait. Loin de là. Elle qui n'avait toujours rêvé que d'aventure, elle aurait voulu tout quitter pour suivre l'homme qu'elle aimait. Seulement, le destin en avait décidé autrement. Tout avait pourtant été prévu. Tout. Ou presque. C'était sans compter sur le sort qui s'acharnait contre eux. D'abord, ils n'étaient pas du même rang social. Elle, venait d'une famille bourgeoise et habitait un petit château au milieu des six hectares de vignes que possédait son père, commissionnaire en vin. Lui, était jardinier. Ils s'étaient rencontrés alors qu'elle se promenait par une belle journée printanière dans les allées du parc, à l'arrière du château. Elle arpentait les sentiers du jardin à la française, ses longs cheveux blonds flottant délicatement au gré de la légère brise qui soufflait et s'engouffrait dans sa longue robe blanche. Lui, taillait les rosiers dans le jardin à l'anglaise. Elle chantonnait, insouciante, flânant au gré des chemins. Elle s'arrêtait pour humer les senteurs de chaque espèce de fleur. Comme elle aimait cette sensation de liberté !

Leurs regards se croisèrent lorsqu'il se releva à son approche. Il essaya de se donner une contenance mais ses joues rosies trahissaient son émoi. Il lui tendit la rose qu'il venait de couper mais la reprit aussitôt avant qu'elle n'ait eu le temps de la saisir. Il en ôta les épines et la lui tendit à nouveau.

– *Rosa Centifolia Parvifolia*, lui dit-il embarrassé.

– Enchantée, lui répondit-elle dans un sourire. Moi, c'est Pamela.

– C'est le nom de cette variété, ajouta-t-il aussitôt, ne sachant pas s'il s'était mal exprimé ou si elle le taquinait.

– Vous connaissez toutes les fleurs de ce jardin sous leur appellation latine ?

– Il me paraît normal d'en apprendre le nom. C'est ma manière de les apprivoiser. Je passe tellement de temps avec elles. Mais je dois avouer que celle-ci est l'une de mes préférées. Observez les pétales, on dirait qu'il y en a des centaines. Ils sont si fins et leur couleur pourpre est si profonde. N'est-elle pas sublime ?

– En effet. Tout simplement magnifique.

– Sentez leur parfum, il est si doux et sucré.

– Vous en parlez avec tellement de passion, dit-elle en approchant son visage de la rose. Ce doit être merveilleux d'exercer son métier avec autant de conviction. Accepteriez-vous de m'apprendre ?

Interloqué, il ne sut que répondre.

Durant cinq semaines, il lui apprit le nom de chaque espèce et de chaque variété des fleurs cajolées en ces lieux. Des emblématiques rosiers pourpres aux romantiques clématites étoilées mauves, en passant par les bouquets bleutés de *phlox paniculata*, le magnifique rose du *geranium sanguineum*, la majestueuse *alchemilla vulgaris* aux superbes feuilles vertes hydrofuges, l'élégant *coreopsis lanceolata* jaune et la rare et délicate blancheur du *buddleia albiflora* aux grappes de fleurs parfumées attirant un grand nombre de papillons et d'abeilles. Plus aucune fleur de ce magnifique jardin n'avait de secret pour elle.

Chaque jour, il guettait l'heure et le rythme de son cœur s'accélérait brutalement lorsque l'horloge de la tour sonnait onze heures. Sa ponctualité était surprenante. Malgré la distance qui séparait le château du jardin à l'anglaise, il la voyait systématiquement entrer dans son paradis au onzième coup. Chaque jour, elle le gratifiait d'un « bonjour monsieur le patron de ces lieux remarquables qui sait si bien choyer ce jardin des délices ». Invariablement, il lui répondait que ce jardin n'avait d'égal que la beauté de sa propriétaire. « Je ne manquerai pas de complimenter ma mère en rentrant » lui répondait-elle inéluctablement en riant.

– Monsieur le maître de ce délicieux paradis, aurai-je l'honneur, quelque jour, de connaître votre prénom ? lui demanda-t-elle huit jours après le début de son apprentissage.

– J'aime tellement vous entendre me susurrer tous ces délicats attributs dont vous m'honorez chaque jour que j'ai bien peur de ne vouloir vous révéler mon prénom sans aucune originalité.

Elle éclata d'un rire d'une pureté étincelante qui gonfla d'amour le cœur de son éphémère maître d'apprentissage.

De jour en jour, leur conversation devenait plus intime, bien qu'elle ne sache toujours pas son prénom. Trois semaines suffirent pour qu'il lui avoue ses sentiments. Elle avait à peine seize ans. Il était de deux ans son aîné. Une semaine de gêne s'ensuivit, où chacun reprit scrupuleusement sa place de maître et d'apprenti. Comment cet amour pourrait-il survivre aux mœurs imposées par le rang social de Pamela ?

Elle n'était jamais en retard. C'était pourtant la deuxième fois que l'horloge sonnait onze coups, à cinq minutes d'intervalle, et elle n'avait toujours pas pointé le bout de son nez. Il s'aventura hors du jardin, espérant l'apercevoir au loin. Personne à l'horizon. Il traversa le jardin à la française, un sécateur à la main, retouchant çà et là un feuillage dépassant de quelques millimètres et progressa rapidement mais fébrilement jusqu'à la pelouse entourant le château. Elle n'était visible nulle part. Il n'eut d'autre choix que de retourner sur son lieu de travail. Elle ne parut pas ce jour-là. Ni les jours suivants. Elle avait certainement pris la décision de ne pas donner suite à ses avances. Ils n'étaient pas destinés à être ensemble. Son rang social le lui interdisait. C'était malheureusement normal. Il en avait le cœur serré mais il n'avait d'autre choix que d'accepter sa décision. Ainsi va la vie.

Plusieurs semaines passèrent avant qu'il ne l'aperçoive de nouveau, alors qu'il terminait sa journée de travail et s'apprêtait à quitter le domaine. Elle était sur le pas de la porte, avec ses parents. Divine dans une robe de soirée d'un bleu profond qui s'accordait pour faire ressortir l'iris bleuté de ses yeux. Il était à une centaine de mètres d'elle, dans ses vêtements de travail souillés. Elle ne le vit pas. Une majestueuse Bentley Silver Cloud bleue marine s'avançait dans l'allée et s'arrêta juste devant l'entrée. Le conducteur en sortit et ouvrit la portière arrière pour laisser sortir un couple et un jeune homme, vraisemblablement leur fils. Celui-ci devait bien avoir vingt-deux ou vingt-trois ans. Il était beau garçon. Les deux familles se saluèrent chaleureusement. Un brin de jalousie l'étreignit. Le père de Pamela prit délicatement son invitée par le bras et la guidait vers le hall d'entrée alors que sa mère tendait son bras à son invité pour en faire de même. Notre jardinier se raidit tout à coup en voyant sa dulcinée s'approcher du beau jeune homme. Sa vision se brouilla soudainement. Il quitta le domaine précipitamment, sans se retourner. Il ne vit pas la poignée de main que Pamela tendit à l'invité de ses parents, ni le regard insistant qu'elle porta dans sa direction avant d'entrer dans le vestibule, alors qu'il s'enfuyait.

La soirée fut une réussite. Tout se déroula conformément à l'attendu. Les invités furent accueillis dans le grand salon des arts, destiné d'une part à les impressionner de par la richesse de la collection de tableaux et sculptures présentes et d'autre part propice à engager la conversation sur un terrain neutre. Un domestique vint déposer un plateau de verres en cristal sur la table basse, à côté du deuxième plateau garni de petits fours qui s'y trouvait déjà.

– Installez-vous, je vous en prie, s'empressa monsieur MARTIN en leur désignant le canapé face à la grande porte fenêtre cintrée à double vantaux donnant sur le jardin à la française.

– Un kir, chers amis ? demanda madame MARTIN d'un air faussement amical, en tendant un verre à ses invités.

Les regards étonnés de monsieur et madame THOMAS amusèrent leurs hôtes.

– Saviez-vous que cet apéritif vient de se parer du nom du célèbre chanoine Félix KIR ? expliqua monsieur MARTIN. Considérant qu'il a certainement été le publicitaire le plus efficace de cet apéritif, on lui devait bien ça, après tout ! Chacun sa manière de laisser son empreinte sur terre ! dit-il amusé.

La conversation s'engagea tout naturellement sur le terrain de prédilection des deux hommes : le vin. Monsieur THOMAS était tonnelier. C'est lui qui fournissait les tonneaux qu'utilisait monsieur MARTIN pour faire vieillir son vin. Leur qualité était, selon eux, admirablement adaptée à la vigne locale, déliant les tanins permettant de libérer tous les arômes de la vigne et ainsi de produire un vin de belle maturité en à peine plus de dix-huit mois. C'est donc tout naturellement le vin du domaine qui fut servi pour accompagner le dîner de gala de cette soirée d'apparat. La salle de réception avait tout spécialement été apprêtée pour l'évènement. La belle nappe blanche brodée était recouverte de la vaisselle en porcelaine et de l'argenterie soigneusement préservées pour ces exceptionnelles occasions. Les deux hommes siégeaient à chaque bout de la table, dominant et présidant ainsi l'assemblée. Les deux héros de cette soirée, Pamela et Richard, avaient été placés l'un en face de l'autre, pour leur permettre de développer une affinité naissante, tandis que leurs mères étaient installées à leur côté, orchestrant de leur mieux cette cérémonie en orientant les sujets de conversation des deux jeunes tourtereaux. À la fin du repas, les deux hommes se retirèrent au petit salon, pour déguster un whisky et fumer un cigare sans risquer d'importuner ces dames. Tous savaient qu'il était surtout question d'aborder des sujets sérieux dont personne d'autre n'avait à connaître la nature. Il serait certainement question d'affaires et d'argent. Madame MARTIN invita les convives restants à sortir pour profiter de cette douce soirée estivale avant la tombée de la nuit. Le temps était idéal pour une promenade dans le parc, à flâner dans les allées sans but précis, juste pour se délasser et converser avec légèreté. Quoi de plus romantique pour un jeune couple ? Elle prétexta montrer à son invitée l'hortensia bleu que leur jardinier venait de planter en bordure de la terrasse pour laisser sa fille et son chevalier servant s'engager dans l'allée principale et prendre de la distance, leur laissant ainsi l'intimité dont ils avaient besoin pour se rapprocher davantage.

– Croyez-vous en l'amour, Richard ? demanda Pamela dès qu'ils se furent suffisamment éloignés de leurs mères.

– Je crains que l'amour, dont on dit souvent qu'il rend aveugle, ne s'oppose à la raison.

– Vous pensez donc qu'il n'y a rien de raisonnable à aimer ?

– Ce n'est pas ce que j'ai voulu dire. Je pense juste que l'on doit s'attacher à être aimant, affectueux et tendre envers l'autre jusqu'à

18

ce que cela devienne naturel. L'amour naîtra alors certainement de l'union raisonnablement scellée.

– Vous n'avez donc jamais aimé ?

– Dois-je comprendre que vous, oui ?

Le silence de Pamela lui donna la réponse à sa question et bien davantage.

– Ne voulez-vous donc nous laisser aucune chance ?

– Le souhaitez-vous vraiment ? Je veux vivre une grande histoire d'amour. Pensez-vous être capable de m'aimer et de me rendre heureuse ? De me chérir en me laissant la liberté dont j'ai besoin ? De me protéger tout en me donnant l'opportunité de poursuivre une carrière professionnelle ? De m'apporter de la tendresse sans entraver ma liberté d'expression ? Je veux vivre une vie passionnante. Une vie où l'on saura être à l'écoute l'un de l'autre, se conseiller l'un l'autre, s'apporter soutien et motivation et ainsi continuer à s'admirer toute notre vie durant. Oui, je veux me laisser porter par mon cœur, apporter de la légèreté à la vie. Certes, la raison est mère de prudence alors que la voie du cœur peut être périlleuse à suivre. Mais je veux vivre des moments forts, je veux être surprise, j'ai besoin de ressentir ce merveilleux sentiment qui vous embrase le cœur à la simple vue de l'autre. Je ne dis pas vouloir foncer tête baissée dans une histoire passionnelle, je sais qu'aimer peut demander des sacrifices ou *a minima* des concessions, de part et d'autre, et je ne veux pas que mon cœur soit en conflit avec ma raison. Je veux vivre en accord avec moi-même, sans opposer sentiments et rationalité. Comme l'a si bien dit le philosophe Pascal, le cœur a ses raisons que la raison ne connait point. Je veux être heureuse, tout simplement. Telle est mon ambition. N'avez-vous pas d'ambition, de votre côté ?

Après une nuit épouvantable, entrecoupée de cauchemars chaque fois qu'il parvenait à sombrer dans le sommeil, au matin, le cœur brisé, notre jardinier n'eut pas à feindre pour se faire porter pâle. Deux jours de fièvre le clouèrent au lit. S'il est possible de mourir d'amour, celui-là n'en était pas loin. Il prit alors une décision cruciale pour son avenir. Il ne pouvait pas continuer à travailler au château. Il ne pourrait pas souffrir plus longtemps de la voir se pavaner au bras de son prince charmant. C'était au-delà de ses forces.

Un sac bien rempli sur l'épaule, il emprunta la route qui menait au château. L'aube était encore lointaine, le soleil ne pointerait pas à l'horizon avant une bonne heure. Il avait toujours été matinal. Il aimait ce contact privilégié avec la nature que l'aurore lui procurait. Les premiers oiseaux entamaient déjà leur concert matinal. Un mélodieux récital rien que pour lui. Dommage qu'il ne soit pas en état pour apprécier ce délicat privilège. En d'autres temps, il aurait été à l'affut de ces notes graciles car ce n'était pas rare qu'une fois prêt, il s'installe sur le pas de la porte de sa petite maison, à attendre les premières notes. Le tour de chant était réglé comme du papier à musique : d'abord le rouge-queue noir, le plus matinal, suivi du rouge-gorge, du merle puis du passereau. Le coucou marquait pour lui l'heure du départ, telle une horloge suisse. Il attrapait alors ses affaires pour la journée ainsi que son panier-repas pour le déjeuner puis se mettait en marche accompagné du chant de la mésange charbonnière. Le pouillot véloce prenait ensuite la relève, suivi du pinson. Lorsqu'il entendait les premières notes du moineau, il lui restait moins de dix minutes de marche pour arriver au château. Il quittait la remise aux outils lorsque chaque jour, dix minutes après le lever du soleil, l'étourneau sansonnet poussait la note. C'était le dernier qu'il entendait aux aurores et qui lui donnait le LA avant qu'il ne rejoigne ses parterres pour la journée. Mais ça, c'était avant. Aujourd'hui, il ne les entendait pas. Non qu'ils aient arrêté de chanter. Pourtant, leur chant paraissait moins joyeux ce matin-là. Ressentaient-ils sa détresse ?

Le cœur bien plus lourd que le sac qu'il portait sur le dos, il dépassa le château et continua les deux kilomètres qui le séparaient de la gare routière.

3.

Stuart avait pour ambition de faire des études de droit. Il avait toujours été épris de justice et, depuis sa plus tendre enfance, alors que les autres garçons de son âge voulaient devenir footballer ou pompier, il se targuait d'être le futur meilleur détective privé du monde. Il résoudrait les affaires les plus complexes que l'élite de la police finissait par abandonner et classer sans suite ! À huit ans, il était incollable sur les énigmes du Club des Cinq, dont il avait lu les vingt et une enquêtes. À neuf ans, Sir Arthur Conan Doyle devint son mentor, duquel il dévora les cinquante-six nouvelles puis les quatre romans en moins de cinq ans, tant il était passionné par la perspicacité de Sherlock Holmes.

Chaque jour en rentrant du collège, il faisait systématiquement un détour par le square Albert 1er, s'installant non loin du monument aux morts pour déguster son goûter tout en s'adonnant à son activité favorite : observer les nombreux passants qui déambulaient à travers les allées délimitant les parterres verdoyants. Sans rien connaître de ces inconnus que le hasard menait sous ses yeux, il parvenait, à force d'observation et de déductions, à déchiffrer les indices lui permettant de découvrir leur histoire, leurs préoccupations, voire même leur secret. Il lui semblait trop simple de déduire le mode de vie d'un individu en regardant son habillement, sa coiffure ou son maquillage. Mais ce n'est pas ce qui l'intéressait le plus. Il préférait de loin le challenge d'observer le langage corporel révélant certains traits de caractère, les expressions faciales trahissant des émotions parfois contraires à celles exprimées, ainsi que le rythme de la voix et de la respiration, dévoilant quelquefois la nervosité, l'anxiété ou le mensonge.

Avec la pratique, il développa ainsi un don hors du commun, apprenant à connaître les gens à travers ce qu'ils révélaient de plus intime. Il avait parfois l'impression de connaître ces personnes mieux qu'elles-mêmes. C'est ainsi qu'il parvint même à résoudre quelques-unes des intrigues de la reine du crime, Agatha Christie, qui berça son adolescence. Jusqu'à ce qu'un évènement tragique le détourne de ce qui lui avait été si cher toutes ces années durant.

Complètement effondré après avoir perdu son père, il lui fallut plusieurs années pour reprendre pied. La souffrance l'étouffait. Il avait perdu ses repères et ne savait plus ce qu'il voulait faire de sa vie. Alors, à l'âge de vingt et un ans, lorsque sa mère lui annonça qu'elle allait se remarier et qu'elle était enceinte, c'en fut trop pour lui et il décida, sur un coup de tête, de tout abandonner et de tout laisser derrière lui. Il se sentait totalement désorienté et voulait se laisser le temps de la réflexion avant de définir l'orientation qu'il voulait donner à sa nouvelle vie. Sa vie venait de voler en éclats, il se sentait une nouvelle fois abandonné, et il n'y avait qu'un moyen, pour lui, de ne pas sombrer dans la dépression : s'immerger dans un monde où il n'aurait plus aucun repère, pour se créer de nouveaux objectifs.

Il partit à l'étranger et voyagea de pays en pays, sans rester plus de trois mois au même endroit, comme pour s'enivrer de tout ce que le monde avait à offrir de meilleur. Il vécut de petit boulot en petit boulot, juste assez pour subvenir à ses besoins et économiser pour le prochain billet d'avion.

Une année ne lui suffit pas. De ville en ville, ses séjours s'allongeaient. Il découvrit ainsi New York, Toronto, Los Angeles, Tokyo, New Delhi puis Londres, où il installa son campement pour une durée inhabituellement longue. Peut-être à cause d'un job qui l'intéressait davantage que les précédents. Ou peut-être à cause de Rebecca. Il l'avait rencontrée alors qu'elle était de sortie avec des amies pour fêter son anniversaire en boîte de nuit. Il avait trouvé son sourire envoûtant et l'avait abordée pour lui offrir un verre. Elle avait été charmée par son accent. Ils avaient dansé ensemble le reste de la nuit et échangé leurs numéros de téléphone au petit matin avant de repartir chacun de son côté, entourés de leurs amis respectifs, qui n'arrêtaient pas de les chambrer.

22

Au réveil, Stuart s'était senti guilleret comme un pinson, revivant en pensée la soirée précédente, qui l'avait complètement chamboulé. Espérant une réciprocité de sentiments, il lui envoya un message sur son téléphone portable pour savoir si la soirée lui avait suffisamment plu pour vouloir en passer une seconde, ensemble autour d'un dîner. Il eut beaucoup de mal à se concentrer sur son travail, ce jour-là, épiant régulièrement l'écran de son téléphone, dans l'attente d'une réponse qui ne venait pas.

Ce n'est qu'à dix-neuf heures sept qu'une notification l'avertit de l'arrivée d'un message sur son téléphone. C'était elle. Elle lui répondait, c'était bon signe. Elle s'excusait du long délai de réponse mais venait juste de sortir du travail. Après un échange de plusieurs messages, ils se donnèrent rendez-vous le vendredi suivant, au pub irlandais O'Neill's de Carnaby Street.

La semaine passa bien trop lentement pour Stuart, qui ne rêvait que de revoir ce regard pétillant couleur noisette auréolé de vert et de doré qui l'avait subjugué quelques jours plus tôt. Le weekend arriva enfin et, avec lui, la promesse d'une soirée spéciale. Ils dînèrent et discutèrent jusqu'à la fermeture puis il la raccompagna jusque chez elle où ils continuèrent leur discussion jusqu'au lever du jour.

Depuis ce jour, il ne se quittèrent plus que pour le travail. Ils s'embrassaient en gare de Barbican où chacun partait de son côté, Rebecca en direction de La City où elle exerçait en tant qu'analyste financier et Stuart en direction de l'hôpital où il travaillait comme cantinier.

Deux mois plus tard, Stuart rendait son appartement pour s'installer avec Rebecca, dont il était tombé fou amoureux. Il venait de trouver un nouvel emploi, bien plus agréable, dans un hôpital plus proche. Le nom du département SWAN avait attiré son regard alors qu'il feuilletait les pages d'annonces d'emploi. Chaque service de cet hôpital portait le nom d'un animal. Ici, il était question du pavillon de l'écureuil, du koala, du dauphin ou encore du rouge-gorge. C'est sûr que c'était beaucoup plus attractif et bien plus avenant que le service des maladies infectieuses ou encore l'aile des soins critiques !

Alors, forcément, lorsqu'il avait vu l'annonce pour le poste qui se libérait dans l'aile du cygne *('swan' en anglais)*, il n'avait pas hésité à postuler. Et il ne regrettait rien. Ici, la qualité du service était bien meilleure. Les malades avaient même l'honneur de pouvoir choisir leur repas pour le lendemain, comme s'ils étaient au restaurant ! Non parce qu'ils étaient riches et payaient pour un service supplémentaire, mais tout simplement parce que le maître-mot dans cette aile de l'hôpital était d'assurer le bien-être des patients. C'était tellement plaisant de ne plus être pressé par le rythme infernal d'un nombre incalculable de repas à servir en un temps record. Ici, il n'y avait qu'une dizaine de patients, que l'on prenait le temps de choyer.

Chaque matin, une demi-heure après avoir servi le petit-déjeuner, Stuart commençait sa tournée de papotage, restant à bavarder avec chaque patient une bonne vingtaine de minutes avant de repartir avec les plateaux vides, parsemant ainsi joie et bonne humeur au fil de sa tournée. Il ne profitait absolument pas de l'absence de supérieur hiérarchique et ne bâclait pas son travail, au contraire il suivait les instructions à la lettre pour assurer le bien-être des patients avant tout. Puis il était temps de préparer le déjeuner et de recommencer à accompagner les patients pour que l'après-midi soit moins pénible et passe plus sereinement, en attendant les visites des proches. Ici, les horaires de visite étaient un peu plus étendus qu'ailleurs. Pourtant, Stuart ne voyait pas beaucoup de visiteurs. Ça le rendait triste et c'est certainement pour cette raison qu'il prenait tellement à cœur d'apporter autant de réconfort qu'il le pouvait aux patients qu'il accompagnait dans cette épreuve difficile, loin de chez eux. Surtout qu'il s'était rendu compte que les séjours dans cette aile de l'hôpital étaient extrêmement longs. Ils n'osaient toutefois pas en demander la raison, il ne se sentait pas légitime, ne faisant pas partie du corps médical.

Ainsi, à force, il s'était lié d'amitié avec ces patients de longue durée. Ils l'appelaient tous par son prénom. Il connaissait leur nom à tous. Alors, le jour où il est arrivé pour prendre son poste et qu'une note l'attendait pour lui dire qu'aucun repas n'était attendu en chambre n°4, une pointe de déception le parcourut. Madame

ANDERSON ne lui avait pas dit au revoir avant de partir et ne lui avait même pas annoncé qu'elle partait. Il supposait que la décision avait dû être prise au dernier moment. Du moins l'espérait-il. Tant mieux pour elle si elle avait pu sortir de l'hôpital. Elle devait être mieux chez elle. Mais il en était triste car il s'était attaché à elle et il pensait que c'était réciproque. Il fit bonne figure auprès des autres patients mais une pointe d'amertume lui piquait le cœur. Il aurait aimé demander aux services administratifs son adresse personnelle, pour pouvoir lui rendre visite. Mais c'était impensable. Ça ne se faisait pas. Si elle voulait prendre de ses nouvelles, elle saurait où le trouver, il n'avait pas le choix.

À la fin de son service, Stuart croisa son supérieur hiérarchique qui lui annonça être venue spécialement pour voir comment il allait. Il ne comprenait pas. Décidément, ce département était vraiment différent des autres services hospitaliers. Non seulement on prenait le bien-être des patients très au sérieux mais également celui du personnel ! Elle l'éclaira en lui expliquant qu'elle n'avait pas pu le prévenir du départ inopiné de Madame ANDERSON, qui s'était éteinte pendant la nuit. Son cœur se serra. Il avait pourtant été prévenu quand il avait accepté cet emploi : il fallait être le plus agréable possible envers les patients, tout en gardant une distance émotionnelle importante, au risque de souffrir régulièrement. C'est donc pour cette raison qu'elle était venue. Elle voulait être certaine qu'il tenait le choc, considérant que c'était le premier départ qu'il subissait.

Il comprit tout à coup le concept du slogan de ce département : « promouvoir la dignité, le respect et la compassion en fin de vie ». Il avait toujours pensé que c'était une aile dédiée aux personnes âgées. Il venait de comprendre qu'il s'agissait en fait de l'aile terminale de l'hôpital, où les patients en fin de vie, sans espoir de guérison mais qui ne pouvaient retourner chez eux, venaient terminer leur vie de la manière la plus douce possible.

Stuart saisit alors le sens de la devise qui lui avait été martelée maintes fois depuis son arrivée à ce poste : « permission d'agir et d'enfreindre les règles qui n'existent pas ». Il rentra, ce soir-là, émotionnellement vidé. Il avait beau avoir été prévenu, on n'est jamais préparé à la mort des gens qu'on aime.

Cette prise de conscience ne rendit pas les décès suivants plus faciles à supporter mais, après deux ans d'expérience, Stuart se raccrochait à cette chance qu'il avait de faire de fabuleuses rencontres. Des personnes qui resteraient à jamais gravées dans son cœur. Certaines ne restaient que quelques semaines quand d'autres quittaient les lieux au bout de plusieurs mois. Chaque malade avait sa propre histoire mais tous avaient en commun cet attachement aux choses simples de la vie, ce qui remplissait Stuart d'humilité à leur contact.

Il parlait de ses amis en phase terminale à Rebecca, en décrivant leurs traits de caractère si attachants, mais sans jamais rien dévoiler de ce qui les avait amenés dans cette aile de l'hôpital. D'abord parce que cela relevait du secret médical mais surtout parce qu'elle était déjà bien assez stressée par son travail pour qu'il lui en ajoute une couche supplémentaire. Alors, chaque soir il essayait de la faire rire pour qu'elle se vide la tête et s'apaise de ses intenses journées. Il lui devait bien ça, à cette merveilleuse femme qui lui avait permis de retrouver la stabilité qu'il avait perdue au départ de son père, il y avait maintenant dix ans. Il avait fait le tour du monde pour la trouver, il ferait désormais tout pour son bonheur.

Mais aujourd'hui le stress l'emportait sur sa motivation à la faire rire. Ce devait être un grand moment, un instant magique qui devrait rester éternellement gravé dans leurs mémoires. Il devait être à la hauteur, il n'avait pas le choix. Mais il tremblait tellement qu'il faillit tout annuler. Elle ne lui en laissa pas le temps, à peine rentrée du travail.

– Qu'est-ce qui t'arrive ? lui demanda-t-elle en entrant dans le salon. Tu es blanc comme un linge, il s'est passé quelque chose ?

– Oh non, ma chérie, loin de là, ne t'inquiète pas. C'est-à-dire que… je voulais juste… enfin…

– Tu me fais peur, Stu. Dis-moi ce qui se passe, ne tourne pas autour du pot !

– Bien, ok je me lance, assieds-toi près de moi, j'ai quelque chose d'important à te dire… voilà… non, pas de macaron maintenant, Rebecca, concentre-toi un peu, c'est déjà assez difficile comme ça ! la stoppa-t-il alors qu'elle regardait d'un air gourmand la boîte de pâtisseries posée sur la table du salon. Bon, mieux vaut avoir des remords que des regrets, alors c'est parti. Ça fait des nuits que je ne dors pas, que j'espère trouver les mots justes, mais rien n'y fait, je n'y parviens pas. Je rêve de trouver des mots aussi poétiques que ceux de Jean-Jacques GOLDMAN mais j'en suis malheureusement incapable. Je n'ai pas son talent ! Je voudrais tellement être à la hauteur de tes espérances…

– Mais tu l'es, voyons, qu'est-ce que tu racontes ?

– Tu es tellement unique et si merveilleuse… quoi que je fasse, où que je sois, rien ne t'efface, je pense à toi, comme le dirait Jean-Jacques. Je ne sais pas comment te faire comprendre combien je t'aime, combien chacun de tes sourires me comble de bonheur. Je ne peux pas vivre sans toi, tu es ma raison de vivre. Je veux passer chaque jour du reste de ma vie à tes côtés. Acceptes-tu de m'épouser ?

– Oh mon dieu, OUI !!! Je t'aime tellement !!! lui répondit-elle en fondant en larmes dans ses bras.

Tellement soulagé par ce dénouement, une larme de bonheur coula le long de la joue de Stuart. Il avait trouvé son équilibre, son bonheur. Le plus beau restait à venir. Après un long câlin, il lui proposa alors de célébrer ce moment magique autour d'un macaron et tendit la boîte à la femme de sa vie. Elle l'ouvrit pour y découvrir, au beau milieu des macarons à la framboise et au chocolat, une magnifique bague ornée d'un solitaire. Elle tremblait de tout son corps lorsqu'il lui passa l'anneau au doigt, pleurant et riant tout à la fois.

– Moi aussi j'ai une surprise pour toi, lui annonça-t-elle une fois remise de ses émotions, en admiration devant ce joyau autour de son annulaire, alors qu'il revenait de la cuisine avec une bouteille de champagne.

– Ah, j'espère que c'est une belle surprise ?

– Est-ce que je pourrais avoir un jus de fruit, plutôt que du champagne ?

– Oui, bien sûr ! Tu es trop fatiguée pour boire de l'alcool ?

– Pas vraiment, enfin pas encore. Mais par contre, j'ai un cadeau pour toi, lui dit-elle en sortant une bouteille de vin de son sac.

– Ah, je vois, tu avais prévu une bonne bouteille de vin. Rassure-moi, je n'ai rien oublié d'important ? C'est pour fêter quoi ?

27

– Non, non, ne t'inquiète pas, tu ne pouvais pas savoir. Mais tu sais ce que j'ai appris aujourd'hui ? Devine qui va être papa ?

– Rick ? tenta-t-il après un instant d'hésitation.

– Eh non ! Tu as le droit à un deuxième essai, l'avertit-elle en riant, tout en lui faisant un clin d'œil. Tiens, ouvre la bouteille, ça t'aidera peut-être !

– Alors, tu nous as pris quoi ? commença-t-il avant de s'étouffer d'étonnement en lisant l'étiquette. Château La Naissance – Bébé en route – Mis en bouteille par Rebecca et Stu, finit-il par lire avant de relever les yeux vers sa femme au regard pétillant de joie.

Il se sentait le plus chanceux des hommes. Non seulement il venait de demander en mariage la femme de sa vie mais en plus il allait être papa à vingt-sept ans ! Il ne pouvait être plus heureux.

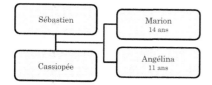

| Sébastien | Marion 14 ans |
| Cassiopée | Angélina 11 ans |

4.

Ça y est, nous y sommes. Profonde inspiration pour essayer d'évacuer le stress. Bon sang, ça ne fonctionne pas ! Tout le monde doit voir que je tremble de la tête aux pieds. Je lève les yeux vers Maman, qui me sourit comme si tout allait bien. Oh mon dieu, je viens de voir Lilo. Je crois que mon cœur va lâcher. Je regarde de tous les côtés pour vérifier qu'Urbain n'est pas en embuscade pour préparer un mauvais coup. Ils n'étaient jamais bien loin l'un de l'autre, tous les deux, ça n'a pas dû changer. Soudain, une main m'agrippe. Un vent de panique me parcourt. Je laisse échapper un cri, attirant tous les regards. La honte !

– Qu'est-ce qui t'arrive ? On dirait que tu as vu un fantôme.

– Mélusine ! Que je suis contente de te voir ! Tu as vu Urbain ?

– Oui, il est de l'autre côté de la cour, avec Gus et Luis. Mais ne t'inquiète pas, depuis que tu as quittée l'école, il s'est calmé.

Maman me presse tout à coup. Il faut se rapprocher des escaliers, l'appel va commencer.

6ème1 : Maud AUBERT. Emma CHRETIEN. Martin DURANT. Urbain GIRODOT…

Je retiens mon souffle jusqu'à ce que la première lettre de mon nom de famille soit passée. Je ne suis pas dans la même classe que lui. Maman a réussi. J'ai envie de lui prendre la main et de la serrer fort mais je m'abstiens, il y a trop de monde, quelqu'un pourrait me voir et se moquer de moi. Je me contente donc de lever les yeux vers elle et de lui sourire. La main qu'elle pose sur mon épaule, ainsi que son sourire, suffisent à me faire savoir qu'on se comprend sans avoir besoin de mettre en mots nos pensées. Nous sommes sur la même longueur d'onde.

L'appel pour la 6^{ème}2 débuta. Lorsque son nom retentit, son cœur s'emballa. Sans un regard vers sa mère, la gorge nouée, Angélina se dirigea vers sa nouvelle classe. Alea jacta est. Une nouvelle page se tournait. Elle venait officiellement de faire son entrée au collège.

Cassiopée rentra à la maison soulagée de voir que son courrier avait porté ses fruits, appuyé par les échanges de l'ancien instituteur d'Angélina avec l'équipe de direction du collège. Urbain n'était donc pas dans sa classe alors que Giulia, avec qui elle s'était particulièrement bien entendue en CM2, l'était. Tout était pour le mieux. Ça ne pouvait que bien se passer. On verrait ce midi.

Sans surprise, une fois le stress retombé, la matinée s'était déroulée sans encombre. Plutôt bien, même. C'était quand même génial de changer de classe et de professeur toutes les heures. Avec une sonnerie toutes les cinquante-cinq minutes, on ne risquait pas de s'endormir. Et si on n'aimait pas un professeur, on ne se le coltinait pas toute la journée. Oui, assurément, ça avait du bon. Elle se sentait libre, autonome. Elle n'était plus une écolière, désormais elle était une collégienne. Vive l'adolescence !

Marion, qui ne ferait sa rentrée que le lendemain avec les autres classes de la 5ème à la 3ème, trépignait d'impatience en attendant le retour de sa sœur. À peine Angélina eut-elle franchi le seuil de la porte d'entrée de la maison que les questions commencèrent à fuser.

– C'est qui ton prof principal ? T'as qui en français ? Et en sport, j'espère que tu n'as pas madame SOULANT ?

– Eh, doucement, laisse-moi le temps de mettre mes chaussons et de souffler un peu, savoura Angélina à l'idée de faire mariner un peu sa sœur. Alors, d'abord, Urbain n'est pas dans ma classe.

Mais, tout excitée, elle ne résista pas longtemps et raconta sa super matinée au collège. Elle faisait partie des grands, maintenant.

– Alors, ma prof principale, c'est ma prof d'arts plastiques, Mme LEBRUN. Elle a l'air super gentille.

– Oh, quelle chance ! Elle est top !

– Oui, en plus elle a dit qu'il restait des places disponibles pour s'inscrire en section Arts ! J'ai trop envie de m'inscrire !

– Mais c'est génial ! Tu pourrais donc faire deux options ?

– Ouais, t'imagines… allemand et arts ! C'est trop génial ! Je suis trop contente !

– En voilà une excellente nouvelle ! ajouta Cassiopée, qui cuisinait mais ne perdait pas un mot de la discussion entre ses filles.

– Et en français, t'as qui ?

– Mme CAMPANIARO.

– Ouch ! Heureusement que la sixième est une année de révisions parce qu'avec elle tu n'apprendras pas grand-chose. Rassure-moi, tu n'as pas Mme SOULANT en sport ?

– Si. Et elle n'a pas l'air très commode !

– Je te confirme qu'il est plus facile de dialoguer avec une porte qu'avec elle. Et en plus elle saque tout le monde sauf ses chouchous de la section sport.

– Heureusement que je suis dans la classe de section langue, alors !

– Mouais, on verra.

Après avoir épuré la liste de toutes les matières, tantôt lançant des encouragements tantôt démoralisant sa sœur, Marion se demanda à quelle sauce elle serait mangée le lendemain. Elle espérait juste ne pas être séparée de ses amis, Victoire et Constant. Et ne pas avoir Mme SOULANT en sport. Et avoir Mme ACILIUS ou Mme LECONTE en français et latin. Alors, lorsqu'elle rentra du collège le lendemain, la première question de sa mère fut :

– Alors, tu as qui en sport ?

– Mme SOULANT ! s'écria Marion complètement démoralisée. Et tu ne devineras jamais qui j'ai comme prof principal !

– Ton prof de maths ? tenta Cassiopée, qui savait que c'était loin d'être sa matière favorite malgré ses excellentes notes.

– Non, pire ! C'est Mme SOULANT !!!

– La bonne blague ! Rassure-moi, tu me fais marcher ?

– Est-ce que j'ai l'air de rire ?

Mme SOULANT était très loin d'être le professeur préféré de Marion, ni de quiconque dans son entourage, d'ailleurs. Non qu'elle soit incompétente. Quoi que. Si l'on considère qu'en trois ans de collège, Marion ne l'avait pas vue une seule fois montrer à ses élèves les consignes qu'elle s'évertuait à leur aboyer, alors il était permis d'en douter. D'une carrure sportive, certes, mais avec un caractère davantage digne d'une gardienne de prison que d'un professeur avide de voir ses élèves apprendre et progresser. Partiale, ne passant pas une heure de cours sans critiquer ou rabaisser les élèves moins doués. Un vrai modèle de vocation manquée ! Mais non, le sort en avait décidé autrement : elle allait, pour la quatrième année consécutive, continuer à persécuter Marion en lui mettant de bonnes appréciations accompagnées de notes exécrables. Comme l'année dernière où Cassiopée s'était emportée en lisant « Très bon niveau d'implication, Marion contribue de manière positive à la dynamique du groupe » en complément d'un 10/20, conduisant à un échange musclé entre les deux adultes. Et maintenant il fallait qu'elle soit chargée de gérer la classe en tant que professeur principal ! Et en troisième, avec ça ! Avec les épreuves du brevet et les choix d'orientation ! Il était difficile de dire qui, de Marion ou de sa mère, était la plus révoltée par cette situation. Certes, ce n'était pas Mme SOULANT qui allait donner les cours dans les matières préparatoires aux épreuves du brevet. Ni même ses notes injustes et injustifiées qui auraient un impact sur l'obtention du diplôme pour Marion, vu ses notes ne descendant jamais en-dessous de 17,5/20. Non, ce n'était pas l'année présente qui leur posait souci, en dehors de devoir subir encore et toujours les propos déplacés et inéquitables de Mme SOULANT, qui portait si bien son nom. C'était l'année suivante. L'entrée en seconde. Il était hors de question qu'elle subisse une année de plus cet établissement scolaire centré exclusivement sur les élèves en difficulté. Elles reconnaissaient cette louable tâche et lourde responsabilité d'aider les élèves à ne pas décrocher et risquer de gâcher leur avenir. Elles saluaient le travail incessant de ces professeurs qui s'investissaient pour le bien de leurs élèves, même si ce n'était pas le cas de tous les enseignants. Mais ce lycée d'excellence n'en portait malheureusement que le nom. C'était tellement démotivant pour les bons élèves. Alors, pour Marion et ses deux amis, il en allait de leur survie. Il fallait coûte que coûte qu'ils aient leur diplôme avec mention « très bien » et des bulletins scolaires de haut niveau, s'ils voulaient pouvoir échapper à l'affectation d'office dans leur lycée de proximité. La pilule allait être difficile à avaler s'ils étaient refoulés pour cause de mauvaises notes en EPS !

5.

Sa passion pour les jardins l'avait mené à la peinture. Comme une manière d'immortaliser les souvenirs pour qu'ils ne s'effacent jamais. Une toile avec un jardin à l'anglaise, une autre avec un jardin à la française, une encore avec un magnifique parterre devant un château. Toutes ses toiles avaient un point commun : au milieu de cette nature ordonnée, colorée et chaleureuse, on y voyait toujours une femme, avec une longue robe blanche fluide et une ombrelle assortie, de dos, au loin, comme pour être sûr qu'elle ne puisse voir le peintre et en souffrir. Le passé resterait enfoui au plus profond de son cœur.

Pas un jour ne passait sans qu'il ne se plonge dans la nostalgie de ces moments de bonheur, en observant ses toiles, exposées sur les murs du bureau qu'il s'était aménagé dans sa petite maison de Vendée. Personne n'avait pu admirer la qualité de ce travail d'artiste. C'était son intimité. Et d'ailleurs, depuis son départ quatre ans auparavant, personne d'autre n'était entré dans cette intimité. C'était tout simplement inenvisageable.

Mais aujourd'hui, il n'avait pas d'autre choix que de montrer son œuvre. Il avait bien failli capituler lorsque, lors de l'entretien de recrutement, on lui avait demandé de fournir une preuve de ses talents d'artiste. Il avait bien demandé à dessiner sur place mais, apparemment, leur temps était compté et il devait apporter une copie de ses œuvres sous huitaine, faute de quoi sa candidature ne pourrait être retenue. L'entretien s'était trop bien déroulé, le courant étant immédiatement passé avec son recruteur, et l'emploi semblait tellement intéressant et mieux rémunéré que son emploi actuel qu'il ne pouvait pas abandonner, pas maintenant. Il allait devoir passer outre ses principes et ne se concentrer que sur la critique technique de ses œuvres, en occultant l'aspect sentimental. Personne ne connaissant son histoire, on ne pourrait donc pas le juger.

C'est ainsi que rendez-vous fut pris le lendemain après-midi pour une visite de sa galerie d'art (son bureau, pour les intimes).

On frappa à la porte pile à l'heure. C'était une bonne chose de savoir que la ponctualité était une valeur qu'il partageait avec sa – peut-être – future entreprise. Il ouvrit donc la porte avec enthousiasme pour accueillir le recruteur de la veille avec qui il s'était senti si rapidement à l'aise. Sa surprise fut de taille, au point d'en oublier les règles de politesse. Devant lui, sur le pas de sa porte, se tenait une jeune femme brune qu'il n'avait jamais vue auparavant, d'une beauté à couper le souffle.

– Puis-je vous aider ? finit-il par articuler.

– Bonjour, je suis mademoiselle BESSON, mandatée pour évaluer les œuvres dont vous avez abordé l'existence en entretien hier matin et qui seraient exposées en ces lieux, annonça-t-elle d'un ton sceptique en observant dubitativement la façade de la maison.

– Bien sûr, entrez je vous prie, répondit-il mécaniquement pour cacher son angoisse, alors qu'une boule se matérialisait subitement dans son ventre.

– Vous ne vous sentez pas bien ? demanda-t-elle en passant devant lui, voyant son front perler de sueur.

– Si, si, ça va, ne vous inquiétez pas, tenta-t-il de la rassurer tout en déboutonnant le col de la chemise qu'il avait mise tout spécialement pour l'occasion, espérant se débarrasser de cette sensation d'étouffement qui l'envahissait. Par ici, je vous prie.

– Vous devriez peut-être vous asseoir ? insista-t-elle en lui attrapant le bras lorsqu'un vertige le fit vaciller à l'entrée du bureau.

– Oui, je ne sais pas ce qu'il m'arrive, je suis désolé. Les tableaux sont exposés sur les murs. J'espère que vous ne m'en voudrez pas si je vous laisse les analyser seule, hasarda-t-il soulagé d'avoir une excuse pour ne pas s'approcher de trop près de celle qui allait l'humilier en lui démontrant la médiocrité de l'œuvre la plus chère à son cœur.

– Je vois. Mais avant cela, auriez-vous l'obligeance de m'indiquer la cuisine pour que je puisse vous apporter un verre d'eau ? Je ne saurai être toute à ma tâche, vous sachant souffrant à mes côtés.

Cette femme l'avait subjuguée autant que l'avait terrifié le regard qu'elle allait inévitablement porter sur son œuvre. Il n'allait pas falloir longtemps pour qu'il l'invite à dîner. Il était comme envoûté en sa présence. Était-ce dû à sa démarche assurée, lui conférant à la fois une élégance et un charisme hors pair ? À ses yeux couleur noisette dans lequel un brin de verdure ondulait, comme pour lui assurer qu'il pouvait y errer et s'y perdre en toute quiétude ? Au regard ému qu'elle avait porté sur sa peinture, en évoquant les effets de lumière et les mouvements du paysage perceptibles au point de ressentir le souffle de la brise sur sa peau, la faisant vibrer comme seules les toiles de Monet, Manet et Renoir avaient su le faire jusqu'à ce jour ? Au verre d'eau qu'elle lui avait apporté pour le soulager de ses souffrances, dévoilant ainsi la bienveillance de son caractère altruiste, prémices d'un regard affectueux qu'elle lui porterait peut-être plus tard ? Probablement un peu de tout ça à la fois.

De rencontre en rendez-vous, il ne fallut pas longtemps pour que sa vie bascule. Un nouvel emploi de graphiste dans une entreprise en plein essor. Un patron avec lequel il s'entendait à merveille. Une femme fascinante, de quatre ans sa cadette, qu'il épousa après qu'elle lui ait permis d'être recruté sur le poste qu'il convoitait, en mettant en avant ses talents artistiques. Il avait réussi à tourner la page.

Sa vie était parfaite. Du moins en apparence. À un détail près. Il avait une épouse formidable, qu'il aimait tendrement. Il était bien conscient de la chance que la vie lui offrait de lui permettre d'aimer à nouveau. Seulement, il ne parvenait pas à oublier Pamela. Son épouse le voyait régulièrement sombrer dans des moments de solitude, sans pouvoir rien faire. Elle avait bien tenté de le questionner, pour l'aider. En vain. Il s'enfermait dans un mutisme assourdissant. Elle avait rapidement compris qu'il s'agissait d'une blessure du passé qui ressurgissait invariablement et le faisait infiniment souffrir. Elle avait même un jour invité à dîner un ami, docteur en psychologie. Lorsque son mari avait compris l'enjeu de cette réception, il s'était emporté si violemment que ce fut la dernière fois qu'elle tenta de le délivrer de ce mal qui l'anéantissait. Elle continua de le soutenir tant qu'elle put mais le mal était fait. Elle ne pouvait que le regarder sombrer peu à peu, s'éloignant progressivement pour ne pas trop souffrir elle-même. Le coup de gong sonna lorsqu'il reçut un appel l'informant que son père venait de décéder. L'enterrement se tiendrait quatre jours plus tard. Il refusa l'offre de son épouse de l'accompagner dans ce voyage traumatisant. Elle n'insista pas, se doutant qu'il allait de nouveau se confronter aux démons du passé et qu'il préférait certainement les affronter seul.

Son cœur tressaillit en découvrant qu'elle était présente à la cérémonie funéraire. Aussi belle que dans ses souvenirs. Elle portait une tenue sombre, qui dénotait avec les toilettes aux couleurs pastel et chatoyantes qu'il lui avait connues dans le passé, mais elle était toujours aussi gracieuse. Les années ne semblaient pas avoir eu d'emprise sur elle, elle resplendissait, malgré la tristesse de cette journée. Il n'osait pas l'aborder. Elle le fit pour lui, après les funérailles, lui témoignant de son soutien en ce moment tragique. Il la remercia sobrement, ne sachant comment se comporter face à l'amour de sa vie qu'il avait lâchement abandonnée vingt et un ans auparavant. Il ne fallut qu'une toute petite phrase qu'elle prononça nonchalamment, comme on dirait une banalité, pour qu'il soit totalement désarçonné : « Ne parlons plus du passé, on ne peut revenir dessus. Parlons plutôt de l'avenir. ». À ces mots, qu'il traduisit par « parlons de notre avenir ensemble », il oublia complètement qu'elle devait être mariée, heureuse, avec des enfants probablement en passe de devenir adultes et que lui-même était uni par les liens du mariage.

— Serais-tu disponible pour déjeuner, un jour cette semaine, avant que je ne reparte pour la Vendée, si tes obligations t'en laissent la possibilité… et si tu en as envie ?

— Va pour demain midi. Ou ce soir si tu n'as pas d'autre engagement ? lui répondit-elle d'un air malicieux.

À son regard joyeux, qu'elle prit pour une réponse positive, elle ajouta, sans attendre de réponse :

— Dix-neuf heures au château, tu connais le chemin !

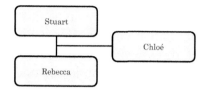

6.

Quand Rebecca lui avait appris qu'elle était enceinte, Stuart s'était senti le plus heureux des hommes. Non seulement il allait être papa, mais en plus elle allait lever le pied pour se consacrer à leur bébé durant quelques mois. Ce ne pouvait être que bénéfique pour elle. Il l'épaulerait autant que possible. La vie était merveilleuse.

Chloé naquit par une belle matinée de septembre 2005, trois mois après leur mariage. Les parents étaient comblés. Les grands-parents également. La mère de Stuart avait fait l'aller-retour pour venir rencontrer sa petite-fille mais ses obligations l'avaient empêchée de rester plus de trois jours. Ou peut-être était-ce dû à l'exiguïté des lieux, la nouvelle maison dans laquelle ils venaient d'emménager ne comportant pas de chambre d'amis et le canapé n'étant pas des plus confortables. En tout état de cause, la distance constituant un frein à l'épanouissement des relations, ils décidèrent de discuter en visioconférence chaque dimanche soir. Ainsi, les grands-parents verraient leurs petits-enfants grandir, malgré la distance. Dès lors, Rebecca mit les bouchées doubles pour apprendre le français. Trois soirs par semaine, elle prenait des cours pour découvrir les bases de la grammaire et de la conjugaison, dont elle n'avait pas vu l'utilité lorsqu'elle devait l'étudier à l'école. Pourquoi s'embêter à assimiler une langue étrangère alors que le monde entier parlait l'anglais ? Maintenant elle en comprenait l'intérêt. Ne serait-ce que pour montrer qu'on s'intéresse à l'autre. Et puis aussi parce que les Français ne parlent pas tous bien l'anglais, surtout dans les anciennes générations. Lorsqu'elle reprit son travail après son congé maternité, elle était capable de faire des phrases au présent, au passé composé et au futur. Elle avait de quoi être fière de ses progrès. Mais son vocabulaire n'était pas très riche. Alors chaque soir, en rentrant du travail, ils essayaient de converser en français et elle inscrivait chaque nouveau mot appris sur une feuille qu'elle aimantait au frigo, pour pouvoir la relire au gré de ses passages devant. Son vocabulaire s'enrichit tant et si bien qu'au bout de six mois elle parlait en français à sa petite Chloé. Ils avaient décidé qu'elle bénéficierait de la chance d'avoir des parents de deux origines différentes afin qu'elle devienne rapidement bilingue. Ainsi, sa vie en heures ouvrables se déroulait au fil des traditions anglaises, Chloé étant gardée par une nourrice avec trois autres enfants de dix-huit mois à deux ans et demi, et le soir la petite famille vivait au rythme français, tant par la langue que par l'éveil à la gastronomie française, grâce aux cours de cuisine prodigués par un Stuart qui avait toujours aimé bien manger. Il fallut quelque temps pour que Rebecca et Stuart trouvent leur rythme dans cette nouvelle vie à trois. Même la corvée des courses s'était trouvée chamboulée, avec l'ajout conséquent à la liste de courses de lait pour bébé, de couches et de lingettes. Sans compter les vêtements qu'il fallait acheter chaque mois vu la rapidité de changement de taille. Comment un bébé pouvait-il grandir aussi vite ?!! Les traditionnelles courses hebdomadaires ne suffisaient plus. Il avait fallu établir un planning pour ne rien oublier, dans cette vie bien remplie. Les cours de français, ce n'était plus que le lundi soir. Après un an de cours intensifs, elle avait allégé ce programme, maintenant qu'elle avait les bases et se débrouillait plutôt bien en conversant chaque soir en français avec son mari. De toute manière, il avait fallu faire des choix car il n'y avait que sept jours dans la semaine et qu'elle ne pouvait pas tout faire. Le mardi soir, c'était la soirée désormais réservée aux courses. La durée de cette corvée n'était décidément pas proportionnelle au nombre de personnes à nourrir ! Du quart d'heure pour faire ses courses quand elle était célibataire (bon d'accord, elle trichait un peu vu le nombre de take-aways qu'elle consommait par semaine !), Rebecca était passée à trente minutes lorsque Stuart était entré dans sa vie (il fallait bien faire les efforts nécessaires pour faire plaisir à son homme qui aimait tellement la gastronomie !). Mais voilà que maintenant, entre la liste de courses à rallonge et toute la logistique à préparer pour être sûre que Chloé ne manque de rien, cette corvée, qui lui prenait désormais deux heures de son temps, avait pris des allures de sortie ludique, la demoiselle adorant l'animation du supermarché Tesco avec toutes ces couleurs dans les allées, toutes ces boîtes qu'elle aurait tellement aimé pouvoir attraper et toutes ces personnes qui lui souriaient en passant à proximité de son cosy installé dans l'un des deux caddies désormais nécessaires pour accueillir le contenu de la liste de courses ! Heureusement que Stuart l'accompagnait pour l'aider dans cette tâche ingrate qu'ils aimaient autant l'un que l'autre ! Une fois rentrés à la maison, après le rangement des courses, la préparation du repas, le dîner et le bain de Chloé, il ne leur restait plus beaucoup d'énergie, ni de temps pour eux. Qu'à cela ne tienne, ils avaient décidé, depuis un mois, que le mercredi soir deviendrait LEUR soirée. Enfin, il ne fallait quand même pas exagérer, ils ne pouvaient tout de même pas abandonner leur bébé une soirée entière, même si elle avait bien grandi, maintenant qu'elle avait soufflé sa première bougie. Non, ce concept leur était totalement étranger. Mais ils s'accordaient maintenant près de deux heures hebdomadaires pour se retrouver en amoureux. Comme avant. Enfin presque. Ils prenaient dorénavant des cours de salsa en couple et ils adoraient se retrouver dans la peau de latinos se déhanchant sur des airs aussi joyeux qu'entraînants. Ils se donnaient corps et âme dans cette nouvelle passion et, chaque semaine, la baby-sitter souriait en les voyant rentrer à la maison en riant, esquissant chaque fois des pas de danse sur un air que seuls eux deux entendaient. C'était LEUR moment. Ils faisaient plaisir à voir, visiblement encore enfermés dans leur bulle. Une incarnation du bonheur. La jeune demoiselle de seize ans, qui avait spontanément proposé ses services pour aider ses voisins et qui avait joué un grand rôle dans leur décision de s'accorder cette parenthèse amoureuse hebdomadaire, les admirait en rêvant qu'un jour son prince charmant viendrait et qu'ils seraient aussi heureux que cette famille parfaite. En attendant, elle vivait ce bonheur par procuration, jouant et s'occupant de Chloé deux heures par semaine comme si c'était sa propre fille, rêvant d'avoir une carrière professionnelle et une vie aussi épanouie que celle de Rebecca et ne soupçonnant aucunement combien il était fatigant de combiner vie professionnelle et vie personnelle avec un bébé. Elle aurait tout le temps de l'apprendre et de s'adapter, comme toutes les mamans du monde entier. En attendant, chaque mercredi soir, Rebecca se couchait exténuée mais heureuse de vivre aux côtés de l'homme de sa vie qui lui avait offert le plus précieux des présents : ce petit ange toujours souriant qui dormait dans la chambre voisine.

Le jeudi soir, c'était le jour du suivi médical de Chloé et des courses paramédicales afférentes. Non qu'elle ait des problèmes de santé, mais Rebecca était assez anxieuse et voulait que sa fille soit bien suivie pour être sûre que sa croissance se déroule du mieux possible. C'était son premier enfant, elle ne voulait pas commettre d'impair. Heureusement qu'elle gagnait bien sa vie ! Elle compatissait avec les familles démunies qui n'avaient pas les moyens financiers de payer les consultations médicales. Elle voulait le meilleur pour son enfant et préférait sacrifier une sortie au restaurant qu'un rendez-vous médical ou éducatif pour sa fille. De toute manière, elle ne sacrifiait pas grand-chose car, depuis la naissance de Chloé, entre le peu de temps qu'il leur restait pour eux et leur état de fatigue, ils n'avaient pas pensé une seule fois à sortir au restaurant. Ça contrastait tellement avec cette autre vie, qui leur semblait si lointaine, dans laquelle le vendredi était le moment où ils oubliaient tous leurs soucis en se vidant la tête sur la piste de danse. Dorénavant, le cinéma avait remplacé les boîtes de nuit et les films étaient projetés directement sur leur écran de télévision, dans leur cosy petit salon où, une fois sur deux, ils s'endormaient avant la fin du film et devaient se résoudre à reprendre leur séance le lendemain soir. Les évolutions technologiques avaient du bon, tout de même !

Si on excluait le dimanche, dédié aux corvées de ménage et de lessives – comment un si petit bout de chou pouvait-il prendre autant de place et engendrer autant de travail ?!! – il ne leur restait plus que le samedi pour souffler. Mais c'était sans compter sur l'esprit aventurier de Rebecca, qui avait toujours mille idées à la minute et un projet à développer. Alors, ce matin de janvier 2007, elle annonça à Stuart qu'elle avait décidé de profiter de cette chance qui lui avait été donné d'apprendre le français et de mettre cette compétence au profit des autres. Maintenant que, grâce à l'appui consciencieux de son mari, elle parlait le français couramment, elle allait donner des cours. Son projet prit rapidement une tout autre ampleur, quand elle s'aperçut que la demande était très largement présente. Durant un an et demi, un travail de Titan l'occupa quasiment tous les samedis, entre les cours donnés, la construction de nouvelles leçons adaptées à différents âges et niveaux, la recherche d'un local, l'élaboration de son projet éducatif et pédagogique, ainsi que toutes les démarches administratives à engager. Un travail acharné, qui fut couronné de succès par l'inauguration, en octobre 2008, de l'école française de Kingston-upon-Thames. Une réussite totale, avant même de débuter les cours, avec vingt-deux élèves déjà inscrits le jour de l'ouverture. Pour l'instant c'était facile, tous les apprenants étaient des débutants : seize enfants de moins de cinq ans, quasiment tous issus de familles bilingues qui souhaitaient profiter des cerveaux en éponge de leurs enfants pour leur permettre d'acquérir les bases de la langue et leur fournir un supplément culturel français, et six adultes qui avaient décidé de commencer à apprendre la langue de l'amour pour différentes raisons qui leur étaient propres. Elle scinda le groupe des enfants en deux, pour permettre davantage d'échanges et un apprentissage plus personnalisé. Le bouche à oreille aidant, au bout de six mois Rebecca dut ajouter un cours supplémentaire aux trois qu'elle donnait déjà. À la rentrée suivante, ses samedis étaient bien remplis et Stuart et Chloé venaient déjeuner avec elle à l'école, à défaut de l'avoir pour eux l'après-midi. La rançon de la gloire lui fit embaucher un deuxième enseignant de nationalité française, l'année suivante. Cela lui permit de diminuer son nombre d'heures de cours, dans un premier temps. Son école était si plébiscitée qu'elle se demanda un temps si elle ne devrait pas démissionner de son poste à La City pour travailler à temps plein à la direction de son établissement scolaire. Elle n'eut pas le loisir de se poser la question bien longtemps. Un lundi de décembre 2012, totalement épuisée, elle passa sa journée assise devant son ordinateur, incapable d'écrire une seule ligne du rapport qu'elle devait fournir la semaine suivante. Heureusement qu'elle avait toujours été organisée et qu'elle n'attendait jamais la dernière minute, elle qui

41

avait horreur d'être pressée par le temps ! En sortant du travail, ce soir-là, après une journée complète et trois lignes rédigées, elle se dit que tout rentrerait dans l'ordre après une bonne nuit de sommeil. Ces cinq dernières années, les cours de français reçus le lundi soir avaient été remplacés par la préparation de ses cours dispensés le samedi car elle cherchait sans cesse à se renouveler, à développer de nouvelles idées, à coller à l'actualité mais toujours de manière ludique. Mais ce lundi-là, elle n'ouvrit même pas son ordinateur. Elle en était incapable. Trop fatiguée. Elle avait besoin de souffler. Le lendemain ne fut guère plus glorieux. Son cerveau ne voulait plus rien entendre. Il lui était impossible de se concentrer sur quoi que ce soit. On avait beau lui parler, rien ne rentrait. À la fin de la phrase, elle était incapable de répéter ce que son interlocuteur venait de lui dire. Black-out total. Les courses ne furent pas faites. Trop fatiguée pour aller au cours de salsa le lendemain. C'est Stuart qui dut emmener Chloé à son cours de danse, Rebecca semblant incapable d'assurer les missions qu'elle avait jusque-là toujours eu à cœur de mener. Le samedi n'échappa pas à la règle. Alors qu'elle était totalement amorphe depuis maintenant cinq jours, Stuart prit soin d'envoyer un message pour annuler tous les cours de sa femme prévus ce jour-là. Elle resta assise dans le salon toute la journée, semblant ne rien voir ni ne rien entendre. Une semaine complète où Stuart commença progressivement à s'énerver de constater que sa femme était totalement absente et ne l'écoutait absolument pas. Qu'est-ce qui pouvait justifier son changement subit de comportement ? Ne l'aimait-elle plus ? Avait-elle un amant ? Les pires pensées l'envahissaient et lui donnaient le tournis. Et si elle le quittait, elle aussi ? Il avait déjà tellement souffert, après avoir perdu son père. Il était tétanisé à l'idée de revivre les instants douloureux où il s'était senti abandonné, dix-huit ans plus tôt. Elle ne pouvait pas lui faire ça ! Pas maintenant qu'ils avaient un enfant !

Comme si elle avait ressenti la détresse de son mari, elle revint à la raison aussi subitement qu'elle s'était éteinte une semaine auparavant. Pour rattraper le retard accumulé, elle mit les bouchées doubles. Elle était de nouveau sur les genoux au bout d'une semaine. Heureusement, ce soir elle était en congés pour les vacances de Noël.

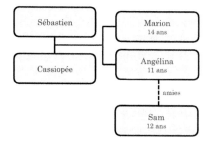

Sébastien

Cassiopée

Marion
14 ans

Angélina
11 ans

amies

Sam
12 ans

7.

Quelle joie de préparer les valises ! Enfin, pas pour tout le monde. Le sentiment n'était pas partagé par Cassiopée, stressée, comme toujours au moment des derniers préparatifs, de peur d'oublier quelque chose. Pourtant, elle n'avait jamais rien oublié. Au contraire, elle en prenait toujours trop, « au cas où ». Mais aujourd'hui ne faisait pas exception, elle stressait tout le monde pour aller plus vite à remplir les valises, avec la liste qu'elle déroulait et dictait aux filles pendant qu'elle-même remplissait la valise parentale. Heureusement, la joie de partir en vacances surpassait toute autre émotion et rien n'aurait pu ternir cette journée festive.

Il faut dire qu'il avait fallu du temps pour persuader les parents d'accepter ces vacances. Beaucoup de temps durant lequel les filles s'étaient relayées maintes fois pour aborder le sujet que leurs parents bottaient systématiquement en touche. Depuis l'été dernier, elles avaient essayé une dizaine de fois de convaincre leur mère en l'amadouant. Même Sam avait essayé, durant les vacances de la Toussaint, en envoyant un message à son intention sur le téléphone de Marion. Mais rien n'y faisait. Jusqu'à ce jour de décembre, au début des vacances de Noël, où Cassiopée reçut LE coup de téléphone qui changea la donne. C'était Jessica, la maman de Sam, qui appelait pour confirmer que l'invitation tenait toujours et qu'elle serait ravie de les accueillir au château. C'était invraisemblable, les deux familles ne se connaissaient même pas ! Seuls les enfants avaient partagé leurs dernières vacances d'été ensemble. On ne peut pas accepter une invitation de la part d'étrangers, c'est inconcevable ! Évidemment, Cassiopée ne pouvait pas dire le fond de sa pensée à cette femme qui avait l'extrême gentillesse de les inviter à passer une semaine de vacances dans un cadre aussi exceptionnel. Mais Jessica avait dû deviner ses réticences et la devança :

– Sam avait grand besoin de sortir de ses quatre murs, l'été dernier, car elle passait tout son temps entre la bibliothèque municipale et sa chambre où elle restait enfermée à lire du matin au soir. Vous lui avez permis de s'ouvrir à de nouveaux horizons et elle a passé des vacances extraordinaires, grâce à votre famille. Nous vous sommes redevables et cette invitation est notre manière de vous remercier.

– C'est extrêmement gentil de votre part, mais vous n'avez pas besoin de nous remercier, c'était avec plaisir ! Et puis, c'est un cadeau d'une trop grande valeur, nous ne pouvons pas accepter !

– Rassurez-vous, ces vacances ne nous coûteront rien. Le château appartient à mon frère.

– C'est d'autant plus gênant. On ne peut pas accepter d'importuner votre famille de la sorte.

– Oh mais ne vous inquiétez pas pour ça, vous n'en ferez rien. Un étage entier du château nous est réservé, nous en avons l'usufruit total et mon frère nous laisse l'opportunité d'inviter du monde comme bon nous semble. Vu la taille du château, nous ne nous marcherons pas sur les pieds.

Après un échange qui parut interminable à Angélina qui écoutait, ni vu ni connu, en faisant semblant de lire dans le salon, il lui sembla que la conversation commençait à prendre une autre tournure. De « nous ne pouvons pas accepter un tel cadeau » en début de conversation, l'inflexion fut donnée lorsque Cassiopée laissa échapper un « mais nous ne voulons pas déranger ». Yes, elle était presque à point ! Encore quelques arguments et elle dirait sûrement oui aux vacances tant attendues par les filles ! Ce qui arriva moins de dix minutes après que Jessica ait vanté les sites exceptionnels dont la région regorgeait et qu'ils allaient pouvoir visiter à leur guise.

– Entendu, j'en parle à mon mari et je vous rappelle ce weekend.

Évidemment, Papa pourrait encore dire non et invoquer de nouveaux arguments auxquels Maman n'avait pas pensé pour refuser cette invitation, mais maintenant qu'elles étaient trois dans le même camp, il ne tiendrait sûrement pas longtemps avant de capituler. Et au pire, elles pourraient toujours convaincre leur mère d'y aller toutes les trois s'il ne voulait vraiment pas venir. Elles avaient tellement envie de revoir Sam. Depuis la rentrée, il ne s'était pas passé une semaine sans qu'elles ne se soient parlé au téléphone. Elles avaient l'impression de tout connaître les unes des autres, depuis le temps qu'elles échangeaient ensemble, c'était trop cool. C'était comme avoir une correspondante mais sans la barrière de la langue.

Elles s'entendaient tellement bien qu'Angélina avait invité Sam à sa fête d'anniversaire, pendant les vacances de la Toussaint. Elle voulait lui présenter ses copines. D'abord Giu, avec qui elle était amie depuis le CM1 après que sa meilleure amie, Mathilde, ait déménagé à l'autre bout de la France et qu'elle-même ait changé d'école après une période de harcèlement insurmontable. Et puis, elle voulait également lui présenter Kiwi, qu'elle avait rencontrée à la rentrée de sixième. Kiwi, ce n'était pas vraiment son nom. En fait, elle se prénommait Océane. Mais suite à un délire qu'elles s'étaient payé ensemble, elles avaient fini par s'appeler l'une l'autre par un petit sobriquet, qui était resté depuis lors : Kiwi pour l'une et Camomille pour l'autre.

Bien qu'elles habitent toutes les deux dans la même ville, elles n'étaient pas allées dans la même école élémentaire, c'est pourquoi leurs chemins ne s'étaient pas croisés avant. Elles avaient appris à se connaître alors qu'elles travaillaient ensemble en groupe, en cours de français, sur un devoir où elles avaient dû inventer la suite d'un extrait de la pièce de théâtre de Molière « Les fourberies de Scapin ». Elles s'étaient vite rendu compte qu'elles avaient le même sens de l'humour et s'étaient rapidement senties sur la même longueur d'onde. Elles avaient alors commencé à se côtoyer pendant les récréations et s'étaient appréciées au point de se voir en dehors des cours. Elles s'étaient progressivement rapprochées et s'étaient senties suffisamment en confiance pour se raconter leurs vies. C'est là qu'elles avaient appris qu'en plus de tous les délires qu'elles se tapaient ensemble, elles avaient un autre point commun, et pas des moindres : Mathilde. La meilleure amie d'Angélina, qui avait déménagé il y avait maintenant trois ans, n'était pas moins que la cousine d'Océane ! Quelle coïncidence ! Rien d'anormal qu'elles s'entendent si bien !

Dès lors, les deux comparses ne se quittèrent plus. Avec Giu, Thomas et Pablo, ils se voyaient chaque weekend pour faire du vélo, du skateboard ou du roller. Thomas, c'était le petit ami d'Angélina. Pablo, celui d'Océane. Mais Giu ne se sentait pas en reste, du fait de la candeur des relations à cet âge-là. Les sentiments étaient plus forts que ce qu'elles éprouvaient pour d'autres amis masculins, certes, et c'est pour ça qu'ils se disaient « en couple » mais ça s'arrêtait là. Leurs relations n'avaient rien qui puisse mettre Giu mal à l'aise et c'était très bien comme ça. Rien ne pouvait altérer les liens qui les unissaient. Ils étaient inséparables.

Alors forcément, c'était tout ce qu'il y a de plus logique pour Angélina de vouloir organiser cette rencontre avec Sam pour sa fête d'anniversaire. Malheureusement, vu la distance entre la Bretagne et les Ardennes, cela n'avait pu se faire. La fête d'anniversaire se déroula néanmoins dans la joie et la bonne humeur, bien que plusieurs fois au cours de la journée une ombre parcourut le regard d'Angélina alors qu'elle pensait tantôt à Sam tantôt à Mathilde, qui ne pouvaient être présentes. Elles avaient pourtant tout organisé pour que Mathilde vienne passer les vacances à Leden. Elles s'y étaient prises trois mois auparavant, pour être sûres que cela puisse se faire. Elles avaient déjà vécu l'excitation à l'idée de se revoir aux dernières vacances de Pâques alors que Mathilde revenait en vacances pour voir sa famille. Et elles avaient aussi vécu la dégringolade émotionnelle alors que Mathilde était repartie à la fin de son séjour breton sans avoir eu le temps de passer à la maison. On ne les y reprendrait plus. Il fallait que ce soit inscrit en dur dans l'agenda des parents !

Cette fois-ci, tout était prévu. Les parents s'étaient mis d'accord sur les aspects logistiques. Angélina avait préparé la chambre d'amis tout spécialement pour elle, en y installant sa housse de couette et ses doudous préférés, pour qu'elle se sente chez elle. Tout était prêt. Tout avait été prévu. Tout, sauf la probabilité que les parents de Mathilde se séparent. Un coup de semonce aussi brutal qu'imprévisible. Personne n'aurait imaginé que cela puisse arriver. Pas à eux ! Pas à ce couple modèle ! Ils avaient quitté leur coin tranquille de Bretagne pour aller trouver la frénésie de la ville qui leur manquait tant. Enfin plutôt, qui manquait tant à Mérédith, la trépidante maman de Mathilde. Elle débordait de vie et avait toujours eu grand besoin d'animation, ce qu'elle ne trouvait pas suffisamment dans la petite ville de Leden. Elle avait tenu pendant plus de dix ans mais ne pouvait se résoudre à long terme au calme de cette vie. Son mari, par amour, avait fini par se résoudre à quitter cette vie qu'il aimait tant, entouré de ses amis de toujours. Il avait fallu encore plusieurs années avant qu'il ne trouve l'opportunité professionnelle qui lui permettrait de se déraciner. Ils avaient vendu leur maison de Leden, en avait acheté une autre, bien plus grande au regard des différences de tarif de l'immobilier dans leur nouvelle région d'adoption. Une maison qui leur permettrait de recevoir régulièrement leurs amis bretons. Mérédith avait rapidement trouvé un emploi avec le niveau de responsabilité dont elle rêvait. Le cours de leur vie semblait avoir pris le meilleur des tournants. Enfin, c'est ce que tout le monde croyait, jusqu'à ce que les certitudes s'écroulent. Comme quoi on ne sait jamais ce qui se passe réellement derrière les murs d'un foyer. Le bonheur retrouvé de Mérédith, en quittant sa région, avait-il finalement fait le malheur de Gabriel ? Une chose est sûre, Mathilde, son frère et sa sœur, vivaient, depuis, une période très compliquée et qu'on ne souhaite à aucun enfant.

Angélina se sentait totalement démunie, incapable d'aider sa meilleure amie. Après lui avoir annoncé cette terrible nouvelle, Mathilde commença à s'éloigner. Les messages s'espacèrent progressivement entre les deux filles. Angélina en souffrit beaucoup. Elle essayait sans cesse de tendre la main à sa meilleure amie, qui s'entêtait dans un mutisme inquiétant. Elle ne lui répondait que de manière sporadique et toujours avec une désinvolture qui ne lui était absolument pas habituelle. Comme si elle essayait de s'enfermer sous une carapace pour se protéger. Angélina ne pouvait rien y faire, la distance n'aidant en rien. Alors, par dépit ou par peur, elle s'accrochait à ses autres amies, craignant sans cesse qu'elles ne l'abandonnent aussi.

Elle savait que pour Sam c'était quelque peu différent. Leurs parents ne se connaissaient pas. Elle comprenait qu'ils puissent avoir une réticence à ce que leur fille traverse la France pour aller passer ses vacances dans un environnement inconnu. C'était compréhensible. C'aurait très certainement été pareil pour elle dans l'autre sens. Mais ce n'était que partie remise, elles s'accrochaient toujours à l'espoir de passer leurs vacances de février ensemble. Ce serait un premier pas. Les parents apprendraient alors à se connaître. Elles verraient ensuite pour organiser quelque chose pendant les grandes vacances, ce serait sûrement plus facile.

Et finalement, elles avaient eu raison de garder la foi, parce que la persévérance avait fini par payer : demain matin, toute la petite famille prendrait la direction de la Savoie et demain soir les filles retrouveraient enfin leur amie Sam au château de Bel Esprit. Comme elles avaient hâte ! Elles étaient tellement excitées qu'elles avaient un peu de mal à se concentrer sur la préparation de leur valise, ce qui ne faisait pas du tout rire leur mère.

Les valises devaient impérativement être prêtes d'ici une heure, vu que le départ était prévu pour demain à sept heures du matin et qu'il restait encore à préparer le pique-nique pour la route, puis à ranger et nettoyer la maison. Marion n'en voyait absolument pas l'intérêt puisque, de toute manière, ils ne seraient pas à la maison pour en profiter. Mais Maman n'en démordait pas. Il fallait que la maison soit avenante pour que le retour des vacances soit moins difficile à accepter. Elle partit dans un sermon, parla de pilule à avaler, mais personne ne l'écoutait plus. Rien ne saurait gâcher des vacances qui s'annonçaient aussi fabuleuses !

8.

Le père de Pamela était décédé deux ans auparavant, s'étant laissé mourir de chagrin, après avoir perdu son grand amour. Pamela était ainsi devenue orpheline en l'espace de six mois. Seule, elle avait erré dans le château comme une âme en peine. Elle n'avait plus goût à la vie. Plus rien ne la retenait ici. Qu'allait-elle devenir ? Il lui était impossible de s'occuper seule du château. Elle n'en avait ni la force, ni les finances pour entretenir les jardins et assurer les inévitables réparations auxquelles elle devrait faire face. Sur les conseils de son ami Paul, elle avait pris contact avec les artisans locaux pour lister les plus grosses dépenses prévisionnelles. Elle pourrait s'occuper de la tonte des pelouses, avec son aide. La taille des fleurs ne lui posait aucun souci puisqu'elle le faisait déjà depuis plus de vingt ans. C'est vrai qu'elle avait été à bonne école, avec un professeur hors pair qui lui avait inculqué bien plus que les bases de l'horticulture. Il avait semé tant d'amour en elle qu'elle se sentait proche de lui rien qu'en taillant les rosiers, essayant ainsi de combler le vide abyssal que son départ avait laissé derrière lui.

Les calculs ne laissaient guère de doute. Elle avait besoin de trouver sept cents euros par mois pour pouvoir faire face. Soit elle trouvait un emploi mieux rémunéré, soit elle devrait vendre le domaine. Il y avait bien l'alternative de se trouver un époux mais c'était inenvisageable pour elle. Elle ne pouvait se résoudre à profaner son amour au nom d'une rente. Elle passa donc le plus clair de son temps à rechercher un emploi qui lui assurerait un revenu supérieur à ce qu'elle gagnait actuellement en tant qu'infirmière libérale. Elle serait mieux payée en travaillant à l'hôpital public. Au moins deux cents euros. Peut-être cinq, avec son expérience professionnelle. Vu la centaine de kilomètres qu'elle avalait chaque jour pour aller voir ses patients, elle estimait qu'elle dépenserait cent euros par mois en moins pour l'essence, malgré la demi-heure de route pour aller travailler. Mais cela signifiait également qu'elle devrait les abandonner, ces patients qui comptaient sur elle. Quel dilemme ! Elle ne voulait pas quitter le château, ce lieu qu'elle avait connu depuis sa plus tendre enfance, qu'elle affectionnait tant, qui lui rappelait feu ses parents et tant de bonheur partagé, mais surtout le seul endroit qui la rattache à son amour perdu. Qu'est-ce qui serait le pire pour elle ? Quitter le château ou ses patients ? Devait-elle risquer de tout perdre pour sept cents euros par mois ?

Six mois ne furent pas de trop pour peser le pour et le contre. Après mûre réflexion, elle décida qu'il était temps de trouver un remplaçant pour ses patients et posa sa candidature à l'hôpital d'Annecy ainsi qu'à l'EHPAD de Thônes. Ce vendredi soir, après avoir terminé sa tournée, elle appela Paul. Cela faisait quinze ans qu'elle n'avait pas passé d'entretien, elle avait besoin de son aide pour se préparer. Il ne se fit pas prier, même s'il savait qu'elle était compétente, douce et très appréciée de ses patients et qu'il n'y avait aucune raison qu'elle ne soit pas à la hauteur. Les semaines défilèrent, amenuisant ses espoirs d'être reçue en entretien. Jusqu'à ce samedi matin où elle découvrit un étrange courrier dans sa boîte aux lettres. Une simple feuille blanche au format A5, pliée en deux. « RDV chez Laurence à 14h00. Sois ponctuelle. ». C'était l'écriture de Paul, pas de doute là-dessus. Mais pourquoi lui donnait-il rendez-vous au cabinet infirmier ? Et pourquoi par courrier ? Elle composa son numéro de téléphone pour en avoir le cœur net. Sans réponse, elle ne laissa pas de message, préférant réessayer plus tard.

Deux appels infructueux plus tard, elle se prépara pour aller chez Laurence. Elle ne savait même pas comment s'habiller, n'ayant aucune idée de l'occasion qui devait la conduire là-bas. Elle opta pour un pantalon skinny bleu marine, un top péplum à col américain couleur bleu canard, un blazer ajusté blanc et des sandales à talon blanches. Casual chic, c'était tout elle. Elle fourra tout de même un jean, un T-shirt et une paire de baskets dans un sac qu'elle n'aurait qu'à récupérer dans le coffre en cas de besoin. On n'est jamais trop prudent ! Surtout connaissant Paul !

– Bonjour Laurence, comment vas-tu ?

– Un peu fatiguée mais ça va bientôt aller mieux, répondit-elle en lui adressant un clin d'œil. Et toi ?

– Très bien, merci. Paul n'est pas encore arrivé ?

– Non, il ne viendra pas cet après-midi.

Devant le regard perplexe de Pamela, Laurence comprit qu'il ne l'avait pas informée.

– Tu sais combien nous sommes surchargés. Je ne te cache pas que nous avons besoin d'aide. Paul m'a informée que tu cherchais un emploi mieux rémunéré. Nous en avons discuté et nous souhaiterions te proposer de venir rejoindre notre équipe. Tu gagnerais davantage qu'actuellement. Qu'en dis-tu ?

Une fois remise de sa stupéfaction, Pamela la remercia vivement pour cette proposition. Il fut convenu qu'elle assurerait les soins au cabinet et les tâches administratives, tandis que Laurence et Paul se chargeraient des soins à domicile. Son salaire ne serait que de deux cents euros de plus qu'aujourd'hui mais, après un rapide calcul, elle se dit qu'en travaillant à quatre kilomètres de chez elle, elle économiserait pratiquement trois cents euros sur le carburant de sa voiture. Ce serait toujours mieux que maintenant et elle avait encore un peu de temps devant elle pour voir comment trouver deux cents euros de plus par mois pour subvenir aux dépenses du château. Ça valait peut-être le coup d'essayer ?

Une bonne partie de ses patients avaient voulu la suivre au cabinet. D'autres avaient accepté d'être suivis par Laurence ou Paul. Aucun n'était parti voir ailleurs. La charge de travail était toujours bien présente. Mais à trois, et en se partageant les déplacements par secteur, cette nouvelle organisation leur permit de perdre moins de temps sur la route et de travailler plus sereinement. Pamela ne regrettait nullement cette nouvelle vie.

Un appel dominical à sept heures du matin ? Cela n'augurait rien de bon. C'était Paul. Il venait d'apprendre que le père de James était décédé. Pamela se laissa tomber sur une chaise, complètement désorientée. Vingt et un ans qu'il était parti, sans jamais revenir. Sans revoir ses parents. Quelle tristesse ! Elle, avait gardé des liens étroits avec eux. Peut-être pour essayer de compenser leur perte. Peut-être pour essayer de combler ce vide. Elle se rendit immédiatement chez eux pour apporter son aide et son soutien à sa marraine, comme elle l'appelait depuis le jour où celle-ci avait déclaré être une mère endeuillée par le départ brutal de son fils. Cette femme était incroyable, doublement endeuillée elle parvenait à conserver une dignité à toute épreuve. Pamela aurait tellement aimé lui ressembler.

Le jour de l'enterrement, elle accompagna sa marraine à l'église. Derrière ce port de tête altier, elle savait que le cœur de cette femme était brisé. Mamange depuis vingt et un ans, elle venait à présent de devenir veuve et n'avait plus personne à qui s'accrocher. Pamela n'imaginait pas une seconde la laisser seule dans ce moment tragique. Pourtant, en entrant dans la nef, elle s'arrêta, sans parvenir à faire un pas de plus. Elles avaient toutes deux été stoppées dans leur élan. Mais une DAVENPORT se devant de toujours garder la tête haute, elle laissa une Pamela interdite derrière elle et avança jusqu'à l'autel, où l'attendait un fils fébrile et en larmes. Elle aurait aimé que Pamela soit à ses côtés dans cette épreuve, mais elle comprenait combien ce devait être difficile en cet instant. La cérémonie fut aussi émouvante qu'éprouvante. Une mère et son fils, main dans la main, se retrouvaient alors que le pilier de la famille venait de s'effondrer. Complètement désorientée, Pamela ne savait que faire. Les yeux embués de larmes durant toute la cérémonie, autant de tristesse d'avoir perdu son parrain que d'émotion de revoir son bien-aimé, elle ne savait comment se comporter. Devait-elle aller à ses devants ? Ou tout simplement l'ignorer et reprendre le cours normal de sa vie en attendant qu'il ne quitte à nouveau le village ?

Lors de l'inhumation au cimetière, un cortège se forma pour le dernier adieu à cet homme de grande valeur, très apprécié de la communauté locale. Instinctivement, Pamela s'inséra dans cette procession, une rose à la main, qu'elle avait pris soin de cueillir au château et d'enrober de papier imbibé d'eau, comme si sa longévité serait gage d'un éminemment plus généreux hommage à son parrain. Elle jeta la fleur sur le cercueil en murmurant ses derniers adieux à celui qui l'avait soutenue durant deux décennies, les larmes dégoulinant sur son doux visage triste. James ne la quittait pas des yeux. Elle essaya de se reprendre, s'essuya le visage et attrapa les mains de sa marraine, tentant d'esquisser un sourire. Les mots restaient bloqués, aucun son ne parvenait à sortir de sa gorge. Sa marraine la prit dans ses bras et lui murmura à l'oreille que tout allait bien se passer dorénavant, qu'il ne fallait plus qu'elle pleure. Elles restèrent blotties l'une contre l'autre durant plusieurs secondes. Cette chaleur et ces paroles rassurantes lui redonnèrent la force de se relever. Elle remercia sa marraine, lui enserra les mains chaleureusement, son regard reconnaissant plongé dans le regard affectueux de sa marraine, et lui témoigna de son soutien indéfectible. Puis, prenant une grande inspiration, elle se tourna vers celui qui se tenait à ses côtés.

– Toutes mes condoléances, James.

– Merci, Pam. Je sais qu'il comptait beaucoup pour toi et que tu viens également de perdre quelqu'un de cher.

– Je viens de perdre mon deuxième père, acquiesça-t-elle la voix tremblante.

– Rosa Centifolia Parvifolia ?

Une réminiscence du passé remonta soudainement à la surface. C'était les mots exacts qu'il avait prononcés, la première fois qu'ils s'étaient parlé, plus de vingt ans auparavant.

– Ne parlons plus du passé, on ne peut revenir dessus. Parlons plutôt de l'avenir.

Ces mots, elles les avaient prononcés malgré elle, submergée par l'émotion de revoir l'homme de sa vie lui rappeler, en un instant, tout l'amour qu'elle lui avait toujours porté et qu'elle avait essayé d'enfouir au plus profond de son âme.

– Serais-tu disponible pour déjeuner, un jour cette semaine, avant que je ne reparte pour la Vendée, si tes obligations t'en laissent la possibilité… et si tu en as envie ?

– Va pour demain midi. Ou ce soir si tu n'as pas d'autre engagement ? lui répondit-elle d'un air malicieux. Dix-neuf heures au château, tu connais le chemin !

C'est ainsi qu'en un instant il retrouva la complicité qui lui avait tant manqué. Il avait l'impression qu'un siècle s'était écoulé depuis son départ précipité. Pourtant, tout paraissait identique à ses souvenirs, comme s'il n'était parti qu'hier. Hormis la nature qui avait eu le temps de prendre tout son essor, rien ne semblait avoir changé. Elle non plus. Son parfum était toujours le même, aussi délicat et sensuel que dans sa mémoire, lui rappelant l'époque heureuse qu'il avait passée à entretenir les parterres au millier de fleurs du château. Ils passèrent la nuit entière à parler, comme pour rattraper le temps perdu, et finirent par s'endormir d'épuisement au petit matin, sur le canapé, la tête de Pamela posée sur l'épaule de son amant d'antan. Le réveil fut à la fois heureux – de s'éveiller aux côtés l'un de l'autre – et douloureux – pour les muscles endoloris par le mauvais couchage. Oubliant toutes leurs obligations mutuelles, ils ne se quittèrent pas de la journée, ni de la nuit suivante – qu'ils passèrent confortablement blottis l'un contre l'autre dans la chambre de Pamela. Elle ne s'était pas mariée. Elle avait refusé d'oublier son amour de jeunesse, malgré le désespoir de ses parents, qui invitaient régulièrement de jeunes prétendants à dîner dans l'espoir de rallumer l'étincelle disparue de son regard. Mais il était l'homme de sa vie, personne ne pourrait le remplacer. C'était son choix, elle l'assumait. Malgré tout, elle pleura toutes les larmes de son corps lorsque, sur son lit de mort, sa mère lui avoua que le plus grand échec de sa vie avait été de ne pas réussir à rendre sa fille heureuse. Elle avait toujours rêvé du mariage féérique qu'elle voulait lui offrir et des petits-enfants que sa fille lui aurait donné en retour, afin qu'elle puisse les choyer et les couvrir d'amour. Malheureusement, la vie en avait décidé autrement. Alors, forcément, aujourd'hui elle pensait à sa mère et espérait que de là-haut elle était heureuse pour elle, aussi fugace que ce bonheur puisse être. Elle savait qu'il était marié, avec un enfant, et qu'il allait devoir repartir. La vie était cruelle et injuste mais elle ne pouvait pas dépouiller une famille de son bonheur sous prétexte qu'elle aussi avait droit à sa part. Elle se contenterait de ce moment magique qu'elle revivrait en rêve jusqu'à la fin de ses jours. Savoir qu'il était revenu dans ses bras démontrait son amour pour elle. Ce bonheur compenserait le malheur de le perdre à nouveau.

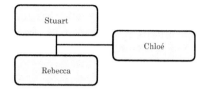

9.

Encore une semaine bien chargée en perspective. Les grands-parents de Chloé allaient arriver tout droit de France pour passer la semaine de Noël avec eux. Puis Grandma Peggy et Grandpa John, les parents de Rebecca, viendraient passer la journée de Boxing Day à la maison. Et pour couronner le tout, cette année les vacances débutaient le 22 décembre, ce qui ne laissait que peu de temps pour préparer le réveillon ! Heureusement, Rebecca et Stuart avaient tous deux réussi à grapiller un jour de congé supplémentaire pour remettre la maison en état après le départ des grands-parents et récupérer avant de reprendre le travail.

Quinze jours plus tard, Rebecca était alitée avec une bonne grippe et trente-neuf de fièvre. Février la vit souffrir du dos et des cervicales. L'ostéopathe fit des miracles. Mais la fatigue continuait de s'accumuler et elle ne parvenait pas à récupérer. En mai, des collègues de Rebecca lui conseillèrent d'aller consulter un médecin. Ce qu'elle ne fit pas. Elle n'avait pas le temps. Déjà qu'elle faisait tout au ralenti, qu'elle avait dû arrêter les cours de salsa et que Stuart lui donnait un gros coup de main en assumant maintenant quasiment toutes les tâches ménagères sans sourciller. Même Chloé mettait la main à la pâte pour épauler sa mère du mieux qu'elle pouvait, du haut de ses sept ans. Fin juin, le chef de Rebecca la convoqua. Il s'inquiétait pour elle. Il avait pris rendez-vous pour elle auprès de la médecine du travail. L'échange fut assez court, Rebecca laissant entendre qu'ils n'avaient pas à s'inquiéter puisqu'elle serait en congés fin juillet et qu'après trois semaines de repos tout rentrerait dans l'ordre. Elle était juste fatiguée et avait seulement besoin de repos pour recharger ses batteries. Rien de grave. Le médecin lui conseilla tout de même de lever le pied un peu pour que son corps ne la lâche pas avant d'atteindre la date cruciale des vacances. La semaine suivante, Rebecca eut tout le loisir de se concentrer uniquement sur elle-même, se retrouvant seule à la maison. Comme prévu, Stuart avait emmené Chloé pour passer leurs vacances en France. Ils avaient trouvé une jolie petite location en Bretagne, du côté de Dinard. Rebecca les rejoindrait dès la fin de son astreinte, le vingt-cinq juillet. Ce serait facile et rapide, vu qu'il y avait une ligne quotidienne directe en avion de Londres à Dinard. Stuart et Chloé viendraient l'accueillir à l'aéroport avec la voiture qu'ils avaient loué sur place pour les vacances.

Tout se passa comme prévu et les retrouvailles furent heureuses, après trois semaines de séparation. Ce fut pour Rebecca un moment de pur bonheur, un vendredi plein d'amour, entourée des siens. C'était exactement ce dont elle avait besoin pour récupérer. De l'amour et du lâcher prise. Elle se sentait déjà reboostée. Il lui faudrait un peu de temps pour retrouver toute sa vigueur, mais elle sentait que ces vacances allaient tout remettre en ordre. D'ailleurs, le soleil et la chaleur étaient au rendez-vous, que demander de plus ?

Le lendemain matin, Chloé demanda l'autorisation d'aller jouer avec la petite voisine. C'était une chance d'avoir rencontré quelqu'un du même âge. Elle venait de fêter ses huit ans un mois plus tôt. Stuart, quant à lui, était chez l'autre voisin en train de préparer le matériel de pêche pour la sortie en mer qu'ils avaient prévu le lendemain. Rebecca resta assise sur le canapé pendant une demi-heure, ne sachant que faire. Elle n'avait jamais été désœuvrée. Elle se sentait complètement démunie. Chacun était reparti à ses occupations. Rien de plus normal, cela faisait trois semaines qu'ils étaient arrivés ici, ils vivaient leur vie. Rebecca sentait qu'elle venait d'arriver comme un cheveu sur la soupe. Elle ne pouvait pas leur imposer de changer les habitudes qu'ils avaient pris. Pas juste pour elle. Après tout, eux aussi méritaient leurs vacances et de faire ce dont ils avaient envie. Mais elle ne voulait pas non plus gâcher ses propres vacances. Les congés étaient bien trop précieux pour ne pas en profiter. Elle n'allait pas rester assise à attendre que le temps passe pendant trois semaines.

Après avoir refermé sa valise, modifié son billet d'avion et appelé un taxi, elle attendit patiemment, de nouveau assise sur le canapé, un pincement au cœur à l'idée de se retrouver de nouveau séparée des deux personnes qui lui étaient les plus chères au monde. Stuart rentra peu de temps avant l'arrivée du taxi. Sous le choc de découvrir la valise de Rebecca dans le couloir, il demanda des explications. Il tenta de la dissuader de reprendre l'avion. Elle avait un petit coup de mou, c'était normal après l'année chargée qu'elle venait de passer, mais dans quelques jours ça irait mieux. Elle avait besoin de souffler et deux ou trois jours à ne rien faire lui feraient le plus grand bien. Elle reprendrait du poil de la bête et commencerait à profiter pleinement de ses vacances après. Il n'y avait pas à s'inquiéter. Ils décideraient alors ensemble des activités qu'ils auraient envie de faire. Tout allait bien se passer.

Alors que le taxi claxonnait en se garant devant la maison, Rebecca dit à son mari que ce n'était pas grave, qu'elle préférait reporter ses congés à un moment où elle se sentirait mieux, pour qu'ils puissent en profiter pleinement. Ils s'appelleraient chaque jour pour se raconter leur journée. Il ne fallait surtout pas qu'ils s'inquiètent pour elle. Il fallait absolument qu'ils profitent de leurs vacances. Stuart fit une dernière tentative, le taxi comprendrait. Mais sa décision était prise et elle n'était pas du genre à revenir en arrière. Elle pesait toujours longtemps le pour et le contre mais, une fois sa décision prise, il n'était pas question de la remettre en question, à moins d'un élément nouveau dont elle n'avait pas eu connaissance avant.

Ce soir-là, lorsqu'elle inséra les clés dans la serrure de la porte d'entrée de leur petite maison de la banlieue cossue de Kingston-upon-Thames, elle eut un petit pincement au cœur. Vu l'heure tardive, la fatigue aidant, elle déposa sa valise au pied du lit, attrapa un sachet de soupe déshydratée dans le placard de la cuisine, fit griller une tartine de pain de mie qu'elle beurra généreusement en attendant que l'eau bout puis s'installa confortablement sur le canapé, sous la couverture, pour avaler ce dîner improvisé. Après avoir envoyé un message qui se voulait rassurant sur le téléphone portable de son mari, elle déposa son plateau sur la table de la cuisine puis alla rapidement se glisser sous la couette où elle ne tarda pas à s'endormir profondément.

Le réveil, ce dimanche matin, ne se déroula toutefois pas du tout comme elle l'avait espéré. Clouée au lit en raison d'un horrible mal de dos, elle attendit patiemment, plusieurs heures durant, en regardant le plafond, se félicitant d'avoir posé son téléphone portable sur la table de chevet mais pestant de n'avoir pas pensé à faire installer un écran de télévision au plafond, ce qui lui aurait permis de passer le temps en regardant des films. Elle parvint enfin à se traîner hors du lit, à peine le temps d'aller aux toilettes et de se restaurer rapidement, jusqu'à ce que la douleur devienne de nouveau insupportable et l'oblige à retourner s'allonger. Trois jours durant, le lit fut son meilleur ami. Personne n'avait connaissance de sa situation, sa famille la croyant au travail et ses collègues la pensant en vacances. Elle ne dit évidemment rien à Stuart au téléphone, pour ne pas l'inquiéter.

Elle retourna au travail le mercredi. Son chef était en vacances. Le lendemain, alors qu'elle croisait le médecin du travail, celui-ci demanda à s'entretenir avec elle dans son bureau. Elle fut contrainte de lui expliquer les raisons de son retour aussi rapide au travail.

– Donc, vous annulez purement et simplement vos congés ? lui dit-il d'un air surpris.

– Bah oui, qu'est-ce que vous voulez, je n'allais quand même pas gâcher mes congés alors que j'ai plein de boulot qui m'attend ici !

– Est-ce que vous vous rendez compte de votre état de fatigue ? Que votre corps est en train de vous envoyer des signaux depuis des mois pour vous faire comprendre qu'il a besoin de repos ?

– Oui, oui, je sais. Je commence à en prendre conscience, après trois jours clouée au lit à cause du mal de dos !

– Alors vous allez rentrer chez vous et reprendre vos congés ?

– Oui, peut-être après la visite de l'inspection prévue dans quinze jours.

– Non mais je n'y crois pas ! Vous attendez quoi ? D'être six pieds sous terre pour réagir ? Des indispensables, il y en a plein les cimetières. Il faut que vous appuyiez sur pause avant qu'il ne soit trop tard. Vous allez me faire le plaisir de rentrer chez vous immédiatement, sinon je vous mets « inapte » à votre poste.

– Ok, parvint-elle tout juste à articuler, choquée par les propos quelque peu abrupts du médecin du travail.

Elle retourna à son bureau et s'y enferma pour le reste de la journée, de peur de croiser de nouveau le médecin. Elle parvint à l'éviter pendant les deux semaines suivantes qui la séparaient du retour de Stuart et de Chloé. Lorsque leurs chemins se rencontrèrent à nouveau, alors que Rebecca attendait que la salle de réunion se libère pour la restitution de l'inspection et que le médecin en sortit, le sang monta aux joues de l'une, qui baissa instantanément le regard, et aux yeux de l'autre qui la convoqua immédiatement dans son bureau.

Une demi-heure plus tard, elle quittait La City avec une lettre sous enveloppe à l'attention de son médecin traitant. Une heure après, de retour à la maison, elle se résigna à prendre ce rendez-vous médical, sous la pression de Stuart qu'elle avait réussi à avoir au téléphone, sans savoir ce qu'elle allait bien pouvoir dire à son médecin.

– S'il y avait des médicaments contre la fatigue, ça se saurait, essaya-t-elle de justifier alors que le médecin était en train de lire le courrier qu'elle lui avait remis.

Après quelques questions, il rédigea une ordonnance. Rebecca ne savait que dire. Alors qu'il attrapait son carnet d'arrêts de travail, elle le stoppa dans son élan.

– Ne vous embêtez pas à rédiger un arrêt de travail, je ne le prendrai pas.

Il posa son stylo.

– Sachez, madame, que je délivre rarement des arrêts maladie et que, si je le fais présentement, c'est que j'estime que c'est indispensable, au même titre que les médicaments que je vous prescris. Considérez-le donc comme un médicament qui vous aidera à vous remettre rapidement sur pied. Sans cela, vous souffrirez de la fatigue jusqu'à épuisement total de vos ressources et il n'y aura plus de retour en arrière possible. Je vous recommande donc vivement de suivre mes conseils à la lettre. D'ailleurs, je tiens à vous revoir la semaine prochaine pour ajuster le traitement.

59

Il était évidemment hors de question pour elle d'envoyer cet arrêt maladie à son chef, qui revenait de vacances le lendemain. Elle acceptait de prendre les médicaments et elle demanderait à son chef d'alléger un peu ses horaires de travail, le temps qu'elle récupère, mais ça s'arrêterait là. Elle avait fait ce qu'elle avait à faire, elle avait vu son médecin. C'est la seule chose que le médecin du travail avait besoin de savoir.

En quittant le cabinet médical, sur la route de la maison, elle s'arrêta à la pharmacie.

– Vous avez déjà pris ce genre de médicament ?

– Non, jamais.

– Alors je vous conseille de commencer par prendre la moitié de la dose prescrite, c'est-à-dire un quart du comprimé, le temps de voir la réaction de votre corps.

Rebecca obtempéra et suivit les instructions du pharmacien à la lettre. Grand bien lui avait pris ! Le lendemain matin, la tête complètement dans le pâté, il lui était impossible de marcher droit, comme si elle avait lourdement abusé d'alcool. Impossible pour elle d'aller travailler dans ces conditions. Complètement stone, elle dut bien se résoudre à envoyer l'arrêt de travail à sa hiérarchie.

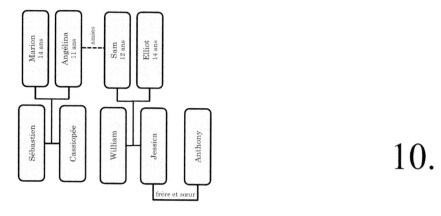

Marion
14 ans

Angélina
11 ans

amies

Sam
12 ans

Elliot
14 ans

Sébastien

Cassiopée

William

Jessica

Anthony

frère et sœur

10.

La traversée en diagonale de la France se déroula sans encombre. Ils avaient décidé de partir le dimanche pour éviter la circulation des camions et la plupart des vacanciers partis la veille. En même temps, ils auraient difficilement pu faire autrement vu le programme chargé de la semaine passée. Mais ils avaient réussi à charger la voiture hier soir et n'étaient partis qu'avec une demi-heure de retard sur le planning prévisionnel de Cassiopée, ce qui était un exploit ! Plus de neuf cents kilomètres les séparaient de leur destination, qu'ils espéraient rallier en dix heures, si tout se passait bien. Rennes, Laval, Le Mans, Tours. Pause pipi. Bourges. Pause déjeuner alors que les estomacs criaient famine. Mâcon. Pause pipi et goûter. Bourg-en-Bresse et son extraordinaire aire de repos à l'effigie du fameux poulet de Bresse. Annemasse, puis enfin la sortie d'autoroute indiquant La Clusaz et Le Grand-Bornand. Il était presque dix-huit heures trente. Les filles commençaient à s'agiter à l'arrière de la voiture. C'était vraiment un long trajet et l'absence d'activité physique commençait à se faire ressentir. Les chamailleries augmentaient en intensité. Il était temps qu'ils arrivent. Le GPS indiquait qu'ils arriveraient dans une demi-heure. L'excitation, laissant place à la fatigue, n'aida pas à apaiser nos voyageurs. Mais c'était sans compter sur la route en lacets qui commençait à partir de là, avec son lot de hauts le cœur à l'arrière du véhicule. Heureusement, ou malheureusement, vu la présence de la montagne d'un côté de la route et le ravin de l'autre, dominant la rivière du Borne en contrebas, il était impossible de rouler vite. Après trois arrêts pour prendre l'air sur des aires aménagées à cet effet, entrecoupés de prise de pastilles à la menthe pour limiter les nausées, la vue se dégagea pour laisser place à un plateau où s'égrenaient les hameaux, les uns derrière les autres, la route reprenant un semblant de rectitude. La vue, époustouflante, sur le massif des Aravis, suffit à calmer les filles.

Cassiopée et Sébastien échangèrent un regard complice. Ils n'avaient pas de besoin de se parler pour se comprendre. Toujours sur la même longueur d'onde, ils partageaient souvent les mêmes pensées au même moment. À cet instant, ils étaient fiers de leurs filles. Les entendre s'ébahir de la beauté du paysage les comblait. Force était de constater que les principes éducatifs qu'ils leur avaient inculqués portaient leurs fruits. Ils les avaient toujours incitées à admirer la beauté des choses que la plupart des personnes ne voient pas, pressées par une société qui va toujours plus vite. Ils avaient essayé de leur ouvrir les yeux sur le monde qui les entoure et de leur faire prendre conscience de la chance qu'elles avaient de grandir dans cet environnement protégé, riche en amour, quand bien d'autres enfants n'ont pas cette chance. Regarder, observer, analyser, plutôt que de les informer directement sur les conclusions à en tirer. C'était leur manière de les aider à grandir en pleine conscience, en harmonie avec la nature et en compassion avec autrui. Ne pas chercher à tout prix le sensationnel. Apprécier les instants de partage en famille, avec ses amis ou tout simplement au détour d'une rencontre. Tendre la main plutôt que de condamner sur de simples apparences. Défendre l'équité plutôt que l'égalité. Aider les personnes qui ont besoin d'un coup de pouce, sans faire le travail à leur place. Être à l'écoute tout en restant dans l'ombre, juste pour réinsuffler la force nécessaire pour se relever. Mais surtout, surtout ne jamais se laisser enfermer dans la spirale infernale de la négativité destructrice et dire stop si la personne n'a pas la volonté de remonter la pente. Aider les autres sans sacrifier sa propre santé mentale. On n'a qu'une vie, hors de question de la gâcher.

Leur maison reflétait d'ailleurs cet état d'esprit. 'Carpe diem', pouvait-on lire dans le hall, donnant d'entrée le ton. Quand on a une seule vie, dont le fil fragile peut se briser à tout moment, il est urgent de savourer chaque instant et de tout faire pour vivre la vie dont on rêve. 'It always seems impossible until it's done' (*cela semble toujours impossible jusqu'à ce que ce soit fait*) était ainsi affiché en toutes lettres dans le séjour. Comment ne pas être en admiration devant la symbolique de cette simple phrase, quand on sait qu'elle a été prononcée par Nelson MANDELA après avoir été emprisonné durant vingt-sept ans pour s'être opposé au régime de l'apartheid en Afrique du Sud ? Une injustice extrême contre laquelle l'avocat des pauvres s'est insurgé et a lutté toute sa vie, jusqu'à devenir le premier président d'Afrique du Sud élu démocratiquement. Quel parcours de vie ! Quel exemple ! Comment ne pas se sentir immensément petit devant autant de détermination ! Cette volonté sans faille et sans limite, dont il aura fait preuve toute sa vie durant, démontre qu'au-delà des peurs, des obstacles et des préjugés, nous pouvons faire face, à force de résilience, aux situations qui nous semblent les plus insurmontables. Chacun d'entre nous a le pouvoir de changer les choses et c'est exactement ce que Nelson MANDELA enjoint à faire en nous incitant à nous battre pour défendre nos convictions. Évidemment, sans volonté on ne peut rien accomplir. Seulement, pour réussir, il faut un autre ingrédient essentiel : la foi en soi. Croire en ses propres capacités à atteindre un objectif, quel qu'il soit, est indispensable. Quoi donc de plus normal que de voir également inscrit sur le mur 'believe in yourself' (*croyez en vous-même*) ! Comme un adage à se répéter chaque jour, telle une prescription du renommé Émile COUÉ, père fondateur de la non moins célèbre méthode Coué.

Croire en soi et tout faire pour parvenir à ses fins, sans jamais se résoudre à abandonner, c'est ce que Cassiopée et Sébastien avaient toujours prôné, mais pas à n'importe quel prix. Autant Marion avait bien acquis le concept de la persévérance, autant Angélina avait du mal à se lancer sans encouragement extérieur pour lui rappeler que la force était en elle et qu'elle réussirait en donnant le meilleur d'elle-même. Mais toutes deux avaient la même certitude que la réussite ne se concevait pas sans base saine, entourée de l'amour familial qui les portait. L'inscription sur le mur de la cuisine le leur rappelait si bien : 'kitchens are made for families to gather' (*les cuisines sont là pour que les familles se rassemblent*). Voilà ce qui motivait cette famille. Partager, rester simple et garder les pieds sur terre sans chercher toujours plus de sensationnel dans ce monde qui donne le tournis. Il est tellement important, toute sa vie durant, de cultiver ce regard neuf et candide sur ce qui nous entoure. Et si c'était ça, le bonheur ? Comme le disait si bien Lao Tseu, « il n'y a pas de chemin vers le bonheur. Le bonheur, c'est le chemin. ». En prendre conscience, là est la plus grande richesse.

Plus que deux kilomètres avant de pouvoir descendre de voiture et se remettre de ses émotions. Après ce dernier virage, il resterait à prendre la première route à gauche et on arriverait. Enfin ! Il était dix-neuf heures quinze. Après avoir longé une partie de la propriété entourée d'épicéas d'une trentaine de mètres de haut, la voiture passa le gigantesque portail en fer forgé, grand ouvert, surplombé d'une arche sur laquelle était sculpté le nom du « Domaine de Bel Esprit ». Le véhicule s'engagea au pas dans l'allée de graviers bordée d'une pelouse tondue au cordeau, au milieu de laquelle quelques parterres de rosiers, non fleuris à cette époque de l'année, avaient été délicatement posés en complément de massifs arbustifs taillés par des mains d'orfèvre. Derrière cet écrin de verdure, qui devait regorger de couleurs à la belle saison, impossible de percer l'intimité du lieu. Sur leur gauche, une dense forêt de hêtres se dressait, fière de ses longs troncs droits et élancés, dont l'écorce argentée leur donnait une allure princière. De l'autre côté du chemin, du Nord à l'Ouest, la cime en forme de voûte des frênes semblait vouloir protéger ses hôtes, tel un refuge enchanté. Quel endroit paisible ! Seul le crissement des gravillons sous les roues masquait les sifflements d'admiration. Ils avaient hâte de découvrir ce que leur réservait ce lieu après la courbe à gauche de l'allée devant eux. À peine le temps de s'émerveiller de la fontaine trônant somptueusement au milieu du parterre sur leur droite, que Sébastien arrêtait la voiture, ne sachant trop où se garer, devant le majestueux château avec ses lumières illuminant la façade et ses reliefs.

Le bruit des gravillons avait dû alerter les propriétaires qui se précipitèrent pour accueillir leurs invités. Sam courut ouvrir la portière arrière pour libérer ses deux amies encore hébétées par ce lieu enchanteur. Jessica, la maman de Sam, s'approcha lentement pour leur laisser le temps de descendre, tandis que son mari et son frère attendaient poliment en haut des marches. Elliot avait, quant à

64

lui, suivi sa sœur pour apercevoir enfin les deux amies dont il avait tant entendu parler depuis l'été dernier.

– Bienvenue au domaine de Bel Esprit, entonna Jessica en ouvrant grand les bras pour célébrer l'arrivée de ses convives.

– Merci beaucoup ! Cet endroit est vraiment magnifique ! lui répondit Cassiopée, en tentant de serrer la main de son hôtesse qui l'embrassa chaleureusement dans un élan amical.

– Je suis heureuse de vous accueillir, continua Jessica après avoir dit bonjour à Sébastien. Venez, entrez, ne restez pas dans le froid. Je vous présente mon frère, Anthony, propriétaire de cette merveilleuse résidence, ... mon mari, William, ... et voici Elliot, le frère de Sam, que je ne vous présente pas !

– Oh my god, regardez ce lustre époustouflant ! lâcha Marion, émerveillée par l'éclat des centaines de pampilles en cristal.

Anthony ne put retenir son sourire en entendant ces mêmes mots que sa femme avait prononcés lorsqu'ils avaient pénétré pour la première fois en ce lieu. Un brin de nostalgie traversa son regard.

– Vous devez être épuisés par ce long voyage. Je vais laisser vos valeureux guides touristiques vous montrer vos chambres pour que vous puissiez vous rafraîchir, dit Anthony en adressant un clin d'œil à Sam et Elliot. Si cela vous convient, nous pouvons nous retrouver au grand salon, disons... dans une demi-heure, pour vingt heures ?

*
* *

– La porte sur la droite donne sur des toilettes. Mais vous en avez dans vos chambres. Ce n'est pas ça qui manque ici, il y en a vingt dans le château ! indiqua fièrement Elliot.

– Waouh, c'est tellement grand ! s'exclama Angélina en pénétrant dans la chambre que ses parents allaient occuper.

– J'avoue, admit Marion toujours aussi impressionnée.

– Vous avez ici votre salle de bain privée. Derrière cette porte ce sont des toilettes, également privés, et là-bas c'est votre dressing, pour que vous puissiez vider vos valises et vous sentir chez vous, récita Sam tel un agent immobilier. Ne vous inquiétez pas, les filles, vous avez la même chambre au bout du couloir, mais avec des lits jumeaux ! ajouta-t-elle le regard pétillant.

*
* *

— Amanda a préparé un apéritif dinatoire, vu l'état de fatigue dans lequel vous devez être après ce long trajet, commença Anthony en invitant ses convives à s'installer dans les profonds canapés entourant une table basse carrée en verre couverte de plats, face à la cheminée. Elle est toujours d'excellent conseil !

— Ce sera parfait, merci beaucoup de nous accueillir aussi chaleureusement, chuchota timidement Cassiopée, comme pour s'excuser d'envahir la vie privée de ce couple au cœur sur la main.

— Le plaisir est partagé. Heureusement que Jess est là pour ajouter de la couleur à cet immense lieu isolé, dit-il en lançant un regard rieur à sa sœur.

— Votre femme ne se joint-elle pas à nous ? interrogea Sébastien alors que chacun tenait une coupe en main, prêt à trinquer.

— Ma femme n'aura malheureusement pas le loisir de pouvoir passer la soirée en votre charmante compagnie.

Comprenant la méprise, devant le regard interrogateur de Cassiopée, il se reprit :

— Oh, vous parlez certainement d'Amanda ? Elle est charmante, n'est-ce pas ? Elle va nous rejoindre dans un instant. Mais ce n'est pas ma femme. C'est juste que je suis un piètre cuisinier mais un fin gourmet, alors vous comprenez, au départ de mon épouse je n'ai tout simplement pas voulu me laisser mourir de faim ! Bon d'accord, je fanfaronne un peu mais je dois avouer qu'à l'époque j'ai quelque peu dépéri, ne voyant plus d'intérêt à vivre sans Hélène. Je ne voulais plus voir personne. Je vivais en ermite, jusqu'au jour où ma sœur a débarqué, inquiète de ne plus avoir de mes nouvelles.

— Rien d'étonnant, tu ne répondais même plus au téléphone ! Comment voulais-tu que je ne sois pas inquiète ?!!

— Résultat, une semaine plus tard, elle rentrait chez elle après avoir pris soin de me laisser en bonne compagnie. Amanda vit au château depuis lors. Elle s'occupe de tout, de la cuisine, du ménage, des lessives, des courses et me tient compagnie le soir en tentant de me redonner le sourire depuis maintenant plus de quatre ans. Elle est mon ange gardien depuis qu'Hélène m'a quitté. Mais bon, assez parlé de moi et de mes histoires tristes ! Et vous, dîtes-moi tout. Comment avez-vous rencontré mon adorable petite sœur ?

66

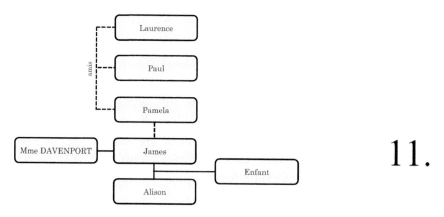

Alors que les semaines passaient, Pamela devenait de plus en plus fébrile. Elle était tellement heureuse d'avoir retrouvé James et, pourtant, chaque jour devenait davantage étouffant. Elle savait qu'il allait repartir et qu'elle allait le perdre à nouveau. Cela devenait insupportable de se sentir aussi heureuse et plus les jours passaient plus elle essayait de se détacher des sentiments qu'elle éprouvait. Cela faisait maintenant un mois que le père de James avait été enterré. Sa mère semblait insouciante et heureuse, pensant avoir définitivement retrouvé son fils. Pamela avait envie de lui ouvrir les yeux mais ne voulait pas la faire souffrir. Ce serait déjà assez éprouvant le jour où elle se retrouverait de nouveau seule. Pamela devait garder ses forces pour la soutenir à ce moment-là.

Ce matin-là, lorsque James sortit de la maison avant même que Pamela ne soit levée, elle savait que quelque chose se tramait. Il s'était relevé, la veille au soir, pensant qu'elle s'était endormie, et n'était revenu se coucher que deux heures plus tard. Son sommeil avait été agité durant une bonne partie de la nuit, tandis qu'elle, n'avait pratiquement pas dormi. « Le départ est proche », songea-t-elle en enfouissant la tête dans son oreiller.

Une heure passa avant qu'elle n'ait le courage de se lever. Elle avait tellement peur de sa réaction en ne voyant plus aucune de ses affaires. Peut-être lui aurait-il laissé un mot pour s'expliquer, cette fois-ci, même si malheureusement, dans le cas présent, son départ était non seulement inévitable mais légitime. Il ne pouvait pas faire autrement, il n'avait pas le choix. Alors, lorsqu'elle aperçut le papier posé sur la table de la cuisine, elle ne prit même pas la peine de le lire. Souffrir pouvait bien attendre.

Le téléphone sonna. C'était la mère de James qui les conviait à déjeuner. Elle n'osa rien lui dire et accepta l'invitation. Au moins elles seraient ensemble et pourraient épancher leurs sentiments. Lorsqu'elle raccrocha le combiné, elle fut surprise d'entendre la porte du hall s'ouvrir. Ce devait être son ami Paul, il avait toujours le chic pour trouver le bon moment pour apparaître ! Il est vrai qu'elle lui devait beaucoup, elle avait tant pleuré sur son épaule. C'était vraiment un ami exceptionnel qui avait toujours été là pour elle.

— Tu m'excuseras, je ne suis pas présentable, commença-t-elle en entrant dans le hall.

— Rien d'anormal, vu l'heure !

Surprise, elle s'arrêta net avant de se reprendre et de courir sauter au cou de son visiteur.

— Juste ciel, que me vaut cet élan d'amour ? Ce sont les pains au chocolat qui te font cet effet ?!!

— Tu n'es pas parti ? balbutia-t-elle.

— Euh, si, mais je suis revenu, comme tu le vois. Mais dis-moi, tu en fais une tête, il s'est passé quelque chose ?

— Je croyais que tu étais reparti, sanglota-t-elle.

— Tu n'as pas vu mon mot ? Je voulais te faire la surprise, annonça-t-il joyeusement en déposant sur la table la brioche et les viennoiseries encore toutes chaudes qui embaumaient la pièce d'une douce odeur sucrée.

— Je… euh… non, je ne l'avais pas vu, mentit-elle en rougissant de honte.

— Va t'installer sur la table de la terrasse, je prépare le café ainsi qu'un petit-déjeuner aussi monumental que la nouvelle que j'ai à t'annoncer et je te rejoins !

La gorge nouée, elle n'osa poser aucune question, l'embrassa du bout des lèvres et alla s'installer sagement sur la terrasse, attendant la sentence.

Les jours s'étaient égrenés, aussi heureux qu'insouciants. Puis les semaines. Il avait pris sa décision. Difficile à assumer, certes, mais il n'avait pas le choix. Il ne pouvait pas revenir en arrière. Il l'avait retrouvée. Elle l'avait attendue. Il ne voulait pas risquer de la perdre à nouveau. Plus rien ne pourrait s'opposer à leur bonheur. Il avait rédigé deux lettres pendant la nuit. L'une pour son fils, tentant d'expliquer son geste et lui assurant de son amour éternel. Il espérait qu'à seize ans, il était en âge de comprendre. Il viendrait le voir aussi souvent que possible. La deuxième à l'attention de sa femme, à laquelle il avoua enfin toute la vérité. Il avait bien conscience de reproduire ce qu'il avait fait par le passé mais il savait également qu'il ne rendait pas son épouse heureuse. Il préférait lui rendre sa liberté. Elle méritait bien mieux que ça. Bien mieux que lui. Elle n'était pas torturée par son passé comme lui l'avait été, elle n'aurait pas de mal à l'oublier et à refaire sa vie. À trente-cinq ans, elle était encore jeune.

Pourtant, en annonçant à Pamela qu'il avait décidé de poursuivre sa vie au Grand-Bornand pour rester auprès de la femme qu'il n'avait jamais cessé d'aimer, l'immense joie que James éprouvait se trouvait teintée d'une profonde tristesse. Il n'était pas heureux. Au contraire, il se sentait misérable, accablé par ce qu'il venait de faire. Il se libérait des chaînes qui le paralysaient depuis tant d'années mais il semait, une fois de plus, la désolation sur son passage. Il ne regrettait pas d'avoir posté ces deux lettres à sa femme et à son fils. Seulement, il avait le cœur serré en imaginant la douleur qu'ils allaient ressentir en découvrant sa prose. Il aurait du mal à se regarder dans un miroir pendant longtemps. Peut-être n'y arriverait-il d'ailleurs jamais ? Il le méritait.

Après quatre semaines sans nouvelle, ce ne fut malheureusement pas une surprise pour la femme de James de recevoir son courrier. Elle n'avait pas besoin d'ouvrir l'enveloppe pour savoir ce qu'elle venait lui annoncer. Après seize ans de mariage, elle se sentait bien fatiguée mais à présent elle était libérée de ce désespoir de ne pouvoir être à la hauteur des attentes de son époux. Elle en comprenait aujourd'hui enfin les raisons. Elle se rendit compte qu'elle n'aurait jamais pu le délivrer de ses chaînes.

C'est ainsi que, du jour au lendemain, James passa du statut de visiteur à celui de résident au château, pour le plus grand bonheur de Pamela. Son existence ne pouvait être plus parfaite ! Non seulement elle avait retrouvé l'homme de sa vie, mais elle n'avait plus aucune raison de s'inquiéter pour l'avenir du domaine et de ses finances, comme il le lui avait assuré ! Son employeur ayant refusé la démission de son meilleur élément, il lui avait proposé d'organiser une grande partie de ses activités en télétravail. Il ne pouvait imaginer se séparer de ce graphiste hors norme, la poule aux œufs d'or qui avait fait remporter à l'agence ses plus gros contrats publicitaires.

Ainsi, durant les années qui suivirent, James alterna entre travail à distance, téléconférences, voyages à Paris pour rencontrer les clients et, aussi rarement que possible, déplacements en Vendée, en prenant grand soin d'éviter le quartier d'un passé qui lui rappelait sa lâcheté d'avoir abandonné une femme aimante et un adorable fils qui n'avaient rien demandé ni ne méritaient leur triste sort.

Depuis son divorce en 1999, il n'avait jamais plus eu de nouvelle ni de l'un ni de l'autre, ce qu'il considérait être une juste punition, même s'il s'en voulait et aurait aimé s'assurer que tous deux avaient réussi à se reconstruire une vie pleine de bonheur. Il savait que, financièrement, ils devaient s'en sortir. Il avait fait ce qu'il fallait chaque mois depuis son départ. Mais l'argent ne fait pas tout, loin de là.

D'ailleurs, au printemps 2001, quasiment sept ans après son départ, son virement mensuel lui fut retourné. Pris de panique, il appela son banquier pour avoir des explications. Il avait peur d'en connaître déjà la raison. Le compte bancaire avait été fermé, il ne pouvait lui en dire davantage. James hésita longuement à téléphoner à son employeur pour lui demander des renseignements sur son ex-femme et sur son fils. C'était un sujet de conversation qu'ils avaient pris soin de ne jamais aborder ensemble, depuis son départ.

Alors, la boule au ventre, il composa le numéro de téléphone, d'une main tremblante, angoissé à l'idée d'apprendre que quelque chose leur était arrivé. Écoutant attentivement les paroles de son patron, James comprit qu'il n'y avait plus rien qu'il puisse faire. Il fallait qu'il tourne la page. Son ex-femme n'avait plus besoin de son argent.

– Tu ne sembles pas te rendre compte de ce par quoi ils sont passés, quand tu es parti. Leur monde s'est complètement écroulé. J'ai eu beau essayer de la préserver autant que je pouvais, elle s'est totalement effondrée. Je l'ai ramassée à la petite cuillère. J'ai fait ce que j'ai pu pour l'épauler, aussi bien dans le cadre professionnel que dans la sphère privée. J'ai été là lorsque ton fils s'est subitement rebellé et est devenu agressif. Ça a été une descente aux enfers pour eux. Le jour où il s'est fait exclure une semaine du lycée pour avoir consommé de la drogue, j'ai pris trois jours de congés et je l'ai emmené, de force, camper avec moi pour que nous ayons une longue conversation entre hommes. Je ne voulais pas qu'il gâche sa vie. Alors, tu sais, il leur a fallu du temps, beaucoup de temps, mais maintenant ils vont mieux. Lui est parti faire ses études et elle vient de se remarier. Ils ont réussi à remonter la pente, il faut vraiment que tu les laisses vivre leur vie.

James ne disait mot. Il écoutait le flot incessant de paroles que son ami avait gardées au fond de lui toutes ces années durant. Il comprit enfin pourquoi tous les courriers qu'il avait adressés à son fils, deux fois par an, lui avaient systématiquement été retournés sans même avoir été ouverts. Même s'il avait vu que James n'allait pas bien, son fils n'aurait jamais imaginé pouvoir être abandonné par son père. Le réveil avait été extrêmement douloureux. La blessure était à vif. Il s'était alors renfermé sur lui-même et n'avait quasiment plus parlé à sa mère, elle qui n'avait pas su retenir son père.

Puis la douleur avait laissé place à l'amertume et à l'agressivité. Il disait régulièrement que jamais il ne pourrait pardonner à cet être vil et infâme de les avoir quittés pour une autre femme. Sa mère avait bien essayé de l'adoucir et de lui faire comprendre que la vie n'était pas aussi binaire et que parfois on pouvait se retrouver devant une impasse, avec des choix difficiles et douloureux à faire. Mais ce garçon avait été profondément blessé. « Il est en train de se reconstruire. Il vient de s'envoler pour les États-Unis. Laisse-lui du temps ».

71

James prit conscience de son impuissance. Il se sentait à la fois soulagé d'un poids lourd, sachant son ex-femme de nouveau heureuse, et coupable de n'avoir pas été là pour son fils, ces dernières années. Mais il ne pouvait rien y faire.

Il tira alors définitivement un trait sur son ancienne vie et demanda la main de Pamela, le cœur gonflé de tout l'amour qu'il lui portait depuis maintenant trente-deux ans et les épaules légères d'avoir déposé ce lourd fardeau qui lui pesait sur les épaules et l'empêchait d'avancer sereinement.

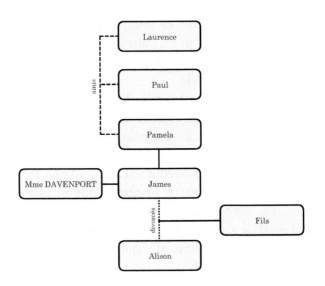

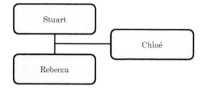

12.

Au bout de cinq jours, Rebecca décida d'arrêter les médicaments. Ils lui retournaient complètement la tête. Dans l'incapacité de réfléchir, elle se sentait totalement impuissante. Elle devait reprendre le contrôle de son corps, après avoir passé une semaine tel un légume, assise sur un transat dans le jardin à attendre que les journées passent, sous le regard inquiet de sa fille et de son mari. Elle ne supportait plus cette situation, elle devait reprendre le cours de sa vie. L'arrêt des médicaments marqua la fin aussi brutale que rapide de cet état végétatif. Le lundi suivant, elle se sentait certes toujours fatiguée, mais suffisamment d'attaque pour reprendre le travail. Ce n'est qu'à partir de là qu'elle commença à se rendre compte de l'état dans lequel elle avait été et de l'anormalité de sa décision – qui lui avait pourtant alors paru tout ce qu'il y a de plus rationnel – d'annuler ses congés estivaux le mois précédent. Elle avait fait un burnout, lui avait-on dit. Elle ne savait pas ce que c'était. Les recherches sur le sujet ne l'aidèrent guère. Ce n'était pas possible. Ça ne pouvait pas lui arriver, pas à elle, pas avec sa force de caractère ! Elle n'était pas faible ! Avec Stuart, les recherches qu'ils firent, au cours des mois qui suivirent, leur permit enfin de comprendre. Entre l'intensité des cinq dernières années ayant entraîné un surmenage et le fort attachement émotionnel de Rebecca à ses différentes missions (que ce soit son métier, son projet de création d'école de français, son bébé et la tenue de son foyer), elle avait fait l'autruche en se plongeant corps et âme dans toutes ses activités, sans prendre garde aux signaux que son corps lui envoyait depuis plus de huit mois. D'abord le blackout début décembre, puis la grippe et tous les autres virus qu'elle avait attrapés les uns derrière les autres, suivi de son corps qui la faisait souffrir (dos, cervicales), jusqu'à ce que son cerveau disjoncte cet été. Au final, elle était passée par une belle porte. Heureusement qu'elle avait eu la chance de croiser le médecin du travail durant cette période. Quand elle lisait certains symptômes du burnout, elle ne put que lui être redevable de l'avoir fait arrêter avant qu'il ne soit trop tard et que les dommages ne deviennent irréversibles.

Il lui fallut deux ans pour récupérer pleinement ses facultés. Peut-être que si elle était retournée voir le médecin comme il le lui avait demandé et qu'elle avait continué le traitement comme prescrit, elle aurait récupéré plus vite. Mais bon, on ne pouvait pas revenir en arrière. Le principal était qu'elle allait bien à présent et qu'il n'y avait pas eu de dégât ni dans ses vies professionnelles ni dans sa vie personnelle. Maintenant Stuart et elle-même savaient ce qu'était un burnout, que ça n'arrivait justement pas aux faibles mais aux personnes passionnées, celles-là mêmes qui s'investissaient trop. Elle avait pris du recul. On ne l'y reprendrait plus. Elle avait levé le pied, tant sur ses horaires à La City que sur le nombre de cours qu'elle assurait à l'école de français. Elle avait compris qu'elle n'était pas Superwoman et qu'elle ne pouvait pas tout faire. Cette mésaventure lui avait appris au moins une chose : l'importance de déléguer.

Quand, cinq ans plus tard, sa collègue leur annonça qu'elle était enceinte, passé la joie de la bonne nouvelle, il fallut se résoudre à embarquer temporairement une charge de travail supplémentaire. Ça ne durerait que quelques mois, rien de bien méchant. C'était important de se serrer les coudes, pour l'équipe. Tant qu'on a le moral, tout va bien. Sauf que le mental ne fait pas tout. Surtout face à un corps qui se souvient avoir été meurtri et qui se met alors, rapidement − beaucoup plus rapidement que l'esprit − en mode protection. Son moyen de défense : les larmes. Aussi désarmantes qu'intarissables, elles survenaient de manière incompréhensible à des moments aussi inattendus qu'ubuesques. Rebecca se mettait à pleurer, plusieurs fois par jour : lorsque Chloé lui tenait tête, voulant absolument regarder un programme terminant tard à la télévision ; en se sentant incapable de tenir l'échéance que son chef lui avait donnée ; en s'apercevant qu'il n'y avait plus de beurre et qu'elle avait oublié d'en racheter ; et même parfois sans raison, submergée par un sentiment global d'incompétence. Stuart réagit avant elle. Elle fut arrêtée quinze jours. Puis un mois supplémentaire, le temps de reprendre pied. Une dépression due à un surmenage. Et rebelotte. Un burnout pouvait donc en cacher un autre ! Mais ce ne serait pas drôle si on pouvait en voir les signes avant et réagir en conséquence. Alors quoi de mieux que de se présenter sous une forme différente, juste pour être sûr qu'on ne se méfie pas ! Il est vrai qu'elle n'avait plus vingt ans mais surtout plus la capacité de travail dont elle avait été capable avant son premier burnout. Elle devait en prendre conscience. Elle avait beau culpabiliser, ça ne changerait rien, il lui fallait maintenant admettre que ses batteries n'auraient plus jamais la charge maximale d'antan et, plus vite elle l'accepterait, plus vite elle adapterait son mode de vie pour retrouver une existence sereine à long terme.

Se sentant totalement impuissante et dans l'incapacité d'épauler son équipe, Rebecca se remit en question au point de se demander si elle ne devait pas simplement laisser tout derrière elle. Sa vie devait changer. Radicalement. Elle n'attendrait pas un troisième burnout pour réagir. Elle avait besoin d'un nouveau départ. C'était vital. Il fallait qu'elle se réinvente, dans une vie qu'elle devrait rendre moins usante pour ménager son corps et son esprit. Ils en avaient longuement discuté, avec Stuart, mais la décision était difficile à prendre.

– On ne laisse pas un emploi de quinze ans derrière soi aussi facilement que ça. Et puis d'abord, il faudrait déjà que je sois capable de retrouver un emploi. J'ai toujours travaillé dans la finance, je ne connais que ça, que veux-tu que je fasse d'autre ?

– Mais tu as beaucoup d'autres compétences ! Et puis ce n'est pas vrai que tu ne connais que la finance ! Peu de personnes sont capables de monter un projet de création d'école et d'aller au bout de leur rêve ! Tu as développé d'incroyables compétences en montant les dossiers administratifs et financiers ! Sans compter la capacité de persuasion dont tu as fait preuve en allant défendre ton projet auprès des institutions ! Et à tout ça, s'ajoute la capacité d'écoute et de partage que tu as démontrée en donnant tes cours !

Ne te rabaisse surtout pas, il faut vraiment que tu prennes conscience de l'incroyable personne que tu es !

– Tu crois en moi pour deux, tu ne voudrais pas aller passer des entretiens à ma place ? J'aurais plus de chance d'être recyclée !

– Sois un peu sérieuse, c'est important ! Tu es en train de remonter la pente une deuxième fois. Tu as la chance de pouvoir rebondir, une fois de plus. Mais tu n'es qu'un être humain, rends-toi en compte au lieu de prendre les choses à la légère. Personne n'est éternel, certes, mais pour toi, pour nous, prends soin de toi, s'il te plaît. Tu n'auras certainement pas une troisième chance. Nous avons besoin de toi. Il faut vraiment que tu te ménages. Tu vas devoir prendre plus souvent des moments pour souffler. Je sais combien c'est important pour toi de te sentir utile en tant que femme et pas uniquement en tant qu'épouse et mère, mais si tu trouvais un emploi moins éreintant, ce serait déjà ça de gagné. Tu ne crois pas ?

– Et si nous repartions tous les deux de zéro et démarrions une nouvelle vie, ailleurs ?

Le choix fut vite fait. Sur un simple coup de téléphone. Ce 10 octobre. Le sort s'acharnait. Le demi-frère de Stuart avait eu un accident. Sa mère venait d'appeler, affolée. Alex était à l'hôpital, il s'était fait renverser par un chauffard. Dans la salle d'attente, la voix et les mains tremblantes, le visage inondé de larmes, elle ne savait rien sur son état de santé pour l'instant. Stuart tenta de la rassurer, en vain. Il se sentait impuissant, incapable d'épauler sa mère. Ça le rendait tellement triste de ne pas pouvoir la serrer dans ses bras pour la réconforter. C'est ce moment que choisit Rebecca pour lui proposer la France. « Ce serait plus simple pour aller voir ta famille ». Il ne répondit pas. Cela ne ferait que déporter le problème puisque ce serait elle qui ne verrait alors plus sa famille aussi souvent, s'ils décidaient de quitter l'Angleterre. Il était incapable de prononcer un mot, encore bouleversé par le coup de téléphone. L'attente fut insoutenable. Il ne tenait pas en place. Il attendait. Comme sa mère. Mais tellement loin d'elle. Deux heures à patienter, à espérer, à prier, avant que la sonnerie du téléphone ne les fasse sursauter. « Il a un traumatisme crânien. Il va devoir rester à l'hôpital ce soir ».

Oui, Rebecca avait raison, il fallait qu'il rentre en France.

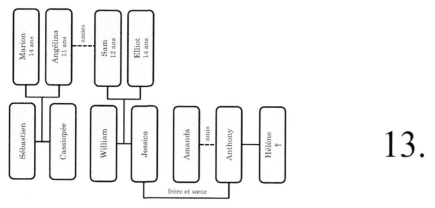

13.

Grâce à la complicité d'Amanda, qui les avait pris sous son aile, les filles réussirent à négocier de ne partir en randonnée avec leurs parents qu'un jour sur deux, afin de pouvoir profiter au maximum de leur temps avec leurs amis. Les vacances étaient déjà bien assez courtes comme ça, si en plus c'était pour ne pas les voir, ça ne servait à rien ! Après tout, elles n'avaient pas passé des mois à faire tout ce qu'elles pouvaient pour convaincre leurs parents de traverser toute la France, si c'était pour ne pas profiter de leurs amis ! Mais cela avait semblé beaucoup plus facile de les persuader, cette fois-ci, de visiter la région sans elles. Le simple argument de se retrouver en amoureux avait été suffisant. Quelle vaine pour les filles ! Pour tout le monde, semblait-il en fait !

Le soleil les enveloppait d'une douceur telle qu'ils en avaient complètement oublié qu'on n'était qu'en février. Allongés sur les transats installés tout spécialement au bord de l'étang, les quatre enfants lisaient en profitant de ces instants de grâce que la saison hivernale leur accordait. Habituellement, il n'était pas possible de profiter du solarium recouvert d'un épais manteau neigeux, mais cette année était d'une incroyable et inhabituelle douceur printanière. La neige avait fait une courte apparition de mi-décembre à fin janvier puis avait complètement disparu, hormis sur les hauteurs du mont Lachat et sur le massif des Aravis qu'elle sublimait de sa poudre brillante. Sur les transats, peu de pages étaient tournées, chacun étant facilement distrait par le concert des canards qui cancanaient au bord de l'eau dans l'espoir de quelques feuilles de salade supplémentaires. Il faut dire qu'Elliot avait su les attirer en arrivant avec les épluchures des légumes du repas de ce midi qu'Amanda lui avait donné dans ce but. Alors forcément, ça avait attiré tous les canards environnants ! Ils étaient maintenant une petite quinzaine à quémander leur ration !

— Je vais aller voir dans l'abri pour chercher du grain, indiqua Elliot en se levant.

— Je peux venir avec toi ? demanda Angélina, ne tenant plus en place et ravie de délaisser ce livre qui ne l'intéressait absolument pas.

— Ouaip, s'tu veux, répondit-il d'un ton désinvolte pour cacher sa joie de jouer encore une fois au guide touristique. Tu sais comment s'appelle cette espèce ? ajouta-t-il dans l'espoir de l'impressionner.

— Des colverts ?

— Waouh, t'es calée ! Il y en a chez toi ?

— Ouais mais je crois qu'il y en a un peu partout. Par contre, je ne comprends pas pourquoi on les appelle comme ça. Ils ont le cou blanc, pas vert !

— Bah, techniquement, ils ont la tête et le cou vert mais comme ils ont la classe, ils portent un collier blanc !

Ils longèrent l'étang jusqu'à une jolie petite bicoque en pierre dont la porte n'était pas fermée à clé. À l'intérieur, une seule pièce carrée avec une table en bois au milieu, deux chaises et des étagères remplies de sacs en toile de jute ou en plastique, de bidons et d'accessoires de jardinage, couvrant deux des quatre murs autour. Une porte donnait sur l'arrière de la cabane. La seule lumière provenait d'un dôme vitré au plafond. Elliot alla immédiatement ouvrir la fenêtre pour mieux éclairer la pièce. Angélina se mit alors à éternuer, trois fois de suite.

— À tes souhaits ! À tes amours ! À ton argent ! Désolé, j'ai oublié de te prévenir qu'il y a un peu de poussière. Il n'y a plus grand monde qui vient ici depuis que Tata Hélène n'est plus là.

— Pas grave, t'inquiète. C'est quoi tous ces sacs ?

— Alors, là-bas c'est tout le matériel pour le jardin potager qui se trouve juste derrière l'abri. Et sur cette étagère, c'est le trésor que nous sommes venus chercher : du blé pour les canards. Ma tante adorait venir se réfugier au bord de l'étang et s'occuper des canards qu'elle trouvait tellement affectueux avec leur curiosité qui la faisait rire. Ils venaient même lui manger dans la main !

Angélina compta quatorze sacs : neuf avec un canard dessiné dessus, quatre avec un oiseau et même un avec un cygne !

– Eh bien, il y a de quoi tenir un siège ! Elle faisait de l'élevage ta tante ?!!

– Mort de rire ! C'est parce qu'elle passait une commande pour toute l'année, pour être sûre de ne pas en manquer. Et tout est resté là... Il faut dire que je ne crois pas que Tonton vienne ici souvent. Cet endroit lui rappelle trop Tata. Elle adorait préparer ses semis pour le jardin ici. Ça doit le rendre triste de venir ici. Du coup je pense qu'il n'y a plus que nous qui utilisons les graines pour donner aux canards, quand on vient. Amanda dit que ce ne sont que des petites bêtes curieuses et bruyantes dont elle se passerait bien car elles l'empêchent de dormir en été mais je suis sûr qu'elle les aime bien, en fait, et qu'elle vient leur donner les épluchures des légumes dès qu'elle le peut. Sinon, pourquoi seraient-ils encore là en plein hiver ? S'ils n'avaient pas de nourriture à profusion, ils auraient migré vers le Sud au début de l'hiver, comme tous les autres oiseaux migrateurs.

Angélina hocha la tête d'un air entendu. Ils ressortirent de la cabane, un petit pot en plastique rempli de graines de blé, qu'ils lancèrent sur le bord de l'étang provoquant une soudaine cohue des colverts qui s'étaient approchés sans bruit et guettaient avidement leur sortie de la réserve. Vu l'avidité avec laquelle ils attrapaient les graines, rien n'aurait pu laisser penser qu'Elliot leur avait déjà donné une bassine pleine d'épluchures moins d'une demi-heure auparavant !

Ils longèrent de nouveau l'étang pour rejoindre les filles, restées à discuter sur leurs transats. Décidément, la lecture n'avait pas la côte aujourd'hui ! Arrivés à proximité, ils se cachèrent derrière la haie pour les épier. Elles étaient toutes les deux assises en tailleur, plongées dans une conversation passionnante où il était question de garçons. Angélina et Elliot pouffaient de rire en les écoutant.

– Ça vous dit une partie de foot ? s'écria Elliot en sortant brusquement de sa cachette.

Sam sursauta. Marion faillit tomber de son transat.

– T'arrêtes de tout le temps faire ça ! C'est énervant à la fin ! tempêta Sam à l'attention de son frère.

– Moi je suis partante, répondit Angélina, sortant de la cachette en se tordant de rire.

– Bon, d'accord, si Marion veut bien et si on va goûter avant.

– Ok, pourquoi pas mais oui, après avoir rempli mon pauvre estomac qui crie famine !

– MDR ! Rien d'étonnant, Marion est un véritable estomac sur pattes ! Elle ne raterait le goûter pour rien au monde ! surenchérit Angélina.

Une belle passe d'Angélina, que Marion intercepta et renvoya aussi loin que possible en direction de sa partenaire de jeu. Mais c'était sans compter sur la rapidité et le jeu de jambes d'Elliot qui s'interposa pour l'attraper au vol. Le ballon repartit aussi vite qu'il était arrivé. Il ricocha contre la fontaine, puis rebondit sur la tête d'Angélina avant de s'envoler vers la forêt, à trente mètres de là.

– Mais tu joues vraiment comme un pied, Angie ! lança Marion pour charrier sa sœur, se tordant de rire en revivant dans sa tête la scène du ballon qui ricoche sur sa sœur avant de se carapater.

– La vache, quel coup de tête ! Je suis impressionné ! ajouta Elliot espérant ne pas lui avoir fait mal.

– J'avoue, admit Marion.

– Bon, bah vu que tu sais tirer, tu n'as plus qu'à nous montrer que tu sais courir maintenant, parce que je suis super fatiguée, pas de risque que je coure chercher ton ballon, surenchérit Sam à l'attention de son frère, en s'écroulant par terre.

– C'est bon, j'y vais, répondit Angélina à la fois vexée par les remarques de sa sœur mais ravie d'avoir impressionné un passionné de football.

Évidemment, il ne pouvait pas être parti en direction de la forêt de frênes avec leurs troncs rectilignes qui ne pouvaient rien cacher. Non, il a fallu qu'il aille se faufiler dans les buissons, juste là où il y a des épineux, sinon ça n'aurait pas été drôle. Aïe ! Non seulement il est invisible mais en plus ça pique ici !

– Bon alors, tu reviens jouer avec nous où tu dors là-bas ?

– Très drôle ! Vous n'avez qu'à venir m'aider, ça ira plus vite ! N'oubliez pas que je viens d'être victime d'une agression par balle !

Elliot la rejoignit quelques secondes plus tard en riant, rapidement suivi de Marion et de Sam, qui avait eu largement le temps de reprendre des forces. Chacun commença sa quête, soulevant consciencieusement les buissons, se faufilant entre et sous les arbustes, partant finalement tous dans une direction différente, sans même s'en rendre compte.

– Ah, enfin te voilà ! Bah alors, on croyait t'avoir perdu, gros malin !

– Je ne comptais pas m'enfuir sans toi, entendit Angélina en retour.

Estomaquée, elle fixait le ballon. Stoïque, celui-ci ne bougeait pas d'un iota. Nous voilà bien, maintenant elle entendait des voix ! Après un moment d'hésitation, elle l'attrapa et se retourna pour partir rejoindre les autres.

– Soit je suis vraiment fatiguée, soit je suis en train de devenir folle !

– Je ne doute absolument pas de toi. Mais je dois t'avouer que ce grain de folie qui m'a toujours tant plu chez toi me fait également un peu peur.

Cette fois, elle en était certaine, elle avait entendu parler. C'était effrayant ce timbre de voix, comme si cela venait d'outre-tombe. Elle fut parcourue d'un frisson. En se retournant, elle s'aperçut que ce qu'elle avait d'abord pris pour le mur d'enceinte de la propriété était en fait un rocher d'une dizaine de mètres de haut. Elle leva les yeux pour vérifier si les autres n'étaient pas là-haut en train de se moquer d'elle mais elle ne vit personne. Un craquement derrière elle la fit sursauter. Les yeux grands écarquillés, la peur se lisait sur son visage.

– Bah, qu'est-ce qui t'arrive ? On dirait que tu as vu un fantôme ! demanda Sam en regardant de toute part pour essayer de découvrir ce qui avait bien pu lui faire si peur. Qu'est-ce qui s'est passé ? Tu es blanche comme un linge ! lui dit-elle en l'attrapant doucement par les épaules.

– Non, ça va. C'est juste le ballon... ou ce rocher... qui m'ont dit que j'étais folle...

Sam éclata de rire, ce qui fit accourir son frère puis Marion, qui sortit d'entre les buissons, des feuilles plein les cheveux.

– On a loupé quelque chose ?

– Alors, comment dire ? commença Sam. Nous avons affaire à un ballon fugueur et rebelle qui, non seulement s'enfuit à la moindre opportunité jusqu'au bout de la propriété mais qui, en plus, n'a aucun respect pour sa propriétaire !

– ça, c'est ballot !

Angélina esquissa un sourire. Sam avait raison, c'était ridicule. Ces deux derniers mois avaient été trop stressants. La fatigue se faisait sentir depuis quelque temps. Elle avait juste besoin de repos. Les vacances arrivaient vraiment à point nommé.

Marion, n'y comprenant rien à tout ce charabia et se débattant pour se débarrasser de toutes les feuilles qui s'étaient agrippées à ses cheveux, proposa de retourner au château. Le froid commençait à tomber et un bon chocolat chaud ne serait pas de refus. Excellente idée, acceptée à l'unanimité !

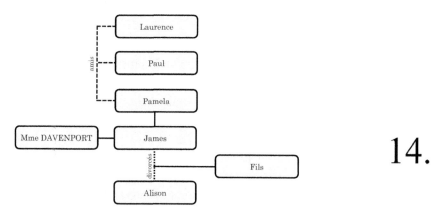

14.

James aurait pu croire qu'organiser son mariage avec Pamela aurait été assez simple, considérant qu'il n'en était pas à son coup d'essai. Pourtant, tellement de choses étaient différentes. À commencer par le fait qu'il allait épouser, à l'âge de quarante-sept ans, LA femme de sa vie. Celle qu'il aimait tendrement depuis plus de trois décennies ! Ça ajoutait beaucoup de poids au caractère exceptionnel de ce jour si spécial ! Alors, bien que certaines décisions soient évidentes, comme le choix du lieu de réception, d'autres étaient plus difficiles à prendre. Mariage en catimini ou réception en grande pompe ? Se marier entre deux témoins leur aurait parfaitement convenu. Mais ils savaient que la mère de James et leurs amis leur en voudraient, s'ils ne partageaient pas leur bonheur avec eux. Donc, dès qu'ils eurent arrêté leur choix sur les privilégiés qui les accompagneraient en ce moment spécial, le compte-à-rebours fut pleinement lancé. La date, fixée au printemps suivant, précisément au 27 mai, était hautement symbolique, commémorant le trente-troisième anniversaire de leur rencontre, dans les jardins du château, où ils habitaient désormais ensemble.

Le salon d'arts, idéalement situé face au hall d'entrée, fut aménagé pour la cérémonie laïque où Monsieur le Maire viendrait célébrer leurs noces. Aucune entorse à la loi puisque la cérémonie officielle se déroulerait en amont à la mairie. La salle de réception attenante au salon d'arts servirait pour le banquet et la soirée festive. Dans le salon d'arts, ils disposèrent la table de mariage, les fauteuils pour l'officiant et les mariés, les chaises pour les invités, le pupitre pour les discours, un livret de mariage sur chaque chaise et une décoration enrubannée aux couleurs ivoire et bordeaux en bout de chaque rangée encadrant l'allée centrale. Après avoir déplacé la table de la salle de réception, un espace suffisamment grand pour danser se profila devant eux. À dix-neuf heures passées, tout courbaturés, ils s'installèrent confortablement dans le canapé moelleux du petit salon, devant un plateau repas, satisfaits de leur dure journée de labeur. Tout était prêt. Enfin presque. Il ne resterait plus que les fleurs à installer le jour J, dans exactement six jours.

La journée était magnifique, ensoleillée et chaleureuse. Tradition oblige, James avait quitté le château avant l'arrivée de Laurence, qui apportait la robe de mariée. Paul, qui avait troqué son costume d'infirmier et de meilleur ami de Pamela pour se transformer en témoin du marié, était venu le chercher. Laurence, patronne du cabinet infirmier et amie proche de Pamela, était arrivée au château à dix heures précises, avec ses instruments, sa palette et ses talents de coiffeuse-maquilleuse. Pamela souhaitait un style naturel. À son âge, il n'était pas question de cacher ses imperfections derrière une couche de fond de teint sous prétexte qu'elle devait être la plus belle de la journée ! Elle ne l'avait jamais fait, ce n'était pas aujourd'hui que ça allait commencer ! Elle semblait ne pas réaliser qu'elle n'avait nullement besoin de maquillage pour rayonner de beauté.

Sous les mains expertes de Laurence, une demi-heure suffit pour parsemer de délicates fleurs blanches les douces vagues de longs cheveux blonds ondulés relevés en une élégante queue de cheval, dont le style romantique était sublimé par quelques mèches virevoltant le long de son visage, y ajoutant un rendu bohème qui mettait en valeur sa beauté naturelle.

En chemin vers la mairie, sereine mais ne parvenant pas à occulter cette boule au ventre qui l'avait empêchée d'avaler quoi que ce soit durant le déjeuner, Pamela ressentait une myriade d'émotions. Heureuse que ce jour, contre toute espérance, soit enfin arrivé ! Il était revenu, il l'avait toujours aimée et maintenant elle allait vivre le bonheur immense de devenir son épouse. Pourtant, cette petite boule au ventre venait lui rappeler que, plusieurs décennies plus tôt, il s'était volatilisé sans aucune explication, sans qu'elle ait pu tenter quoi que ce soit pour essayer de le retenir. Et si les ombres du passé ressurgissaient pour les séparer de nouveau ? Et s'il avait des remords et s'était rendu compte que se remarier serait une trahison envers son fils ? Laurence, qui conduisait sa voiture blanche parée de décorations enrubannées et d'une majestueuse composition florale dans des tons bordeaux et ivoires, comprit rapidement que le silence de Pamela n'était pas de bon augure. Devinant ses inquiétudes, elle s'arrêta devant la caserne des pompiers, prit les mains tremblantes de son amie, redressa doucement son menton pour qu'elle la regarde dans les yeux et lui rappela à quel point James était éperdument amoureux d'elle. Le sourire timide de Pamela montrait que l'argument n'était pas suffisant. James avait donc eu raison. Elle sortit alors une lettre de sa poche et lut à haute voix : « Mon Amour, je sais combien j'ai pu te faire souffrir dans le passé et je n'aurai jamais assez du temps qu'il me reste à vivre pour essayer de réparer mes erreurs. Mais je te promets que je m'y attellerai de tout mon cœur pour le restant de mes jours ! J'ai tellement hâte de te découvrir demain dans ta belle robe de mariée et rien ne pourra me rendre plus heureux ni plus fier que de sortir de la mairie à ton bras ! Je t'aime comme je n'ai jamais aimé, ne l'oublie jamais. James ». C'était exactement ce qu'elle avait besoin d'entendre, dissipant ses doutes et laissant place à un sourire radieux. En route pour la mairie !

Sa marraine l'attendait dans le hall d'entrée de l'hôtel de ville. Elle avait d'abord accueilli son fils et, avec Paul, avait tenté de le rassurer. Après tout, il n'y avait pas à stresser, on n'attendait de lui qu'une chose : qu'il réponde « oui » à la question de Monsieur le Maire ! Rien de plus facile, somme toute ! Sauf que James semblait étouffer dans son costume. Son front perlait de sueur. Il peinait à tenir debout. Il chancela. Paul le retint par le bras. Sa mère se releva instantanément et, à deux, ils l'assirent sur la chaise libérée.

Retrouvant quelques couleurs, James se confia sur ses pensées anxieuses. Un cauchemar le hantait depuis plusieurs semaines : son fils surgissant et s'opposant à son remariage. Telle un chevalier en mission, sa mère le somma de ne plus y penser et lui promit qu'elle ferait barrage et veillerait à ce que son petit-fils, si le destin le conduisait en ces lieux, vienne féliciter son père plutôt que de tenter de s'opposer à un bonheur si manifeste. « Aie confiance, mon fils, rien de tel pour conjurer le sort ! ». La sincérité du soutien de sa mère lui redonna la force nécessaire pour reprendre le dessus. Il vérifia que son costume n'était pas froissé, embrassa sa mère sur la joue et lança un regard entendu à son témoin. Il était prêt.

Rayonnante, Pamela s'engagea dans l'allée centrale au bras de sa marraine. Difficile de savoir qui des deux était la plus fière. Le regard brouillé d'émotion, James ne parvenait pas à détacher les yeux de cette femme qui s'avançait vers lui, éblouissante dans sa robe en tulle ivoire, rehaussée d'une fine ceinture brodée de fleurs bordeaux, surmontée d'un élégant bustier cœur au décolleté Queen Anne habillant ses épaules d'une délicate dentelle couleur ivoire agrémentée de touches bordeaux. Elle, ne voyait que lui, si distingué dans son somptueux costume trois pièces gris clair. Tout le reste avait disparu, comme par enchantement. Les invités, le décor, le stress et les doutes de ces dernières semaines. Elle ne put retenir ses larmes, une fois arrivée à ses côtés. Heureusement que tout était prévu dans ces occasions, du fixateur de maquillage à la boîte de mouchoirs ! Une fois remis de leurs émotions, lecture faite des différents articles du Code Civil concernant les devoirs des époux, les mariés échangèrent leurs consentements avant de signer les registres avec leurs témoins. Enfin unis pour la vie, gonflés de tout l'amour qu'ils se portaient depuis tant d'années, les époux sortirent de l'hôtel de ville sous les applaudissements de leurs invités et des passants qui s'arrêtaient. Ils posèrent pour les traditionnelles photos en haut des escaliers aux ravissantes jardinières fleuries, puis repartirent en direction du château pour la deuxième partie de la cérémonie. Traversant le village dans leur magnifique automobile enrubannée et divinement fleurie, portés par le joyeux tintamarre des klaxons du cortège nuptial annonçant leur mariage, les deux tourtereaux se sentaient le cœur léger. Désormais, rien ne pourrait plus jamais les séparer. Laurence, conduisant prudemment, les observait du coin de l'œil tout en gardant un œil sur le cortège derrière eux. Au moment opportun, elle leur indiqua que la cacophonie d'avertisseurs sonores était issue d'une vieille croyance visant à éloigner les mauvais esprits, le bruit assourdissant permettant de protéger les nouveaux mariés et de s'assurer qu'ils aient une vie heureuse. Poursuivant sur sa lancée, elle félicita son amie d'avoir pleuré lors de la cérémonie car, selon les superstitions, si la mariée verse des larmes de joie le jour de son mariage, elle ne pleurera plus une seule fois et sera heureuse dans son ménage. Elle continua à leur évoquer traditions et légendes tant et si bien que les mariés, déjà émus par le moment solennel qu'ils venaient de vivre, écoutaient Laurence sans mot dire, les larmes aux yeux et les paumes de leurs mains serrées si fort qu'un ouragan n'aurait pu les séparer. Subjugués par les contes de leur chauffeur et fidèle amie, ils ne remarquèrent pas que les klaxons s'étaient tus. Et pour raison, plus aucune voiture du cortège ne les suivait. Tout se déroulait comme prévu, orchestré d'une main de maître par les deux témoins du couple, avec la connivence de Monsieur le Maire.

Alors qu'il suivait la voiture des mariés, Monsieur le Maire changea de route au signal convenu d'avance et guida les voitures des invités vers le château pendant que Laurence continuait à promener les mariés. Il faudrait faire vite pour ne pas que le couple ait le temps de s'apercevoir de quoi que ce soit. Ce serait tellement dommage de gâcher leur surprise. Mais Laurence était optimiste. Elle avait roulé très doucement et Paul devait avoir eu suffisamment de temps pour tout finaliser car, dès la mise en place du cortège nuptial, il avait immédiatement bifurqué en direction du château.

Son SMS arriva enfin, prévenant Laurence qu'elle pouvait revenir au château. Lorsqu'ils entrèrent dans la propriété, le couple fut surpris de voir les voitures des invités déjà garées le long de l'allée mais Laurence parlait toujours, pour éviter les questions. Paul les attendait sur le perron. Après avoir repositionné la resplendissante robe pour en parfaire le tomber, Paul et Laurence ouvrirent simultanément les portes du hall d'entrée. Les jeunes mariés restèrent bouche bée en découvrant la haie d'honneur d'invités braquant sur eux mille flashs d'appareils photo. Le tout sur la majestueuse mélodie du « Canon en D majeur » de Johann PACHELBEL. Un tapis de pétales de roses couleur bordeaux délimitait le chemin jusqu'à la salle de cérémonie où Monsieur le Maire les accueillit les bras grands ouverts. Bien que n'ayant jamais présidé de cérémonie laïque, il semblait comme un poisson dans l'eau. Le temps que tous les invités prennent place dans la salle, sous l'égide de Paul et de Laurence, Monsieur le Maire s'entretint avec les mariés pour être sûr qu'ils soient plus détendus que lors de la cérémonie civile. Puis, dans un regard entendu, il se dirigea, seul, vers la table spécialement dressée pour la cérémonie. Remerciant les invités pour leur présence, il leur proposa une minute photo puis demanda de ranger les appareils pour que chacun puisse profiter au maximum de la cérémonie, par ailleurs capturée par un photographe professionnel. La « Marche nuptiale » de Felix MENDELSSOHN retentit alors et tous les regards se tournèrent de nouveau vers le fond de la salle pour admirer l'entrée des mariés, glissant comme sur un nuage jusqu'au bout de l'allée centrale, le cœur battant la chamade. Monsieur le Maire les remercia pour leur confiance et ouvrit officiellement la cérémonie en expliquant d'abord pourquoi Pamela et James avaient souhaité personnaliser ce jour d'exception afin de partager avec leurs invités les intenses émotions qu'ils éprouvaient et rendre ce jour inoubliable pour tous. Revenant sur l'amitié qui unissait Monsieur le Maire à la famille de Pamela depuis de nombreuses décennies, il raconta des anecdotes en commençant par une petite Pamela de trois ans qui avait failli finir à l'eau, en voulant nourrir les canards au bord de l'étang, jusqu'à arriver à l'histoire de leur rencontre idyllique dans la roseraie du château. Les deux jeunes époux fermèrent les yeux et remontèrent le temps en écoutant Monsieur le Maire relater leur toute première conversation, revivant les émotions qu'ils avaient alors ressenties, James taillant les rosiers pendant que Pamela déambulait dans le jardin en chantonnant. Il lui avait tendu une rose en ayant d'abord pris soin d'en ôter les épines. « Rosa Centifolia Parvifolia, lui avait-il dit. Enchantée, lui avait-elle répondu. », ce qui fit rire l'assemblée et stoppa momentanément l'intervention de Monsieur le Maire. Satisfait de cet interlude, évitant soigneusement de parler des moments tragiques qui avaient troublé la relation de ces deux êtres à l'amour si pur, il se hâta ensuite de donner la main aux époux, qui se tournèrent vers leurs invités et se relayèrent tour à tour, la voix gonflée d'émotion, pour leur discours d'accueil.

– Soyez les bienvenus en ce jour de bonheur et de joie partagés. Nos pensées se tournent également vers ceux dont le souvenir nous est particulièrement cher. Nous sommes aujourd'hui rassemblés en ce lieu pour célébrer notre amour avec vous. C'est donc avec une grande joie et une profonde émotion que nous partageons enfin cette cérémonie avec vous, car aujourd'hui, nous voulons célébrer l'Amour. Celui du vrai bonheur, car comme vous le savez, « le bonheur, ce n'est pas d'être heureux, le bonheur, c'est d'être ensemble quand on s'aime – heureux ou malheureux ». Que cette journée soit remplie de joie et de bonheur !

La chanson de Jacques BREL, « Quand on n'a que l'amour », se mit alors à résonner dans la pièce, émouvant l'assistance jusqu'à faire sortir les mouchoirs. Laurence se leva en fin de mélodie, se dirigea vers le pupitre et saisit, les mains tremblantes, le micro sans fil. Le couple avait donné carte blanche à leurs témoins pour leur discours qui l'avaient gardé secret afin de profiter pleinement de l'émotion que la surprise procurerait.

– On dit que pour dix mille trèfles à trois feuilles, il n'existe qu'un seul trèfle à quatre feuilles. C'est cette rareté qui a donné naissance à leur légende. Les druides celtes considéraient ce trèfle comme un enchantement, un talisman contre les mauvais esprits. La première feuille représente l'espoir. La deuxième, la foi. La troisième, l'amour. La quatrième, la chance.

Descendant du pupitre, le micro dans une main et un écrin en verre sculpté dans l'autre, Laurence se dirigea vers ses deux amis.

– Acceptez donc, Pam et James, ce trèfle à quatre feuilles, pour vous rappeler à tout jamais la chance que vous avez d'avoir trouvé cet amour d'une rare pureté, d'avoir su garder l'espoir que cet amour avec un grand A survive à toutes les épreuves que la vie vous a envoyées et, surtout, jusqu'à la fin de votre vie ne perdez jamais la foi l'un en l'autre. Vous êtes faits l'un pour l'autre et ces quatre minuscules feuilles en seront le signe éternel.

Sur ces mots empreints de tendresse, Pamela fondit en larmes dans les bras de son amie tandis que James, la gorge serrée, restait figé. Les premières notes de la chanson « Je l'aime à mourir » de Francis CABREL provoquèrent une vague d'émotion à travers l'assemblée, où de nombreux mouchoirs tamponnèrent les yeux.

Paul en profita pour se faufiler discrètement derrière le photographe qui immortalisait l'intensité du moment. Il attendit patiemment que Pamela sèche ses larmes puis annonça sa lecture.

– Je vous dédie cette histoire vraie, l'une des plus belles que je connaisse, racontée par l'admirable Père GILBERT, nous donnant une belle leçon de vie. C'est l'histoire du foulard blanc, que voici.

89

« Jean, vingt ans, avait provoqué ses parents de façon inqualifiable. Vous savez, le genre de chose dont une famille ne se remet pas, en général. Alors son père lui dit : « Jean, fous le camp ! Ne remets plus jamais les pieds à la maison ! ».

Jean est parti, la mort dans l'âme. Et puis, quelques semaines plus tard, il se dit : « J'ai été la pire des ordures ! Je vais demander pardon à mon père... Oh oui ! Je vais lui dire : pardon. ».

Alors, il écrit à son père : « Papa, je te demande pardon. J'ai été le pire des pourris et des salauds. Mais je t'en prie, Papa, peux-tu me pardonner ? Je ne te mets pas mon adresse sur l'enveloppe, non... mais simplement, si tu me pardonnes, je t'en prie, mets un foulard blanc sur le pommier qui est devant la maison. Tu sais, la longue allée de pommiers qui conduit à la maison. Sur le dernier pommier, Papa, mets un foulard blanc si tu me pardonnes. Alors je saurai, oui je saurai, que je peux revenir à la maison. ».

Comme il était mort de peur, il se dit : « Je pense que jamais Papa ne mettra ce foulard blanc. ». Alors, il appelle son ami, son frère, Marc, et dit : « Je t'en supplie, Marc, viens avec moi. Voilà ce qu'on va faire : je vais conduire jusqu'à cinq cents mètres de la maison et je te passerai le volant. Je fermerai les yeux. Lentement, tu descendras l'allée bordée de pommiers. Tu t'arrêteras. Si tu vois le foulard blanc sur le dernier pommier devant la maison, alors je bondirai. Sinon, je garderai les yeux fermés et tu repartiras. Je ne reviendrai plus jamais à la maison. ».

Ainsi dit, ainsi fait. À cinq cents mètres de la maison, Jean passe le volant à Marc et ferme les yeux. Lentement, Marc descend l'allée des pommiers. Puis il s'arrête. Et Jean, toujours les yeux fermés, dit : « Marc, mon ami, mon frère, je t'en supplie, est-ce que mon père a mis un foulard blanc dans le pommier devant la maison ? ».

Marc lui répond : « Non, il n'y a pas un foulard blanc sur le pommier devant la maison... mais il y en a des centaines sur tous les pommiers qui conduisent à la maison ! ».

Puissiez-vous, chers amis, vous qui avez entendu cette belle histoire, emporter dans votre cœur des milliers de foulards blancs ! Ils seront autant de miracles que vous sèmerez partout, en demandant pardon à ceux que vous avez offensés ou en pardonnant vous-mêmes. Alors vous serez des êtres de miséricorde ! Ce monde d'aujourd'hui a une immense soif d'hommes et de femmes emplis de miséricorde. Catholiques, Protestants, Orthodoxes, Musulmans, Juifs, Bouddhistes, Athées ou Agnostiques, soyez des êtres de Miséricorde ! »

Merci d'être là pour célébrer l'amour de Pamela et James ! Que cela dynamise celui que vous vivez, chacun d'entre vous !

Lorsque Paul termina sa lecture, l'assemblée resta muette, comme si une minute de silence avait été décrétée. Paul ne bougeait pas non plus, se réjouissant de voir que les paroles du Père GILBERT résonnaient en chacune des personnes présentes. Il était convaincu que le pardon était une arme de paix redoutable et n'avait pas hésité une seule seconde à proposer ce texte à Laurence, lorsqu'ils avaient discuté des rituels symboliques à intégrer à la cérémonie, en cadeau surprise pour leurs amis, visant à leur offrir un moment précieux et, l'espéraient-ils, inoubliable. Perdu dans ses pensées, Paul fut ramené à la réalité, tout comme le reste de l'assemblée, lorsqu'une petite fille rompit le silence en demandant à sa mère : « Est-ce que les pommiers étaient en fleurs ? Parce que si c'était des fleurs blanches, les foulards ne devaient pas être très visibles ! ». Cela déclencha quelques rires puis un tonnerre d'applaudissements s'ensuivit durant de longues minutes, acclamant le texte du Père GILBERT et la merveilleuse symbolique que Paul venait de leur faire découvrir.

La cérémonie reprit son cours lorsque Monsieur le Maire engagea les époux à prêter serment. Sur la chanson « Vivo per Lei » d'Andrea BOCELLI, les deux adorables petites jumelles de Laurence, âgées de cinq ans, vêtues de ravissantes tenues assorties, tendrement poussées par une mamie visiblement fière, déambulèrent timidement le long de l'allée centrale, s'accrochant à un panier de foulards blancs qu'elles remirent aux époux avant de s'éclipser en courant, n'attendant même pas le baiser de remerciement que Pamela voulait leur offrir.

Conquise par la symbolique de ces foulards, Pamela en saisit un et, à la fin de son serment, déclara : « Je te remets ce foulard blanc en m'engageant à toujours essayer d'écouter et de pardonner, parce que tout le monde mérite une seconde chance. ».

Un foulard dans les mains, James prit délicatement celles de son épouse et récita solennellement ses vœux, en ajoutant tendrement : « Je te confie ce foulard blanc, symbole de mon amour, en promettant de te soutenir tout au long de notre vie. ». Sur ces mots, les premières notes de la chanson « Aimer à perdre la raison » de Jean FERRAT envahirent l'espace, enveloppant l'assemblée d'une douce bienveillance. Puis, après une prière universelle pour surmonter les épreuves de la vie, avec une pensée spéciale pour ceux qui n'étaient plus là, la joie reprit le dessus avec l'échange tant attendu des alliances et du baiser, scellant la promesse d'être là l'un pour l'autre, quoi que l'avenir réserve.

Portés par les cris de joie et les applaudissements, les invités en oublièrent les instructions de début de cérémonie et le crépitement des flashs retentit bruyamment. Monsieur le Maire se retint de restreindre ce moment de joie intense et attendit quelques minutes avant de clore la cérémonie. L'ensemble des invités sortit joyeusement sur la terrasse, sous la douce voix de Kate VOEGELE qui les accompagnait sur la chanson « Hallelujah ». Le soleil était resplendissant. Lorsque les deux tourtereaux apparurent enfin à la porte vitrée, ils furent accueillis sous une pluie de pétales de rose lancés par des enfants heureux de pouvoir enfin libérer le trop-plein d'énergie accumulé après avoir dû rester sagement assis durant plus d'une heure. Guidée par des témoins ravis d'avoir été acteurs de ce moment de bonheur partagé si touchant de sincérité, « L'envie d'aimer » de Daniel LÉVY fut entonnée par l'ensemble des invités.

Alors que les rafraîchissements étaient servis et que tout le monde semblait bien occupé, en grande discussion pendant que les enfants jouaient au loup glacé, nos deux âmes sœurs s'éclipsèrent, accompagnées par des lanternes posées au sol jusqu'à l'entrée du jardin à l'anglaise où ils s'étaient rencontrés la première fois. Là, ils choisirent l'endroit idéal pour enterrer la capsule temporelle dans laquelle ils avaient enfermé divers objets symboliques de leur amour, avec la promesse de la déterrer chaque année pour se remémorer ces moments et l'enrichir de nouveaux trésors. Saisis par l'émotion mais heureux et sereins, main dans la main, ils prirent une grande inspiration. Il était temps de rejoindre tous leurs amis. Que la fête commence !

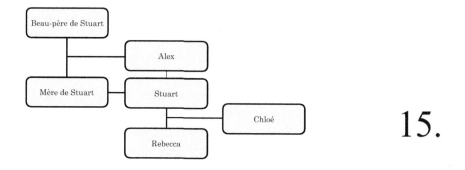

15.

De retour en Angleterre après être resté auprès de sa mère ces quinze derniers jours, Stuart n'était plus tout à fait le même. Son éternelle joie de vivre semblait l'avoir quitté. Son frère n'était pas sorti indemne de l'hôpital. Il avait perdu quelque chose d'extrêmement précieux : son autonomie. En perdant la vue, il avait perdu une part de lui-même. Désormais, il lui faudrait compter sur les autres en permanence. Il allait devoir quitter le lycée et accepter de vivre aux crochets de ses parents. C'était insoutenable. Il n'avait même pas dix-huit ans. Sa vie était fichue. Il était resté huit jours à l'hôpital, entouré d'une équipe très engagée et compétente, l'aidant avec ses soins et sa toilette, mais avant tout l'épaulant psychologiquement, afin de le préparer à cette nouvelle vie qui l'attendait. Sa vie d'après. Mais rien n'y faisait. Il ne pouvait accepter cette injustice. Ne plus rien voir, ni sa famille, ni ses amis, ni ce qui l'entourait au quotidien, ni les couleurs, ni la beauté de la vie, ni sa petite-amie ! Celle-là même qui allait le quitter. En tout cas il allait tout faire pour car elle n'avait pas à subir un grabataire pour le restant de ses jours. Elle ne méritait pas ça. Fini les rallies en moto-cross avec les copains, les sorties cinéma, les escape games qu'il aimait tant, l'accrobranche, les parcs d'attraction, la lecture à deux voix avec Maman, le football, la plus grande de toutes ses passions, lui qui était pourtant si doué et avait même été repéré pour intégrer le FC Nantes à la prochaine rentrée ! Sa vie venait de s'arrêter d'un seul coup. Il avait beau être habitué aux challenges, cette épreuve était bien trop difficile. Insupportable, même. Il ne pouvait pas accepter de survivre, tel un légume, lui qui avait toujours été si actif. Il n'avait plus qu'une chose en tête : quitter ce monde pour de bon. De retour à la maison, enfermé toute la journée, il pleurait du matin au soir. Il ne voulait pas que Stuart s'occupe de lui, il voulait juste qu'on le laisse dans son obscurité. En fait si, il demanda une faveur à son frère : qu'il l'aide à en finir. Une semaine du soutien de Stuart ne suffit pas à réinsuffler la vie dans cette maison sur laquelle le sort s'acharnait encore. Il savait pourtant que sa mère était forte, qu'elle était un roc, le pilier de la famille depuis que son mari était parti vingt-trois ans plus tôt. Il savait qu'elle surmonterait cette nouvelle épreuve. Seulement, sa tristesse était immense lorsqu'il prit le chemin du retour, le chemin de cette maison qu'il avait désormais dans l'idée de quitter le plus rapidement possible. Ils avaient beau ne pas avoir le même géniteur, Alex n'en était pas moins son frère. Ils étaient une famille. Il devait revenir auprès d'eux et les soutenir. Pas uniquement à distance. Ce n'était plus possible. Sa décision était prise. Rebecca avait raison, comme toujours. Leur prochaine destination serait la France.

Il leur fallut plusieurs mois pour organiser leur nouvelle vie. D'abord trouver un nouvel emploi. Stuart travaillerait à l'hôpital Saint-Louis, dans le service d'orthopédie gériatrique, et Rebecca avait trouvé un emploi d'Agent Territorial Spécialisé dans les Écoles Maternelles. Elle n'avait pas pu déposer son dossier dans les délais, mais grâce aux connaissances et à l'influence du beau-père de Stuart, qui avait mis en avant son expérience dans la création de l'école française et des cours qu'elle avait donnés, le président du Centre de Gestion de la Fonction Publique Territoriale de la Charente-Maritime avait accepté d'étudier son dossier. Elle avait finalement pu passer le concours et réussi haut la main. Elle exercerait donc sa nouvelle fonction d'ATSEM dans le groupe scolaire Beauregard. C'est sûr que niveau salaire, la vie allait être différente. Mais en même temps, vu l'argent qu'ils avaient mis de côté faute de pouvoir le dépenser dans leur vie débordant d'activités, ils avaient un peu de temps devant eux pour s'adapter à cette nouvelle vie. Et puis ce serait tout de même beaucoup moins cher de vivre à La Rochelle qu'à Londres !

Trouver un emploi : check. Maintenant, le moment était venu de donner leur démission. Ce fut un crève-cœur pour Stuart d'abandonner ses amis, comme il aimait appeler les patients de l'hôpital. Rebecca, quant à elle, était tout aussi nostalgique. La vie trépidante de la finance, de La City, de Londres, de l'Angleterre serait bientôt derrière elle. Allait-elle réussir à s'adapter à une vie si différente, dans un pays étranger, avec des coutumes inconnues ? Au moins, elle n'aurait pas à faire face à la barrière de la langue, c'était déjà ça.

Troisième étape : chercher une maison. Pas facile de trouver la perle rare à distance. Difficile de se prononcer sur photos, sans visiter les lieux, sans voir l'environnement. Ils décidèrent donc de louer une petite maison dans le village voisin de Puilboreau. Ce serait ensuite plus facile, une fois sur place, de prospecter pour acheter. Entre dix minutes et un quart d'heure de route pour aller au travail, ça allait les changer drastiquement de leur vie londonienne ! Un petit village de campagne, aux portes d'une ville de taille moyenne, c'est sûr qu'ils allaient réussir à atteindre leur objectif de vivre plus calmement ! Aucun doute là-dessus.

Il ne restait plus qu'à inscrire Chloé à l'école. Il fallut qu'elle passe un entretien téléphonique pour prouver qu'elle parlait suffisamment bien le français pour intégrer l'établissement scolaire. Puis un test de français et de maths pour démontrer qu'elle avait le niveau requis pour passer dans la classe supérieure. La décision du chef d'établissement leur parvint enfin. Elle ferait bien sa prochaine rentrée au collège Beauregard, en classe de quatrième.

Stuart posa ses derniers jours de congés avant la fin de son contrat et descendit s'occuper quelques jours de son frère pendant que sa mère et son beau-père partaient en weekend. Officiellement pour un voyage d'affaires. Officieusement pour tenter de se changer un peu les idées. Ils avaient grand besoin de reprendre une bouffée d'oxygène afin de ne pas flancher et d'être à la hauteur pour aider Alex à prendre sa nouvelle vie en main. C'était déjà tellement difficile pour lui, il ne fallait surtout pas qu'il sente le mal-être de ses parents. Il avait besoin de toutes leurs forces pour l'aider à surmonter la dépression dans laquelle il était tombé depuis l'accident. Stuart constata avec joie que son frère avait parcouru un petit bout de chemin. Il ne passait plus ses journées à dormir, comme les premiers jours où il disait qu'il fallait qu'on le laisse tranquille parce qu'au moins dans ses rêves il voyait encore la vie et ses couleurs. Il n'était toujours pas sorti de la maison mais il se déplaçait maintenant relativement aisément à l'intérieur. Finies les chutes dans ce noir complet. Quelques aménagements avaient été réalisés pour lui simplifier la vie au quotidien et diminuer les risques de chute ou de casse. Il n'y avait plus de banquette dans le hall d'entrée et le meuble à chaussures avait été remplacé par un meuble plus haut pour qu'Alex puisse le sentir de la main en passant devant et ne pas buter dedans. Exit les étagères à bibelots qui risquaient de se casser à tout moment et de déchirer le cœur bien fragile d'un Alex impuissant face à cette fatalité. La table basse en verre du salon avait également disparu, remplacée par de petites tables gigognes de chaque côté du canapé. Tout l'intérieur avait été repensé pour lui faciliter le retour à une vie la plus normale possible. Il semblait s'habituer doucement à cette nouvelle existence. La colère avait disparu de son visage. Le deuil de sa vision, de sa mobilité et de son ancienne vie hyperactive était amorcé.

Durant trois jours, Stuart aida son frère à relever de nouveaux challenges : sortir de la maison, puis traverser la rue et aller jusqu'à la boulangerie pour acheter du pain. Défis relevés sans trop d'encombre, passée la honte de sentir les regards de pitié se poser sur lui et sur sa canne blanche. Alex devait se convaincre que Blanchette deviendrait rapidement sa meilleure amie, en l'aidant à anticiper les obstacles présents à proximité. Et ce fut vraisemblablement le cas. Ces étapes indispensables l'encouragèrent à persévérer. Mais il n'était pas question de lui donner de trop gros défis sous peine de le décourager. Il allait falloir augmenter le niveau de difficulté très progressivement pour qu'il retrouve une certaine confiance en lui et en toutes ses capacités restantes. Il n'y avait que comme ça qu'il réussirait à s'adapter.

À la fin du weekend, ce fut au tour de Stuart de relever un challenge. Il laissa sa voiture chez sa mère et remonta en Angleterre au volant d'un fourgon utilitaire, équipé d'un haillon pour faciliter chargement et déchargement, qu'il avait loué pour la semaine. Rebecca et Chloé avaient préparé tous les cartons durant son absence. Un travail de Titan. Il ne restait maintenant plus qu'à tout charger. Le lendemain soir, leur vie se résumait à vingt mètres cubes et tenait désormais dans ce camion. Il ne restait à l'intérieur de la maison que la bouilloire, les sacs de couchage, les affaires de toilette et trois cœurs à la fois vides et pleins d'espoir. Demain, ils laisseraient leur maison du bonheur derrière eux, ainsi que leur vie trépidante. Vivement après-demain !

Alors que Rebecca et Stuart étaient affalés le long du mur de leur ancien salon, exténués par cette journée éreintante à porter meubles et cartons, Chloé, quant à elle, bavardait comme une pipelette. Peut-être parce que c'était drôle d'entendre l'écho qui résonnait à chaque mot, sans meuble pour absorber les ondes de bruit. Peut-être aussi, et surtout, pour essayer de combler le vide qui avait tout à coup envahi l'espace. Son espace. Sa maison. Son bonheur. Elle n'avait connu que cet endroit de toute sa vie. Elle y avait fait ses premiers pas, avait joué et grandi ici. Son école était là. Et surtout ses amies. Comment allait-elle survivre sans elles au quotidien ? Elles qui la protégeaient si bien. Oui, c'est vrai que partir était un soulagement parce qu'elle allait échapper à ces deux troisièmes qui n'arrêtaient pas de s'en prendre à elle parce qu'elle était la plus petite de sa classe. Mais elle n'allait pas rattraper son retard de croissance en un été, elle serait sans doute toujours la plus petite. Et en plus elle aurait une tare supplémentaire avec son accent anglais. Tout le monde allait se moquer d'elle, c'est sûr ! Alors, si ses amies n'étaient plus là pour la protéger, comment allait-elle faire ? Elle ne retrouverait pas d'autres amies aussi proches et aussi vaillantes pour l'aider à affronter ses ennemis.

Il fallait qu'elle apprenne à se débrouiller toute seule. Ça ne servirait à rien d'en parler à sa mère. Elle ne pourrait rien faire pour elle à l'école et, en plus, ça ne ferait que l'inquiéter davantage, elle qui était encore bien fragile à l'heure actuelle. Non, c'était décidé, elle allait demander à ses parents de l'inscrire dans un club de boxe à la rentrée. Ou de judo. Ou de karaté. Quoi qu'il en soit, elle devait apprendre à se défendre toute seule. Ses parents seraient fiers d'elle quand ils apprendraient qu'elle avait réussi à surmonter le harcèlement dont elle était victime. Parce que c'est sûr que ça allait recommencer. Il fallait qu'elle s'y prépare.

Alors, en attendant, pour oublier les pensées négatives qui envahissaient son esprit, ce soir elle ne cessait de parler. Comme si sa vie en dépendait. Ses parents lui souriaient en retour mais elle voyait bien qu'ils n'étaient pas dans leur assiette, eux non plus. Alors, elle parlait. C'était génial de faire du camping, même si c'était un peu bizarre d'en faire à l'intérieur de la maison. Il faudrait qu'ils aillent camper pour de vrai, dans la nature. Peut-être autour d'un lac ? Ou sur la plage ? Mais ils partiraient où en vacances, maintenant qu'ils allaient habiter sur place ? Au moins, elle pourrait inviter ses amies à venir passer leurs vacances dans leur nouvelle maison. Elles pourraient camper toutes ensemble dans le jardin ! Et elles pourraient profiter de la piscine, ça allait être génial ! Il faudrait absolument que la prochaine maison, celle que ses parents envisageaient d'acheter, possède aussi une piscine, c'était indispensable maintenant qu'ils allaient habiter dans un pays ensoleillé ! Rebecca riait franchement, maintenant. Que c'était beau l'innocence de la jeunesse ! Elle regardait sa fille babiller comme une enfant et ça lui procurait un immense soulagement de savoir qu'au moins, elle, ne redoutait pas ce déménagement. Ce changement radical de vie. Elle enviait ce regard candide sur la vie. Si tout pouvait être aussi simple et sans souci !

À leur arrivée à Puilboreau, deux voitures étaient garées devant la maison : celle de Stuart et, derrière elle, celle de son beau-père. Rien que de l'extérieur, la maison paraissait tellement plus grande que celle qu'ils venaient de quitter ! Déjà, il y avait un garage. Et l'allée pavée devant la maison, au milieu de laquelle trônait fièrement un olivier – que ça sentait bon les vacances ! – était quasiment aussi grande que leur précédent jardin !

Le ciel était gris mais assez lumineux. Ils ne devraient pas être dérangés par la pluie durant l'emménagement. Les jambes un peu rouillées en descendant du véhicule, les quelques pas jusqu'à la porte d'entrée ne furent pas très rapides ni très assurés. Ils n'étaient pas encore arrivés à la porte que celle-ci s'ouvrait sur une Mamie au sourire radieux et aux bras grands ouverts. Elle était tellement heureuse que son fils et sa famille viennent rejoindre sa tribu. Seulement quelques dizaines de kilomètres les sépareraient désormais. Ils pourraient se voir régulièrement maintenant, beaucoup plus souvent que les rencontres semestrielles auxquelles ils étaient contraints jusqu'à présent. Quel bonheur !

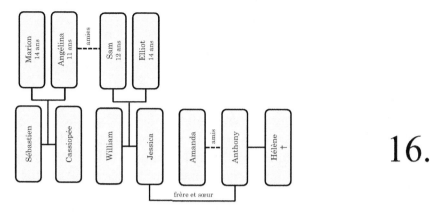

16.

Un coup de coude et la boîte de biscuits tomba de la table. Sacrilège ! En plus, des biscuits faits maison ! Mais Marion la rattrapa au vol juste avant qu'elle ne touche le sol. Tous les regards étaient braqués sur elle. Fallait-il se moquer d'elle pour sa maladresse ou la féliciter pour ses bons réflexes ? Marion baissa les yeux, honteuse d'être encore le centre de l'attention pour sa gaucherie. Ce n'était pas de sa faute, elle ne le faisait pas exprès, elle avait toujours été comme ça. Amanda sentant son malaise, y mit rapidement fin :

– Eh bien, on pourra dire que tu es le sauveur du monde, aujourd'hui ! Tu as sauvé les biscuits, bravo !

Tout le monde se mit à rire et SuperMarion se dérida à son tour. En même temps, il fallait avouer qu'il n'y avait plus beaucoup de place sur la table, vu le gargantuesque goûter qu'avait préparé une Amanda qui voulait faire plaisir à toute cette gentille petite troupe !

Une fois repus, ils sortirent et se laissèrent tomber sur l'herbe, adossés à la fontaine face à l'entrée du château, incapables de se décider à faire quoi que ce soit qui ressemble à de l'activité physique. Il faut dire qu'après une très courte nuit où certaines aventurières déambulaient encore dans les couloirs du château à minuit, la randonnée de cinq heures en montagne avec Cassiopée et Sébastien avait fini d'annihiler les dernières forces du groupe !

– Ça vous dit de faire un concours de blagues, proposa Elliot espérant ne pas avoir à bouger de sitôt. Je commence : comment appelle-t-on un chat tout terrain ?

– Un chapardeur ? tenta Sam, sous les regards interrogateurs des trois autres. Bah oui, parce qu'il est plein d'ardeur !

– Euh non ! Ce n'est pas la bonne réponse. Vous donnez votre langue au chat, sans jeu de mot ?!! Un cat cat ! s'exclama Elliot fier de sa double blague.

– Ah ouais, pas mal ! À mon tour, lança Sam. À votre avis, pourquoi les flamants roses lèvent-ils une patte en dormant ?

– Parce que s'ils levaient les deux, ils ne tiendraient plus debout ! Sauf si SuperMarion était à côté pour les sauver, MDR ! répondit Angélina un sourire aux lèvres, rapidement imitée par Sam et Elliot.

– Ha ha ha, même pas drôle !

– Ok, alors à ton tour ! Sors-nous-en une bonne ! la défia Sam.

Un moment de réflexion puis Marion se lança.

– Avec quoi ramasse-t-on la papaye ?

…

– Bah, avec une foufourche, évidemment !

– Ok, t'as gagné, j'adore, elle est trop bonne ! répondit Sam en l'applaudissant.

– Euh sinon, j'ai aussi le droit de faire une blague ? demanda Angélina en croisant les bras et en fronçant les sourcils d'un air faussement boudeur, sous les rires de ses acolytes. Qu'est-ce qu'un squelette dans une armoire ?

– Trop facile : quelqu'un qui a gagné à cache-cache ! D'ailleurs, si on en faisait un ? proposa Sam profitant de l'occasion.

– Ok, si on compte au moins jusqu'à cinquante pour qu'on ait le temps d'aller se cacher sans courir, se lamenta Marion une main posée sur son estomac prêt à éclater.

– D'accord, c'est moi qui compte en premier, se hâta d'ajouter Elliot pour ne pas avoir à se lever.

Marion fit le tour du château et traversa la roseraie. Pas de cachette bien abritée ici. Arrivée au bord de l'étang, elle partit plein Ouest. Si elle prenait de l'autre côté, elle arriverait au solarium où Elliot la trouverait en un rien de temps puisque c'était là qu'il s'était si bien caché et moqué d'elle la veille. Pas question de le laisser gagner facilement ! Surtout qu'elle était en terrain inconnu alors que lui jouait à domicile. Quelques dizaines de mètres plus loin, elle s'approcha de ce qui ressemblait à une maisonnette en pierre. Par curiosité, elle poussa la porte et fut prise d'un violent éternuement au contact de la poussière qui envahissait l'espace intérieur. Oh la la, marche arrière toute, elle allait se faire remarquer si elle restait là ! Elle referma doucement la porte et contourna la cabane. Pardessus la haie, elle aperçut Sam au loin traversant le potager en direction de ce qui ressemblait à une serre. Elle décida de stopper là sa recherche de la cachette idéale et s'assit au sol, abritée par les arbustes de deux côtés, adossée au mur de l'abri et ayant une belle vue sur l'étang. Impeccable, elle pourrait rester là à admirer les canards glissant majestueusement sur l'eau ! Pourvu qu'Elliot ne la trouve pas trop rapidement !

Sam avait contourné le château côté Ouest et traversé le jardin potager car elle était persuadée qu'Elliot ne connaissait pas cette cachette qu'elle avait trouvé par hasard l'année précédente en suivant des traces de pas intrigantes dans la neige. Arrivée devant la serre, elle regarda autour d'elle et, une fois certaine de ne voir et entendre personne, elle y pénétra prudemment en essayant de faire le moins de bruit possible alors que la porte coulissait. Seulement une vingtaine de mètres et une haie de bambous la séparait de son frère. Elle l'entendait compter. Trente-sept, trente-huit, trente-neuf. Elle n'attendit pas davantage, entrouvrit la petite porte sur le côté de la serre et quitta la clarté du potager pour pénétrer dans l'épaisse forêt. Une fois ses yeux habitués à la différence de luminosité, elle suivit les traces laissées au sol par un piétinement qui semblait être régulier au vu de l'absence de végétation à cet endroit, se demandant qui de son oncle ou d'Amanda pouvait bien utiliser ce chemin et pour quelle obscure raison. Elle s'enfonça peu à peu dans le sous-bois, jusqu'à l'entrée de la grotte. Rien de changé depuis la dernière fois qu'elle y était allée. Elle frissonna en entrant. Il y faisait toujours aussi froid. Si encore elle y avait trouvé un semblant d'aménagement, avec ne serait-ce qu'une chaise, elle aurait compris que cela puisse être un endroit où venir se réfugier, loin des regards. Si elle n'avait pas si peur d'inquiéter sa mère, elle adorerait pouvoir venir lire ici, où aucun bruit ne pénétrait cet endroit isolé, perdu au milieu de la forêt. Mais il était hors de question qu'elle dévoile son secret à quiconque ! Personne ne devait savoir qu'elle avait découvert cet endroit magique ! Ce devait être tellement ressourçant d'échapper à son quotidien en prenant un moment juste pour soi ! C'était sûrement pour cette raison qu'Amanda ou son oncle venait ici. L'endroit était si paisible. Une chose était certaine, c'était LA cachette parfaite ! Personne ne la trouverait, c'était sûr ! C'est alors qu'elle sursauta en entendant « trouvé ! ». Elle se retourna promptement vers l'endroit d'où provenait le son. Devant elle, rien que le mur de la grotte. Elle regarda tout autour d'elle sans apercevoir personne.

— Tu aurais pu trouver mieux comme cachette !

— En fait, je n'ai pas vraiment eu le temps de me cacher, s'excusa Angélina. Je me suis retrouvée ici et je me suis mise à chercher d'où pouvaient provenir les bruits que j'ai entendu hier. J'ai essayé de faire le tour de cet énorme rocher pour voir si on pouvait grimper dessus mais je n'ai rien trouvé parce que sur le côté les arbustes sont piquants et impénétrables. Du coup je suis revenue sur mes pas et tu es arrivé !

— Pas grave, allez viens on va chercher les autres, tu vas m'aider, ça ira plus vite à deux !

Sam était épatée de se rendre compte à quel point les voix portaient à travers la pierre. Ce devait être à cause du puits de lumière. Elle n'avait jamais rien vu de pareil. Elle avait déjà vu des trous au sommet de cavités mais jamais de biais comme ici. En même temps c'était encore mieux parce qu'au moins la pluie ne risquait pas d'inonder les lieux ! Elle entendit Angélina et Elliot s'éloigner et se maudit de n'avoir pas pensé à prendre un livre pour s'occuper parce qu'elle savait qu'elle allait devoir attendre longtemps avant que son frère ne jette l'éponge et ne l'enjoigne à sortir de sa cachette, las de la chercher. Elle s'assit sur une pierre à peu près plane et commença à chanter dans sa tête, pour faire passer le temps. Elle avait tellement passé de temps, ces derniers mois, au téléphone avec Marion pour l'aider à réviser ses chansons afin qu'elle puisse se présenter au casting de *N'oubliez pas les paroles* qu'elle en connaissait maintenant par cœur presqu'autant qu'elle ! Après avoir entonné quelques classiques, de Florent PAGNY, Jean-Jacques GOLDMAN, Céline DION, les Trois cafés gourmands, elle était en train de chercher le Cœurdonnier de SOPRANO lorsqu'elle entendit des voix. Pas possible ! Il connaissait donc cette cachette et ne lui avait rien dit ?!! Non, ce n'était pas la voix d'Elliot. Elle ne les reconnaissait pas. Elles se rapprochaient. Sam eut le réflexe de se cacher derrière le rocher sur lequel elle s'était assise. De là elle voyait l'entrée et une bonne partie de la grotte. Mais qui étaient donc ces gens ? Et que faisaient-ils dans la propriété de son oncle ? Se sentant stupide de s'être cachée alors qu'elle avait le droit, elle, d'être ici, contrairement à ces personnes, elle n'osa pas bouger. Ils s'assirent sur le rocher plat, juste au-dessus d'elle. Sam commença à prendre peur. Seuls des délinquants pouvaient venir se cacher dans un endroit secret au beau milieu de la forêt d'une propriété privée. S'ils se retournaient et la trouvaient là, que lui arriverait-il ? Elle qui se gargarisait tant, une demi-heure plus tôt, d'avoir trouvé la cachette suprême, priait pour que son frère ait l'heureuse idée de se hasarder hors des sentiers battus et fasse suffisamment de bruit pour faire fuir ces intrus. La peur commençait à lui donner des crampes. À moins que ce ne soit la position inconfortable qu'elle n'osait quitter de peur d'attirer l'attention. Personne ne savait qu'elle était là. Personne ne penserait à venir la chercher ici. Les prières remplacèrent les chansons dans sa tête, jusqu'à ce qu'elle comprenne qu'il ne s'agissait pas de criminels.

– Si tu rencontrais un génie qui te donnait la possibilité d'exaucer un vœu, lequel serait-il ? demanda la femme.

– J'aimerais tellement pouvoir remonter le temps pour éviter les erreurs du passé et tout faire pour te rendre heureuse ! répondit sans hésiter l'homme en lui attrapant la main.

Un couple d'amoureux ! Mais comment connaissaient-il cet endroit secret ? Et comment étaient-ils entrés dans la propriété ? Ils ne pouvaient pas être venus du potager, il devait y avoir un autre chemin. Elle mènerait l'enquête dès qu'elle en aurait l'occasion. En attendant, elle continua à souffrir en silence dans son inconfortable position. Au bout de quelques minutes, la conversation devint plutôt intrigante.

– Pourriez-vous me dire ce que nous faisons en cet endroit lugubre, monsieur ? Je souhaiterais retourner dans ma chambre, s'il vous plaît, exigea la dame d'un ton détaché qui n'avait plus rien à voir avec l'amour qui s'entendait précédemment dans sa voix.

– Oui, tu as raison, il commence à faire froid, rentrons, lui répondit l'homme d'un air triste.

103

Dès que le couple quitta la grotte, Sam se releva doucement, les muscles tétanisés et endoloris. Elle attendit une minute avant de se diriger en direction de l'entrée, de peur qu'ils ne reviennent sur leurs pas. En sortant, elle entendit un craquement au loin sur sa droite. Elle ne l'avait pas vu avant mais un sentier, encore moins visible que celui qu'elle avait emprunté, partait dans cette direction. Après la peur qu'elle venait de vivre, elle n'avait aucune envie de s'enquérir maintenant de sa destination. Ce serait pour une autre fois. En cet instant précis, elle n'avait qu'une hâte : retrouver les autres. Elle pressa le pas pour rejoindre la serre le plus vite possible, traversa le potager et ne se sentit vraiment en sécurité que lorsqu'elle atteignit l'abri de jardin, en entendant les rires joyeux de ses amies et de son frère de l'autre côté.

– Je crois qu'elle est cachée dans la serre, répondit fièrement Marion lorsqu'Elliot lui demanda de les aider à trouver Sam.

– Eh non, je suis là ! s'exclama Sam en sortant de la maisonnette, ravie de surprendre tout le monde.

– Tu n'as même pas attendu qu'on te cherche ? s'étonna Elliot.

– Bah j'ai préféré sortir de ma cachette avant de m'endormir, vu le temps qu'il t'a fallu pour en trouver deux ! ricana Sam pour ne pas avoir à révéler son secret.

– J'avoue. C'est vrai que j'aurais pu trouver le temps long si le spectacle n'était si distrayant avec les canards qui n'arrêtent pas de faire des allers et retours d'un bout à l'autre en cancanant ! ajouta Marion pour ne pas être en reste. Et sinon, vous connaissez la personne qui habite la maisonnette au bout de l'étang ?

– Mais personne n'habite la cabane ! L'étang fait entièrement partie du domaine, jusqu'après la forêt, et la cabane appartient à Tonton. Elle n'est utilisée que lorsque nous allons pique-niquer là-bas. Mais en voilà une super idée ! Ça vous dit qu'on demande si on peut aller dormir là-bas ? Ce serait génial !

– Oui, sauf s'il y a déjà quelqu'un là-bas.

– Mais pourquoi voudrais-tu qu'il y ait quelqu'un d'autre ?

– Parce que j'ai vu de la lumière.

– Ce n'est pas possible, il n'y a même pas l'électricité, tu as dû rêver. Le soleil de février tape fort, apparemment !

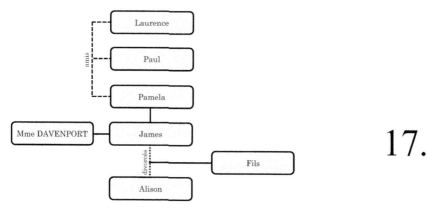

17.

Que les années sont douces quand on vit auprès de celui qu'on aime, après avoir passé le tiers de sa vie à ne plus croire en l'amour ! Pamela n'avait pas vu les années défiler, contrairement à James. Aujourd'hui, ils déterraient pour la cinquième fois leur capsule temporelle, pour une soirée anniversaire qui se voulait confidentielle, à leur image. Chaque année, invariablement, ils se consacraient exclusivement l'un à l'autre tout au long de cette journée spéciale, partageant des moments intimes de lecture à haute voix, confortablement installés dans le petit salon ; à peindre côte à côte, chevalets face au jardin, dans le grand salon des arts ; à se promener main dans la main sur les hauteurs du Grand-Bornand ; et à se concocter un repas festif avant de plonger dans leurs précieuses réminiscences exhumées de leur capsule temporelle. À mesure que la boîte se vidait, envahis par les émotions, les liens les unissant se resserraient davantage, si tant était possible. Venait alors le moment de la remplir à nouveau et de l'enrichir d'objets symboliques récents pour se créer de futurs souvenirs. Mais ce soir, un dilemme les tourmentait. Devaient-ils y ajouter de nouvelles marques d'amour ? Cela servirait-il à quelque chose ? Était-ce la dernière fois qu'ils déterraient cette capsule pleine de passion ? Devaient-ils la réenterrer pour toujours ? Toutes ces questions les préoccupaient depuis plusieurs semaines. Mais ce soir, il leur fallait prendre une décision. Après avoir filé le parfait amour toutes ces années, un grain de sable enrayait aujourd'hui les engrenages de leur bonheur. Une seule décision radicale s'imposait : quitter le château. Non pour fuir quelque démon les empêchant d'y être heureux, mais par résignation, n'ayant plus la capacité ni la force de le choyer.

Indéniablement, bien que travaillant principalement à distance, James ne ménageait pas ses efforts et son chef et ami, Tom, en était pleinement conscient et extrêmement satisfait de la qualité du travail de son meilleur élément. James excellait tout simplement dans sa discipline et chacun de ses déplacements sur Paris le démontrait en ramenant de nouveaux contrats publicitaires à l'agence. Mais les voyages se clairsemaient et l'agence affichait un déficit croissant. Trois années consécutives de dépenses supérieures aux revenus, principalement dues à la crise économique mondiale. Malheureusement, le temps jouait contre eux et Tom avait dû prendre des décisions. Il composa à contrecœur le numéro de téléphone de son vieil ami, qu'il ne pouvait voir en personne vu la distance. Une longue discussion s'ensuivit entre les deux amis, aussi douloureuse pour l'un que pour l'autre, aboutissant à la séparation à l'amiable des deux collaborateurs. La généreuse prime de licenciement accordée par Tom permettrait à James de prendre le temps de retrouver un emploi à la hauteur de son talent.

Cependant, le coup était dur à accuser. La difficulté de retrouver du travail à cinquante-deux ans était bien réelle. Les mois passèrent et les entretiens se raréfièrent. Il fallait se rendre à l'évidence : il était surqualifié, trop expérimenté et donc trop cher pour le marché du travail. Qu'allait-il donc pouvoir faire du reste de sa carrière ? Impensable pour lui de vivre aux crochets de sa femme ! Il se sentait si mal de la voir partir travailler pendant qu'il patientait à la maison. Non qu'il restât oisif, loin de là. Il passait ses journées à solliciter son réseau pour tenter de décrocher un entretien d'embauche. Mais le résultat n'était pas là et, chaque soir, il accueillait Pamela avec la déception de ne pas avoir de bonne nouvelle à lui annoncer. Pressentant les difficultés financières à venir, elle avait intensifié son travail au cabinet pour compléter son salaire. Mais, au bout de six mois, il fut clair qu'il ne leur restait que quelques mois pour vivre décemment sur la prime de licenciement de James. Les dépenses pour l'entretien du château deviendraient vite au-dessus de leurs moyens. Cette situation commença à engendrer quelques tensions au sein du couple, jusqu'ici si soudé. James devint progressivement aigri et parfois sec dans ses propos, lorsque Pamela lui parlait de ses difficultés professionnelles. « Au moins, toi tu as un travail ! » lui avait-il lancé un soir, sans aucune empathie. Ils ne s'étaient plus parlé du reste de la soirée et, en se couchant, James s'en était voulu d'avoir été aussi dur. Elle ne le méritait pas. Cette nuit-là, leur première dispute les avait empêchés de dormir. Pourtant, il n'avait pas entendu les sanglots de sa femme, qui se demandait comment ils surmonteraient cette épreuve. Il était, de son côté, plongé dans ses pensées, cherchant une alternative à la fuite. En vain. Lui qui avait toujours été si doué en communication et en recherche d'idées novatrices, se sentait totalement impuissant. Était-ce parce que ça le touchait de trop près ? Peu importait en soi. Il devait trouver une solution. À vrai dire, il en avait bien trouvé une, mais il en redoutait les dommages collatéraux. Il s'évertuait donc à en chercher une autre. Sans succès. Plus il cherchait, moins il trouvait et plus il se sentait stressé, le rendant désagréable avec Pamela. Jusqu'au jour où elle en eut assez. Alors que Laurence rentrait au cabinet et préparait une réconfortante tisane, après une longue journée de visites à domicile, Pamela se confia à son employeur. Laurence était abasourdie d'entendre les problèmes que Pamela lui avait cachés depuis tant de mois. En tant que témoin de mariage et en qualité de meilleure amie, elle aurait espéré être dans la confidence, pour pouvoir apporter son soutien et son aide. La tisane avait refroidi depuis longtemps, sans que Laurence n'ait fait le moindre geste pour en avaler une gorgée, lorsque Pamela finit enfin par aborder le sujet épineux qu'elle souhaitait évoquer.

– Je te dois beaucoup, Laurence, commença-t-elle hésitante. Énormément, même. Je me sens tellement redevable de tout ce que tu as fait pour moi et je ne ferai rien pour te nuire. Mais…

Elle s'arrêta, tremblant à l'idée d'annoncer la mauvaise nouvelle.

– Mais tu veux partir, n'est-ce pas ? l'aida doucement Laurence.

– Ce n'est pas que je veux partir, je me sens si bien ici, avec Paul et toi. Très peu de gens ont cette chance d'avoir l'impression de travailler en famille. Je me sens extrêmement chanceuse !

Prenant une grande inspiration, elle enchaîna rapidement, pour ne pas que Laurence ne l'empêche de finir ce qu'elle avait à lui dire.

– Mais James ne va vraiment pas bien et je ne peux pas le laisser dépérir de la sorte. Nous n'avons plus les moyens d'entretenir le domaine et je ne me sens pas capable de quitter le château pour y vivre à proximité. Ce serait trop douloureux de voir d'autres personnes y vivre heureuses alors que je n'ai pas réussi à préserver l'héritage de mes parents. Je préfère tout quitter et partir. Mais je ne veux pas que tu te retrouves dans une situation délicate à cause de moi ! Je m'en voudrais tellement ! Tu comprends mon dilemme ?

Peut-être pour se donner une contenance, ou simplement le temps de la réflexion, Laurence saisit sa tasse et se dirigea vers le four à micro-ondes, tournant le dos à son amie, qui n'osait plus parler de peur de l'avoir blessée. Quelques instants plus tard, sa tasse chaude en main, Laurence s'assit de nouveau face à Pamela.

– Je te comprends parfaitement et, crois-moi, je ne t'en veux nullement pas de vouloir échapper à cette situation inextricable pour sauver ton couple ainsi que le domaine. Tu sais, je commence à sentir le poids de l'âge. Je vais sur mes cinquante-trois ans et il devient de plus en plus difficile pour moi de porter et de retourner les patients dans leur lit. Paul est encore vigoureux, tant mieux pour lui ! Mais de mon côté je sens que ma force physique faiblit. Alors, peut-être est-il temps de revoir l'organisation du cabinet ? Je pourrais embaucher une jeune infirmière pour prendre la relève sur le terrain et je reprendrais ton poste au cabinet. On trouvera une solution, ne t'inquiète pas pour nous, il faut que tu penses à toi en priorité. On te soutiendra, quelque décision que tu prennes.

Pamela, qui retenait difficilement son émotion depuis de longues minutes, éclata en sanglots dans les bras de son amie.

– Quelle chance j'ai de vous avoir, Paul et toi ! Vous êtes les meilleurs amis du monde !

– Et maintenant, que comptes-tu faire ? Tu as commencé à chercher un nouvel emploi ? Dans quelle région souhaites-tu t'installer ? J'espère que c'est au soleil et au bord de la mer, pour qu'on puisse venir te rendre visite en vacances ! ajouta-t-elle malicieusement, dans l'espoir de redonner le sourire à son amie.

– Je dois t'avouer que j'avais tellement peur de prendre cette décision et de te faire du mal que je n'y ai pas encore réfléchi ! Il faut déjà que j'en parle avec James !

*
* *

108

Le grand jour était arrivé. Déjà le moment de laisser toute une vie derrière soi. De quitter le seul endroit où ils aient été vraiment heureux. Où ils s'étaient rencontrés, dans ce lieu enchanteur. Quelle décision difficile à prendre ! Tout abandonner. Sacrifier l'héritage durement acquis et transmis par les parents de Pamela. Mais ils n'avaient pas trouvé d'alternative. Leur ciel s'était trop obscurci. Leur quotidien les avait tant oppressés qu'ils s'étaient sentis au bord de l'asphyxie. Ce fardeau était bien trop pesant, même à deux. Il était temps de prendre la décision qui changerait le cours de leur vie. Pour le meilleur, l'espéraient-ils. Pourtant, tous les deux avaient une peur viscérale de la prendre. Une petite phrase prononcée le jour de leur mariage ne cessait de résonner dans leur tête : « le bonheur, ce n'est pas d'être heureux, le bonheur, c'est d'être ensemble quand on s'aime – heureux ou malheureux ». Ils avaient la chance d'être ensemble. Ils n'étaient pas malheureux, même si leur bonheur ne resplendissait plus autant. Les mois passés avaient été réellement éprouvants, plaçant une épée de Damoclès au-dessus de leur tête. Mais fuir était-elle la solution ? N'en seraient-ils pas hantés pour le restant de leurs jours ? Ne devraient-ils pas continuer à lutter pour préserver ce patrimoine si cher à leur cœur ? N'agissaient-ils pas comme des enfants capricieux en fuyant le navire à la moindre difficulté ? Heureusement, leurs amis, Laurence et Paul, les avaient soutenus dans cette crise existentielle. À force de discussions, ils avaient fini par les convaincre que c'était pour eux la bonne décision à prendre, qu'il fallait qu'ils pensent à eux en priorité, pour ne pas risquer d'accumuler des rancœurs et des ressentiments qui finiraient immanquablement par ternir le plus important de tous les capitaux, de tous les patrimoines : leur amour.

Des semaines de réflexion s'étaient ensuivies. Quitter le Grand-Bornand, d'accord, mais pour aller où ? Pour faire quoi ? L'argent, vu l'estimation du domaine, ne serait plus un problème pour le reste de leur vie. Un gros souci de moins à gérer, c'était déjà ça. Mais encore fallait-il trouver l'endroit où poser ses valises pour retrouver cette joie de vivre qui leur faisait tant défaut depuis quelques temps.

– Peut-être pourrions-nous flâner un peu, avant de déterminer notre nouveau point d'ancrage ? proposa timidement Pamela, qui n'avait jamais osé aller au bout de son rêve de découvrir le monde.

– C'est une idée qui mérite réflexion ! On pourrait choisir une première destination, le temps de s'accoutumer à ne plus vivre ici, ce qui nous laissera le temps de réfléchir à l'endroit où se poser ?

– Oui ! On pourrait même envisager un séjour itinérant, pour découvrir différentes régions, tant qu'on est encore jeunes !

– Excellente idée ! Et si on commençait par les contrées les plus lointaines tant qu'on est encore jeunes et en bonne santé ? Un tour du monde ? Pas en quatre-vingt jours… mais peut-être en restant plusieurs semaines au même endroit pour avoir le temps de découvrir les paysages, de comprendre les modes de fonctionnement du pays et de faire de nouvelles connaissances ?

– Ce serait extraordinaire ! On découvrirait tout un tas de cultures différentes ! Comme un voyage initiatique !

Enfin, un avenir coloré se profilait à l'horizon. Le domaine avait été vendu en quelques semaines, avec tout le mobilier. Ils s'étaient séparés du superflu dont ils avaient fait don à des associations locales. Ils ne partaient qu'avec deux valises sous le bras. Lorsque Pamela tourna la clé une ultime fois dans la serrure, refermant ainsi le livre de sa vie au Grand-Bornand, le silence était pesant. Le cœur gros, ils firent une dernière fois leur promenade préférée à travers le domaine, contournant l'étang où les canards nageaient sans un bruit, comme pour respecter leur peine ; bifurquant à travers la forêt, dont même les arbres semblaient s'être concertés pour qu'aucun bruissement de feuille ne profane ce silence religieux ; s'arrêtant dans leur grotte secrète pour un ultime moment de recueillement ; avant de revenir vers le jardin anglais. Devant leur rosier, ce splendide buisson de Rosa Centifolia Parvifolia qui avait provoqué leur rencontre et fait fleurir leur amour, ils se figèrent. Un œil inexpérimenté aurait pu croire qu'ils priaient. De longues minutes de contemplation plus tard, ils repartirent sans un mot, sans un regard l'un pour l'autre. Nul besoin, ils se comprenaient. La capsule ne serait pas enterrée ici. Elle demeurerait avec eux. Pour toujours. Avant de monter en voiture, ils restèrent de longues minutes à emmagasiner les images, à les ancrer au plus profond de leur esprit et de leur cœur, pour ne jamais oublier cette tranche épaisse de bonheur qui avait marqué toutes ces années. Il était temps de partir. Les nouveaux propriétaires les attendaient chez le notaire.

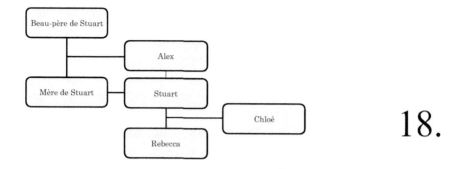

Beau-père de Stuart

Alex

Mère de Stuart — Stuart

Chloé

Rebecca

18.

Stuart commencerait son nouvel emploi le 16 août. Deux semaines de congés ne seraient pas de trop pour s'installer et apprivoiser leur nouvel environnement. Rebecca et Chloé avaient un peu de temps, la rentrée n'était que début septembre, l'une commençant un jour plus tôt que l'autre, pour préparer la rentrée des élèves.

Leur première journée fut consacrée aux courses, à l'agencement des meubles et au déballage des cartons, qu'ils ne terminèrent que cinq jours plus tard, après avoir trouvé de nouvelles pièces de mobilier pour remplir cette maison, beaucoup plus grande que leur ancienne habitation. Chaque soir, ils se faisaient ce petit plaisir immense d'aller marcher le long de la plage de l'Anse de Pampin, à peine à un quart d'heure en voiture de leur nouveau chez eux. Leur nouvelle vie ressemblait à des vacances, elle serait tellement plus douce à vivre, c'était sûr.

Le samedi suivant, ils étaient invités à passer la journée chez Papy et Mamie. C'était la première fois que Chloé voyait son oncle depuis son accident. Ce fut un choc pour elle de le découvrir handicapé. Elle tâcha de ne pas le montrer mais Alex ressentait son mal-être. La cécité avait ce don de décupler les autres sens. « Ne sois pas perturbée parce que j'ai changé de nationalité. Ivoirien ou Français, je resterai toujours ton oncle déjanté ! T'as compris ? Ivoirien, j'y vois rien ? ». Incroyable, c'était lui qui était handicapé à vie et il parvenait à faire de l'humour ! Quelle leçon d'humilité ! Il n'y avait pas de doute, c'était bien toujours ce clown de Tonton Alex ! Il n'avait pas changé, ou presque. Elle oublia rapidement le handicap et ne quitta pas son oncle de toute la journée, discutant avec lui de leur emménagement, de ses joies et de ses angoisses, lui demandant conseil sur les meilleurs arts martiaux à pratiquer par une fille pour pouvoir se défendre, l'emmenant se promener dans le jardin, lui faisant la lecture. Cette fraîcheur et cette candeur firent également beaucoup de bien à Alex, qui sentit pour la première fois qu'un autre regard pouvait être posé sur lui que le regard de pitié auquel il avait été habitué depuis l'accident. Durant toute cette journée, les échanges avaient eu lieu tellement normalement entre les deux qu'il s'était de nouveau senti utile pour quelqu'un. Joyeux. Vivant.

Ce jour marqua le début de sa nouvelle vie, de sa troisième vie. Il y avait eu l'avant accident puis cette longue période de neuf mois de dépression. Comme le symbole de la gestation d'une destinée inédite. Il était maintenant grand temps de rallumer son étoile et de la suivre là où elle guiderait. Fini l'état larvaire et complètement abattu de ces derniers mois, Alex était de retour ! Un nouvel Alex, en mieux, forcément. Peu de personnes avaient la chance d'avoir une seconde chance, une deuxième vie. Il avait grandi. Il n'avait plus peur du noir. À défaut de voir le soleil, il serait guidé par sa propre lumière, telle une étoile qui rayonne de mille feux. Depuis plusieurs semaines, il n'avait plus de migraine ophtalmique à se taper la tête contre un mur. C'était un signe. Signe qu'il était temps de passer à la vitesse supérieure. Dès le lendemain, il fit des recherches sur internet pour trouver de l'aide. Vive les assistants vocaux ! Il n'avait jamais pensé qu'ils pourraient lui être aussi utiles un jour. Après une longue discussion avec ses parents, contact fut pris avec la Maison Départementale pour les Personnes Handicapées (MDPH) de La Rochelle.

Son dossier avait déjà été renseigné, saisi et accepté plus de six mois auparavant, lorsque sa mère était venue demander de l'aide, ne sachant vers qui se tourner. Son fils venait tout juste de commencer son année de Terminale lorsque l'accident était survenu. Il n'était pas retourné au lycée depuis, incapable d'affronter le regard des autres, dans un état dépressif que même les médicaments ne semblaient pouvoir guérir. La colère avait submergé toute la famille. Comment quelqu'un pouvait-il être aussi irresponsable pour rouler si vite à cet endroit où il y avait si peu de visibilité ? Ça les dépassait. Mais le pire, le plus odieux, le plus ignoble, l'impardonnable, c'était la fuite qui avait suivi l'accident. Non-assistance à personne en danger. Leur fils aurait pu mourir au milieu de la route sans que personne ne s'en aperçoive ! Un autre véhicule aurait pu survenir et avoir également un accident, si la providence n'avait mis ce secouriste sur le chemin. Alison l'avait remercié mille fois d'avoir secouru son fils, d'avoir appelé les secours, d'avoir sécurisé la route pour éviter le suraccident. Sans lui, lui avait-elle dit, il aurait pu y avoir d'autres blessés, voire même des morts. Néanmoins, ça ne changeait rien au fait que c'était insupportable de penser que ce chauffard était rentré chez lui, impunément, comme si de rien n'était. Intolérable ! Heureusement, la gendarmerie avait été efficace. Grâce aux caméras de surveillance, le délinquant avait été rapidement identifié. Un jeune homme, à peine plus âgé qu'Alex, qui avait son permis de conduire depuis moins d'un an. Quel malheur ! Ils tentèrent d'entrer en contact avec lui. Pour comprendre pourquoi et comment il avait pu s'enfuir de la sorte, sans appeler les secours. Il devait forcément y avoir des circonstances atténuantes. Assurément. Mais le jeune homme refusait de leur répondre. Il ne semblait avoir aucun remords. Les parents d'Alex ne décoléraient pas. Ils se lancèrent alors corps et âme dans la préparation du procès. Le 21 janvier, la date du procès leur fut annoncée. Ils avaient de la chance, ils auraient à patienter moins de trois mois et l'accusé était assuré ! La date du procès était fixée au 13 avril. Leur avocat leur annonça, confiant, que toutes les chances étaient de leur côté. De la chance ! Qu'est-ce qu'ils en avaient ! Ils allaient sûrement gagner un procès et envoyer un jeune homme en prison ! Ils gagneraient certainement d'importants dommages et intérêts au passage, quelle chance ! Et leur fils ? Ça lui rendrait la vue ? Ça lui rendrait sa vie insouciante d'adolescent qui rêvait de devenir footballer professionnel ? Qu'on ne leur parle plus de chance, de grâce ! Rien n'y ferait. Tout l'or du monde ne serait pas suffisant pour atténuer leur peine. Pourquoi lui ? Si jeune. Ils auraient donné n'importe quoi pour échanger leur place. C'était si injuste.

Mais un délit ne pouvait rester impuni. Justice devait être rendue. Pour Alex.

Alison pleurait en se couchant, aussi doucement que possible pour ne pas que son mari l'entende. Elle faisait son possible pour ne pas montrer son état durant la journée, dans l'espoir de redonner suffisamment de force à son fils pour se battre contre cette injustice, mais chaque soir, épuisée moralement, elle s'effondrait lorsqu'elle ne sentait plus le regard des siens posé sur elle. À travers ses sanglots presque inaudibles, elle n'entendait pas que son mari ne dormait pas, immobile à ses côtés. Il n'osait pas prendre sa femme dans ses bras, se sentant incapable de la consoler, lui qui était dans le même état de choc. Lui qui avait tant de connaissances et d'influence dans le monde social et professionnel, se sentait totalement impuissant et incapable de gérer cette situation. Il aurait tout donné, même l'entreprise qu'il avait créée et fait grandir tel son propre enfant, pour sauver son fils, la prunelle de ses yeux. Mais il ne savait pas comment s'y prendre. Il en avait parlé au président du Conseil Départemental, qui l'avait orienté vers la MDPH. C'était un bon début mais il fallait d'abord qu'Alex accepte la situation pour pouvoir retourner au lycée en bénéficiant d'aides. Or, il était à mille lieux d'être prêt, passant ses journées à dormir ou à pleurer. Les anti-dépresseurs prescrits par le médecin qui était venu à domicile avaient fini par atténuer puis stopper les pleurs, mais l'état végétatif dans lequel se trouvait son fils n'en était pas moins alarmant, lui qui avait toujours été si dynamique. Les mois avaient défilé, le mieux restait toujours à venir.

Le procès fut éprouvant pour tous. Même le jeune délinquant, qui tentait de se donner une apparence désinvolte en arrivant au tribunal, flancha en voyant Alex entrer dans la salle avec sa canne blanche. Il vint demander pardon à la famille, en larmes, en sortant du tribunal en fin d'audition. Cela fit du bien à Alison. Elle en avait besoin, cela apaisa sa colère. Pas celle de son mari, cependant. Il n'était pas encore prêt à pardonner. La sanction judiciaire l'aida à mettre un point final à cet état de révolte qui l'assaillait depuis maintenant sept mois. Un an de prison avec sursis, retrait du permis de conduire avec obligation de repasser le code et la conduite après avoir suivi un stage de sensibilisation à la sécurité routière, quatre-vingt heures de travaux d'intérêt général à effectuer à l'Institut

Montéclair pour déficients visuels d'Anger et cent mille euros d'indemnités en compensation des préjudices subis.

Ce verdict fut une victoire pour leur avocat, au vu du montant des dommages et intérêts. « C'est l'indemnisation d'une vie… d'une nouvelle vie ! » proclama-t-il en les serrant tour à tour dans ses bras, comme pour les inciter à se projeter.

Pour les parents d'Alex, la fin du procès était un soulagement. Ils allaient enfin pouvoir aller de l'avant. L'argent n'était pas une finalité. C'était un moyen de se projeter. Alex allait pouvoir bénéficier d'aides jusque-là hors de sa portée en raison de leur coût important. À commencer par L'OrCam MyEye, qui allait lui simplifier la vie. Ce dispositif de vision artificielle révolutionnaire serait comme une lumière miraculeuse dans son obscurité perpétuelle, avec son capteur optique capturant les images environnantes et communiquant oralement les informations demandées. Il pourrait lire sans avoir systématiquement recours au Braille, utiliser de nouveau son smartphone, retourner au restaurant et pouvoir lire son menu, faire ses courses en lisant les étiquettes des produits, reconnaître les billets de banque pour ne pas risquer de se tromper de valeur, reconnaître des visages, identifier les couleurs… en bref, vivre de nouveau de manière indépendante !

Pour Alex, ce procès n'avait rien changé. Il avait, certes, été soulagé lorsque son agresseur était venu s'excuser, en pleurs. Les remords qu'il avait perçus dans sa voix lui avaient ôté toute la colère qui le rongeait depuis tant de mois. Mais au final, il n'avait pas retrouvé la vue et aucune somme d'argent, aussi importante soit-elle, ne l'aiderait à la retrouver. Sa seule certitude était qu'il vivrait dans l'obscurité à tout jamais.

Il était trop tard pour retourner au lycée et passer son baccalauréat, après avoir raté près de huit mois de cours. Quel gâchis ! C'est sûr qu'une année dans une vie, ce n'est rien. Il n'avait jamais redoublé, c'était donc loin d'être dramatique. Par contre, les circonstances, elles, l'étaient.

Alors, quelques jours plus tard, ses parents avaient eu une longue discussion, après leur journée de travail, sur le trajet du retour à la maison. Il était très rare qu'ils aillent au travail ensemble, chacun préférait utiliser son propre véhicule pour avoir la liberté de terminer sa journée à l'heure qui lui convenait. Cela permettait également à Alison de bifurquer pour faire les courses avant de rentrer à la maison. Mais ce matin, son mari lui avait proposé de covoiturer car il ne travaillerait pas tard. Il voulait, lui avait-il dit, passer plus de temps avec son fils, pour le stimuler, l'aider à remonter la pente et l'encourager à reprendre sa vie en main. Ce soir, il n'avait pas attendu d'avoir atteint la route départementale pour annoncer à Alison qu'il envisageait sérieusement de placer, « temporairement » s'était-il empressé de souligner, leur fils dans un institut où il pourrait recevoir toute l'aide et l'accompagnement dont il avait besoin pour retrouver un semblant de vie normale. Il en existait plusieurs en France qui proposaient des formations adaptées aux non-voyants, ce qui lui permettrait de retrouver confiance en lui et en ses capacités à accomplir quelque chose dans sa vie. Son discours était bien rôdé. Il avait longuement préparé ses arguments, tant pour sa femme que pour son fils, sachant combien la séparation et l'absence de contrôle seraient douloureuses pour l'une et vu l'absence totale de motivation pour l'autre. Il fallait d'abord convaincre Alison, pour qu'elle puisse ensuite l'aider à persuader Alex du bienfondé de leur proposition. Contre toute attente, elle se rallia assez facilement à son avis. Elle lui avoua avoir renseigné un dossier auprès de la MDPH. Elle n'avait pas osé lui en parler car il semblait tellement débordé avec le travail qu'elle n'avait pas voulu lui en ajouter une couche. Il lui avoua qu'il s'était senti tellement mal de ne pas savoir gérer la situation qu'il avait fait l'autruche et s'était jeté dans le travail pour avoir moins de temps pour y penser et culpabiliser de ne pas être à la hauteur. Cette discussion leur fit du bien à tous les deux. Enfin, depuis ces derniers huit mois d'enfer, ils se parlaient. À cœur ouvert. Alison lui expliqua que le dossier avait été accepté, qu'une liste des établissements d'accueil pour déficients visuels lui avait été transmise mais qu'elle n'avait pas, jusqu'ici, trouvé la force d'aborder le sujet avec lui et encore moins avec Alex qui n'était toujours pas en état pour accepter ce genre de discussion. Ils convinrent de laisser passer le weekend, vu qu'ils avaient la visite de leur famille anglaise, comme ils aimaient appeler Stuart,

Rebecca et Chloé, et d'aborder le sujet avec Alex lundi soir après le travail.

Alors quand Alex les aborda, ce dimanche midi pendant le déjeuner, ce fut un véritable soulagement pour les deux parents. Soulagement de ne pas avoir à lui en parler en premier, ne sachant pas comment aborder le sujet sans le brusquer et le mettre sur la défensive. Soulagement de voir que ça venait de lui-même, ce qui était lourd de signification. Il amorçait enfin sa remontée de la pente. Ils l'écoutèrent longuement. Il semblait avoir grand besoin de parler, ce qui n'avait rien d'étonnant considérant qu'il était en train de remonter à la surface après huit mois d'hibernation. Ils lui posèrent quelques questions naïves, n'osant lui avouer tout de suite qu'ils avaient déjà pris tous les contacts et renseigné les dossiers avant, n'attendant plus que lui pour foncer vers ce renouveau. Il leur expliqua que le mieux pour lui serait, temporairement, de se faire accompagner par des professionnels dans un centre de rééducation, pour apprendre ce dont il avait besoin pour vivre avec le plus d'autonomie possible. Ensuite, il pourrait réfléchir à ce qu'il allait faire de sa vie. Il ne voulait en aucun cas vivre aux crochets de ses parents pour le restant de sa vie. « Je ne m'appelle pas Tanguy ! » plaisanta-t-il. Quel bien immense cela faisait de retrouver leur fils, lui qui était toujours allé de l'avant et ne se laissait décourager par rien ni personne. Il était de retour. Enfin !

Le rendez-vous à la MDPH, ce mardi après-midi, permit de clarifier les points essentiels de ce qu'allait être la vie d'Alex durant ces prochains mois. Ça allait prendre du temps de réapprendre à vivre avec de nouvelles habitudes. Et malheureusement, le centre le plus proche, l'Institut Montéclair, l'établissement d'accueil pour déficients visuels d'Anger, ne pouvait pas l'accueillir. Leur mission consistait à accompagner les enfants déficients visuels de la naissance jusqu'au terme d'un parcours de formation. Alex était trop âgé pour intégrer leur établissement.

Après analyse des différentes options, il fut convenu que la meilleure solution, pour l'heure, serait qu'Alex entre en urgence en rééducation à l'hôpital Sainte-Marie de Paris dont les équipes spécialisées étaient en mesure de lui proposer un parcours individualisé afin, d'une part, de réduire l'impact de sa déficience

117

sur sa vie familiale, sociale et éducative et, d'autre part, de pouvoir réintégrer le milieu scolaire sans trop tarder, afin de ne pas perdre une année de plus. Ils remercièrent vivement la conseillère qui les avait accompagnés et guidés à travers toutes les démarches administratives et quittèrent la MDPH réconfortés de voir enfin le bout du tunnel. Ce soir-là, après avoir terminé la préparation de la valise d'Alex, un immense poids se souleva des épaules de toute la famille. Pour la première fois depuis huit mois, ils sentirent un vent de joie parcourir la maison. L'ouverture d'une bouteille de Champagne ajouta la touche finale à ce moment intense de laisser-aller. Ils rirent toute la soirée. Ils en avaient tous les trois tellement besoin.

Alison put adapter son temps de travail pour être auprès de son fils trois jours par semaine. En trois heures de TGV, elle arrivait en gare de Montparnasse chaque jeudi matin, rejoignait l'équipe médicale pour participer activement aux séances de rééducation avec Alex et, en fin de journée, s'installait dans le studio tout équipé qui lui était réservé au cinquième étage de l'hôpital. Le samedi après-midi était toujours intense en émotions, sachant qu'il fallait se séparer jusqu'au jeudi suivant. Alison essayait d'en rire en disant que, dans un monde parallèle, il aurait dû être parti faire ses études et ne rentrer que le weekend. Mais dans leur monde renversant c'était tout l'inverse : on se voyait le weekend et c'était aux parents de partir de chez leurs enfants pour aller travailler ! Tout était question de référentiel. Il fallait tout bonnement s'adapter. N'était-ce pas en quelque sorte la démonstration de la théorie de Darwin ?

Quatre mois plus tard, Alison et son fils organisèrent ce qui aurait pu ressembler à une fête, si ce n'était pas interdit par le règlement de l'hôpital. Près de cent vingt jours à côtoyer les mêmes personnes aidaient forcément à tisser des liens. Alors, avec la complicité de la douce Jeannine, un atelier pâtisserie fut organisé en ce début d'après-midi du 16 décembre. Dans une semaine, Alex fêterait Noël avec sa famille. Il avait hâte. Pourtant il était nostalgique. Demain soir, il dormirait chez lui et plus dans cette chambre d'hôpital qu'il quitterait définitivement. Il serait de retour chez ses parents. Et dans trois semaines, il retournerait au lycée. Il appréhendait tout de même le regard des autres. Il arriverait en cours d'année, avec un handicap visible, accompagné d'une Auxiliaire de Vie Scolaire, avec un an de retard sur les autres. Il savait trop bien combien les enfants et adolescents pouvaient être cruels. Jeannine le sortit alors de sa torpeur en lui touchant le bras. Elle ne le connaissait que trop bien maintenant. Depuis quatre mois, elle s'assurait deux fois par jour que la détresse d'Alex s'atténuait et que son moral remontait. Chaque jour, à travers des ateliers divers et variés, ils échangeaient. Ils discutaient de tout ce qui leur passait par la tête, comme semblait le croire Alex, ne se rendant absolument pas compte qu'il était habilement orienté par sa douce psychologue. Il se sentait tellement à l'aise avec elle. C'était certainement celle qui lui manquerait le plus. Il avait parcouru tant de chemin dans sa tête, grâce à elle. Elle lui avait permis de se dépasser, pour réapprendre tout ce qu'il lui fallait, afin de retrouver son autonomie. Et grâce à tout le personnel de rééducateurs géniaux qui l'avaient entouré et des rencontres exceptionnelles qu'il avait également faites au centre, il avait enfin accepté sa condition et réappris à vivre. Se déplacer seul avec Blanchette n'était désormais plus un problème pour lui, sur des trajets connus. Faire la cuisine non plus, même s'il faudrait réorganiser la cuisine chez ses parents pour qu'il puisse les aider. Ni lire le Braille. En plus, il s'était équipé d'un ordinateur à synthèse vocale spécialement prévu pour les non-voyants, ce qui était le plus grand retour à une vie normale pour le geek qu'il était !

Alors, c'était normal pour Alex de vouloir remercier tous ces spécialistes dont certains étaient quasiment devenus des amis. C'est donc tout naturellement que l'atelier pâtisserie se clôtura autour du verre de l'amitié. Toutes les personnes qui l'avaient accompagné durant cette période compliquée vers la liberté avaient répondu présent. Les anecdotes scandèrent ce moment de détente, ponctué de rires et finalement de larmes. Larmes de tristesse de se séparer malgré les promesses de rester en contact, larmes de joie de tout ce chemin parcouru ces derniers mois, larmes de bonheur de retrouver famille et vie normale. C'est globalement ce qui ressortit du discours improvisé qu'il prononça à la demande générale.

Après l'euphorie de cette petite fête, car oui c'en était bien une, si l'on considère le verre que le chef du service *déficience*

119

sensorielle (visuelle et auditive) de l'hôpital avait partagé avec toute son équipe et les patients présents… donc après l'euphorie, Alex fut saisi d'apathie durant la première partie du trajet retour vers la Vendée. Joie et anxiété se mêlaient dans sa tête. Il avait constaté, en arrivant à la gare, qu'il avait réussi à mettre en application ce qui lui avait été enseigné au centre. Les ondes sonores l'avaient effectivement aidé à déterminer l'emplacement et la taille des objets dans ce lieu clos. C'était le processus d'écholocalisation, avait-il appris. Il n'avait buté dans aucun obstacle, ce qui paraissait relever du miracle vu le grouillement humain du lieu. Ça l'avait rassuré sur sa capacité à vivre en autonomie. Mais il n'avait pas réussi à monter dans le train sans l'aide de sa mère, d'abord à cause du grand espace entre le quai et le train qui lui avait fait perdre l'équilibre, puis dans l'incapacité de savoir où il devait s'asseoir. Il se sentait tellement loin de ce que Helen KELLER avait décrit comme une obscurité dorée : « Je peux voir, et c'est pourquoi je peux être heureuse, dans ce que vous appelez l'obscurité, mais qui pour moi est de l'or. Je peux voir un monde fait par Dieu, pas un monde fait par l'homme. ». Pourtant, dans moins de trois heures, il allait devoir voler de ses propres ailes. Il venait de travailler plusieurs mois pour ça.

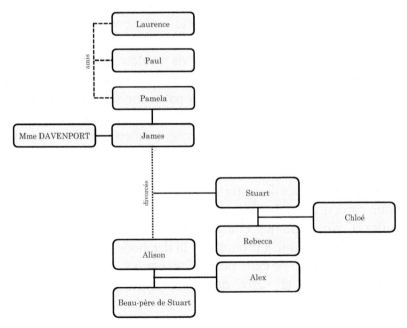

120

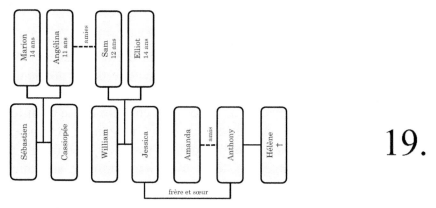

19

Le départ fut quelque peu mouvementé. Une fois les gilets de sauvetage enfilés, Elliot descendit dans le canot, déposant les sacs à l'avant. Il tendit alors la main à Angélina pour l'aider. La barque tanga dès qu'elle y posa le pied. Perdant l'équilibre, elle tenta de remonter précipitamment sur la berge, basculant en arrière dans les bras d'Elliot. Une série d'onomatopées, étouffée par les rires des deux filles restées sur la rive, accompagna le roulis jusqu'à stabilisation de l'embarcation. Marion, ayant l'expérience des sorties en mer avec son père, monta à bord sans difficulté, rapidement suivie de Sam qui détacha la corde d'amarrage. Les filles s'installèrent sur les deux planches derrière Elliot, qui commença doucement à pagayer. Le bruit régulier des rames incitant à la rêverie, chacun observait un silence solennel, appréciant ce moment de sérénité. Chaque coup de rames soulevait furtivement la proue hors de l'eau, révélant le bleu azur de la coque sous la ligne de flottaison. La quiétude ensoleillée de ce milieu d'après-midi et la navigation paisible sur l'eau cristalline, les rapprochant lentement de la cabane sur l'autre berge, les plongea dans une errance méditative invitant à une profonde introspection.

Le débarquement se déroula plus en douceur, sans les acrobaties vécues vingt minutes plus tôt. Sam sauta agilement de la barque en tenant la corde pour l'amarrer, puis tendit la main aux filles, tour à tour, pour les aider à monter sur le ponton. Le manège du délestage des sacs reprit avant qu'Elliot ne les rejoigne sur la terre ferme.

Ils disposèrent une nappe sur l'herbe, posant le panier de victuailles en son centre, puis s'assirent autour, le soleil les enveloppant de son exceptionnelle douceur pour la saison.

Admirant le tranquille balai des canards au loin sur l'étang tout en déjeunant, ils se sentaient apaisés et heureux d'être là, ensemble. Rien ni personne ne pourrait troubler la quiétude de ce moment. Personne, sauf Elliot. Le calme avait ses limites. Il ouvrit les hostilités et c'est Angélina qui en fit les frais en premier. La bataille d'eau qui s'ensuivit ne laissa personne indemne. Amanda, surveillant discrètement les jeunes pour s'assurer que tout allait bien, fut rassurée d'entendre leurs rires euphoriques au loin. L'aventure pouvait désormais battre son plein.

Trempés et commençant à avoir froid, en cette fin d'après-midi, ils décidèrent de rentrer à l'intérieur pour se sécher et se réchauffer.

– Alors comme ça il n'y a pas l'électricité ? lança fièrement Marion en appuyant sur l'interrupteur à côté de la porte d'entrée.

– Incroyable ! Tonton n'a pas dit qu'il avait aménagé la cabane ! Regarde, Sam, il a même installé un salon ! Avant, il n'y avait que la table et les chaises, ici, ajouta Elliot à l'intention de ses invitées. Je comprends mieux pourquoi il a ajouté une serrure à la porte.

– Viens voir, il a même mis un lit dans la chambre ! s'exclama Sam en entrant dans la première pièce sur la droite. Mais pourquoi a-t-il aménagé la cabane en logement ? Tu crois qu'il compte la louer ? Et alors on ne pourra plus venir ici ? C'est trop triste !

Submergés par leurs émotions, le frère et la sœur semblaient perdus dans leurs pensées, revivant probablement de joyeux souvenirs en cet endroit reculé, tout droit sorti d'un roman d'aventures. Angélina choisit ce moment pour se mettre à grelotter bruyamment, sortant tout le monde de sa torpeur.

– Désolée, il ne fait pas chaud ici, s'excusa-t-elle.

Cela suffit à raviver Sam et Elliot, qui se précipitèrent l'un pour allumer le poêle, l'autre pour sécher son amie avec une serviette. Le lit fut poussé près de la fenêtre et les sacs de couchage posés au sol, sur des matelas en mousse ramenés du château. Les filles enfilèrent ensuite leur pyjama pour se réchauffer, le temps que la température monte. Il y avait même un lavabo et une cabine de douche. Pas mal pour une cabane ! Puis tout ce petit monde se retrouva autour d'un chocolat chaud. En fait, Tonton avait eu une super idée d'installer ces deux canapés avec sa table basse ! Bien plus cosy que de s'asseoir à table ! Il ne manquait plus que la télévision !

Heureusement, ils avaient pensé à apporter des jeux de société ! Une heure durant, ils enchaînèrent les parties de GALÈRAPAGOS®, plongeant dans cette aventure comme les naufragés du jeu de société. Un incontestable travail de coopération les lia pour survivre et construire un radeau afin de s'enfuir ensemble avant l'arrivée de l'ouragan. L'expérience était d'autant plus immersive qu'ils avaient dû traverser l'étang pour atteindre la cabane, tels des aventuriers débarqués sur une île déserte. Mais heureusement pour eux, lorsque la faim se fit sentir, ils n'eurent pas à chercher bien loin pour trouver eau et nourriture. Amanda, toujours prévoyante et attentionnée, avait tout prévu, leur concoctant un véritable festin ! Un pique-nique de luxe les attendait au fond du panier : olives, saucisson découpé en tranches fines, jambon de Savoie, Tomme de Savoie coupée en cubes, Reblochon coupé en lamelles, mini club sandwiches au poulet et aux crudités, quiche au saumon et aux poireaux et délicieux matefans à réchauffer sur le poêle. Ils se régalèrent tant et si bien que, complètement repus, ils en oublièrent totalement le gâteau de Savoie qu'Amanda leur avait préparé le matin-même. Affalés sur les canapés, ils bavardaient mollement lorsque les vibrations du téléphone portable de Sam les firent sursauter. Ils avaient oublié leur promesse d'appeler au château à vingt heures pour rassurer leurs parents ! La peur de se faire disputer dissipa instantanément leur état léthargique. Une fois l'erreur réparée et les parents rassurés, les quatre acolytes avaient retrouvé assez d'énergie pour reprendre leurs activités ludiques. Vingt et une heure. Il était encore trop tôt pour aller se coucher. Après tout, ils étaient en vacances et personne ne saurait s'ils se couchaient tard. Ils avaient convenu de rentrer le lendemain pour onze heures, ils avaient largement le temps de récupérer avant de retourner au château !

– On se fait une partie de petits chevaux ? demanda Angélina qui ne manquait pas un weekend sans y jouer avec ses parents.

Et voici nos aventuriers partis dans une frénésie de retours aux écuries, Marion prenant un malin plaisir à dégommer ses adversaires, ne cherchant que peu à placer ses pions. Après tout, ce n'était pas un jeu coopératif, rien ne l'empêchait de laisser libre cours à sa fureur dévastatrice ! C'était quand même plus marrant que de faire des courbettes pour se laisser avancer les uns les autres ! Alors forcément, il fallait s'attendre à l'effet boomerang. Trois gentils cavaliers se donnèrent le mot pour s'entraider tout en ne ratant pas une occasion de renvoyer gentiment le jockey Marion à son écurie ! Lorsqu'elle parvint, enfin, à sécuriser un cheval en le faisant monter sur la première marche de son escalier bleu, les autres avaient déjà tous atteint le centre du jeu au moins deux fois. Il va sans dire que grâce à la collaboration de ses trois concurrents, elle ne parvint jamais à en sécuriser un deuxième avant la fin de la partie, gagnée de justesse par Elliot, suivi de très près par Angélina !

En rangeant le jeu, la fatigue les envahit subitement. Après avoir été tenus en éveil par l'adrénaline, ils réalisaient maintenant qu'il devait être tard. Un rapide coup d'œil aux téléphones leur confirma qu'ils avaient effectivement très largement entamé leur capital sommeil : il était minuit moins dix ! Ils regagnèrent la chambre, laissant les restes de leur dîner en plan sur la table, et se glissèrent dans leur sac de couchage respectif, baillant tous plus les uns que les autres. Un long moment de silence s'ensuivit. Mais le sommeil ne vint pas aussi rapidement qu'ils l'avaient imaginé. L'excitation d'être ensemble, sur leur île déserte, ravivait leurs âmes d'aventuriers. Impossible de dormir dans ces conditions. Elliot se mit à parler tout bas, dans l'espoir d'attirer l'attention. Il commença à raconter l'histoire de cette femme, vivant seule, qui décida de faire un puzzle dans son salon pour occuper sa soirée. Au fur et à mesure qu'elle assemblait les pièces, une impression étrange la saisit : elle reconnut peu à peu dans son puzzle le décor de son propre salon, puis sa télévision, puis elle-même vue de face ! Les dernières pièces du puzzle qu'elle assembla révélèrent le visage terrifiant d'un homme la regardant par la fenêtre derrière elle !

– Mais t'es complètement barge ! Comment veux-tu qu'on arrive à dormir, maintenant ! cria Angélina en lui envoyant son oreiller à la figure.

– Non, c'est trop chouette ! Et si on se faisait une nuit blanche à raconter des histoires d'horreur ? s'enthousiasma Marion.

– Ok, alors à mon tour ! s'exclama Sam. C'est l'histoire d'une fille qui cherchait à se faire de l'argent de poche. Son voisin lui proposa de garder sa maison en son absence, en échange de rémunération. Une heure après être arrivée, elle reçut un appel téléphonique. Au bout du fil, un inconnu lui dit que si elle ne sortait pas de la maison, il la tuerait. Effrayée, elle raccrocha immédiatement. Le téléphone sonna à nouveau. « Si tu ne sors pas maintenant de la maison, je vais te tuer. », déclara l'homme à la voix rauque, au bout du fil. Terrifiée, elle raccrocha et appela aussitôt le numéro pour connaître l'identité de l'appelant. L'appel provenait de la deuxième ligne de la maison, à l'étage.

À ce moment précis, le téléphone de Sam se mit à sonner, provoquant les hurlements effrayés d'Angélina et de Marion. Elliot était mort de rire. Sam raccrocha, observant la scène, visiblement satisfaite de son petit numéro. Comprenant le canular dont elles venaient d'être victimes, Marion se reprit instantanément pour ne pas montrer combien elle avait été chamboulée. Après tout, c'était elle qui avait proposé de faire nuit blanche. Sa sœur resta assise contre le mur, les mains sur les oreilles. Elle aurait voulu sortir de la pièce pour ne plus les entendre, mais elle avait bien trop peur de se retrouver seule dans le noir. Voyant l'état dans lequel se trouvait Angélina, Sam suggéra de raconter des histoires drôles. Le hochement de tête d'une Angélina figée par la terreur suffit à mettre tout le monde d'accord. Il lui fallut quelques histoires avant de se détendre puis, la fatigue aidant, elle s'allongea dans son sac de couchage et finit par s'endormir. Les autres capitulèrent, à bout de blague, à deux heures du matin. La nuit allait être courte !

Trois heures plus tard, le sommeil léger d'Angélina la réveilla. Elle crut entendre du bruit. Refroidie par les histoires de la veille, elle se blottit au fond de son sac de couchage jusqu'à ce qu'elle aperçoive un rai de lumière sous la porte. Tremblante, elle s'assit le long du mur, alluma son téléphone portable, s'assura qu'il était en mode silencieux et programma l'appareil photo en mode nuit. Alors, elle se leva silencieusement et, sur la pointe des pieds, alla entrebâiller la porte pour prendre en photo l'intrus. Puis elle la referma immédiatement, de peur d'être vue. Retournant à son sac de couchage, elle tremblait comme une feuille. Une fois ses esprits retrouvés, n'entendant ni ne voyant plus rien de l'autre côté de la porte, elle ralluma son téléphone pour examiner les photos. Sa sœur n'avait donc pas rêvé, il y avait bien quelqu'un. Elle en avait la preuve, bien que la photo soit floue. Il était là en photo sur son téléphone, pris en flagrant délit. Bon d'accord, impossible de l'utiliser comme pièce à conviction pour confondre le coupable qui était de dos, mais au moins elle pourrait prouver à Sam et à Elliot que sa sœur n'avait pas imaginé cette lumière l'avant-veille. Enfin si, et seulement si, l'intrus ne soupçonnait pas leur présence et repartait sans les inquiéter. À ce moment-là, la porte s'ouvrit doucement. Son cœur se mit à battre la chamade au point qu'elle crut que l'intrus allait l'entendre. Dans le noir, il s'approcha d'elle. Son sang se glaça. Il se glissa dans le sac de couchage à côté d'elle. Elle n'osait pas bouger. Elle peinait à respirer. Soudain, elle entendit un petit bruit sourd, puis un autre, puis encore un. L'intrus s'était visiblement endormi et ronflait allègrement ! À tâtons, elle s'approcha et constata qu'Elliot était seul dans son sac de couchage. Elle se releva précipitamment et se mit à courir pour sortir de la chambre, espérant ne réveiller personne. Elle pouffa d'abord de rire puis sortit de la cabane pour calmer le fou rire qu'elle ne parvenait pas à réfréner. Sacré intrus cet Elliot ! Quelle peur il lui avait fait ! Elle n'était maintenant plus certaine de vouloir raconter son aventure à ses amis le lendemain matin !

Le froid de la nuit ne tarda pas à la calmer et lui remit les idées en place. Le jour commençait timidement à pointer le bout de son nez. Assise au bout du ponton, elle observait la nature se réveiller doucement autour d'elle. Une brise faisait frémir les feuilles des arbres alentour, qui ondulaient comme des danseuses tahitiennes. Au loin, sur l'étang, une canne menait gracieusement ses petits dans une glissade silencieuse. La lune jetait un long reflet argenté sur l'étang et quelques étoiles scintillaient encore, parsemant le ciel d'éclats de diamants. De l'autre côté de l'étang, une légère teinte orangée annonçait le lever du soleil. Le monde s'éveillait doucement dans une quiétude qui l'apaisa enfin. Quelques oiseaux débutaient leur concert matinal, l'enveloppant de douceur. Elle se sentait bien, ici. Jusqu'à ce qu'elle réalise qu'elle frissonnait de froid. Mais au moins son fou rire s'était calmé ! Lorsqu'elle se releva pour rentrer au chaud, un craquement lui fit tourner la tête vers l'orée du bois. Un homme s'enfuyait. Cette fois-ci, elle n'avait pas rêvé. Il était bien trop grand pour s'agir d'Elliot.

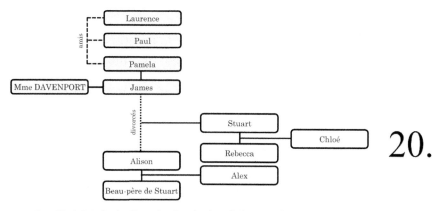

20.

Le Taj Mahal. Symbole de la richesse historique indienne mais également, et surtout, emblème de pureté, d'amour absolu et de souffrance. Devant la grandeur et la noblesse de cette pure merveille architecturale, classée au patrimoine mondial de l'UNESCO depuis 1983, qu'elle n'avait pas imaginé visiter un jour dans ses rêves les plus fous, Pamela se sentait extrêmement impressionnée. Cela faisait maintenant un mois qu'ils parcouraient l'Inde et ils avaient choisi de terminer leur périple en beauté, avec la visite de cet immense et majestueux mausolée funéraire dont il aura fallu vingt-deux ans pour terminer la construction. Cette véritable œuvre d'art se démarquait par son extérieur tout de marbre blanc incrusté de pierres précieuses. La représentation la plus proche du Paradis sur Terre, comme l'avait voulu l'inconsolable Maharaja Shâh Jahân, dévasté par le décès de l'Amour de sa vie. Chaque visiteur pouvait ressentir cet amour inconditionnel. La légende était si belle et résonnait si fort dans le cœur de Pamela, qu'elle s'accrochait à la main de James en tremblant, arpentant la chambre funéraire supérieure à la découverte de cette extraordinaire histoire d'amour entre le Maharaja et une simple inconnue dont il était tombé follement amoureux, alors que cet amour lui était interdit en raison de ses obligations envers sa famille et son peuple. Il lui avait secrètement promis fidélité, tout en se remettant à ses obligations de souverain. Il épousa une femme belle, intelligente et de bonne famille, choisie par son père, la traita avec respect mais ne consomma jamais le mariage. Fou de rage, son père décida de lui trouver une seconde épouse, encore plus belle, plus riche et plus intelligente. Le résultat fut le même. C'est seulement à la mort de son père qu'il fut enfin libre d'épouser sa bien-aimée. Un véritable mariage d'amour, d'une extraordinaire pureté, qui dura le temps d'apporter quatorze enfants au Maharaja dont sept survécurent. Mumtaz Mahal mourut en 1631 en donnant naissance à leur quatrième fille. D'abord paralysé par le chagrin, le Maharaja décida de lui construire un mausolée digne du Paradis, pour que le monde entier sache combien il l'aimait. Pamela était submergée par l'émotion, ressentant ce même sentiment d'amour inconditionnel à l'égard de James. Dans sa jeunesse, elle avait vécu ce désespoir de ne pas épouser l'homme qu'elle aimait si passionnément. Et, comme le Maharaja, elle avait eu la bénédiction d'avoir droit à une seconde chance, à ce bonheur de pouvoir, enfin, vivre heureuse auprès de son Amour éternel. Ses larmes lui obscurcissant la vision, elle ne parvenait plus à voir les magnifiques détails calligraphiques gravés sur les deux tombeaux vides des souverains, ces cénotaphes permettant de protéger les vrais corps enterrés dans la crypte souterraine. James était très ému aux côtés de son épouse adorée. Cependant, la découverte de cette histoire d'amour merveilleuse faisait remonter à la surface un sentiment tout autre : la culpabilité. Comment avait-il pu être infidèle à l'Amour de sa vie, épouser une autre femme, lui donner un enfant, et finalement rendre trois personnes malheureuses ? Se sentant indigne de son propre bonheur, déterminé à trouver un moyen de réparer ses erreurs, il comprit qu'il ne pourrait définitivement trouver la paix intérieure qu'à ce prix. Il ne savait même pas ce que son fils était devenu. Avait-il trouvé le bonheur de l'autre côté de l'Atlantique ? Était-il rentré en France après ses études ? Il fallait absolument qu'il le retrouve pour s'assurer que les dégâts qu'il avait causés n'étaient pas irréversibles. Peut-être que ce tour du monde le mènerait sur son chemin, qui sait ? Ébranlés l'un comme l'autre, ils quittèrent ce lieu mythique du Taj Mahal dans un silence aussi absolu que l'amour qu'ils se portaient l'un à l'autre.

Ils en avaient parcouru du chemin, depuis leur départ du Grand-Bornand. Cette ancienne vie leur semblait si lointaine. Comme si cela faisait des siècles qu'ils étaient partis. En réalité, quatorze mois s'étaient écoulés. Ils avaient d'abord choisi la destination la plus lointaine qu'ils rêvaient de découvrir ensemble : la Nouvelle-

Zélande. Le vol avait été éprouvant, vu sa durée, et ils s'étaient alors demandés s'ils n'avaient pas attendu trop longtemps pour se lancer dans une telle aventure. Mais les quatre semaines passées là-bas leur confirmèrent qu'ils avaient pris la bonne décision. Envoûtés par la beauté des paysages, ils furent d'autant plus émus par l'histoire du pays. Mais le clou de leur périple fut sans conteste la rencontre avec la faune locale. Ce dépaysement total et extraordinairement relaxant permit au couple de reprendre pied, suite au stress de ces derniers mois. Après une dernière halte à Cape Reinga, avec son air de bout du monde, ils s'envolèrent pour l'Australie où il ne leur fallut pas moins de trois mois pour parcourir le vaste territoire, à la découverte de tous ces lieux mythiques qu'ils n'avaient jusque-là vus qu'à la télévision. Tout les avait conquis dans ce pays à la fois surprenant et fascinant ! S'ils n'avaient pas décidé de parcourir le monde avant de poser leurs valises, ils seraient bien restés là-bas. Mais leur prochaine destination les attendait déjà. Ils passèrent l'automne à sillonner les îles indonésiennes, de Bali à Sumatra, en passant par Java, remontèrent sur les Philippines puis optèrent pour passer l'hiver au Japon, afin d'éviter la saison des pluies de l'Asie du Sud-Est. Éblouis par la beauté des feuillages automnaux des érables japonais, ils ne furent pas déçus de leur choix ! L'hiver fut assez rigoureux cette année-là, les décidant à descendre passer quelques mois sous des températures plus clémentes, en Thaïlande, avant de remonter au Japon au mois de mars pour célébrer le rituel du Hanami et admirer ce spectacle bucolique de floraison des sakura, ces cerisiers japonais parés de milliers de fleurs. Leur voyage initiatique à travers lieux insolites, coutumes surprenantes et peuples exceptionnels les conduisit au Cambodge, puis au Vietnam, le pays du Dragon, et au Laos avant d'atterrir, trois mois plus tard, à Gaya dans l'Est de l'Inde, sous une forte chaleur arrosée de pluies diluviennes. Fascinés par l'extravagante et démesurée Calcutta, ils furent néanmoins très troublés de découvrir autant de misère, omniprésente dans cette ville immense. Leur manière de voyager s'en trouva, dès lors, affectée de manière radicale. Ils n'imaginaient plus vivre une minute de plus dans un hôtel au confort occidental. Non qu'ils aient séjourné dans des hôtels luxueux depuis le début de leur périple, mais la découverte d'un peuple aussi gentil et reconnaissant du moindre geste d'humanité à son égard leur était insupportable. Ils décidèrent donc de vivre modestement et de donner de leur temps et de leur argent pour aider ceux qu'ils avaient la chance de rencontrer. Ils sillonnèrent les montagnes et épaisses jungles de l'Odisha, à la rencontre de tribus au charme authentique, vivant comme hors du temps, et découvrant au passage de magnifiques sanctuaires, comme le temple du Soleil à Konark, l'un des sites archéologiques les plus mythiques de l'Inde. Poursuivant leur route vers le Sud, sous des pluies toujours plus chaudes et omniprésentes, Mahabalipuram leur ouvrit les portes de son Temple du Rivage et de la Pénitence d'Arjuna, cet extraordinaire bas-relief sculpté représentant le dieu Shiva répartissant les eaux du Gange. Puis Pondichéry laissa une drôle d'impression au couple qui découvrit une pépite multicolore dans cet ancien comptoir français parsemé d'églises catholiques, de jolies maisons colorées et de palais pompeux agrémentés de jardins exotiques, dans un quartier très propre, sans déchet au sol et sans circulation aucune (un luxe en Inde), où ils entendirent parler français pour la première fois depuis des mois, par des élèves du lycée français local ! Ce fut très déconcertant pour eux, aussi loin de la France ! Mais de l'autre côté du canal, plus aucune trace de l'empreinte française. Détritus jonchant les rues et circulation à l'indienne reprenaient leurs droits, au milieu d'une population aussi souriante que ce qu'ils avaient connu depuis le début de leur séjour en Inde. Comment pouvait-on habiter dans un monde aussi propre que s'il venait d'être préparé pour une visite présidentielle et laisser des personnes vivre dans la misère à quelques centaines de mètres de là ? Cela dépassait l'entendement ! Révoltés par ces inégalités flagrantes, Pamela et James ne parvenaient pas à comprendre comment la population du quartier tamoul, de l'autre côté du canal, pouvait ne pas chercher à améliorer leur niveau de vie. Il leur faudrait encore quelque temps pour comprendre l'Inde et ses mystères. Mais la fièvre qui cloua Pamela au lit ce soir-là accapara toute leur attention. Attraper la grippe en plein été, sous cette chaleur étouffante et moite, était encore pire qu'en temps hivernal ! Une sensation de malaise l'avait prise en fin de journée, qu'elle avait d'abord imputé au mal-être qu'elle éprouvait dans cette ville. Elle tremblait de tout son corps.

D'indignation pensait-elle. Mais en fin de soirée, elle avait commencé à délirer. La fièvre était montée à plus de 40°C. James avait passé la nuit à la veiller, changeant régulièrement le linge mouillé qu'il lui posait délicatement sur le front en essayant de ne pas la réveiller, malgré son sommeil agité. Il fallut cinq heures pour faire tomber la fièvre, mais James était trop inquiet pour réussir à s'endormir. Il finit enfin par sombrer, alors que le jour se levait. Lorsqu'elle se réveilla, Pamela se sentit trop fatiguée pour sortir du lit. Elle n'avait pas réussi à dîner, la veille au soir, mais n'éprouvait aucune sensation de faim. Elle repensait à toute cette population locale qui lui semblait survivre, le sourire aux lèvres, aux côtés d'une riche poignée d'aristocrates, indifférente à la misère qui l'entourait. C'est étonnant ce qu'un choc émotionnel peut engendrer sur le corps humain ! Elle attrapa son carnet et y nota tout ce qu'elle ressentait, attendant patiemment que son mari se réveille.

Remise sur pied mais affaiblie par une intense fatigue, Pamela fut forcée au repos. Quand elle se sentit de nouveau capable d'arpenter les rues de la ville, le surlendemain, ils décidèrent d'aller chercher des réponses de l'autre côté du canal. Musulmans, Chrétiens et Hindous se partageaient ce quartier tamoul. Pamela et James étaient pressés d'observer plus en avant cette cohabitation. Dans le quartier musulman, au gré des calmes ruelles parsemées de belles maisons aux balcons de bois ciselés, ils rencontrèrent une population discrète mais polie et serviable, proposant spontanément son aide pour les aider à trouver leur chemin. Le quartier chrétien, entre la basilique du Sacré-Cœur tout de blanc et rouge vêtue et la somptueuse cathédrale de l'Immaculée Conception aux couleurs éclatantes, les reçut de manière tout aussi accueillante et chaleureuse. En fin de matinée, leur estomac les conduisit au marché couvert voisin, Goubert market, ombragé mais coloré et plein de sourires. Ils en prirent plein les yeux… et les narines. Ce marché de fruits, légumes, épices, poissons, volailles et fleurs exhalait de mille couleurs, d'odeurs aussi diverses que variées et d'un intense brouhaha contrastant avec ce qu'ils avaient vu de la ville jusqu'à présent. Tout le monde parlait fort, négociait, se bousculait en souriant, semblant réunir toute l'intensité de la vie de cette ville dans cet extraordinaire lieu exigu mais tellement magique ! C'est avec la tête qui tourne qu'ils quittèrent cet endroit bouillonnant d'activité pour s'engouffrer dans les rues tout aussi vivantes et commerçantes du quartier hindou. L'agitation citadine reprenait ses droits avec ses motos, tuktuks et klaxons. Les maisons, sombres, s'ouvraient ici vers l'extérieur par des sortes de vérandas avec toit en appentis sur des poteaux en bois. Le changement d'architecture entre les différents quartiers était flagrant. Mais certainement pas la chaleur et la gentillesse de ses différents habitants, qui semblaient constantes en tout point de la ville. En cette fin d'après-midi, regagnant le quartier français par le Nord, ils furent saisis par le calme qui régnait dans ce lieu malgré sa forte fréquentation. Puis ils comprirent. Ils venaient d'atteindre l'ashram de Sri Aurobindo, lieu de recueillement par excellence où le Sage s'était autrefois retiré dans une quête divine de paix intérieure. Au centre de l'ashram, dans une cour à l'ombre d'un arbre majestueux, se trouvait le Samadhi, tombeau de marbre blanc où reposaient les corps de Sri Aurobindo et de Mira Alfassa, la Douce Mère, cette française avec laquelle il avait fondé sa communauté religieuse. Portés par l'élan spirituel du lieu, Pamela et James s'adonnèrent à une réflexion profonde sur l'expérience qu'ils avaient vécue tout au long de cette journée, entourés de dizaines de visiteurs et de disciples venus se recueillir et méditer en silence sur la tombe couverte de fleurs fraîches. En quittant l'ashram, ils retrouvèrent de nombreux visiteurs, fidèles et pèlerins rassemblés devant le fabuleux temple voisin de Manakula Vinayagar, impressionnant méli-mélo de couleurs, conférant de facto une insipide fadeur à tous les magnifiques monuments qu'ils avaient visités depuis le début de la journée. D'abord surpris par la présence d'un éléphant à l'entrée de l'édifice, ils se laissèrent néanmoins bénir par la trompe de Lakshmi, qui avait au préalable pris soin de les délaisser de quelques roupies, pour le spectacle d'une part mais avant tout pour la bonne cause ! Exténués par cette longue journée de marche, le couple finit par regagner son modeste logement en longeant la plage, sur la Promenade, emplie à cette heure tardive de joggeurs, de familles et de touristes. Toute la ville semblait s'être donnée rendez-vous ici pour admirer le coucher du soleil ! Et personne ne semblait s'offusquer de voir une vache allongée sur la plage !

Symbole de non-violence et de bienveillance, cet animal était associé à différentes divinités, comme Shiva, Indra et Krishna, c'était donc normal que son caractère sacré lui donne tous les droits ! Cette vision d'harmonie, où tous les habitants, aussi chaleureux et accueillants les uns que les autres, cohabitaient dans une symbiose parfaite, était pour eux comme une bouffée d'oxygène. Le cœur léger d'avoir découvert ce cocktail cosmopolite et convivial, vivant dans la plus complète tolérance religieuse, ils se sentirent libérés du poids qui les oppressait depuis quelques jours. Après tout, ils ne connaissaient pas toute l'histoire de la ville, nimbée de cette aura si particulière. Alors, qui étaient-ils, pour juger ? Il faut parfois savoir laisser de côté ses préjugés et aborder la vie autrement ! Les jours suivants les confortèrent sur le fait qu'ils étaient arrivés à Pondichéry avec une vision bien trop européenne pour pouvoir appréhender la culture indienne. Ils commençaient peu à peu à comprendre ce qui leur avait jusque-là échappé. Derrière le sourire permanent et la bienveillance de ce peuple, dont les animaux sont inclus dans la vie et partagent les espaces habituellement dédiés aux hommes, se cachait une croyance bien supérieure à tous les principes. Les êtres vivants sont destinés à naître, à mourir, puis à revivre sous une forme différente, humaine ou animale, misérable ou meilleure. Il ne servirait donc à rien de lutter contre sa condition sociale, puisque c'était écrit. Il suffisait de bien se conduire, en toute bienveillance, et d'attendre la réincarnation pour une vie meilleure !

Ce principe de base acquis, estimant qu'ils seraient certainement plus utiles ailleurs, le couple décida de poursuivre sa route en quête de nouvelles découvertes spirituelles. Rameswaram leur parut être, en l'occurrence, la destination à privilégier. Sur une île reliée au continent par le pont Indira Gandhi, à quelques encablures du Sri Lanka, le temple de Ramanatha Swami était l'un des plus importants d'Inde du Sud. Il y régnait une très grande ferveur religieuse, comparable à celle de Varanasi, l'incontournable ville sainte du Nord, où les hindous allaient se purifier dans le fleuve sacré du Gange. Ici, tout Hindou souhaitait pouvoir venir y prier une fois dans sa vie, parce que Rama s'y était purifié du meurtre du démon Ravana qui avait dérobé son épouse Sita. En approchant de la ville

Sainte, Pamela et James rejoignirent une longue procession qui se dirigeait dans la même direction. En chemin, ils apprirent que la foule de pèlerins était encore plus importante chaque mois à la nouvelle lune. La chaleur étouffante faisait anormalement suer la voyageuse européenne, moins habituée au climat que les autochtones. À moins que ce ne soit l'excitation du moment qu'ils vivaient, en communion avec ces centaines de femmes dans leurs saris resplendissants et d'hommes enturbannés, à la moustache fière, qu'ils suivaient, s'engouffrant par dizaines sous les hauts portiques, longeant la gigantesque colonnade aux rosaces flamboyantes au plafond, avant d'atteindre la grande piscine sacrée, au cœur du temple. Fiévreuse mais heureuse de vivre cette expérience extraordinaire, Pamela suivit le parcours de purification, fait de vingt-deux bains successifs dans des puits où un préposé les arrosait à pleins seaux, dans une ambiance euphorique. James n'avait pas osé se mêler aux pèlerins, se sentant quelque peu illégitime mais avait encouragé sa femme à le faire, dans l'espoir de faire baisser sa température. Cela faisait déjà trois fois depuis le début de la semaine que la fièvre réapparaissait. Lorsqu'il retrouva, en fin de parcours, une Pamela souriante et sans aucune trace de fièvre dans le regard, il fut apaisé et se dit qu'après tout c'était peut-être le voyage qui l'avait fatiguée. Ce qui n'avait rien d'anormal puisqu'elle n'avait toujours pas complètement recouvré la forme depuis la semaine précédente. Il décida donc qu'il était peut-être temps de lever le pied et de s'arrêter un peu plus longtemps, pour la préserver. Et peut-être de limiter au maximum les troublantes émotions ressenties chaque fois qu'ils se sentaient démunis en voulant aider une population miséreuse qui ne comprenait pas leur geste, ne quémandant aucune aide. Il savait qu'il devait prendre cette décision seul. Le cœur sur la main, sa femme ne comprendrait sûrement pas qu'il faille faire passer son bien-être avant celui de ces pauvres gens. Ni que son époux culpabilise de lui avoir fait tout quitter pour voyager à travers le monde jusqu'à ce qu'elle en perde la santé. Hypocritement, il choisit donc de lui proposer de prendre un avion direct pour New Dehli, afin de se rendre à Agra pour continuer leur quête spirituelle en découvrant l'une des quatorze merveilles du monde, le Taj Mahal !

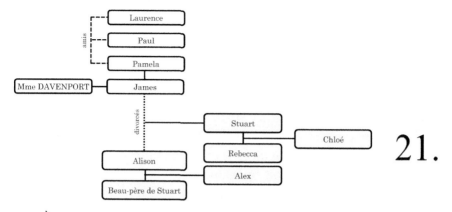

21.

À l'arrivée du train en gare de La Rochelle, tout le monde était là à l'attendre comme le Messie : son père, son frère, sa belle-sœur, sa nièce, son meilleur copain Thibaut, sa petite amie Lucie. Ils ne l'avaient pas abandonné, malgré tous ses efforts surhumains pour qu'ils y parviennent. Ils avaient vraiment la tête dure ! Ou alors le cœur tendre. Après les étreintes de toute sa famille et de son meilleur ami, dans les bras de Lucie il se sentit le plus chanceux de tous les hommes. Elle était son plus beau cadeau. Ce serait le plus merveilleux de tous les Noëls qu'il avait célébrés jusqu'à présent.

Entre préparation et célébration des festivités de Noël et du réveillon de la Saint Sylvestre, les trois semaines suivantes passèrent vite. Trop rapidement pour qu'Alex soit prêt. Pourtant, demain il retournerait au lycée. Après quinze mois d'absence. Il revisita les locaux dans sa tête. Avec deux années passées là-bas, il avait emmagasiné les images des lieux dans leur moindre détail. Il eut beaucoup de mal à s'endormir ce dimanche soir. Il se souvenait des sobriquets qui étaient autrefois donnés à « la bigleuse », cette fille dont les verres de lunettes étaient aussi épais que des culs de bouteille. Il se sentait prêt à affronter cette intolérable idiotie, sachant que Blanchette saurait le défendre en tendant accidentellement des pièges, mais il appréhendait tout de même. Il ne retrouverait pas ses amis, qui avaient terminé le lycée et étaient désormais à l'université. Saurait-il s'en faire de nouveaux ?

Sa mère le déposa devant le lycée. Lucie l'attendait. Ils se tinrent la main, les doigts croisés, en amoureux, comme avant. Il ne se sentit pas assisté lorsqu'elle le guida subtilement vers l'entrée des locaux. Elle savait y faire. Il était décidément chanceux de l'avoir rencontrée. Au bureau du Proviseur, il rencontra pour la première fois Ambre, qui allait passer ses journées à ses côtés pour l'épauler en classe. Elle serait son AESH, Accompagnant d'Élève en Situation de Handicap. Lucie le quitta pour partir en cours. Ils se retrouveraient à la récréation. Ambre guida Alex vers sa classe. Comme il ne pouvait pas la tenir par la main, il dut se résoudre à déplier Blanchette. Il sentit alors les voix se taire sur leur passage, bien qu'Ambre fasse son possible pour combler ce silence impertinent. Il n'y pensa plus, une fois installé à sa table, Ambre à ses côtés, lorsque le professeur de français commença son cours. Il prenait des notes sur son tout nouveau bloc-notes Braille. Parfois, Ambre intervenait, lorsque les propos de Madame LAWRENCE n'étaient pas suffisamment clairs pour Alex, ou trop visuels.

À force de travail acharné, avec le concours de ses professeurs qui reconnaissaient sa force de caractère et sa volonté de réussir, fin mars il était parvenu à rattraper l'ensemble des cours auxquels il n'avait pas pu assister au premier trimestre, avec le soutien de son meilleur ami Thibaut, qui l'y aidait chaque weekend. Ses résultats étaient même plutôt bons. Toutes les conditions étaient réunies pour qu'il puisse passer son bac dans des conditions sereines. La veille du début des épreuves, il repartit en direction de Paris. Cette fois-ci en compagnie de son frère. Mais pas à destination de l'hôpital Sainte-Marie. Stuart avait réservé une chambre pour toute la semaine, à proximité de l'Institut National des Jeunes Aveugles. À peine cinq minutes de marche et deux rues à traverser, sans grande circulation. Rien de bien perturbant pour Alex, maintenant. Puis, après que son frère ait été accueilli par Ambre qui était ravie, de son côté, de pouvoir rendre visite à sa cousine parisienne, Stuart continua son chemin en direction de l'hôpital Necker où il allait effectuer un stage en ophtalmologie durant toute la semaine. Il souhaitait acquérir les compétences nécessaires pour pouvoir changer de service. Son chef ayant été informé de la situation personnelle du frère de Stuart, il avait compris et accepté cette demande de réaffectation. Cependant, le seul poste qui allait se libérer quelques mois plus tard nécessitait de pouvoir assister l'équipe d'ophtalmologie en chirurgie. Stuart devrait donc acquérir des compétences qu'il ne possédait actuellement pas. C'est ainsi qu'il effectua ses premiers pas en chirurgie ophtalmologique, pendant que son frère planchait sur ses épreuves en duo, Ambre l'aidant à relire les textes ou le guidant sur les schémas en relief de l'épreuve de géographie. Du fait de leur handicap, ces lycéens bénéficiaient d'un tiers de temps supplémentaire. Une fois le sujet distribué, le candidat faisait une première lecture puis, à l'aide de son ordinateur braille, rédigeait un premier brouillon avant de dicter à son AESH ce qu'il fallait écrire sur la copie officielle. Un binôme parfaitement synchronisé, entièrement basé sur la confiance. Ambre était un pilier sur lequel Alex savait pouvoir se reposer.

Bien sûr, les épreuves étaient adaptées, comme les expériences en chimie où c'était à Ambre que revenait la lourde tâche de réaliser les mélanges que son binôme lui indiquait. Elle qui avait passé un bac ES avait la joie et l'honneur de se retrouver en Terminale S, ce qui la confortait d'autant plus dans le choix qu'elle avait fait à l'époque. Aucun regret. Mais Alex était doué. Son handicap ne l'empêchait nullement de briller. C'est ainsi qu'il obtint son baccalauréat avec mention Bien. Toutes les portes s'ouvraient à lui. Ou du moins c'est ce qu'il se serait passé si ce handicap n'était pas survenu. Maintenant qu'il avait réussi cet exploit avec brio, qu'allait-il faire ? Joueur de football professionnel était désormais hors compétition. Avant d'être pressenti pour entrer au FC Nantes, son but était de poursuivre des études de médecine. Altruiste, il avait toujours voulu partir aider les populations africaines en difficulté. C'était son objectif. Avant le football. Avant l'accident. Et maintenant ? Dans quelques jours, il recevrait le résultat de ses demandes d'affectation. Il avait quand même demandé à intégrer la faculté de médecine. S'il était accepté, il aurait un an pour réfléchir à la voie professionnelle qu'il pourrait choisir, malgré son handicap. Il existait tellement de métiers dans la filière médicale, il trouverait forcément un domaine où il pourrait s'épanouir.

Ambre n'était plus à ses côtés. Ils avaient fêté ensemble, le soir de la dernière épreuve à Paris, la fin de leur partenariat, de leur duo inséparable. Son contrat était de le mener jusqu'au bac. Mission accomplie. L'université lui proposerait maintenant d'autres services pour l'accompagner. Malgré de longs moments de doute et de repli sur lui-même durant l'été, les échanges réguliers avec sa nièce Chloé, qui le secouait gentiment avec ses petites phrases au goût criant de vérité, le reboostèrent. Après tout, « Personne ne peut prédire l'avenir, tu ne crois quand même pas que tu vas être le premier voyant non-voyant ?!! ».

Ce mois de septembre 2019 avait un goût de renouveau. Chloé entrait dans sa dernière année de collège, avec le Diplôme National du Brevet à la fin de l'année. Rebecca changeait de classe pour intégrer la Grande Section de son école maternelle, vu sa motivation et son implication pour aider les élèves. Ses cours d'anglais ludiques et thématiques ainsi que les valeurs qu'elle véhiculait en défendant l'équité et la lutte contre le handicap avaient été très largement saluées par la directrice et l'institutrice qu'elle avait accompagnée l'année précédente. Stuart aussi changeait de service, après deux stages et une formation confirmant sa volonté et ses compétences. Il faisait désormais partie du personnel du *Service Chirurgie orthopédique, ophtalmologie et vasculaire*. Il était maintenant au bon endroit, en lien direct avec l'Unité de Recherche Clinique. Dans quelques temps, il y aurait accès. En tout cas, il ferait tout pour. Il aurait alors toutes les cartes en main pour effectuer les recherches en optogénétique qui lui tenaient tant à cœur. Son frère le méritait bien.

Alex, quant à lui, entra au centre d'adaptation professionnelle de l'Association pour la Promotion Sociale des Aveugles et autres Handicapés (APSAH) de Limoges, plus résolu que jamais. Personne ne pourrait l'empêcher d'accomplir ses rêves. Il était déterminé à faire ce qu'il fallait pour que son handicap devienne une force. Il ferait en sorte que les gens voient en lui, d'abord et avant tout, une personne compétente. Pas une personne handicapée. Il commença par se remettre à sa passion première et intégra l'équipe de Cécifoot du Service Universitaire des Activités Physiques et Sportives (SUAPS) de l'université. La reprise de cette activité si chère à son cœur, entouré de personnes mal ou non voyantes comme lui et de personnel empathique et encourageant, lui fut salvatrice. Pour rebooster sa confiance en ses capacités. Mais également et surtout pour la vie sociale qu'il avait mis en suspens depuis l'accident. Il s'était tellement souvent senti comme un intrus au milieu d'un groupe de personnes valides qui oubliaient rapidement son handicap dans les conversations, le laissant seul à ne pas comprendre des situations qu'il ne pouvait voir. Ou parfois, à l'inverse, les gens faisaient tellement attention à ne pas employer de vocabulaire inadéquat que ça limitait très largement le champ des conversations. Il avait donc préféré la solitude. Et la déprime qui allait avec. Jusqu'à son entrée à l'APSAH. Jusqu'à sa rencontre avec le Cécifoot. Son dynamisme, sa motivation et sa gentillesse eurent finalement raison des moqueries et jalousies de ces personnes intellectuellement limitées qui avaient crié haut et fort à qui voulait les entendre, l'an dernier, qu'un aveugle ne pouvait pas devenir médecin. Il démontra à tous que son handicap ne l'empêchait pas d'avancer, bien au contraire. Doucement mais sûrement, il reprit confiance en lui-même et en ses capacités à réussir sa vie, malgré les écueils rencontrés. Seul dans cette ville inconnue, il réussit progressivement à se reconstruire. Seul, mais accompagné. Par l'équipe pluridisciplinaire médico-psycho-sociale de l'APSAH. Par le staff de l'équipe de Cécifoot. Par les deux nouveaux copains avec lesquels il s'était lié à l'école. Par ses parents, qui lui envoyaient des messages tous les jours et venaient le voir chaque samedi. Par Thibaut, qui lui téléphonait chaque fois qu'il rentrait chez ses parents, un weekend sur deux. Par sa nièce, Chloé, qui l'appelait chaque vendredi soir et lui racontait les anecdotes de sa semaine. Par sa belle-sœur, Rebecca, qui lui envoyait un e-mail tous les mercredis avec des œuvres que les élèves de son école dessinaient tout spécialement pour lui. Par son frère, qui venait passer un dimanche sur deux avec lui pour pratiquer chaque fois une nouvelle activité ensemble. Des sorties, comme celle de la découverte de la tourbière des Dauges, organisée par le conservatoire d'espaces naturels du Limousin, au cours de laquelle ils avaient principalement fait appel aux sens autres que la vue : chants des oiseaux, odeur de la tourbe, moelleux des tremblants, ou encore colle de la plante carnivore de la tourbière. Des activités sportives, comme lors de la balade avec le Limoges Tandem Club où ils avaient partagé deux heures d'intense émotion, respirant à pleins poumons l'air frais de cette belle journée hivernale ensoleillée, tous les deux postés sur ce drôle de vélo allongé, équipé de deux paires de pédales tournant au même rythme, Stuart devant et Alex à l'arrière. Des journées marathon jeux de société, les jours de pluie. Monopoly, Scrabble, Rami et Crapette étaient finalement leurs préférés. En version adaptée aux non-voyants, avec incursion de braille, aucun des deux n'étaient ainsi avantagé. Ils s'étaient même retrouvés pour un repas dans le noir, Stuart avec les yeux bandés, pour partager l'expérience de découvrir la saveur des aliments sans les yeux, sur le même pied d'égalité que son frère. Épreuve réussie, si l'on exceptait la main que Stuart avait mis sur le chèvre frais en voulant attraper le plateau de fromages ! Des activités entre frères, conviviales et sans rivalité, d'égal à égal.

Lucie aussi, évidemment, avait guidé son amoureux durant cette année scolaire. À distance, comme les autres, par la force des choses. Elle était restée en Charente-Maritime. Elle avait intégré l'Université de La Rochelle pour préparer une Licence en lettres. Son ambition : devenir enseignante. Son objectif : intégrer un Master de l'enseignement, de l'éducation et de la formation (MEEF). Elle appelait son chéri tous les soirs. Les épreuves de l'année passée avaient renforcé ses sentiments. La distance de cette année ne les avait aucunement atténués. Mais elle en souffrait. Elle voulait être auprès d'Alex pour l'aider davantage, physiquement et mentalement. Les conversations téléphoniques quotidiennes n'étaient pas suffisantes. Elle venait le voir un dimanche sur deux, en alternance avec Stuart, mais chaque retour était un supplice. Alors, en fin d'année, elle lui fit la surprise de lui annoncer qu'elle avait été acceptée en deuxième année de Licence en lettres, à l'université de Limoges ! Et, ce devait être un signe, la faculté des Lettres et Sciences Humaines se situait à seulement cinq minutes à pied des locaux de l'APSAH ! Leurs deux familles les aidèrent à s'installer. Le plus compliqué avait été de trouver un logement suffisamment proche de l'APSAH et adapté à son handicap. Mais ils l'avaient déniché ! Un appartement, à deux rues de là, aménagé au rez-de-chaussée d'une maison habitée à l'étage par un couple de personnes âgées. Ce mois de septembre fut le plus heureux pour les deux jeunes tourtereaux, qui emménageaient ensemble.

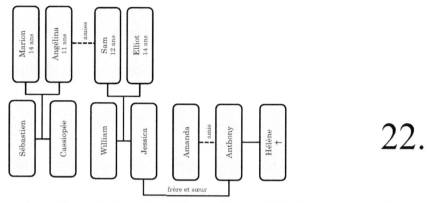

Le gâteau de Savoie qu'ils avaient oublié de manger en dessert la veille fit sensation au petit-déjeuner. Décidément, Amanda avait un don, c'était une véritable fée de la cuisine ! Le moelleux et la légèreté du gâteau enveloppait de douceur ce réveil bien matinal, considérant l'heure tardive du coucher, au son des oiseaux et des canards. Dormir tous ensemble était fun mais, entre la lumière du jour qui filtrait à travers les volets et le bruissement des sacs de couchage, il était difficile de ne pas être réveillé. Ils se levèrent donc tous les uns après les autres, de l'esprit le plus alerte au plus embué. Sam essaya de faire la conversation en préparant le chocolat chaud mais fut rapidement contrainte de ne poser que des questions fermées demandant pour toute réponse des hochements de tête, vu l'absence de répondant de ses amies. Les yeux cernés, elles émergeaient difficilement de cette nuit beaucoup trop courte à leur goût.

À dix heures, tout le monde était prêt à quitter cette vie de Robinson Crusoé, chacun pour ses raisons, que ce soit pour quitter le confort spartiate des sacs de couchage ou pour retrouver la sécurité du château, à l'abri des intrus potentiels. De toute manière, ils n'avaient guère le choix : ils avaient promis d'être rentrés au château avant onze heures. Le retour en barque fut tout aussi bruyant que l'aller. Angélina, qui n'avait pas su se rendormir, n'avait pas dit un mot depuis le réveil de ses amis. Contrairement aux habitudes, elle était la plus alerte du groupe ce matin, tenue en haleine par l'adrénaline. Son regard vif balayait furtivement le tour de l'étang, jamais immobile plus de quelques secondes. Elle s'attendait à être prise pour cible avant son arrivée sur la terre ferme.

141

L'intrus allait forcément essayer de la faire taire. Devait-elle en parler aux autres tout de suite pour qu'ils puissent enquêter après son assassinat ou devait-elle ne rien dire pour les protéger ? Il fallait pourtant que ses parents comprennent pourquoi quelqu'un s'en serait pris à leur fille. Mais elle ne pouvait pas risquer de mettre ses amis en danger. Avant qu'elle ait pu prendre sa décision, ils avaient déjà atteint la rive. Elle resta bien au centre du groupe, de manière à être entourée par ses amis à tout instant, pour ne laisser aucun champ libre à un éventuel tireur d'élite. Elle ne souffla qu'une fois la lourde porte d'entrée en bois refermée derrière eux.

– Qu'est-ce qui se passe ? lui chuchota Marion à l'oreille, inquiète de voir le comportement étrange de sa sœur.

– Pas maintenant, je vous raconterai tout après la douche ! lui répondit-elle alors que sa mère accourait vers elles.

Se retrouvant dans la salle de jeux à l'étage, Angélina dévoila à ses amis ce qu'elle avait vécu durant la nuit. Du moins pendant la deuxième partie de la nuit, évitant de relater la frayeur qu'elle s'était faite en prenant Elliot pour un dangereux criminel ! Elle n'allait pas les embêter avec des histoires totalement inintéressantes !

– Il faut en parler à Tonton !

– Hors de question ! Tu vois bien qu'il a assez de soucis comme ça à gérer en ce moment ! Et puis, si ça se trouve, c'était juste un voleur qui s'est aperçu qu'il n'y avait rien à dérober dans la cabane et qui ne remettra jamais les pieds là-bas. Non, ça ne sert à rien d'inquiéter Tonton pour rien. Si vous voulez, on n'a qu'à surveiller la cabane. Et si jamais on voit de nouveau quelque chose de louche, on avertira nos parents à ce moment-là. Qu'en dîtes-vous ?

– Ok, on fait comme ça, on surveille de loin, acquiesça un téméraire Elliot, sous les éclats de rire de Sam et de Marion. Seule Angélina le soutint mentalement, au souvenir de la peur ressentie la nuit précédente.

Le seul problème, c'est que les filles devaient accompagner leurs parents en sortie, comme un jour sur deux. Heureusement, vu l'ampleur de leur cernes, Cassiopée abandonna très rapidement l'idée de les emmener. Une journée de repos ne serait pas superflue pour être en forme pour le reste de la semaine de vacances, qui passait incontestablement à une vitesse folle. « Alléluia ! » pensèrent les filles en feignant d'autant plus une fatigue intense.

Ils installèrent leur poste de commandement sur le solarium, à l'endroit leur fournissant le meilleur angle de vue sur la cabane, tout en restant cachés par la haie. Ils se relaieraient toutes les heures. D'abord le tour de garde d'Angélina, puis Sam à midi et demie, suivie de Marion de treize heures trente à quatorze heures trente et enfin Elliot avant qu'Angélina ne reprenne le relais. Et ainsi de suite. Tout le monde devrait rester ensemble, pour ne pas éveiller les soupçons, ni de la cabane ni du château. Ils demanderaient à Amanda de pique-niquer dehors. La météo était avec eux. Ça ne devrait donc pas poser de souci. Mais comment allaient-ils s'y prendre pour surveiller cette nuit sans éveiller l'attention ? Chaque chose en son temps. Pour l'instant, si quelqu'un devait retourner momentanément au château, ils iraient deux par deux, pour ne pas laisser le « guetteur » seul.

– D'ailleurs, à ce propos, j'ai envie de faire pipi, annonça Angélina le plus sérieusement du monde, tout en lançant un clin d'œil à Elliot. Sam éclata de rire, connaissant le goût de son amie pour la dédramatisation par l'humour. Elliot se dérida un peu.

– Je t'accompagne. Comme ça, j'aiderai Amanda à préparer un panier repas.

Un véritable estomac sur pattes, cette Marion !

Trois quarts d'heure plus tard, installée sur une chaise face à l'étang, derrière la haie, Angélina savourait un bol de salade composée de melon, concombre et féta, son smartphone prêt à prendre des photos et une paire de jumelles posée sur la table basse juste à côté d'elle. Ses acolytes étaient tranquillement allongés sur les transats derrière elle, en train de déguster leur salade. Amanda avait accepté l'aide de Marion après s'être aperçue qu'elle avait encore oublié de préparer le déjeuner, pourtant persuadée de l'avoir fait. Ça lui arrivait de plus en plus souvent en ce moment. Était-elle en train de perdre la tête ? Il fallait qu'elle fasse bonne figure et redouble de ruse pour cacher ses absences. Elle ne voulait pas qu'Anthony la chasse du domaine. L'aide de Marion était la bienvenue pour rattraper le retard.

143

Alors qu'elle se levait pour aller chercher une deuxième part de moelleux au chocolat dans le panier (quelle incroyable cuisinière, cette Amanda !), Angélina ne vit pas les trois hommes entrer dans la cabane. Lorsqu'elle revint s'asseoir, quelque trente secondes plus tard, elle s'assura que rien n'avait bougé au niveau de la cabane avant de s'asseoir de nouveau confortablement. Rien à signaler. Elle pouvait déguster cette merveille gustative tout à son aise.

Alors que Marion rejoignait Sam qui prenait son tour de garde au bord de l'eau, elles aperçurent un homme sortir de la cabane. Instinctivement, elles se recroquevillèrent pour ne pas risquer d'être vues et firent signe aux autres de se taire immédiatement, leur chuchotant ce qu'elles venaient de voir.

– C'est Tonton, s'exclama Sam un peu trop fort, après avoir ajusté les jumelles.

– Comment t'as fait pour ne pas le voir entrer ? s'énerva Elliot.

– On verra quand ce sera ton tour, gros nigaud ! Tu verras que ce n'est pas si facile que ça de fixer le même endroit sans bouger, pendant une heure ! Tu es bien obligé de cligner des yeux et de détourner le regard, quand il commence à se brouiller !

– T'inquiète, le principal c'est de l'avoir vu ! Entrer ou sortir, on s'en fiche ! tempéra Marion. Maintenant, au moins on sait que ce n'est pas un intrus. Ni un cambrioleur. Ni un criminel. C'est plutôt rassurant, non ?

– Mais ça n'explique quand même pas ce qu'il faisait là-bas au milieu de la nuit, en supposant que c'était bien lui, intervint Angélina.

Un long silence lui répondit, chacun perdu dans ses pensées, essayant d'imaginer les motivations de Tonton Anthony.

– T'imagines, si ça se trouve il fait du trafic de drogue pour récolter de l'argent pour sauver le domaine, pensa tout haut Angélina, avec toute l'imagination débordante qui la caractérisait.

– Hum, t'as peut-être raison, vu tous les problèmes financiers qu'ils évoquent chaque fois qu'ils pensent que nous ne les entendons pas.

– Non mais ça va pas ! s'invectiva Sam. Tonton ne fume même pas, vous l'imaginez se droguer ! Et pis quoi encore ! Vous délirez complètement !

144

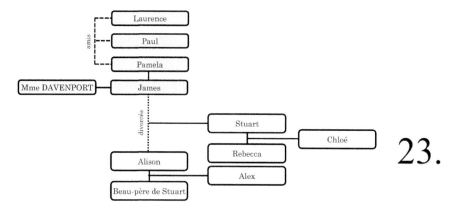

23.

Le Taj Mahal les avait grandement bousculés. L'Inde en général, en fait. Leur séjour dans ce pays avait été éprouvant. Le choc culturel avait été tellement plus intense que dans les pays qu'ils avaient visités auparavant ! Les inégalités flagrantes les avaient secoués et il leur avait fallu beaucoup de temps pour comprendre la philosophie de ce peuple. Il leur semblait qu'ils y étaient parvenus. Avec le temps. Non sans mal. Mais le monde qu'ils avaient découvert à mille lieux de leurs petites habitudes, leur avait remis les idées en place. Leur ancienne vie, dans leur petit château douillet du Grand-Bornand, ne correspondait plus à leur idéal. Loin du confort auquel ils avaient été habitués toute leur vie, ils vivaient désormais dans des conditions spartiates qui leur avaient réellement fait comprendre le sens de ce qui les avait d'abord empêchés de quitter leur cocon de Haute-Savoie. « Le bonheur, ce n'est pas d'être heureux, le bonheur, c'est d'être ensemble quand on s'aime – heureux ou malheureux ». Au début de leur escapade, ils avaient vécu comme de vrais touristes, heureux de découvrir de nouvelles contrées, de profiter de la quiétude de vacances ensoleillées. Mais ils avaient très vite ressenti le besoin de s'immerger dans la vie quotidienne des populations locales, de comprendre leurs coutumes et de vivre de manière plus authentique. Voyant la pauvreté qui les entourait, ils refusaient de continuer à vivre dans l'opulence. Les touristes n'étaient pourtant nullement incommodés par cette population en guenilles, vu les efforts astronomiques mis en œuvre par les hôteliers pour séparer visuellement cette racaille locale de leurs établissements classés. Mais Pamela et James n'étaient pas des touristes comme les autres. Ils n'étaient pas là pour ça. Ils voulaient découvrir la réalité derrière ces paysages de carte postale, malgré les efforts inouïs des offices de tourisme pour les diriger vers des endroits idylliques. Mais qu'à cela ne tienne, le couple s'était alors tourné directement vers les populations locales et s'étaient laissés guider à travers une épopée bien réelle, loin du monde touristique virtuel dans lequel la population mondiale baignait allègrement. Ils ne regrettaient rien, à l'exception d'être aussi loin de leurs amis, Laurence et Paul, et de ne pas pouvoir partager ce chemin de vie avec eux en dehors des cartes postales paradisiaques qu'ils leur envoyaient de chaque pays visité ! Ils n'allaient tout de même pas les inquiéter ! Ils auraient eu bien trop de mal à comprendre, comme n'importe qui d'ailleurs n'ayant pas vécu cette extraordinaire expérience. Comme eux, avant de s'y être immergé.

Ils n'avaient pas beaucoup échangé, depuis leur départ du Taj Mahal. Secoués par ce qu'ils avaient ressenti là-bas, chacun était plongé dans ses réflexions. James, surtout. Pamela l'observait du coin de l'œil. Elle voyait qu'il avait été encore plus chamboulé qu'elle par la symbolique de ce lieu mythique. Elle respectait son silence, sachant qu'il lui parlerait quand il serait prêt.

Les turbulences dans l'avion ne le sortirent même pas de sa torpeur. Elle lui posa doucement la main sur le bras, pour lui rappeler qu'elle était là, elle, auprès de lui. Pas comme ses fantômes qui le troublaient. Il releva doucement vers elle des yeux empreints d'une profonde tristesse et lui sourit. Que se passait-il dans sa tête ? Pamela n'eut pas le loisir d'y réfléchir plus longtemps, un furieux mal de tête semblant lui fendre soudainement le cerveau en deux. Pourquoi est-ce que ça arrivait toujours au moment le moins opportun, quand on n'avait pas de médicament sur soi ? Il leur restait un peu moins d'une demi-heure de vol. Elle allait tenir. Elle n'avait guère le choix. Mais à peine l'avion posé sur le tarmac, elle ressentit de violentes nausées et courut vers les toilettes, bousculant quelques personnes qui récupéreraient leurs bagages des compartiments au-dessus des sièges. L'hôtesse de l'air, initialement réticente, lui céda le passage en voyant la pâleur de son teint. Lorsqu'elle ressortit enfin des toilettes, le visage blanc comme un linge, il ne restait plus qu'un seul passager à bord, l'air totalement ahuri.

Les nausées, tenaces, avaient fini par passer mais les douleurs abdominales qu'elle ressentait maintenant les lui faisait presque regretter. James ne mit pas longtemps à la convaincre qu'il était temps de consulter un médecin. Sans rendez-vous, ils se rendirent directement à l'hôpital Max Multi Speciality Centre où ils furent, contre toute attente, reçus assez rapidement. Le test de diagnostic rapide fut sans équivoque : Pamela avait contracté le paludisme. Il n'y avait rien d'alarmant mais il fallait effectuer des tests complémentaires et, surtout, commencer le traitement immédiatement. Avant l'apparition des troubles neurologiques. Avant que les traitements ne soient plus efficaces. Pour ne pas que la maladie devienne fatale. Pamela allait devoir continuer son séjour indien à l'hôpital. Quatre jours de repos forcé et d'un traitement intensif lui provoquant des brûlures d'estomac. Mais plus de fièvre, ce qui était bon signe considérant que, durant les deux précédentes semaines, elle s'était sentie fiévreuse à peu près tous les deux jours. Après une dernière consultation avec le médecin qui l'avait traitée, elle fut autorisée à sortir de l'hôpital. À la condition d'abréger son voyage et de rentrer en France pour un suivi du traitement de la maladie. Elle devrait revoir un médecin dans sept jours.

Le retour à la maison n'était pas dans leurs projets immédiats, d'autant plus qu'ils n'avaient plus de domicile. Ils avaient encore tant de pays à explorer, tant qu'ils étaient jeunes et en bonne santé. Mais ils se rendaient maintenant compte qu'il ne fallait pas jouer avec le feu. Carpe diem était certes devenu leur credo mais il ne fallait tout de même pas risquer de se brûler les ailes. Pas au détriment de la chose la plus importante de la vie : la santé. Le médecin avait été formel. Quelques jours de plus sans traitement et la maladie aurait eu des chances de remporter la guerre. Pour l'instant, les médicaments avaient décroché une victoire. Mais le triomphe ne serait définitif que si les prochains tests confirmaient l'éradication totale du parasite. Ils allaient devoir réviser leurs plans. La Russie attendrait. Il était temps de rentrer en Europe.

Plusieurs pays leur donnaient envie. Les pays nordiques, notamment. Mais ce n'était peut-être pas le bon moment. Après avoir vécu pendant un mois sous des températures entre vingt-huit et trente-six degrés, avec une hygrométrie avoisinant les quatre-vingt pourcents, rendant l'air difficilement respirable, il n'était peut-être pas judicieux de remonter dès maintenant trop au Nord. Le contraste risquait fort d'être déplaisant, et vu l'état de santé fébrile de Pamela, ce n'était pas recommandé. La Grèce remporta donc leurs faveurs. Des températures moins chaudes et surtout sèches les attendaient, ce qui n'était pas pour leur déplaire.

La première chose qu'ils firent en arrivant à Athènes fut de se rendre à la plage. Ils prendraient quelques jours pour souffler et récupérer, avant d'explorer la riche histoire de ce pays. Ils préféraient attendre le résultat des tests de Pamela dans trois jours et ne pas prendre de risque. Après tout, ils n'étaient pas pressés.

– Il ne fait pas un peu chaud pour un pays nordique ? avait demandé Pamela en s'installant sur le sable, à l'abri sous le parasol.

– Alors, je veux bien qu'on soit remontés très au Nord par rapport à l'Inde, mais de là à l'appeler un pays nordique, il y a de la marge ! lui répondit James en riant, observant un groupe d'enfants en train de s'éclabousser au bord de l'eau.

– Mais il fait quelle température ? Tu crois que la mer est suffisamment chaude pour se baigner ? Les enfants n'ont pas l'air d'avoir froid, ajouta-t-elle en désignant du menton le groupe au loin qui semblait maintenant en pleine course de natation.

– Il n'y a qu'une seule manière de le savoir, répondit-il joyeusement en se levant d'un bond et en attrapant les deux mains de sa femme pour l'aider à se relever.

La température était effectivement très agréable. Piaillant comme des enfants en entrant dans l'eau en courant, ils jouèrent à s'arroser et à sauter par-dessus les vagues. Le groupe d'enfants à proximité paraissait bien plus mature qu'eux à ce moment-là ! Mais on ne les fixait comme des hurluberlus. D'ailleurs, personne ne les regardait, tout court. Chacun profitait de cet instant de quiétude, enfermé dans sa bulle, ne semblant pas se soucier de la présence d'autres individus autour d'eux. En même temps, même s'ils avaient été la risée de la plage entière, Pamela et James s'en seraient complètement fichus. Comme deux adolescents en plein émoi, ils riaient et se sentaient heureux de vivre l'instant présent. C'est tout ce qui leur importait. Qu'est-ce que cela faisait du bien de se laisser aller et de ne pas se soucier du regard des autres ! Comme c'était reposant de ne plus penser à la misère, à la maladie, au malheur que l'on a semé sur son chemin ! Ce moment hors du temps, dont ils avaient tous deux grandement besoin, était arrivé à point nommé.

Trois jours à jouer les touristes, en quête de soleil, de farniente et de balades archéologiques, ne furent pas de trop pour trouver la force d'affronter le résultat des tests médicaux de Pamela. En arrivant à l'hôpital, sentant le stress monter, James tenta comme il put de détourner son attention afin de détendre l'atmosphère.

– Tu ne trouves pas ça étrange, cette absence manifeste de Code de la route en Grèce ? plaisanta-t-il en pointant dans la direction du énième coup de klaxon qu'ils avaient entendus depuis leur arrivée à Athènes, alors qu'un piéton traversait sur le passage clouté, visiblement pas assez vite pour le conducteur en question.

Perdue dans ses pensées, Pamela ne sembla même pas l'entendre. Le parasite était-il toujours là ? Et si la maladie avait évolué ? Allait-elle devoir subir un nouveau traitement ? Était-il encore temps ? Ne l'avaient-ils pas détectée trop tard ? Allait-elle avoir des séquelles ? Voire pire ? Allait-elle maintenant devoir choisir des destinations de voyage en fonction de la qualité des soins hospitaliers ? Ou carrément mettre fin à leur périple ? Comment un simple moustique pouvait-il chambouler toute une vie ?

Sa tête commençait à tourner, alors qu'ils arrivaient devant le grand bâtiment blanc. Elle hésita un instant avant de franchir les portes. Elle avait tellement peur de ne pas pouvoir en ressortir, comme la dernière fois qu'elle avait mis les pieds à l'hôpital, deux semaines plus tôt. James sentit son hésitation, lui attrapa doucement la main et l'encouragea d'un regard tendre. Pourtant, derrière son sourire affectueux, il n'en menait pas large non plus.

– Annoncer de bonnes nouvelles est la meilleure partie de mon travail, proclama le médecin dans un anglais approximatif, en revenant vers le couple qui attendait impatiemment le résultat des analyses dans une salle d'attente comble.

– Vous voulez dire que la maladie a disparu et qu'il n'y aura plus de traitement ? s'écria un peu fort James en se levant prestement sous le coup du soulagement qu'il ressentait.

– Quelle maladie ? demanda Pamela avec un regard inquiet. Qu'est-ce qui se passe ? Tu m'as caché quelque chose ?

Interloqué, la joie de James s'effaça aussitôt. Le médecin, sentant que quelque chose d'anormal se déroulait sous ses yeux, les incita à le suivre dans son bureau.

– Pourriez-vous juste me confirmer que vous savez ce que vous faîtes ici aujourd'hui ? demanda-t-il doucement à Pamela.

– Je… je ne suis pas sûre, en fait, bredouilla-t-elle.

– Savez-vous où vous êtes ? reprit le médecin avec délicatesse.

– À l'hôpital ! affirma-t-elle avec force.

– Oui, c'est bien ça, l'encouragea-t-il. En connaissez-vous le nom ?

– Euh, non. Je n'ai malheureusement pas retenu tous les noms des hôpitaux de New Delhi.

– New Delhi ? En Inde ?

Surprise par la question, qu'elle supposait rhétorique, Pamela ne répondit pas. Se payait-il sa tête ? C'est vrai qu'il n'était pas typé et n'avait pas l'accent indien. Certainement un médecin étranger qui effectuait des missions aux quatre coins du monde.

Devant le regard inquiet de James, le médecin poursuivit.

– Pourriez-vous me rappeler la date d'aujourd'hui ?

– Lundi 4 août, répondit-elle après un moment d'hésitation. Le temps passe si vite que je m'y perds un peu. C'était plus facile quand on était réglés par nos journées de travail !

Mais elle voyait bien le regard pensif du médecin et celui inquiet de son mari. Qu'est-ce que ça pouvait bien faire si ce n'était pas la bonne date ? Elle n'était pas en train de passer un entretien d'embauche, qu'elle sache !

– Peut-être devrions-nous réaliser des tests supplémentaires ? annonça le médecin, après un petit temps de réflexion, en se tournant vers James.

Douze jours que la date était passée. Cette date correspondait précisément au jour de son hospitalisation en Inde. Pamela était, de toute évidence, sous le coup d'un choc émotionnel. Certainement dû à la peur que la maladie soit toujours présente. Sûrement lié à la crainte de devoir encore séjourner à l'hôpital. Pourtant, alors qu'on venait d'apprendre qu'elle avait vaincu la maladie, elle allait encore devoir passer un moment entre ces murs, à son grand désespoir.

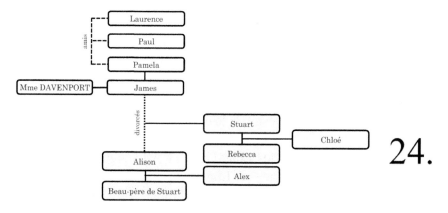

24.

Sa persévérance fut couronnée de succès. Stuart avait travaillé tellement dur, ces dix-huit derniers mois, pour y arriver. Il reçut le sésame tant espéré en cadeau de Noël : l'accès au laboratoire de recherche médicale. Début janvier, il se rapprocha du professeur CHARBONNIER, avec qui il commença à travailler étroitement, à raison de deux heures, chaque jour, après la fin de son poste à l'hôpital.

De nombreux laboratoires de recherche travaillaient sur l'optogénétique dans le monde. C'était une véritable révolution technologique, dans le domaine des neurosciences, pour cette technique consistant à modifier génétiquement des neurones afin qu'ils deviennent sensibles à la lumière grâce à une protéine : l'opsine. L'état actuel des découvertes offrait des perspectives incroyables pour le traitement de certains troubles neurologiques. Les avancées scientifiques avaient été significatives depuis la découverte de la channelrhodopsine, en 2002 à Francfort en Allemagne. Trois ans plus tard, des chercheurs de l'université de Stanford (USA) montrèrent que la lumière bleue permettait d'activer les neurones porteurs de la protéine, en déclenchant des messages électriques. La fibre optique fut alors utilisée, en 2013, par une équipe du Massachussetts Institute of Technology de Boston (USA) pour implanter de faux souvenirs chez des souris en activant des neurones par optogénétique dans l'hippocampe, une structure cérébrale essentielle dans le processus de mémorisation. En 2015, le laboratoire de l'université de Columbia (USA) montra qu'il était possible de déclencher la sensation de soif chez des souris en activant par optogénétique des neurones dans l'hypothalamus.

Trois ans plus tard, ce fut au tour de l'université de Lausanne (Suisse) de démontrer que la suractivation de certains neurones motivait les souris à rechercher de la nourriture sucrée. Les perspectives de découverte d'un outil thérapeutique pour traiter des pathologies telles que l'obésité ou le diabète de type 2 se dessinaient à l'horizon.

En tout état de cause, des États-Unis à l'Allemagne, en passant par la University College of London (Angleterre), le Centre National de la Recherche Scientifique (France) ou l'université de Lausanne (Suisse), les neuroscientifiques de plus de mille laboratoires effectuaient actuellement des recherches en optogénétique, pour améliorer la compréhension du fonctionnement cérébral et espérer développer de nouveaux protocoles de stimulation cérébrale profonde (SCP) visant à éliminer, par exemple, les symptômes de la schizophrénie ou des maladies de Parkinson et d'Alzheimer. Cette science ouvrait mille et une perspectives diagnostiques et thérapeutiques, même si l'on était encore loin de pouvoir l'appliquer à l'homme.

L'Unité de Recherche Clinique de La Rochelle, quant à elle, se concentrait sur les études liées à l'ophtalmologie. Elle travaillait en étroite collaboration avec l'université de Stanford (USA), l'Institut de la vision de Sorbonne Université (France) et l'Institut d'ophtalmologie moléculaire et clinique de Bâle (Suisse). Après dix années de recherche, de très nombreux essais infructueux et un projet jugé ridicule par certains confrères, les derniers résultats étaient enfin prometteurs. Une équipe venait de réussir à induire artificiellement une perception visuelle en insérant deux gènes dans le cortex visuel d'une souris. Stuart était fasciné par ces avancées scientifiques qui faisaient résonner en lui des émotions intenses. Un jour, il en était certain, il parviendrait à aider son petit frère à retrouver la vue, même si ce n'était que partiellement. Il y arriverait, avec le concours de tous ces neuroscientifiques extraordinaires !

Il travailla d'arrachepied pour aider le professeur CHARBONNIER à avancer dans ses recherches. Elle savait pourquoi il était aussi passionné par cette aventure. Ça la motivait et la poussait à redoubler d'efforts, pour que les recherches puissent aboutir aussi rapidement que possible sur un protocole qui pourrait être expérimenté sur un être humain. Peut-être Alex, si les équipes ne tardaient pas trop. Elle échangeait souvent avec l'un de ses confrères de l'université de Stanford, le docteur Luke MILLER, un expatrié Français, à qui elle avait confié que son travail avait aujourd'hui une tout autre portée, qui ne relevait plus de l'utopie ou simplement du rêve d'un monde meilleur. Elle voulait faire tout son possible pour aider un jeune aveugle de son entourage à retrouver la vision. C'était son but ultime. Ce pour quoi elle se levait chaque matin. Désormais, ses recherches avaient un sens très concret.

Ensemble, ils continuèrent leurs recherches et travaillèrent d'autant plus en réseau que l'enjeu était important. Il n'était pas question de gloire personnelle ou de renommée d'équipe de recherche, il fallait désormais coûte que coûte s'unir pour qu'ils puissent visualiser réellement le fruit de leur travail. C'est ainsi que, fin octobre, le docteur MILLER laissa un message étrange sur le répondeur du professeur CHARBONNIER, en lui demandant de le rappeler sur son numéro de téléphone personnel. Lorsqu'elle parvint enfin à le joindre, après trois appels quotidiens infructueux et un étrange sentiment d'angoisse, il lui annonça qu'il n'était pas en mesure de lui parler à ce moment-là mais qu'elle n'avait pas à s'inquiéter, tout allait bien. Il lui demandait de le rappeler à sept heures, le lendemain matin, sur son numéro personnel. Avec le décalage horaire, il faudrait donc qu'elle l'appelle à seize heures, heure française. Il était pourtant dix-huit heures en France, neuf heures en Californie, l'heure qu'ils choisissaient toujours pour se contacter, au laboratoire. Elle après sa journée de travail, lui avant de la débuter. Ce changement d'horaire et de numéro de téléphone étaient intrigants. Qu'avait-il donc à cacher à ses confrères, pour lui demander ainsi de l'appeler chez lui et non au laboratoire ? Alors qu'ils travaillaient tous en étroite collaboration, entre laboratoires de plusieurs pays, cette demande était vraiment curieuse, incompréhensible. Cet étonnant coup de téléphone résonna toute la soirée en elle. Elle en eut du mal à dormir, réveillée deux fois par des cauchemars. Le lendemain, elle arriva tard au laboratoire. Elle ne lança pas d'expérimentation, pour ne pas risquer de la compromettre. En même temps, elle n'avait pas vraiment la tête à ses recherches, trop intriguée par cet appel impromptu. Elle ne tint pas en place, ce jour-là, parvenant difficilement à se concentrer sur les échanges avec ses collègues. Les heures ne passaient pas assez vite à son goût. Lorsque le clocher de l'église Saint-Sauveur sonna quatre coups, cet après-midi-là, elle était déjà en train de composer avec fébrilité le numéro de téléphone, de l'autre côté de l'Atlantique. Il lui répondit à la deuxième sonnerie, s'excusant de l'avoir fait patienter et de n'avoir pu lui donner, la veille, les informations confidentielles qu'il avait à lui communiquer. Il lui révéla, avec une agitation qu'elle ne lui connaissait pas jusqu'alors, qu'il savait, de source sûre, qu'un confrère travaillait en freelance, depuis plusieurs années, sur le même domaine de recherche qu'eux et qu'il avait fait des avancées très significatives. Au point que ses expérimentations étaient suffisamment abouties pour que ses services puissent être proposés en thérapeutique humaine ! Il fallait avoir un sacré aplomb pour être prêt à passer ce cap des expérimentations sur des souris à celles sur l'homme ! Et, a priori, hormis l'opération chirurgicale en elle-même – qui comportait des risques comme toute opération invasive, il n'y avait pas de risque de rejet car il avait également testé ses expériences sur des neurones humains ! Il était prêt ! Il avait beaucoup d'avance sur eux, qui n'en étaient qu'aux prémices des tests in vivo, loin des premiers essais cliniques ! C'était incroyable qu'un petit laboratoire privé puisse avoir réuni les fonds pour y parvenir avant les grands groupes aux solides moyens financiers ! Bref, pour le moment, il ne souhaitait pas entrer dans la lumière parce qu'il travaillait hors protocole officiel. « Mais le plus incroyable, tenez-vous bien, c'est que votre Alex doit avoir une certaine notoriété parce que ce scientifique s'intéresse à son cas et accepte qu'il soit le premier patient sur lequel tester son protocole afin d'essayer de restaurer en partie sa vue ! Que le monde est petit ! » Ils n'étaient donc pas les seuls à s'intéresser à lui ! Il avait d'abord douté que ce puisse être la même personne dont on lui avait parlé, mais après tous les recoupements, il n'y avait guère de doute possible. À moins qu'il y ait deux Alex, devenus aveugles à dix-sept ans, fauchés par une voiture, dans la région de La Rochelle, en 2017 ! La coïncidence serait vraiment troublante ! Et puis, il avait cherché dans les faits divers des journaux et n'avait trouvé qu'un accident répondant à toutes ces caractéristiques. En tout cas, il était catégorique, ce scientifique voulait absolument garder l'anonymat.

L'exaltation du docteur était à son comble. Il était excité comme une puce, avec cet air de savant fou qu'on voit dans les films. Dix minutes durant, il débita un flot ininterrompu de paroles, avant de finalement laisser le temps au professeur CHARBONNIER de faire part de ses réticences face à cet inconnu qui voulait rester dans l'ombre après avoir, soi-disant, fait la découverte du siècle qui pouvait pourtant le rendre extrêmement riche et célèbre de son vivant. Il y avait forcément anguille sous roche. Ce n'était pas normal. Et pourquoi ne travaillait-il pas en laboratoire de recherche ? Avant de pouvoir envisager d'en parler à Stuart, il fallait impérativement qu'ils fassent des recherches sur ce pseudo-neuroscientifique. C'était assurément un imposteur. Il était hors de question qu'elle mette en cause sa crédibilité de chercheur en recommandant un charlatan. Il lui était impensable de donner de faux espoirs à ce jeune homme, qui avait déjà tant perdu. Et d'ailleurs, comment le docteur MILLER en avait-il entendu parler ? Un chercheur qui voulait rester dans l'ombre d'un aussi grand laboratoire que celui de l'université de Stanford ? Celle-là même qui était à l'origine de l'optogénétique ! Cet escroc voulait sûrement lui voler des secrets sur l'avancement de ses recherches. Ou alors, c'était peut-être un hacker qui voulait bloquer tous les ordinateurs de l'université pour leur soutirer une rançon. Il fallait absolument qu'il fasse plus attention et qu'il se protège. Il en allait de sa réputation et de celle de toute la filière scientifique. Le professeur CHARBONNIER ne voyait pas d'autre explication. C'était maintenant à son tour de parler si vite que le docteur MILLER ne parvenait plus à en placer une. Tant de pensées venaient tout à coup parasiter son cerveau qu'elle débitait chacune d'elle à son interlocuteur sans qu'il ait le temps de répondre à aucune de ses interrogations, légitimes. Évidemment, il s'était posé les mêmes. Il les avait d'ailleurs posées à celle qui lui avait parlé de ce chercheur. Il l'avait rappelée plusieurs fois pour avoir des éléments complémentaires, dès qu'il avait une interrogation supplémentaire. Depuis qu'elle lui en avait parlé deux semaines auparavant, il avait passé des heures à faire ses propres recherches, pour corroborer les faits. Il n'était pas stupide. Comment Candice CHARBONNIER pouvait-elle penser qu'il puisse vraisemblablement accorder sa confiance, aveuglément, à qui que ce soit, sans preuve de sa fiabilité ? Lui aussi était scientifique ! Et dans un laboratoire de grande renommée, qui plus est ! L'émoi du professeur laissa enfin la place à un temps d'échange. Les doutes furent balayés les uns derrière les autres, laissant de nouveau la place à l'enthousiasme des deux confrères. À l'espoir. Ce scientifique était un autodidacte. Il s'était construit seul. Ils savaient tous deux combien il était déjà difficile de se faire recruter par un grand laboratoire de recherche en ayant un doctorat. Les budgets serrés ne permettaient pas de trop grande fantaisie, les places étaient comptées. Alors, imaginez essayer de frapper à la porte d'un institut en leur proposant vos services d'autodidacte, sans aucun diplôme ni aucune expérience professionnelle dans le domaine ! On vous rirait au nez ! Mais ils savaient aussi combien la motivation pouvait permettre de réaliser des prouesses inattendues. Et c'était exactement ce qu'avait fait cet homme prodigieux. Par amour. Pour tenter de guérir la femme de sa vie ! Il était la preuve vivante que l'amour donne des ailes. Il avait perdu du temps, au diagnostic de la maladie de sa femme. Mais comment aurait-il pu savoir ? Elle était suivie par le meilleur spécialiste ! Alors, quand les symptômes s'étaient aggravés, que sa vue s'était fortement réduite de la périphérie vers le centre de l'œil, comme si elle regardait à travers le trou d'une serrure, qu'elle avait commencé à trébucher régulièrement, à se heurter aux chambranles de porte, à bousculer des personnes sans les avoir vues, il avait fait des recherches sur cette fichue maladie. Et ce qu'il avait trouvé n'était pas encourageant du tout. La fin était inéluctable. La choroïdérémie lui ferait perdre progressivement la vue jusqu'à la cécité totale. Aucun traitement n'existait à l'heure actuelle. Il passa désormais ses soirées à étudier les travaux des experts spécialisés dans l'étude de cette maladie rare attaquant les cellules de la rétine. Maladie héréditaire, transmise par la mère et touchant quasi exclusivement des hommes. Moins de cinq cents personnes seraient atteintes en France. Quelle était la chance pour que sa femme soit touchée ? Aucune. Quasiment aucune. Et pourtant, elle en souffrait. Il avait fallu du temps pour diagnostiquer le mal, c'était tellement improbable. Depuis, elle était suivie au CHU de Montpellier, le seul établissement français participant activement à la recherche de traitement de cette maladie depuis une dizaine d'années. Des chercheurs anglais avaient découvert, il y a quelques années, le gène incriminé et venaient d'élaborer un protocole de thérapie génique dont les premiers résultats des essais cliniques étaient encourageants, avec une stabilisation de la maladie et même une amélioration de la vision. L'Institut des neurosciences de Montpellier, quant à lui, n'était pas aussi avancé mais l'état des recherches laissait penser que, dans l'avenir, on pourrait traiter efficacement la maladie. Dans l'avenir ? Ce n'est pas suffisamment précis quand on ne sait pas en combien de temps la maladie va évoluer. Surtout quand on sait que la cécité est irréversible. Il n'était pas question d'attendre les bras croisés. Pas sans avoir tout donné pour la sauver de la cécité. C'était une course contre la montrer pour trouver un traitement à temps afin de lutter contre cette maladie évolutive. Mais son épouse n'avait pas pu faire partie de ces chanceux cobayes anglais. Elle devrait attendre. Que les cellules de sa rétine continuent à mourir sans se régénérer. Que sa rétine se déchire une fois de plus. Qu'elle finisse par perdre totalement la vue. Il continua alors ses recherches de son côté, qui l'orientèrent vers l'optogénétique. Cette technique paraissait prometteuse mais aucun résultat n'était disponible. Apparemment, il aurait été tellement désespéré qu'il se serait plongé corps et âme dans ses recherches et aurait monté son propre laboratoire dans sa maison, pour faire des expérimentations lui-même ! Il n'avait que faire de son argent si sa femme ne pouvait en bénéficier. Au fil des années, il aurait dépensé toutes ses économies pour modifier génétiquement des neurones malades, grâce à la protéine d'opsine, jusqu'à leur activation sous l'effet de la lumière bleue. Et il aurait réussi ! Juste avant le décès de son épouse. Il avait été complètement abattu, se sentant coupable de ne pas avoir effectué ses recherches plus tôt. Il aurait peut-être pu réussir à établir un protocole à temps pour la sauver, avant que sa vue ne se dégrade au point de faire cette chute mortelle. Mais personne ne le saurait jamais. Alors, il s'était relevé et avait redoublé d'efforts. Peut-être pourrait-il contribuer à sauver quelqu'un d'autre ? Comme tout scientifique digne de ce nom, il avait gardé le cap. Il avait ça dans le sang, c'était certain. Il avait beau ne pas avoir de doctorat en sciences, il faisait à coup sûr partie de la communauté scientifique, peut-être même parmi les meilleurs, vu l'état d'avancement de ses recherches alors qu'il était parti de rien.

Au téléphone, les deux confrères discutèrent longuement de cette extraordinaire avancée scientifique basée sur une thérapie génique proche de ce à quoi ils étaient parvenus dans leurs laboratoires respectifs. Ils étaient admiratifs de ce chercheur qui, seul, avait, semble-t-il, réussi à aller au-delà de la simple, et pourtant incroyable, perception visuelle.

– C'est alors qu'il a entendu parler du cas d'Alex, je ne sais pas comment, expliqua le docteur MILLER à son interlocutrice, ne souhaitant pas s'étendre davantage sur cet aspect du sujet.

– Mais pourquoi commencer par une personne jeune et par ailleurs en bonne santé ? C'est trop sérieux pour être réalisé en dépit du bon sens ! S'il souhaite faire un test in vivo avant de lancer des essais cliniques, pourquoi ne pas chercher un volontaire âgé qui accepterait de prendre le risque d'être le premier ?

– Vous savez tout aussi bien que moi que lancer des essais cliniques et garder l'anonymat sont antinomiques !

– Alors pourquoi ne pas prendre contact avec l'un de nos laboratoires pour s'associer ?

– Certainement parce qu'on ne le prendrait pas au sérieux ! Imaginez que quelqu'un, qui ne travaille pas dans le domaine médical ou de la recherche, vous contacte et vous expose qu'en sept ans il a réussi, dans un labo de fortune, là où vous avez passé plus de vingt ans sans atteindre les mêmes résultats. Comment réagiriez-vous ?

Elle reconnut qu'il n'avait pas tort et que la situation serait effectivement compliquée pour ce confrère anonyme tant qu'il n'aurait pas démontré la réussite de son protocole. Mais pourquoi Alex ? Et comment en avait-il entendu parler ?

– Peut-être qu'il est amateur de football et qu'il a été touché en apprenant qu'un jeune prodige du ballon rond avait dû renoncer à son rêve des suites d'un accident ? tenta le docteur MILLER pour faire diversion.

158

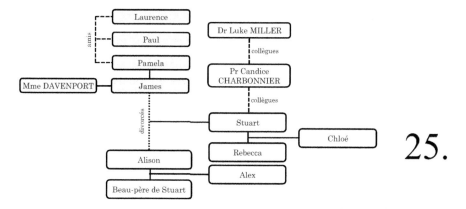

25.

Les tests successifs réalisés durant la journée ne révélèrent pas d'anomalie. Aucun vertige, aucune confusion, aucun trouble du langage. Tout semblait revenu à la normale. Pamela ne comprenait pas pourquoi on lui infligeait tous ces exercices de calcul mental, de géométrie, de résolution de problème et même de dénomination d'objets et d'animaux. C'était quoi l'objectif ? Tester son niveau d'anglais ? Au bout du troisième test similaire de l'après-midi, elle commença sérieusement à s'impatienter. Mais son caractère docile l'empêcha de protester. Après tout, la pauvre infirmière n'y était pour rien, elle ne faisait que suivre les instructions qu'on lui avait données. Aucune raison de s'en prendre à elle ! Elle se laissa donc guider, une fois de plus, à travers la batterie de tests cognitifs qui lui était proposée. Plus vite ce serait terminé, plus vite elle serait sortie d'ici ! Seul James discerna son agacement, à sa manière de gigoter sur sa chaise, de pincer ses lèvres à tout bout de champ et de regarder toutes les deux minutes en direction de la fenêtre comme si elle craignait de voir la nuit tomber. Il vint s'asseoir à ses côtés, comme pour l'encourager, et lui déposa un baiser sur la joue. Elle releva les yeux de sa feuille, se tourna vers son époux et lui sourit. Il lui caressa la main, puis se leva et retourna se poster près de la fenêtre. Il ne voulait pas la déconcentrer. Il ne voulait pas non plus qu'elle détecte son inquiétude.

Pourquoi lui faisait-on faire ces mêmes tests, toutes les heures ? L'infirmière refusait de dire quoi que ce soit. Le médecin allait bientôt passer et leur fournirait toutes les informations. Il fallait juste être patient. Mais cela faisait maintenant trois heures que le médecin devait passer et toujours personne à l'horizon. James prétexta sortir acheter une boisson fraîche et quitta la chambre, laissant sa femme terminer son test avec l'infirmière.

Ne parvenant pas à trouver de médecin ni de réponse à ses interrogations, il descendit et sortit de l'hôpital. Il avait besoin d'air. Mais ni la chaleur ni le taux de pollution n'étaient propices à le calmer. Il était sur les nerfs et avait besoin d'évacuer son stress. Il se mit alors à courir sur le trottoir jusqu'au passage pour piéton. Là, il s'arrêta net et hurla de toutes ses forces, obligeant un automobiliste à lever le pied et à s'arrêter. Devant le ridicule de la situation, James éclata de rire en repensant aux différents moments où il avait vu les rôles inversés d'automobilistes vociférant sur des piétons. La voiture repartit alors sur les chapeaux de roue, son conducteur gesticulant hargneusement d'avoir dû s'arrêter pour rien. L'effet avait été immédiat. James se sentait maintenant libéré de cette oppression qui lui maintenait les poumons en étau depuis leur arrivée à l'hôpital ce matin. Il retourna tranquillement sur ses pas, acheta deux boissons fraîches et remonta retrouver Pamela, croisant dans le couloir l'infirmière qui venait de quitter la chambre.

Le médecin était satisfait des résultats des tests. Il n'en restait plus qu'un, qu'il avait prescrit pour dédouaner la maladie à laquelle lui avait fait penser les symptômes observés ce matin-là. Mais l'IRM n'était toujours pas disponible. Il allait falloir patienter jusqu'au lendemain matin. Alors qu'il s'apprêtait à frapper à la porte de la chambre de Pamela pour le lui annoncer, le médecin dut rebrousser chemin, son pager venant de bipper pour le prévenir que des accidentés de la route arrivaient au service des urgences. Un carambolage venait de survenir sur le périphérique, impliquant plus d'une dizaine de voitures. Un renfort médical allait être nécessaire.

James perdit patience. Il venait de se passer une heure et demi depuis le dernier test et toujours aucun personnel médical n'était venu leur expliquer la suite des évènements.

– Comment te sens-tu ? demanda-t-il doucement à sa femme.

– Très bien, à part que j'en ai marre d'être enfermée ici !

– Et si on partait ?

– Quoi ? Sans attendre les résultats ?

– On n'a qu'à laisser nos coordonnées à l'accueil et, au pire, s'ils ne nous rappellent pas, on revient demain, proposa-t-il avant d'être interrompu par la colère de sa femme.

– Ah non ! Hors de question que je remette les pieds dans un hôpital ! s'exclama-t-elle brusquement, libérant ainsi tout le stress qu'elle avait emmagasiné durant la journée.

– Ok, pas de souci, on les appellera alors !

– D'accord, c'est parti, filons vite d'ici avant qu'ils ne décident de me garder pour la nuit !

L'effervescence au rez-de-chaussée les incita à s'éclipser sans demander leur reste. Une fois dans la rue, ils se mirent à accélérer le pas, jusqu'à presque courir, de peur d'être rattrapés et pris en défaut. Ce fut seulement après avoir atteint le parc du Champ de Mars qu'ils ralentirent le pas, soulagés de n'avoir attiré l'attention de personne. Ils ne se sentirent en sécurité qu'une fois les portes du bus refermées et les feux tricolores dépassés. En arrivant sur Omonoia, ils se décidèrent à descendre du bus pour faire une halte au marché central d'Athènes, le Varvakios Agora, afin de se ravitailler. Ils auraient aimé pouvoir s'arrêter manger sur place, dans l'une des tavernes toutes proches du marché, mais ils n'en auraient pas le temps. Il était déjà presque dix-sept heures, il leur restait une heure avant la fermeture et ce ne serait pas de trop. Ils prirent un grand plaisir à déambuler parmi les spectaculaires étals de poissons, dans la halle centrale. La moitié était déjà vide. Les propriétaires à qui ils louaient leur petit appartement dans le quartier de Koukaki, au Sud de l'Acropole, leur avaient assuré qu'ils pouvaient se fier au système de réfrigération pour garantir la fraicheur des produits. Ils n'hésitèrent donc pas à y acheter maquereau, dorade et crevettes. Ils traversèrent ensuite rapidement les impressionnantes galeries réfrigérées de carcasses de viande suspendues, ignorant les entreprenants bouchers tentant de les amadouer avec leurs tarifs attractifs, pour se diriger vers les odeurs plus alléchantes des étals d'épices. Leurs mille couleurs et saveurs semblaient être le reflet de la vie de ce pays, aussi joyeuse que colorée, à l'image de ses habitants. Après avoir humé tout leur soûl ces douces odeurs de paprika, d'origan, de thym, de menthe ou de vanille, ils s'engagèrent dans le marché à ciel ouvert des fruits et légumes, en face des halles. Leur sac rempli d'olives, de tomates séchées, de poivrons marinés, de salade, d'abricots, de fromage, de riz et de yaourts grecs, c'est les bras bien chargés que Pamela et James quittèrent ce fascinant marché rempli d'odeurs, de couleurs et de vie. Certaines personnes plus sensibles aux odeurs pourraient s'y sentir incommodées, mais sûrement pas eux ! Pas après tout ce qu'ils avaient vu et vécu depuis leur départ de France, notamment en Inde. En sortant rue Athinas, ils ne purent résister à l'odeur alléchante de café en provenance du torréfacteur et café historique Mokka, l'un des meilleurs endroits pour déguster du café grec et notamment leur préféré depuis qu'ils l'avaient découvert ici seulement trois jours plus tôt, le cappuccino glacé. Vu les températures encore chaudes en cette fin de journée, le délicieux breuvage froid arrivait à point nommé !

Une fois leur café avalé, ils laissèrent à regret derrière eux la vibrante énergie de cet authentique marché où semblait battre le cœur d'Athènes. Il était urgent de remettre au réfrigérateur les produits frais qu'ils avaient achetés et il leur restait encore pratiquement une demi-heure de route pour rentrer à leur appartement. Ils se hâtèrent donc d'attraper le premier bus en direction du quartier de Koukaki où ils avaient loué un studio pour la semaine. Sur le chemin du retour, James était bien silencieux, perdu dans ses pensées. Avaient-ils pris la bonne décision en quittant l'hôpital comme des voleurs ? Même s'il comprenait que ce n'était pas facile pour sa femme de se sentir emprisonnée dans ce lieu que, pourtant, des infirmières au grand cœur tentaient de rendre moins hostile, n'auraient-ils pas dû patienter pour avoir les résultats définitifs ? Mais combien de temps auraient-ils dû attendre et combien de tests supplémentaires aurait dû encore subir Pamela ? Il n'en avait aucune idée, n'ayant pas réussi à voir le médecin depuis leur entrevue du matin. Était-elle malade ? Il était perplexe en repensant au sourire franc que le médecin leur avait adressé ce matin-même en leur annonçant qu'il n'y avait plus aucun risque, que le parasite avait totalement disparu. Pourquoi avoir été aussi affirmatif pour ensuite lui faire subir toute une batterie de tests supplémentaires ? Quelque chose clochait. Il devait en avoir le cœur net. Il rappellerait le médecin demain matin pour savoir ce qui se tramait. Il ne laisserait sa femme subir de nouveaux tests qu'à la seule et unique condition qu'il sache de quoi il en retourne. Il devait découvrir ce que le médecin suspectait.

Il se leva donc tôt le lendemain matin, en prenant gare de ne pas réveiller sa femme qui dormait paisiblement à ses côtés. Il sortit dans le patio en bas de l'immeuble pour appeler l'hôpital. Il ne voulait pas qu'elle entende la conversation. Il était hors de question de provoquer un stress supplémentaire en l'alarmant. Le médecin ne fut pas très complaisant. Il s'insurgea contre l'irresponsabilité dont James avait fait preuve en encourageant sa femme à quitter l'hôpital dans son état.

– Quel état ? De quoi parlez-vous ? Hier matin vous nous avez annoncé qu'il n'y avait plus la moindre trace de parasite, je ne me trompe pas ? s'emporta James du meilleur anglais qu'il put.

– Et je vous le confirme encore ce matin, votre épouse ne souffre plus, à ce jour, de paludisme. Je suis affirmatif sur ce point-là. Mais son état m'inquiète néanmoins.

– Pourquoi ? Parce qu'elle est tellement stressée d'entrer dans un hôpital qu'elle en perd ses moyens ?

– Ce que j'ai observé hier ne me semble pas relever d'une simple perte de moyens, comme vous dîtes. J'ai bien peur que ce ne soit plus grave.

Le médecin fit une pause. Il était tiraillé entre deux sentiments opposés. Il ne voulait pas alarmer son interlocuteur. Mais il était cependant de son devoir de le faire revenir à la raison pour que sa femme retourne à l'hôpital afin de terminer les tests.

– Je ne peux pas être affirmatif, poursuivit-il enfin, mais le dernier test qu'il est prévu pour votre épouse de réaliser ce matin devrait nous donner la réponse.

– Que suspectez-vous ? demanda James sur un ton agressif.

– Je ne peux rien vous affirmer, seul l'IRM nous le dira… commença le médecin.

– Dîtes-le moi ou nous ne remettrons pas les pieds à l'hôpital, l'interrompit James à bout de nerfs.

Après un moment d'hésitation, le médecin accepta de répondre.

– Il est possible que votre épouse souffre d'une maladie neurodégénérative appelée Alzheimer.

163

– Vous voulez rire ? C'est impossible, elle n'a que cinquante-deux ans ! Elle est loin d'être sénile !

– C'est troublant, je vous l'accorde et je n'ai évidemment pas la certitude que votre épouse en souffre. Seul l'IRM pourra le dédouaner et le créneau de dix heures vous est réservé, insista-t-il.

En se levant, Pamela perçut l'énervement de son mari. Que se passait-il ? James rassembla toute l'énergie qu'il avait en lui pour lui faire croire que tout allait pour le mieux, mais il voyait bien qu'elle n'était pas dupe. Devait-il lui dire qu'il avait appelé l'hôpital sans lui en parler ? Ce serait lui avouer qu'il avait pris au sérieux les tests réalisés à l'hôpital et qu'il s'inquiétait de ces absences qui lui paraissaient, à elle, totalement insignifiantes. Il devait la rassurer. Il était de son devoir de la protéger. Mais devant son insistance, il céda finalement et lui raconta sa conversation avec ce médecin totalement incompétent à ses yeux, qui lui pronostiquait une fin de vie démente ! La réaction de Pamela ne fut pas exactement celle à laquelle il s'attendait. Il avait tenté de mettre de la légèreté dans son récit en insistant lourdement sur l'incompétence notoire de ce soi-disant professionnel médical, afin de ne pas l'affoler. Mais ce qu'il vit dans les yeux de sa bien-aimée ressemblait fort à un accès de colère en préparation. Ce qui était extrêmement rare chez elle ! Il lui attrapa doucement les mains dans l'espoir de calmer la tempête avant qu'elle n'éclate. En vain.

– Alzheimer ? Rien que ça ? Tout ça parce que j'ai oublié une malheureuse date ! Comment veux-tu que je ne me trompe pas alors que ça fait plus d'un an qu'on n'a plus de planning hebdomadaire récurrent, comme quand on allait travailler ? Ça ne t'arrive jamais, à toi, de te demander quel jour on est ? Non mais c'est qui ce charlatan ? Encore un qui veut remplir les lits de l'hôpital pour s'en mettre plein les poches au passage !

James ne disait pas un mot. Il savait que les questions étaient rhétoriques et n'attendaient pas de réponse de sa part. C'était extrêmement rare qu'elle se mette dans cet état-là mais il savait qu'il fallait qu'elle vide son trop-plein de stress et que cela passait inévitablement par ce type d'accès de colère. C'était plus facile pour elle de gérer la colère que d'afficher sa détresse face à l'incompréhension de la situation.

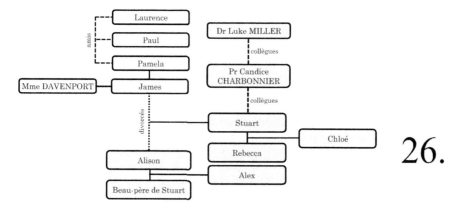

26.

Lorsque Stuart arriva à l'Unité de Recherche Clinique, une heure après la conversation téléphonique franco-américaine, le professeur CHARBONNIER était encore absorbée dans ses réflexions. Elle n'en toucha toutefois pas un mot à son collègue. Il lui faudrait d'abord décanter toutes ses informations ahurissantes, avant de prendre la décision de rallumer une lueur d'espoir dans ce regard qui lui semblait si perdu depuis les derniers résultats non conclusifs de leurs expérimentations. Elle savait mieux que quiconque combien il était important de ne pas baisser les bras et de persévérer jusqu'à ce qu'un jour les recherches finissent par aboutir. Mais elle savait également qu'elle avait toute sa carrière pour réussir. Lui pas. Le temps lui était compté. Il ne voulait pas que son frère souffre trop longtemps de cet isolement dans la pénombre. Elle ne lui parlerait donc de cette conversation téléphonique que quand et si elle était certaine qu'il s'agissait réellement d'une lumière au bout du tunnel pour cette famille.

Plusieurs jours durant, elle revécut les échanges avec son confrère d'outre-Atlantique et nota ses questions et commentaires sur un calepin qu'elle gardait toujours sur elle. Puis elle le recontacta sur son téléphone personnel. Elle dut lui mentir en affirmant que Stuart et Alex étaient d'accord pour prendre contact avec leur confrère, dans l'anonymat le plus complet. Juste pour obtenir ses coordonnées. Puis elle fit des recherches sur ce soi-disant neuroscientifique. Tout ce que lui avait dit le docteur MILLER sur la vie de cet homme concordait. Mais ça ne suffisait pas à confirmer que ses recherches étaient suffisamment abouties pour les tester sur un être humain. Elle devait en avoir le cœur net.

Soit elle le contactait et en discutait avec lui, ce qui lui confirmerait l'état de ses connaissances scientifiques sur le sujet et lui permettrait de détecter s'il était mythomane, bon lecteur de revues scientifiques ou réellement chercheur en neurosciences. Mais elle n'aurait pas la certitude que les tests in vivo pouvaient être lancés, sans avoir vu l'état des locaux de son laboratoire et de sa salle d'opération privés. Ou alors elle pourrait prendre quelques jours de congés et aller directement sur place pour le rencontrer afin de voir par elle-même si elle pouvait faire confiance à cet homme. Elle verrait les locaux et, elle qui avait cette capacité à analyser les traits psychologiques d'une personne en lisant son comportement corporel, saurait immédiatement s'il était honnête. Mais s'il voulait rester dans l'anonymat, c'est que lui aussi était méfiant. Il ne lui ouvrirait certainement pas ses portes secrètes aussi facilement que ça. Il faudrait peut-être qu'elle y aille par étape. Elle lui envoya donc un e-mail. Codé, pour ne pas éveiller les soupçons si le message était intercepté. Comme ça, il comprendrait qu'elle respectait sa volonté d'anonymat. Une garantie de loyauté qui devrait le mettre en confiance. Mais la réponse tarda à venir. Le professeur avait beau regarder sa boîte mail plusieurs fois par jour, celle-ci restait désespérément vide. Ce n'était peut-être pas la bonne adresse e-mail qu'elle avait récupérée auprès du docteur MILLER. Ou peut-être avait-il clôturé son compte. Ou alors elle avait peut-être mal configuré sa boîte mail. Elle l'avait créée spécialement pour l'occasion, afin de la séparer de ses e-mails personnels auxquels son mari pouvait accéder. Et il était évidemment hors de question d'utiliser ses e-mails professionnels pour ces échanges confidentiels. Au bout de la quatrième journée d'attente, alors qu'elle était en train de farfouiller dans les outils de configuration, dans l'espoir de trouver une réponse à son problème, un e-mail arriva dans sa boîte. C'était lui ! Il prenait enfin le temps de lui répondre ! Peut-être qu'il se méfiait et que c'était pour ça qu'il n'avait pas répondu avant. Ou alors peut-être que ce que lui avait raconté le docteur MILLER n'était pas vrai. Ou peut-être qu'il avait changé d'avis. Elle ouvrit le mail avec une certaine anxiété, ne sachant pas à quoi s'attendre. Elle préférait de loin les échanges de vive voix, en vis-à-vis, durant lesquels elle pouvait anticiper les réactions de ses interlocuteurs. En découvrant les quelques lignes du message reçu, pas plus long que celui qu'elle lui avait écrit, elle fut contentée dans sa démarche. « Bonjour Professeur, » était-il écrit, « Je vous prie, tout d'abord de m'excuser pour le long délai de réponse. Je n'utilise cette adresse e-mail que très rarement. Vous avez d'ailleurs de la chance que je sois venu consulter ce compte aujourd'hui ! Bref, pour répondre à votre question, je serais ravi de vous rencontrer pour discuter de l'intérêt commun qu'Alex représente pour nous deux. Sincèrement, M. JOHNSON ». Il n'avait pas signé « confraternellement », comme elle l'avait fait. C'était signe qu'il n'était pas pédant. Il n'avait pas la prétention de se mettre à la hauteur des années d'études et de thèses des docteurs et professeurs de son rang. C'était bon signe. Elle lui répondit simplement : « Quand puis-je venir vous rencontrer ? Je pourrai me rendre disponible à partir de la semaine prochaine. ». La réponse lui parvint aussitôt : « Que dîtes-vous de mardi prochain ? ». On était jeudi. « Parfait. À mardi donc. Bonne fin de semaine. ». Il lui faudrait prévenir son équipe et sa famille qu'elle devait s'absenter pour deux jours. Sans éveiller le moindre soupçon, ni d'un côté ni de l'autre. Elle n'aimait pas mentir. Elle avait toujours été intransigeante avec ses enfants sur ce point. Elle préférait qu'ils lui avouent une bêtise plutôt qu'elle ne découvre la vérité a posteriori. « Un aveu est un témoignage d'honnêteté. Faute avouée est à demi pardonnée » leur répétait-elle chaque fois qu'elle supposait que l'un de ses deux fils lui cachait quelque chose. Mais, dans le cas présent, comment expliquer à son mari qu'elle devait partir pour s'assurer de la véracité des dires d'un homme, qu'elle ne connaissait ni d'Ève ni d'Adam, sur un projet scientifique dont elle ne pouvait rien lui révéler ? C'était tout simplement impossible. Il ne comprendrait pas. Pire, il s'inquiéterait pour elle et ne la laisserait sûrement pas partir. Elle n'avait pas d'autre choix que de lui cacher la vérité. Elle lui avouerait tout, dès son retour. Vu qu'il ne l'avait jamais appelée au travail en vingt ans de carrière, elle ne prenait pas beaucoup de risques. Elle lui expliqua donc qu'elle avait l'opportunité de participer à un colloque très important en lien avec ses recherches en optogénétique. En un sens, elle ne mentait pas, si le docteur MILLER avait raison et que cet homme avait réussi l'exploit d'établir un protocole susceptible de rendre la vue à un aveugle. Pour ce qui était des membres de son équipe, impossible de trouver une excuse valable sans les tromper. Le mensonge était malheureusement de mise. Pour justifier son départ précipité pour plusieurs jours, elle leur annonça un décès dans la famille, à l'autre bout de la France. Elle n'était pas de la région, c'était plausible.

Ils avaient échangé leurs numéros de téléphone portable et s'étaient donné rendez-vous devant le cinéma à dix-neuf heures. Officiellement parce que ce serait plus facile pour elle de trouver cet endroit que sa maison. Officieusement, parce que c'était un endroit tranquille, un peu à l'écart du centre-ville et de ses oreilles indiscrètes. Et surtout parce que c'était un terrain neutre sur lequel il pourrait se faire une idée de ce professeur et de ses intentions. Il ne lui avait pas décliné sa véritable identité, pour qu'elle ne puisse pas le trouver en cherchant dans l'annuaire. On n'est jamais trop prudent. Surtout lorsqu'il s'agit d'un projet aussi pharaonique qui pourrait attirer de grandes convoitises. Si son protocole clandestin tombait entre de mauvaises mains, il savait qu'il se mettrait en danger. Vu l'ampleur du projet, certains hommes sans scrupule seraient prêts à tuer pour obtenir la rançon d'une gloire qu'ils s'attribueraient sans aucune ambiguïté. Aussi, un nom d'emprunt et un endroit neutre étaient essentiels. Ce qu'il n'avait pas anticipé, c'est qu'elle avait fait ses recherches et qu'elle savait déjà qu'il utilisait le nom de jeune fille de feu sa femme.

Il prit soin d'arriver bien avant l'heure convenue, mis son téléphone en mode vibreur et s'installa un peu plus loin, à l'écart du bâtiment, avec une vue complète sur l'unique chemin qu'elle devrait nécessairement emprunter pour le rejoindre. Si elle ne venait pas seule ou qu'il suspectait une entourloupe, il n'aurait plus qu'à emprunter le petit pont piétonnier derrière lui, traverser la rivière du Borne et se fondre dans la masse des vacanciers qui venaient ou allaient vers le centre-ville, juste au-dessus. Il ne la croiserait pas. Elle n'aurait donc aucun moyen de le reconnaître. Jamais elle ne l'aurait vu.

Contrairement à lui, elle était connue pour ses travaux de recherche. Il n'avait donc pas été compliqué de trouver à quoi elle ressemblait. Elle était plus belle en vrai que sur les photos qu'il avait

168

dénichées sur internet. Peut-être en raison de sa jolie robe couleur bordeaux et de son élégant manteau noir cintré, beaucoup plus gracieux que les tenues formelles qu'elle arborait sur les photos. Elle s'arrêta devant l'espace Grand-Bo, sembla frissonner dans le noir, chercha du regard alentour puis composa un numéro sur son téléphone. Il ne lui répondit pas mais s'avança dans sa direction. Dix-neuf heures pile. Elle était ponctuelle. Lorsqu'elle vit l'homme marcher vers elle, elle raccrocha et attendit qu'il la rejoigne, ou la dépasse si ce n'était pas lui.

– Bonjour professeur, l'aborda-t-il simplement.

Un sourire l'accueillit en retour.

– Vous connaissez le Grand-Bornand ? ajouta-t-il pour entamer la conversation, alors qu'un groupe d'adolescents arrivait à leur hauteur pour se rendre à l'espace de spectacle. Si vous avez un peu de temps devant vous, je vous propose une petite marche pour vous en faire découvrir la beauté et vous donner envie d'y revenir.

Se laissant guider par ce bel homme bien habillé avec son jean droit noir et son manteau Chesterfield en laine beige, qui ne ressemblait en rien à l'image qu'elle s'était fait d'un scientifique en marge de la société. Elle avait imaginé un homme ne se souciant nullement de son apparence, aux vêtements négligés, les cheveux ébouriffés et le regard hirsute. Comme les clichés pouvaient être tenaces ! Agréablement surprise par sa méprise, elle en rit intérieurement.

Ils contournèrent le cinéma en direction de la patinoire pour atteindre l'un des rares endroits où la neige n'avait pas totalement disparu. Avec les lumières artificielles et la clarté de la lune se reflétant sur le sol hivernal, cet endroit semblait plus lumineux. Ils dépassèrent le stade de biathlon où quelques novices apprenaient à se déplacer en ski de fond, puis la piste de luge où plusieurs familles s'adonnaient bruyamment aux plaisirs de la glisse, malgré l'heure avancée et la nuit tombée. Il répondait facilement aux questions que la scientifique lui posait. Ils continuèrent leur chemin, passant à proximité d'un petit groupe de randonneurs de ski de fond, lampe allumée sur le front, partant en direction du Bouchet, traversèrent le cours d'eau puis reprirent la grande route en direction des télécabines et du centre-ville. Les œufs, comme ils appelaient les télécabines par ici, étaient à l'arrêt. Normal, il était pratiquement dix-huit heures trente. Et comme la neige n'était pas tombée depuis plus de trois semaines, une bonne partie des pistes était fermée. Ne restaient ouvertes que celles dont l'altitude était supérieure à mille quatre cents mètres. Ainsi, seules les télécabines du Rosay fonctionnaient dans la journée, arrivant sur un plateau situé à mille quatre cent quarante-cinq mètres d'altitude. Les autres télécabines, vers la Joyère, restaient désespérément vides, au grand damne des vacanciers. Plus ils se rapprochaient du centre-ville, plus l'agitation de la station de ski se faisait ressentir. Les cafés et pubs rivalisaient de musique entraînante, remplis de rires et d'un joyeux brouhaha.

Durant leur petite randonnée nocturne, elle lui posa de nombreuses questions, auxquelles il répondit avec le plus de sincérité possible. D'abord sur son parcours professionnel, puis sur le contexte qui l'avait poussé à entamer ses recherches et enfin sur le vif du sujet : le protocole qu'il avait mis en place et qu'il avait l'intention de tester sur un être humain. Alors qu'ils terminaient leur boucle et arrivaient sur le parking de la gare routière où elle avait laissé sa voiture, elle lui posa l'ultime question qui lui brûlait les lèvres depuis ces deux dernières semaines.

– Connaissez-vous Alex personnellement ?

– Non, je ne le connais pas personnellement mais nous avons des connaissances en commun, lui répondit-il le plus évasivement possible, s'étant attendu à cette question durant toute la promenade.

– DES connaissances ? se hâta-t-elle de baisser le ton en s'apercevant qu'elle s'était écriée un peu rapidement. Vous connaissez Stuart ?

– Stuart ? J'ai bien peur que non. Qui est ce monsieur ?

– Son frère. Celui par qui tout a commencé pour Alex, de notre côté, au laboratoire. Ce n'est pas le docteur MILLER qui vous a parlé de lui, quand même ?

– Non, ce n'est pas lui mais vous n'êtes pas loin ! lui répondit-il sur un ton amusé par la perspicacité du professeur dans ce jeu de piste.

– Mais alors, qui ? commença-t-elle à s'impatienter.

– Sa mère… et son père… enfin, la mère du docteur MILLER et l'ex-mari de la mère d'Alex, pour être plus clair.

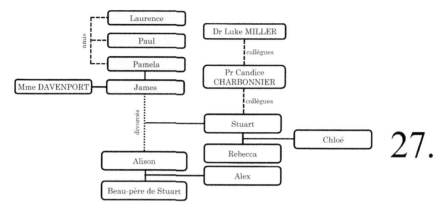

27.

Assis dans l'herbe avec un pique-nique improvisé, Pamela et James admiraient religieusement le coucher du soleil sur les Météores. La vue était fabuleuse depuis ce petit village situé à sept kilomètres des monastères. Un véritable havre de paix où ils n'avaient croisé aucun touriste, ce qui était reposant après ces deux dernières semaines où ils s'étaient rapidement sentis submergés par le bain de foule qui les attendait sur les lieux de leur passage. Ils avaient fui Athènes plus qu'ils ne l'avaient quittée et étaient partis à la découverte des lieux mythiques du Péloponnèse, explorant le théâtre antique d'Epidavros, arpentant la cité antique de Mycènes, parcourant la cité médiévale byzantine de Mystra puis sillonnant les sites d'Olympie, sous un soleil de plomb et dans une marée de touristes qui leur faisait regretter le silence religieux des fidèles se recueillant et méditant en silence dans les temples indiens. Que tout cela leur avait semblé lointain, bien que cela fit moins de trois semaines qu'ils avaient quitté l'Inde ! Ce besoin de retrouver la spiritualité qu'ils avaient rencontrée quelques semaines plus tôt leur avait donné une irrésistible envie de monter vers le Nord. C'est ainsi que leur voiture de location les avait menés jusqu'au petit village de Kastraki, au pied du site des Météores, dans la plaine de Thessalie, en Grèce continentale. Là, gisaient d'imposants pitons rocheux en grès sculptés par l'érosion que le fleuve, se jetant dans la mer de Thessalie, avait laissés il y a plusieurs millions d'années. Déjà impressionnant en soi, mais le plus saisissant de ce paysage était bel et bien ce qui les avait menés ici : la présence de six monastères chrétiens orthodoxes perchés sur ces falaises et construits à même la roche, comme suspendus dans ce décor extraordinaire. Leur nom-même venait tout droit de la mythologie grecque. Ces « Monastères suspendus dans le ciel » auraient, en effet, été envoyés par la Providence afin d'offrir un lieu de recueillement et de prière aux Ascètes. Envoûtés par la beauté époustouflante des lieux, ils avaient passé deux jours à arpenter ces six monastères rescapés. Ils s'étaient attendus, en arrivant au premier monastère, à retrouver la quiétude des temples hindous. Loin s'en fallait, une horde de touristes descendus de leur car leur avait ôté toute envie de méditer. Mais la vue incroyable sur la vallée leur avait permis de comprendre l'attrait de l'endroit pour les non-initiés et leur avait tout de même procuré une sensation de bien-être qu'ils n'avaient pas ressenti depuis leur arrivée en Grèce. Ces impressionnantes structures en pierre, construites à même la roche, aux toitures de tuiles tantôt rouges tantôt méditerranéennes, ne pouvaient pas laisser indifférent, avec leurs petits ponts ou escaliers taillés dans la pierre pour accéder à d'autres bâtiments perchés. On se sentait tellement petit, au bord du précipice, en découvrant la vue époustouflante à cent quatre-vingt degrés alentour ! Et chaque monastère offrait un nouveau point de vue, à la fois sur les autres en contre-bas et sur la magnifique plaine de Thessalie en toile de fond. La première journée, ils avaient décidé d'aller visiter le plus lointain, celui d'Agios Stefanos. Idéal pour se remettre de leurs visites dans le Péloponnèse vu que c'était le seul qui n'avait pratiquement pas de marches à monter ! Requinqués par la beauté des lieux, ils s'étaient sentis prêts pour l'ascension et, en découvrant leur prochaine destination, au monastère Agia Triada, ils y avaient reconnu le lieu dans lequel James BOND était allé dénicher l'ennemi dans le film « Rien que pour vos yeux » ! Positionné sur un rocher isolé, son escalier creusé dans la roche les avait fortement impressionnés mais ils étaient tout de même venus à bout des cent quarante marches et avaient été ravis de découvrir au bout de leur périple deux petites églises abritant de sublimes fresques. Il y avait beaucoup moins de monde ici et ils avaient pu réellement profiter de la quiétude du paisible jardin offrant un point de vue exceptionnel sur la ville de Kalambaka et sur les montagnes environnantes. En redescendant, ils avaient grimpé vers le Psaropetra panorama, à deux pas du monastère de Roussanou.

Surplombant la vallée de Paleokranies, cet endroit offrait un panorama inédit sur les monastères en ruine. C'était le passage obligé pour admirer un fabuleux coucher de soleil tout en profitant et en savourant la vue spectaculaire, dominant les monastères perchés se découpant dans le ciel teinté de fabuleuses couleurs. La sensation qu'ils avaient tous deux éprouvée en vivant ce moment d'exception leur avait littéralement coupé le souffle, tellement ils avaient été émerveillés ! Malgré la popularité du lieu, ce coucher de soleil avait été l'un des plus beaux qu'ils n'aient jamais vus et ils s'étaient sentis heureux d'être là et d'avoir découvert les Météores, l'une des plus magnifiques curiosités de la Grèce ! Ce soir-là, ils s'étaient couchés repus de toute la beauté qu'ils avaient admirée en une seule journée. Mais le plus appréciable avait sans doute été le contraste de température avec le Sud du pays. En remontant ces quelque quatre cents kilomètres au Nord mais surtout un peu plus de cinq cents mètres en altitude, ils avaient apprécié les vingt-cinq degrés sur cette petite montagne escarpée !

Aujourd'hui, mercredi, ils avaient dédié leur journée aux deux plus beaux monastères des Météores. D'abord celui de Varlaam, le second plus grand par sa taille après celui du Grand Météore, situé juste en face, qu'ils visitèrent avant de partir se réfugier loin de la foule, au village de Vlachava, dominant les Météores. Ils étaient ravis de leurs visites et s'étaient d'ailleurs délaissés de quelques euros dans chacune des petites boutiques des monastères, achetant huile d'olive, miel et autres produits locaux fabriqués par les moines et nonnes, non par nécessité mais pour remercier ces communautés de partager avec eux la beauté de ces lieux merveilleux. Cependant, ils avaient grand besoin de se retrouver seuls, au calme, et ce petit havre de paix qu'ils avaient trouvé à moins de dix kilomètres des très touristiques monastères leur offrait cette quiétude à laquelle ils aspiraient tant. Loin de la foule. Loin des hôpitaux. Loin du stress. Le pique-nique qu'ils venaient d'improviser dans la pâture dominant les monts rocheux et la vallée en-dessous leur permit de se détendre peu à peu. La douceur de vivre qu'ils observaient dans la sérénité des habitants du village qu'ils venaient de croiser les gagna progressivement, leur rappelant qu'ils étaient en quelque sorte des vacanciers. Sans aucun besoin d'en parler, toujours sur la

173

même longueur d'onde, ils décidèrent d'un commun accord que la vie était bien trop courte pour perdre du temps à stresser. Que la vie est belle, surtout sous le soleil ! Aucune raison de s'inquiéter d'une petite absence engendrée par un surcroit temporaire d'anxiété. Encore moins de passer ses journées à l'hôpital, tant qu'il n'y avait pas urgence. Assis dans l'herbe, dans les bras l'un de l'autre, ils savourèrent ce moment de béatitude face au sublime et incroyable spectacle qui s'offrait à eux jusqu'à ce que les températures de la nuit tombante les rappellent brusquement à la réalité. Il était temps de rentrer à l'hôtel.

La nuit fut aussi douce que l'avait été leur soirée dans le village de Vlachava. Le réveil en fut d'autant plus douloureux. Ce matin-là, à neuf heures pile heure française, comme ils le faisaient chaque semaine depuis leur départ, ils donnèrent un coup de téléphone en France, au cabinet infirmier, pour raconter succinctement à leurs fidèles amis leurs aventures hebdomadaires. C'était indubitablement un prétexte puisqu'ils leur envoyaient régulièrement des cartes postales mais c'était un accord tacite qu'ils avaient convenu avant de partir, pour garder l'inestimable force du lien qui les unissait. Et, quelque part, pour se rassurer mutuellement. Alors, évidemment, lorsque cela les arrangeait, ils édulcoraient un peu les versions réelles, pour éviter de les inquiéter inutilement.

Tandis que James pianotait sur le téléphone pour trouver les coordonnées, Pamela jeta un coup d'œil au numéro qui s'affichait et demanda à son mari pourquoi il appelait le cabinet. Il n'eut pas le temps de lui répondre que Laurence décrochait déjà le combiné. Elle attendait toujours cet appel avec impatience et s'assurait d'être assise à son bureau, avec sa tasse de thé et Paul à ses côtés, prête à décrocher le téléphone plus de dix minutes avant l'heure définie du créneau d'une demi-heure qu'ils avaient instauré dans leur agenda. Pour rien au monde elle ne raterait ce moment d'évasion où elle pouvait voyager par procuration à l'autre bout du monde, grâce à ses amis. Et – c'est peu de le dire – elle en avait fait des voyages en un an, assise à son bureau !

Mais aujourd'hui, l'appel ne dura pas aussi longtemps qu'habituellement. Pamela avait semblé distante. Comme si elle ne voulait pas parler à ses amis. Se passait-il quelque chose qu'ils leur cachaient ? Laurence et Paul en discutèrent longuement, après avoir raccroché, échafaudant toutes sortes de scenarii possibles. Celui qu'ils détestaient le plus : que quelque chose ou quelqu'un soit venu mettre un grain de sable dans l'amour inconditionnel que leurs amis se portaient depuis leur jeunesse. Ce scenario était inconcevable pour eux, mais ils ne pouvaient pas l'écarter. Pas sans avoir d'autre élément. Ils décidèrent qu'ils les rappelleraient à l'improviste en fin de journée, juste pour vérifier.

James, de son côté, termina l'appel dans un état de perplexité. Pourquoi avait-elle été aussi distante durant la dizaine de minutes qu'avait duré l'appel ? Pourquoi n'avait-elle pas voulu parler à ses meilleurs amis ? Il décida de ne pas aborder le sujet brut de fonderie, observant la mine déconfite de sa femme, et lui proposa de faire appel au room service pour prendre leur petit-déjeuner en toute intimité sur le balcon. Ce qu'elle accepta volontiers. Tout en étalant la confiture sur sa tartine, c'est elle qui aborda le sujet. Elle ne releva pas les yeux vers son mari, attendant sa réponse.

– Est-ce que tu pourrais me dire où nous sommes et pourquoi tu leur as raconté tout ça ?

Une douche froide s'abattit instantanément sur James, qui essaya néanmoins de ne rien montrer de son trouble. Se pourrait-il que cet incompétent de médecin ait raison ? Que sa femme soit en train de sombrer dans la démence ? Il se remémora tout à coup tous ces moments d'égarement qu'elle avait eu ces derniers mois, aussi minimes soient-ils, et qu'il avait pris pour du stress ou de la fatigue. Lorsqu'ils avaient voulu jouer aux petits chevaux avec un groupe d'enfants Maori, en Nouvelle-Zélande, et qu'elle ne s'était plus souvenu des règles alors que cela faisait partie des jeux habituels de leur rituelle soirée hebdomadaire qu'ils avaient instaurée depuis leur mariage, avant leur départ de France seulement trois semaines plus tôt. Puis lorsqu'elle avait voulu plonger au milieu des crocodiles, dans les marécages de Yellow Water en Australie, et qu'elle avait fait une drôle de tête quand il avait éclaté de rire en écoutant sa proposition loufoque, pensant qu'il s'agissait d'une blague douteuse pour cacher l'appréhension de se retrouver sur l'eau entourée de bêtes sauvages carnivores. À y repenser, il se demanda soudain si elle avait été sérieuse. Que se serait-il passé s'il ne l'avait pas dissuadée par le rire ? Rire qu'elle avait certainement pris pour de la moquerie mais qui, au vu de ce qu'il observait aujourd'hui, lui avait peut-être sauvé la vie. Il repensa alors à son téléphone, qu'il avait retrouvé un matin dans la porte du frigo de l'appartement qu'ils avaient loué au Japon, se demandant alors comment il avait pu être aussi étourdi. Ce n'était finalement peut-être pas lui qui l'avait rangé dans cet endroit insolite. Peut-être avait-il simplement refusé de voir les signes ? Plus il y pensait et plus ça avait du sens. Les pièces du puzzle se mettaient en place et semblaient effroyablement bien s'imbriquer. Comment avait-il pu ne rien voir alors que ça faisait presque quinze mois que ça durait ? Des petites choses insignifiantes individuellement, c'est sûr, espacées de longues semaines au début, c'est vrai, mais qui semblaient inexorablement se reproduire plus souvent et devenir plus sérieuses au fil du temps. Il avait vécu tous ces évènements et pourtant, il n'avait pas pris au sérieux les alertes. Même à l'hôpital, il y avait à peine plus de deux semaines, pourtant surpris qu'elle se soit trompée de lieu et de date, il n'avait pas fait le lien. Mais le pire dans l'histoire, c'est que le médecin l'avait averti. Le jour-même. Puis le lendemain. Mais il n'avait rien voulu entendre. Malgré les signes. Pourtant nombreux. Comment avait-il pu ne pas s'en apercevoir avant ? Il avait voulu se convaincre que la confusion de sa bien-aimée venait de sa peur de séjourner à l'hôpital. C'est comme s'il avait mis des œillères. Comme si faire la sourde oreille aurait pu faire s'éloigner la menace. Quel inconscient avait-il été ! Son état ne faisait que se dégrader depuis des mois et il n'avait rien fait ! Qu'est-ce qui avait bien pu déclencher tout ça ? Était-ce le stress d'avoir laissé toute sa vie derrière elle ? D'avoir abandonné l'héritage que ses parents avaient bâti à la sueur de leur front ? Et pourquoi cela lui arrivait-il à elle, si innocente et au cœur si pur ? C'est lui qui devrait être puni, pas elle ! Lui qui l'avait fait tant souffrir ! Lui qui avait épousé une autre femme, lui avait donné un enfant et les avait atrocement quittés ! Elle ne méritait pas ça ! Comme la vie pouvait être cruelle !

— Mais pourquoi ne veux-tu pas me répondre ? Que me caches-tu ? finit-elle par s'exaspérer face à l'absence de réponse de son mari.

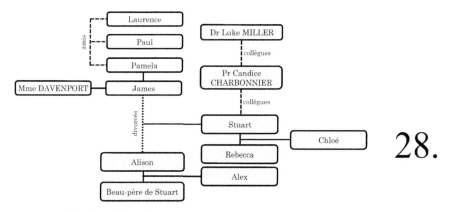

28.

Après la série de questions-réponses dans les rues du Grand-Bornand, le professeur CHARBONNIER se sentit complètement vidée. Elle se demanda comment les journalistes pouvaient s'adonner à cette activité à longueur de journée, alors qu'elle n'en pouvait déjà plus au bout d'une demi-heure de traque. Elle était complètement exténuée, de s'être concentrée aussi activement pour poser toutes les questions qui permettraient de démasquer l'imposture. Rien, pour l'instant, ne lui semblait truqué dans le discours de ce « monsieur JOHNSON », à part son patronyme. Mais elle devait demeurer sur le qui-vive. Restait encore la partie concrète à analyser pour éradiquer définitivement tout soupçon. Elle savait qu'il ne fallait pas qu'elle s'attende à trouver un laboratoire professionnel comme elle en avait l'habitude, mais elle devait s'assurer qu'elle n'enverrait pas Alex à la boucherie. Outre le matériel et les produits utilisés, la propreté des lieux devrait être irréprochable. Il était hors de question qu'il entre dans cet hôpital de fortune avec une maladie à guérir pour en ressortir avec une septicémie ou, pire encore, entre quatre planches.

Vu l'heure tardive à laquelle il lui avait donné rendez-vous, elle avait eu de gros doutes sur l'honnêteté de l'homme, avant de venir, et n'avait pas pensé qu'elle irait plus loin que l'échange dans le centre-ville du Grand-Bornand. Cependant, maintenant qu'elle l'avait rencontré, longuement échangé avec lui, compris les raisons de son souhait d'anonymat et dîné avec lui dans ce très sympathique pub où il lui avait fait découvrir les spécialités locales en charcuterie et en fromage, elle se sentait suffisamment en confiance, ou assez stupide, pour quitter la sécurité du centre-ville et le suivre, en pleine nuit, à travers les petites routes et chemins sinueux de montagne jusqu'à son domicile, à l'écart de la ville. Il était pourtant plus de vingt-trois heures. Elle se dit qu'elle devait être suicidaire. Heureusement, ou malheureusement, elle avait pris soin d'appeler son mari juste avant son rendez-vous de dix-huit heures. Il ne risquait donc pas de s'inquiéter pour elle avant le lendemain soir. Mais si cet homme avait pris soin de lui faire signer un engagement de confidentialité avant de l'emmener chez lui, c'est qu'il devait être inoffensif. Du moins l'espérait-elle. Quelle ne fut sa surprise en arrivant sur les lieux ! Elle s'était attendue à une maison d'ermite, cachée au milieu de la forêt, à un endroit où personne ne penserait à venir y mettre son nez, un lieu propice aux expérimentations secrètes. Elle ne s'était pas trompée sur la végétation. Par contre, pour ce qui était de la petite maison, elle en était à mille lieux ! Elle comprenait maintenant comment il avait pu avoir les fonds nécessaires pour construire un laboratoire et mener à bien des recherches aussi coûteuses. Cet homme, qui vivait seul dans son château au milieu d'une aussi vaste propriété, était plein aux as ! À moins qu'il ne vive pas seul, vu le nombre de voitures garées devant. D'autres recherches sur les origines de cet homme ne seraient pas superflues, quand elle serait de retour à La Rochelle. En attendant, elle le suivit docilement dans le long couloir qui menait vers ses appartements, dans lequel se trouvaient son bureau et son laboratoire, comme il le lui décrivit. La salle de réception, sur leur droite, devant laquelle ils passèrent, lui sembla gigantesque. À travers les doubles portes vitrées, elle découvrit une immense table trônant au centre de la pièce, autour de laquelle elle dénombra quatorze chaises. Une magnifique cheminée sculptée, surplombée d'un miroir aux dimensions démesurées, avait été condamnée pour y adosser un piano droit. Elle se demanda si cet homme, qu'elle suivait sans même le connaître, était mélomane ou si c'était sa défunte épouse qui l'avait été. La porte sur leur gauche, sur laquelle était écrit « cuisine », était fermée, tout comme celle qui leur faisait face et qu'il ouvrit au moyen d'une clé. Elle sourit intérieurement en se disant que, vu la grandeur du château, il avait sûrement dû être obligé d'indiquer sur chaque porte la destination des pièces, pour ne pas se perdre. Il lui indiqua les toilettes, au bout du couloir sur leur gauche, si jamais elle avait besoin, puis pénétra dans le bureau, immédiatement en face. Une grande pièce de quinze mètres carrés – la taille qu'elle aurait adoré avoir pour sa propre chambre, si sa maison avait été plus grande ! – avec un magnifique bureau central entouré d'une bibliothèque bien fournie, encadrant les fenêtres sur les quatre murs. Il se dirigea vers le placard sur la droite, partiellement caché derrière la porte d'entrée de la pièce. Il s'y introduisit et l'enjoignit à la rejoindre. Aussi grand que des toilettes, avec ce qui ressemblait au prolongement de la bibliothèque de la pièce principale tapissant les trois murs et au milieu duquel ne se trouvait absolument rien d'autre. Elle ne bougea pas, le fixant de ses deux yeux arrondis par la surprise de cette invitation incongrue à entrer dans un placard. Lorsqu'il comprit qu'elle se demandait s'il était pervers ou tout simplement fou, il lui murmura que c'était l'entrée de son laboratoire secret. Il retira un livre de l'étagère de gauche et appuya sur un bouton poussoir avant de le remettre en place. Le meuble émit le bruit d'un clic en s'avançant légèrement vers l'intérieur du placard. Il ouvrit en grand la porte dérobée, bien cachée derrière ce mur de livres, tout en guettant la réaction du professeur, qui se décida alors à le suivre, après avoir vérifié que les portes du placard ne se refermaient pas derrière elle et tout en prenant garde de conserver une distance suffisante pour pouvoir repartir en courant en cas de danger. Il s'en rendit compte mais ne chercha, toutefois, pas à la tranquilliser, amusé par cette femme qui était venue ici pour mener son enquête sur lui. Ils descendirent des escaliers à l'éclairage instable jusqu'à atteindre un sol meuble. De la terre. De la terre ? Dans un laboratoire ! Une humidité doublée d'une odeur de moisissure les enveloppa brusquement. Elle commença à prendre peur. Un soi-disant scientifique inconnu de tous qui découvre le protocole du siècle en moins de temps que des dizaines de chercheurs qualifiés ; qui lui donne rendez-vous de nuit pour lui montrer son soi-disant laboratoire ; qui habite à l'écart de toute vie humaine, bien caché au milieu de la forêt ; dont les « appartements » sont fermés à clé ; qui a creusé à même la terre pour aménager un sous-sol sous un château déjà immense et qui ne manquait donc pas d'espace ; dont l'accès à ce sous-sol est secrètement gardé par une porte dérobée cachée derrière une bibliothèque au fond d'un placard ! Elle venait de signer sa dernière heure sans même y prendre garde ! Elle se retourna prestement, espérant avoir le temps de remonter les marches en courant avant qu'il ne la rattrape, lorsqu'il alluma une lumière à l'éclairage digne de ce nom. Du coin de l'œil, ce qu'elle aperçut la stoppa net dans son élan. Une lourde porte pleine, coupe-feu, affublée d'un message on ne peut plus clair :

DÉFENSE D'ENTRER
DANGER DE MORT

À VOS RISQUES ET PÉRILS

Quel intérêt pouvait-il bien avoir d'afficher un panneau signalétique dans un endroit si secret que personne ne pourrait jamais l'atteindre ? Sur une porte hermétique d'une aussi grande qualité ? Avec un niveau d'éclairage qui ne lassait aucun doute sur la visibilité de l'affichage ?

Si c'était un tueur en série, il ne prendrait pas ce genre de précaution. Elle imaginait plutôt une table de boucher avec ses ustensiles bien aiguisés, et un congélateur bahut pour conserver le corps de ses victimes le temps de s'en débarrasser, dans un endroit sombre et inquiétant. Mais certainement pas un panneau sur une porte bien éclairée qui attirait indubitablement l'attention ! Soudain, son regard sur lui changea. Elle le suspecta d'être paranoïaque et de vouloir à tout prix cacher ses recherches pour préserver son secret en dissuadant ceux qui auraient le malheur d'arriver jusqu'à ce lieu improbable. Sa curiosité était piquée. Elle en oublia le danger qui la guettait peut-être. Elle paria intérieurement sur la fermeture à double tour de cette porte fatale. Elle ne se trompait pas. Ils entrèrent dans une petite pièce de deux mètres par trois, au revêtement de sol en PVC, dotée d'une porte face à eux et d'une autre sur leur droite. La pièce était séparée en deux par un banc, une large poubelle et un bac en plastique vide, posé à même le sol. De leur côté, un simple lave-main, ainsi qu'un large paillasson, une étagère et un porte-manteau qui attendaient de les débarrasser. Deux paires de sabots blancs en cuir étaient à leur disposition. Pressentant qu'elle n'était pas la première à visiter ce laboratoire, vu la présence des deux paires de chaussures, elle s'en émut auprès de son confrère qui la conforta dans l'exclusivité de cette visite. Il avait plusieurs paires de chaussures parce qu'il ne voulait tout simplement pas passer son temps à les laver. Une fois manteaux retirés et chaussures ajustées à la taille grâce à leur lanière réglable au niveau du talon, ils entrèrent par la porte latérale dans un sas dont le hublot vitré remplissait la moitié de la seconde porte, laissant voir l'entièreté du laboratoire de l'autre côté. Des étagères et une penderie, bien achalandées, accommodées d'un banc, tous en inox, les attendaient pour revêtir la tenue réglementaire à toute entrée en salle blanche, ces laboratoires dans lesquels il était indispensable de maîtriser le taux de particules en suspension dans l'air pour éviter la contamination des échantillons. Une fois affublés de leur combinaison blanche à cagoule, surbottes, gants, masque de protection respiratoire et visière de sécurité, l'hôte appuya sur un bouton au sol qui permit l'ouverture automatique de la porte du laboratoire. Elle y était. Dans l'antre de ce savant fou. Elle allait être la première à découvrir son secret !

Le laboratoire n'était pas bien grand mais comportait effectivement tout l'équipement dont pouvait rêver un chercheur en biologie moléculaire. La paillasse centrale, composée de deux tables accolées, était propre et immaculée. Aucun signe ne laissait présager d'une quelconque utilisation des locaux. Seule la présence d'une centrifugeuse donnait une indication de la réalisation d'expériences scientifiques visant à séparer en différentes phases les éléments d'une solution grâce à leur différence de densité. Un évier était installé au bout des deux paillasses, avec un égouttoir fixé sur colonne centrale. Les deux murs latéraux étaient couverts de paillasses et de placards. Sur celui de droite, une zone réservée à l'usage du microscope, précédée d'un espace de travail avec un ordinateur, puis une hotte pour les expérimentations. Dans le fond, ce qui devait vraisemblablement être un réfrigérateur et un congélateur, entourés de placards. Sur le mur de gauche, un autoclave pour la stérilisation des instruments, un incubateur d'organismes vivants et ce qui ressemblait fortement à un séquenceur de gènes. De chaque côté, une porte. L'une, dans le fond, donnant sur une douche de sécurité avec rince-œil intégré. L'autre, permettait l'accès à une pièce beaucoup plus petite, dans laquelle se trouvait encore une paillasse, un ordinateur, un système d'électrodes et, posée sur une étagère, une cage en verre dans laquelle six petites souris blanches s'agitèrent à leur approche. Le même revêtement étanche en PVC recouvrait l'entièreté du sol de l'ensemble de ces pièces. Le maître des lieux profita de cette visite nocturne pour donner quelques graines aux petits habitants locaux et leur parla avec douceur, comme pour les rassurer. Il indiqua au professeur que la porte derrière eux permettait de sortir du laboratoire, donnant sur la petite pièce par laquelle ils avaient accédé en arrivant. Une fois la visite guidée terminée, après avoir vanté les mérites et l'ingéniosité des différents systèmes et équipements installés, pour œuvrer en toute sécurité, même si une coupure d'eau ou d'électricité survenait, ils rebroussèrent chemin. Il lui expliqua qu'il avait même équipé le laboratoire d'un système de détection incendie avec sprinklage automatique, pour assurer la sécurité du château qui prévaudrait toujours sur ses recherches. Après le rapide tour de ce petit laboratoire, ils s'installèrent devant l'ordinateur, sur laquelle il lui exposa les résultats de ses recherches. Ils échangèrent sur les différentes étapes des études menées par le scientifique. D'abord, la réussite de la mise en culture de cellules de rétine humaine, puis le prodige d'avoir réussi à remplacer le gène muté, responsable de la choroïdérémie, par un gène sain pour que la cellule soit de nouveau opérationnelle. Ça lui avait pris deux ans, se basant sur les résultats des équipes de recherche anglaises qui avait réussi à identifier ce fameux gène. Malheureusement, son épouse était décédée avant qu'il ait pu tester la réussite de ses expérimentations sur ses petits animaux domestiques. Un voile de tristesse accompagna ses paroles. Il tenta alors de justifier la pause dans ses recherches, que les dates des fichiers enregistrés sur l'ordinateur trahissaient, en lui expliquant que le départ de la femme de sa vie l'avait tellement anéanti qu'il avait vécu en ermite quelques mois avant de se reprendre en main et de décider de continuer ses recherches, qui pourraient peut-être servir à sauver d'autres personnes. Six mois après avoir repris ses recherches, suite aux nombreux tests réalisés sur ses souris, dont il lui montra les résultats qu'ils avaient enregistrés, il avait la démonstration de la réussite de ses expérimentations. Six petits mois qui, s'il n'avait pas fait confiance aux équipes médicales de l'époque et s'il avait décidé de mener ses propres recherches plus tôt, auraient pu sauver sa femme. Le professeur CHARBONNIER décela un éclat dans l'œil de son voisin. Une larme venait de pointer le bout de son nez, qu'il essuya d'un geste furtif. Se reprenant aussitôt, il lui raconta s'être investi, dès lors, dans la construction d'un bloc opératoire, qu'il lui montrerait plus tard, dans l'objectif de trouver le moyen de venir en aide à ses semblables sans passer par les équipes médicales qui n'avaient pas su l'aider. Il savait, au fond de lui, que ce n'était pas leur faute, qu'ils étaient dévoués aux soins et traitements de leurs patients et qu'ils avaient tout fait pour l'aider à vivre au mieux cette terrible maladie, mais c'était le seul moyen qu'il avait trouvé pour exprimer sa colère et sa tristesse, pour exorciser ce mal qui le rongeait. Son désir de sanctionner ce corps médical qui avait été incapable de sauver sa femme se transforma peu à peu en une véritable quête vengeresse. Il ne voulait pas s'arrêter à la choroïdérémie. Il allait étendre ses recherches à d'autres facteurs responsables de la cécité et montrer au corps médical que « quand on veut, on peut ». C'est ainsi qu'il commença à s'intéresser à l'optogénétique.

Il s'interrompit quelques secondes, avant de lui avouer ce qui venait de lui traverser l'esprit. En fait, il lui avait menti. Elle n'avait pas tout à fait l'exclusivité des résultats de ses recherches sur la choroïdérémie. Il y avait trois ans, en lisant un article rédigé par l'association France Choroïdérémie appelant au don pour aider à financer des projets de recherche, pris de remords, il avait imprimé et envoyé le rapport qu'elle venait de découvrir, de manière anonyme, au CHU de Montpellier. Il ne pouvait pas laisser d'autres malades mourir alors qu'il avait le moyen de l'empêcher. Quelques temps plus tard, il apprit qu'une série de tests avaient été lancés dès la fin avril, pour vérifier la véracité du rapport. Puis il fallut réunir les huit cent mille euros nécessaires pour la réalisation des études toxicologiques réglementaires avant que les premiers essais cliniques débutent, en 2019, sur des patients français, soit cinq ans après les premiers essais en Angleterre. Le professeur CHARBONNIER loua sa démarche si altruiste, se demandant si elle serait capable d'avoir ce niveau d'humilité pour en faire autant si elle se trouvait dans une situation similaire. Pas sûr, quand c'est son métier, quand c'est toute sa vie.

Déjà impressionnée par les résultats qui venaient de lui être présentés, le professeur CHARBONNIER fut encore davantage à l'écoute lorsqu'il lui exposa les différentes étapes de ses recherches dans ce domaine d'étude qu'ils avaient en commun. Parti des résultats de l'équipe du neurologue et psychiatre, Karl DEISSEROTH, de l'université de Stanford, qui avait réussi à insérer le gène codant de la channelrhodopsine dans le génome de neurones en utilisant un lentivirus comme vecteur, il tenta lui-même d'injecter de l'opsine dans des neurones non fonctionnels afin de les convertir en photorécepteurs, qu'il parvint à réactiver en les stimulant par de la lumière bleue, conformément aux études américaines. Fort de cette réussite, il élabora un protocole, qu'il testa sur de nouvelles souris aux neurones défaillants. Il montra au professeur le résultat des expérimentations qu'il avait menées en 2018, démontrant la réactivation des neurones du cortex visuel de ses petits cobayes. Pour ce faire, il dut remplacer la fibre optique par une optrode, qu'il avait fait venir du Centre d'Optique, Photonique et Laser (COPL) de l'Université Laval au Canada. Ce système combinait une fibre optique et un second canal empli d'une solution conductrice, pour pouvoir mesurer l'activité électrique du récepteur lors de l'émission de lumière. Il avait la démonstration formelle de la réussite de ses expériences biotechnologiques. Cependant, le rapport démontra que dès extinction de la lumière, les neurones se retrouvaient de nouveau dans leur état dysfonctionnel. Il lui fallait donc développer un moyen miniature et autonome pour assurer une émission de lumière permanente. Il pensa aux personnes non voyantes qui portaient des lunettes noires pour cacher leur regard mouvant. Cette idée de travailler sur un concept de lunettes lumineuses fit son petit bonhomme de chemin. C'est ainsi qu'en septembre dernier, il était parvenu à créer la paire de lunettes autonome qu'il retira d'un tiroir, avec batterie intégrée, qui permettait un raccordement automatique, par simple contact, à une fibre optique. Il lui proposa de le suivre dans l'autre pièce pour lui faire la démonstration de son fonctionnement. Il attrapa l'une de ses pensionnaires, la plaça dans le bocal sur la paillasse, posa les lunettes sur l'embout libre de l'optrode greffée dépassant de sa tête, qu'il avait modifiée pour séparer les deux systèmes optique et électrique. Ainsi, la partie électrique était directement raccordée à un système de mesure du signal, couplé à un ordinateur pour son enregistrement en continu. Une fois les lunettes posées sur l'embout de la fibre optique et l'ordinateur allumé, il appuya sur un bouton des lunettes, ce qui eut pour résultat d'enregistrer une onde électrique retranscrite sur un graphe à l'écran. Il était fier de sa démonstration. Il lui expliqua avoir également testé son invention sur des neurones humains, pour vérifier que la réaction serait identique. Elle était sans voix, comprenant la théorie à côté de laquelle elle était elle-même passée, durant toutes ses années de recherche. Elle n'en revenait pas ! Il n'y avait aucun doute possible, elle avait affaire à un véritable génie ! Études ou pas, il méritait bien le nom de confrère ! Et très largement !

– Mes six petites amies ici présentes, portent une optrode depuis maintenant plus de quatre ans, sans avoir développé d'effet secondaire que j'ai pu détecter.

– Ce que vous avez réalisé est tout simplement extraordinaire ! Mais quel protocole avez-vous élaboré pour permettre l'injection du gène dans les neurones d'Alex ? Et combien de neurones sont concernés ? Et la fibre optique, comment avez-vous prévu de l'insérer dans son cerveau ? Vous avez vraisemblablement de multiples talents mais de là à opérer en neurochirurgie, je ne voudrais pas vous vexer mais c'est une tout autre compétence !

– Vous avez absolument raison et je ne m'aventurerais pas dans ce domaine, bien trop pointu pour moi. C'est là que le professeur DELATTRE entre en jeu !

Regardant sa montre, il lui proposa de reprendre le lendemain, avec la visite de la salle d'opération. En attendant, il lui proposa la chambre d'amis de l'étage de ses appartements privés, ce qu'elle accepta vu que la réception de l'hôtel qu'elle avait réservé était fermée à cette heure tardive. Il était minuit et demi.

Ils quittèrent le laboratoire principal, en passant par le laboratoire des essais cliniques dans lequel les souris semblaient s'être endormies. Ils se débarrassèrent de leurs surtenues dans la poubelle, déposèrent leurs équipements dans le bac au sol, passèrent de l'autre côté du banc, se lavèrent les mains, remirent leurs chaussures et attrapèrent leur manteau avant de quitter les lieux. Les lumières s'éteignirent automatiquement lorsqu'ils sortirent. Elle remonta les escaliers devant lui et l'attendit à l'entrée du placard pendant qu'il refermait l'entrée secrète.

Un bruit les fit sursauter. Un cri, plutôt. Ils se retournèrent brusquement. Personne. Ni dans le bureau, ni dans le couloir de ses appartements privés, ni dans le couloir principal du château. Pourtant, un détail lui parut bizarre, la porte était ouverte. Avait-il oublié de la refermer à clé derrière eux ou quelqu'un avait-il réussi à s'introduire par effraction ?

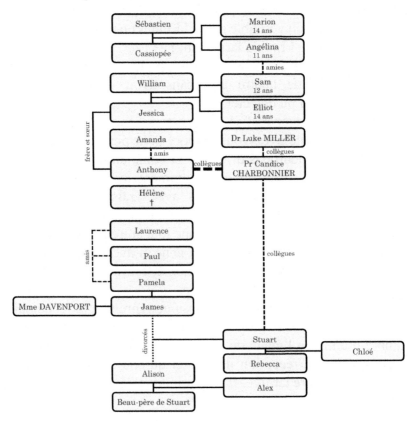

186

29.

Comme pour s'excuser de les abandonner pour la soirée, après s'être plaint plusieurs fois d'un mal de tête intense, le maître des lieux proposa aux deux familles d'investir le salon de cinéma, demandant à Amanda de les aider à choisir un film. Ça irait mieux pour lui après une bonne nuit de sommeil.

Alors que les discussions allaient bon train pour définir le thème de la soirée et finaliser le choix du film, Amanda en profita pour rejoindre la cuisine. Le repas n'allait pas se cuisiner tout seul ! Elle aperçut alors par la fenêtre la voiture d'Anthony quittant le domaine. Petit cachotier ! Elle sentait bien qu'il n'était pas comme d'habitude ces derniers temps. Était-ce avant ou après qu'elle ait découvert sa réussite là où tant d'autres chercheurs n'avaient pas encore trouvé ? Ou peut-être depuis que son fils l'avait encouragée à lui parler de ce malade qu'il pourrait possiblement guérir ? Elle ne se souvenait pas exactement. Ou alors il avait rencontré quelqu'un et n'osait pas le lui en parler ? Après tout, cela faisait cinq ans que sa femme était partie, il avait le droit de retrouver le bonheur. Il n'y avait aucune honte à ça, au contraire ! Elle veillerait à aborder le sujet avec lui dès les vacances terminées.

Le rire avait mis tout le monde d'accord. On n'était sûrement pas venus en vacances pour pleurer ! Alors ce soir on partirait du côté de chez la famille de Sam, dans un département où, passé la frontière, la pluie s'invitait à seaux, selon le cinéaste ! Une caricature pleine de gags qui sentait bon la bienveillance de ce peuple cousin germain de ses voisins belges à l'accueil toujours chaleureux. « Bienvenue chez les Ch'tis » était le remède parfait à la morosité, une comédie à prescrire sur ordonnance et à partager avec le plus grand nombre ! Alors, après le dîner, Cassiopée et Jessica avaient insisté pour aider Amanda à tout remettre en ordre, afin qu'elle passe la soirée avec eux. Ce qu'elle avait évidemment refusé, par pudeur. Mais devant l'insistance des quatre adultes, les cris tenaces de trois adolescents et le regard suppliant de Marion, elle fut vite désarmée et accepta, avec une joie non dissimulée.

Que ça faisait du bien de rire ! Surtout après les mauvaises nouvelles récurrentes qui lui avaient sapé le moral. Alors, oui, cette soirée pleine de joie lui avait fait le plus grand bien ! C'est donc le cœur guilleret qu'après la séance cinématographique elle retourna en cuisine faire chauffer l'eau pendant que les invités s'installaient au salon pour savourer une tisane avant d'aller se coucher.

Après avoir souhaité bonne nuit, les adolescents rejoignirent leurs quartiers pour une soirée improvisée d'histoires d'horreur. Terrifiés par la Dame Blanche, les fantômes d'Alcatraz et le Loup Garou, ils étaient sur le point d'invoquer Bloody Mary lorsque la porte s'ouvrit brusquement, provoquant des hurlements de terreur ! Mais la belle femme qui passait sa tête dans l'encadrement de la porte n'était ni mutilée ni couverte de sang. La douce voix de Jessica leur rappela qu'à onze heures, il était temps pour chacun de rejoindre sa chambre. Angélina ne se fit pas prier et traversa le couloir en courant, tant que la maman de Sam et d'Elliot était encore là pour la protéger en cas d'attaque de fantôme. Marion, quant à elle, faisait exprès de ne pas se presser. Sa fierté l'empêchait d'avouer qu'elle n'en menait pas large non plus. En tant qu'aînée du groupe, elle devait se montrer forte.

L'horloge de l'entrée sonna les douze coups de minuit. Angélina frissonnait encore de peur, enveloppée dans sa couette, les yeux rivés sur la fenêtre. Sa sœur, dans l'autre lit, lui tournant le dos, surveillait la porte. Elles s'étaient mises d'accord sur ce point. Angélina tenait fermement dans sa main sa perche à selfie pendant que Marion avait trouvé une arme redoutable en sa brosse à cheveux. Pour leur défense, elles n'avaient pas prévu de passer leurs vacances avec des fantômes ! Alors, quand la porte s'entrouvrit, le premier réflexe de Marion fut de se recroqueviller dans son lit, espérant être invisible sous la couette. Puis elle donna un coup de pied à sa sœur pour l'avertir de l'arrivée de l'intrus. Angélina sursauta, se retourna brusquement et un cri silencieux s'étrangla dans sa gorge. Sam leur intima de ne pas faire de bruit, sous peine de réveiller les parents, et referma doucement la porte derrière elle.

– Vous ne dormez pas non plus ? commença-t-elle, comme pour expliquer son intrusion nocturne.

– T'inquiète, on a l'habitude de dormir tard, fanfaronna Marion.

– Ça vous dit de partir à l'aventure à travers le château ?

– Quoi, maintenant ? En pleine nuit ? Dehors ? T'es pas bien dans ta tête ? s'invectiva Angélina.

– Mais non, pas dehors ! J'ai un secret à vous montrer...

– Encore un truc qui fait peur ?

– Non, pas du tout ! C'est juste... non, venez, je vais vous montrer. Mais ne faîtes surtout aucun bruit, ok ?

Les filles acceptèrent à contrecœur et suivirent Sam à travers les couloirs, Angélina tenant toujours sa perche à la main, regardant derrière elle toutes les dix secondes, s'attendant à se retrouver face à un fantôme à tout moment. Passant devant salons, salle à manger et cuisine, elles se retrouvèrent face à la porte au bout du couloir.

– Derrière cette porte se trouvent les appartements de Tonton.

– Mais pourquoi tu nous y emmènes ? On n'a pas le droit de rentrer chez lui comme ça, en pleine nuit ! T'imagines si on le réveille ? On va se faire sacrément enguirlander, moi je vous le dis !

– Chochotte ! À cette heure-ci il dort profondément. Et puis on ne va pas aller jusqu'à sa chambre, seulement dans son bureau, juste en face, de l'autre côté du couloir. Mais maintenant, motus et bouche cousue, plus un bruit jusqu'à ce que j'aie refermé la porte du bureau derrière nous. Et ensuite on parle tout bas, ok ? Normalement, il ne la ferme à clé que dans la journée.

– Et comment tu sais ça ? C'est une habitude pour toi d'entrer chez les gens par effraction de nuit ?

– Ça n'a rien d'une effraction ! Il ne parle jamais de Tata Hélène, depuis qu'elle est partie, et il a enlevé toutes les photos d'elle du reste du château, comme s'il voulait qu'on l'oublie. Mais je ne peux pas. Je ne veux pas. Alors oui, je suis déjà venue fouiller ici, pour savoir s'il l'avait vraiment oubliée. Et je peux vous dire que c'est loin d'être le cas ! Son bureau est un véritable mausolée ! On voudrait édifier un temple à son effigie qu'on ne ferait pas mieux !

– Et c'est pour nous montrer des photos de ta tante que tu nous fais entrer de nuit dans ses quartiers, comme des délinquantes ?

– Mais non, va ! Allez, chut, on entre et je vous montre.

Sam vérifia que la voie était libre. Aucun bruit. Il devait dormir paisiblement, vu le médicament qu'il avait pris pour soulager son mal de tête. À pas de loup, elle pénétra dans le bureau, les filles sur ses talons. S'arrêtant net, elle poussa un cri étouffé. La porte du placard sur le mur de droite était ouverte, une femme à l'intérieur, juste derrière son oncle ! Elle rebroussa immédiatement chemin, marchant sur les pieds de Marion, qui se retint de crier en voyant le regard affolé de Sam. Ne demandant pas leur reste, les filles suivirent Sam en courant, sans se soucier du bruit, et ne s'arrêtèrent qu'une fois la porte de leur chambre refermée derrière elles.

– Tu as vu un fantôme ? demanda Angélina, livide.

– Non. Pire ! Mon oncle était là ! Dans le placard ! Avec une femme ! Oh mon dieu, dîtes-moi que ce n'est pas vrai !

– Ce n'est pas vrai, s'exécuta Angélina sur un ton pince sans rire, avant de se rendre compte de l'absurdité de la situation.

– Dans un placard ???

– Avec une femme ???

– Il t'a vue ?

– Je ne pense pas. Mais il a sûrement dû nous entendre !

– T'inquiète, s'il ne nous a pas vues, il suffira de nier, si jamais il pose des questions… on n'aura qu'à dire qu'on a aussi entendu des bruits… non, ça paraîtra suspect si on avoue qu'on ne dormait pas… on va plutôt dire qu'on a dormi comme des loirs, ça vous va ?

– Mais qu'est-ce qu'il faisait à minuit dans un placard avec une femme ? C'est insensé ! Tu l'as reconnue la femme ?

– Non, je ne l'ai jamais vue avant… mais pourquoi a-t-il dit qu'il avait mal à la tête et qu'il allait se coucher ? Pourquoi mentir ? Ça n'a pas de sens, il est chez lui, il fait ce qu'il veut ! Pourquoi se cacher ? Il a bien le droit de se remettre avec quelqu'un, il n'y a aucune honte à vouloir être de nouveau heureux. On ne lui en voudra pas pour autant, elle ne nous fera pas oublier Tata Hélène ! Et puis il n'a même pas d'enfant à protéger de ce genre de considération, alors pourquoi se cacher ? Je ne comprends pas…

– Et sinon, c'était quoi le secret que tu voulais nous montrer ?

30.

Madame DAVENPORT avait eu un choc lorsqu'elle avait appris, quinze mois plus tôt, que son fils unique adoré, qu'elle avait retrouvé à peine six ans auparavant, allait de nouveau s'évader. Et cette fois-ci il voulait partir à l'autre bout du monde ! Et, qui plus est, en emmenant avec lui sa bru et fille de cœur, qui avait été là pour elle durant toutes les années d'absence de son fils, comme pour essayer, si ce n'est de compenser cette perte, du moins de la rendre un peu moins amère. Mais sa fierté lui avait interdit de montrer à quel point elle était affectée par ce nouveau départ. Le reverrait-elle un jour ? Serait-elle encore de ce monde quand ils reviendraient ? Si elle avait eu quelques années de moins, s'était-elle dit à l'époque, elle leur aurait demandé de l'emmener avec eux. Mais ce n'était plus de son âge. Elle était bien trop lasse pour partir à l'aventure à l'autre bout de la planète. Elle avait déjà du mal à quitter le Grand-Bornand, alors imaginez partir en Australie, c'aurait été totalement insensé pour elle ! Elle s'était donc contentée de faire promettre à son fils et à sa bru de l'appeler une fois par semaine, sans omission possible. Et s'ils avaient le malheur de rater l'heure de deux minutes, c'était elle qui les appelait ! Depuis maintenant quinze mois, ce rituel avait lieu chaque vendredi soir à dix-huit heures heure française.

Alors, lorsque la sonnerie du téléphone retentit, ce jeudi soir, James regarda machinalement sa montre pour vérifier s'ils avaient raté l'heure. Il était presque vingt et une heures, une heure de plus qu'en France avec le décalage horaire. Puis il se souvint qu'on n'était pas vendredi. En attrapant le téléphone, il s'étonna de voir le numéro s'affichant à l'écran. Ils avaient eu Laurence et Paul ce matin-même et rien de nouveau ne semblait être arrivé au Grand-Bornand depuis leur dernière conversation téléphonique hebdomadaire, ni même d'ailleurs depuis des mois semblait-il. La routine, leur répétaient-ils à longueur de semaines, simplement désireux de découvrir les dernières aventures que leurs amis avaient vécues au cours de cet extraordinaire périple à l'étranger. Cet appel était tellement inhabituel – c'était d'ailleurs la première fois qu'ils appelaient entre deux coups de téléphone hebdomadaires – que James s'en inquiéta. Était-il arrivé quelque chose ? À Laurence ? À Paul ? À sa mère ? Il décrocha fébrilement. Le ton de voix de Laurence, bien moins enjoué que ce matin, l'avertit qu'il avait raison de s'alarmer. Ce n'était vraisemblablement pas un appel de complaisance. Sans aucun préliminaire, elle ne prit pas de gant et entra directement dans le vif du sujet. Pourquoi Pamela avait-elle été si peu bavarde ce matin ? Au son de sa voix, elle lui avait même parue triste. Elle voulait savoir exactement ce qu'il se passait. Refusant les excuses mielleuses de James, qui tentait de la rassurer en évoquant de la fatigue, elle le rabroua vivement. À d'autres ! Elle connaissait son amie depuis si longtemps qu'elle était capable d'interpréter ses moindres altérations de comportement, même à distance ! Et si elle était bien certaine d'une chose, c'est que ce n'était pas la fatigue qui lui avait donné cet air si pincé au téléphone ce matin ! Qu'il se mette rapidement à table et lui dise la vérité parce qu'elle ne lâcherait rien ! Elle avait le droit de savoir, en tant que meilleure amie et témoin de mariage ! James finit par capituler et sortit discrètement dehors pour s'isoler afin de pouvoir parler librement. Il fallait qu'il garde la tête froide pour pouvoir analyser la situation correctement afin d'être en capacité de prendre les bonnes décisions. Il était temps d'arrêter de nier l'évidence. Il se rendait compte qu'il avait refusé volontairement de voir les signes. Sûrement pour éviter de penser aux risques. Il avait tout simplement peur. Peur de la perdre. Il avait tellement de temps à rattraper avec la femme de sa vie, qu'il avait abandonnée pendant plus de vingt ans avant de la retrouver. Il ne pouvait concevoir une seule seconde que leur vie à deux puisse avoir une fin. Dérouté par ce constat, il se sentit finalement rassuré que Laurence ait décelé le problème. Ce secret était bien trop lourd à porter seul. Il avait besoin d'en parler.

Le froid ne semblait pas la déranger. Au contraire, depuis que les températures avaient baissé, elle semblait se sentir mieux. Aucun signe de démence, aucun égarement, aucune absence durant tout le mois qu'ils venaient de passer ici. Comme si les températures avaient un impact sur sa santé. Emmitouflés dans une combinaison de ski qu'ils avaient achetée sur place quelques jours plus tôt, blottis l'un contre l'autre, confortablement installés sur le banc du salon de jardin sous une épaisse couverture polaire, prêts à affronter les basses températures nocturnes, ils en prenaient plein la vue. Les lumières étaient apparues lentement. Un peu déconcertés, au début, par ce qui ressemblait à un simple nuage envahissant le ciel jusque-là dégagé, leurs yeux s'étaient ensuite progressivement habitués à l'obscurité. Et c'est là que la magie avait commencé à opérer. Le spectacle était éblouissant. Fascinant, même. Les lumières s'étaient parées d'une intense couleur verte et avaient brusquement envahi tout le ciel avant de se mettre à tournoyer et à danser au-dessus de leurs têtes. Ébahis par ce spectacle à couper le souffle, ils restèrent là, main dans la main, les yeux levés vers le ciel durant plus d'une heure. L'aurore boréale se mit alors à tourbillonner, telle une tornade en furie. Son pouvoir hypnotique leur souffla insidieusement qu'ils étaient au bon endroit, là où ils auraient peut-être dû venir dès leur départ de France. Ce n'était pas un hasard s'ils se sentaient si bien ici. Mythe ou réalité, James fut à cet instant convaincu que Pamela ne serait pas tombée malade ici. Pourquoi n'avait-il pas écouté les signes ? Pourquoi n'étaient-ils pas venus en Norvège plus tôt. Ce pays figurait pourtant parmi le top ten des destinations qu'ils avaient couchées sur papier avant de décider de partir à l'autre bout du monde. Il secoua la tête brusquement. À moins que ce ne soit un frisson qui lui parcourut le corps. Carpe diem, se dit-il. Le passé était passé, on ne pouvait pas revenir dessus. Ils se sentaient tellement bien ici, malgré le froid. Seuls sa mère et leurs meilleurs amis pourraient les faire rentrer en France, pensa-t-il le regard béat toujours levé vers le spectacle magique qui se déroulait au-dessus de leur tête. Comme si Pamela avait compris le combat qui se déroulait en ce moment-même dans le cerveau de son époux, elle posa doucement sa tête sur son épaule. Comme pour le réconforter. Ou peut-être pour s'apaiser elle-même. Cette euphorie qu'elle ressentait l'effrayait. Ces majestueuses lumières dansantes, qui lui mettaient des étoiles plein les yeux, la terrorisaient tout à la fois. Elle redoutait que ce ne soit le calme avant la tempête. Comme si la tornade lumineuse qui venait de s'abattre dans ce ciel dégagé au-dessus d'eux était prémonitoire. Et si les mystères des aurores boréales étaient à prendre au sérieux ? Après tout, si les civilisations précédentes avaient craint ce phénomène puissant qui dépassait les simples pouvoirs des hommes, il devait bien y avoir une raison légitime. Bien que tout le monde rêve d'en voir une au moins une fois dans sa vie, elles avaient souvent suscité la frayeur des anciens, qui les considéraient comme annonciatrices de calamité ou de guerre, comme avant la Révolution française, lorsqu'une aurore rouge vif avait été aperçue dans le ciel anglais et écossais, que les observateurs avaient interprétée comme révélatrice de guerre et de mort, ce qui fut effectivement le cas. Ou comme chez les Vikings, qui considéraient les aurores boréales comme le reflet des armures des redoutables guerrières Valkyries qu'Odin, le plus grand des dieux, envoyait pour conduire les guerriers jusqu'au Valhalla. Les Samis aussi, ce peuple de Laponie à l'extrême Nord de la Suède, craignaient et respectaient les aurores boréales qui, selon eux, annonçaient un mauvais présage puisque qu'ils considéraient ces lumières comme les âmes des morts. Même au Groenland, la légende racontait que les aurores étaient l'esprit des enfants morts en couche qui dansaient dans le ciel. Elles ne pouvaient donc vraisemblablement détourner l'attention de par leur beauté subjuguante que pour annoncer un malheur à venir. Il ne pouvait en être autrement. Alors, adviendrait ce qu'il adviendrait. Carpe diem, se dit-elle en serrant tendrement la main de son époux. À ce moment-là, ils avaient tous les deux décidé que les aurores boréales, qu'elles soient annonciatrices d'un désastre imminent ou non, méritaient toute leur attention, pour un temps certain. Dès ce jour – ou plutôt cette nuit – la chasse aux aurores boréales devint leur passe-temps favori.

L'automne est une saison prodigieuse. Cette nature grandiose que les Norvégiens honorent et respectent, se pare alors de rouge et d'or, contrastant avec l'eau d'un bleu profond des fjords bordés de parois escarpées. Lorsqu'ils étaient arrivés à Oslo, début septembre, les journées commençaient déjà à raccourcir mais la neige n'était pas encore au rendez-vous. Ils y avaient apprécié le riche patrimoine historique viking ainsi que les très nombreux espaces verts. Et surtout les dix-huit degrés qui les avaient accueillis en descendant de l'avion ! Il faisait un peu chaud pour la saison, leur avait-on expliqué comme pour leur indiquer à quel point ils étaient privilégiés. Ils s'étaient bien évidemment gardés de signaler à leurs hôtes qu'il faisait encore vingt-six degrés quand ils étaient montés dans l'avion, en quittant la Grèce. Mais la chaleur, ils avaient largement donné. Au contraire, ils s'étaient enfuis après une conversation téléphonique qui avait fait prendre conscience à James que la chaleur était peut-être à l'origine des troubles que sa femme subissait depuis tant de mois passés au soleil. Il était grand temps de découvrir autre chose. Et la saison s'y prêtait.

Après quelques jours à arpenter la capitale, ils s'étaient mis d'accord sur l'itinéraire qu'ils voulaient suivre dans les semaines à venir, sans toutefois définir de durée à chacun de leurs arrêts. Ils n'étaient pas pressés par le temps, personne ne les attendait, si ce n'est au bout du téléphone. Leur affinité avec les lieux les guiderait.

Il leur avait fallu sept heures pour parcourir les quatre cent soixante-dix-huit kilomètres qui séparaient Oslo de Bergen, la porte d'entrée vers les fjords. À bord d'un grand train rouge de la compagnie des chemins de fer norvégiens, la NSB, ils avaient passé tout le trajet le nez collé à la vitre, s'émerveillant à la vision des magnifiques paysages qui défilaient sous leurs yeux. D'abord la campagne encore verdoyante et ses grandes forêts parées de doré, puis les hauts plateaux montagneux d'Hardangervidda où le blanc manteau neigeux remplaça rapidement les couleurs chatoyantes de l'automne pour le reste du trajet. Seules les maisonnettes en bois parsemant le paysage déposaient quelques touches de couleurs vives çà et là, à la manière d'un peintre qui aurait voulu atténuer l'éclat de cette blancheur immaculée. Enfin, le train était finalement redescendu en altitude pour sillonner de magnifiques vallées avant d'arriver dans la deuxième ville de Norvège. Bergen. Rien que sa gare valait le détour, avec ses fresques colorées. Deux jours plus tard, ils avaient déjà repris la route. De nouveau en train. Bergen n'était pas leur destination finale, loin de là. Myrdal et sa gare miniature les attendaient pour la dernière ligne droite – façon de parler vu le relief. À bord d'un train vintage vert à l'intérieur en bois, où ils avaient quasiment été les seuls passagers, l'émerveillement avait perduré : vertes vallées, ruisseaux bleu azur, grandes fermes en bois rouge, imposantes cascades, tout était fascinant dans ce paysage. Enivrés par ce trajet, passant d'un siège à l'autre pour admirer le paysage de chaque côté du train, ils avaient alors mesuré la chance d'être venus ici hors saison. Surtout que le temps était bien plus clément qu'habituellement, comme on le leur avait répété à maintes reprises. En arrivant à Flåm, le terminus, ils avaient été ravis d'y trouver le silence profond auquel ils aspiraient tant depuis leur départ de Grèce. Le village devait certainement être touristique durant la saison estivale, mais en cette belle journée automnale, le calme qui y régnait avait pleinement comblé notre couple en quête d'apaisement, après l'agitation qu'ils avaient vécu ces derniers mois. Ils s'étaient sentis apaisés par cet endroit désert où les montagnes se reflétaient comme dans un miroir dans les eaux sombres du fjord et avaient ressenti un soulagement, comme si le poids qui pesait sur leurs épaules ces derniers temps s'était soudainement envolé. Les nuages avaient cependant rapidement assombri le paysage, s'accrochant aux impressionnantes falaises se jetant dans le fjord, avant de déverser une pluie glaciale et ininterrompue de toute la soirée. Mais l'orage qui avait grondé ce soir-là n'avait en rien terni les étincelles de joie qui pétillaient dans leur regard. Comme s'il y avait de la magie dans l'air en ce lieu extraordinairement majestueux et sauvage, tout en nuances et en mouvements. Quelque chose leur disait qu'ils avaient peut-être trouvé leur nouveau chez-eux. Si loin de la France. Si loin de leurs proches. Si loin de tout, sauf de l'essentiel.

Trois semaines de retour aux valeurs fondamentales n'avaient pas été de trop pour les ressourcer. Mais dès qu'ils avaient appris que la saison des aurores boréales allait débuter, ni une ni deux, ils avaient préparé leurs valises sur-le-champ pour se rendre encore un peu plus au Nord, à quatre heures d'avion de là, bien au-delà du cercle arctique, à quelque trois cent cinquante kilomètres. Il faut dire que Tromsø était LA capitale des aurores boréales. L'automne du Sud norvégien avait totalement disparu ici, remplacé par un hiver

196

nordique déjà bien ancré avec toute cette neige alentour. On n'était pourtant que fin septembre. Entourée de nature et d'innombrables îles, Tromsø exhibait avec désinvolture le charme de ses petites maisons en bois coloré, rendant le visiteur irrésistiblement dépendant de cette mystérieuse beauté où le contraste entre la mer et les paysages enneigés était saisissant. Le soir de leur arrivée, la neige s'était remise à tomber avec une infinie douceur, les invitant à se promener dans un cocon de magie à la découverte de cette charmante petite ville où, bien que le soleil ne se coucha très tôt en cette période de l'année, les ruelles commerçantes étaient éclairées de couleurs chatoyantes. Ils avaient flâné, sans objectif particulier, visitant chacune des petites boutiques remplies de trolls en tout genre, avant de rentrer au gîte, fatigués et transits de froid mais le cœur enveloppé d'une douce chaleur réconfortante. Ils ne verraient pas d'aurore boréale ce soir-là, le temps ne s'y prêtant pas, mais on leur avait assuré que le ciel serait dégagé le lendemain. Ce n'était que partie remise.

Une tasse de chocolat chaud posée devant eux sur la table basse, blottis sous un plaid aux couleurs rouges et blanches de rigueur, face à la cheminée délivrant sa douce chaleur crépitante, ils semblaient sereins, tous deux absorbés par leur lecture, chacun le nez plongé dans un ouvrage. « Un chant de Noël », de Charles DICKENS, pour Pamela. Un ouvrage photographique sur la Norvège pour James. En arrivant ici la première fois, ils ne s'étaient pas attendus à y découvrir une bibliothèque couvrant tout un pan de mur. C'était d'ailleurs la première fois depuis leur départ de France qu'ils avaient trouvé une bibliothèque dans leur logement. En même temps, sous la chaleur estivale des pays qu'ils avaient auparavant visités, ils n'avaient pas éprouvé le besoin de lire. Ils se souvenaient avoir souri en pensant à leur naïveté. Évidemment qu'il y avait des livres ici, pour se réchauffer au coin du feu ! La lecture n'était-elle pas un moment de plaisir et d'évasion incontournable de l'hiver ? Il devait forcément y avoir également des jeux de société. Ils se rendraient vite compte que c'était effectivement le cas, ce qui occuperait souvent leurs soirées, lorsque la neige les empêcherait de partir pour leur activité favorite de la saison : la chasse aux aurores boréales. Ils ne s'en lassaient pas. C'était maintenant la huitième saison qu'ils louaient ce gîte, à l'écart de la ville et des lumières parasites nocturnes. Mais les mêmes étincelles qu'au premier jour illuminaient toujours leur regard à l'idée de revivre ces intenses émotions. Depuis maintenant huit ans, irrémédiablement, à l'automne ils quittaient leur petit coin de paradis de Flåm pour leur désormais traditionnelle chasse aux aurores boréales de quatre semaines à Tromsø, avant de s'envoler deux mois pour la France, pour le plus grand plaisir de leurs amis Laurence et Paul, mais surtout de Madame DAVENPORT qui renouait alors avec la magie de Noël aux côtés de son fils et de sa bru. Lorsque janvier arrivait, et avec lui le retour en Norvège, le cœur de la mère octogénaire se serrait aussi fort que les étreintes avec ses deux enfants, qu'elle ne voulait pour rien au monde revoir partir, de peur que ce ne soit la dernière fois qu'elle les voyait. Mais immanquablement, comme pour essayer d'atténuer la douleur de la séparation, le jour de leur départ, Pamela et James lui remettait un billet d'avion pour qu'elle vienne leur rendre visite à la belle saison, dans le cocon qu'ils avaient bâti en Norvège, une coquette petite maison traditionnelle en bois blanc, de plain-pied, installée au bord de la rivière Flåmselvi. La vue depuis leur jardin sur la cascade de Brekkefossen était époustouflante et il ne se passait pas une semaine sans qu'ils ne montent les cinq cent soixante-dix-huit marches de l'escalier de pierre construit par les Sherpas menant, à travers une belle forêt de bouleaux, jusqu'au point de vue de Raokjen, d'où ils pouvaient admirer la spectaculaire vue sur la cascade et sur Flåm. C'était définitivement leur petit coin de paradis.

En rentrant de leur promenade en ville ce soir-là, une semaine jour pour jour après leur arrivée à Tromsø, ils s'étaient rapidement tournés vers la bibliothèque. La neige tombait abondamment depuis ce matin. Ils ne partiraient pas à la chasse aux aurores boréales aujourd'hui. Ils n'en étaient pas pour autant chagrinés, ils se sentaient déjà extrêmement privilégiés d'en avoir vu quatre depuis leur arrivée, toutes aussi envoûtantes les unes que les autres. Les étagères de la bibliothèque étaient couvertes d'ouvrages de toutes sortes. Les propriétaires du gîte avaient pris soin d'y déposer romans, polars, œuvres philosophiques, ouvrages scientifiques, biographies et évidemment de nombreuses odes à la Norvège dans différentes langues pour inviter le visiteur à la découverte de leur magnifique pays. Pamela et James ne se seraient toutefois pas attendus à y trouver des livres en français. Et pourtant, là, au milieu de nombreux ouvrages en norvégien et en anglais, elle avait déniché un vieux livre dans leur langue maternelle, aux pages cornées. C'était tellement inespéré ! Elle ne se souvenait pas l'avoir vu avant. Il devait certainement avoir été oublié par un touriste. Elle l'avait déposé sur un coin de la table basse, comme pour le réserver, et avait filé en cuisine préparer deux tasses de chocolat chaud avant de revenir s'installer confortablement auprès de son mari qui avait opté pour un magnifique livre de photographies sur la Norvège, contournant ainsi toute barrière de langue. Lorsqu'elle avait ouvert le livre, le crissement des pages sous ses doigts et l'odeur d'encre et de papier, qui lui était si vite montée au nez, l'avait immédiatement renvoyée à son enfance. L'émotion de ce souvenir d'une odeur du passé fut si intense qu'elle en oublia complètement sa lecture. Elle était repartie au Grand-Bornand, auprès de sa mère dans le salon où celle-ci lui faisait la lecture alors qu'elle savait à peine marcher. Allongée sur le canapé, en pyjama, sur le ventre, les pieds en l'air et le visage reposant sur ses mains, elle avait les yeux pétillants en écoutant les aventures que sa mère savait si bien lui faire vivre au gré de ses lectures. C'était le souvenir le plus ancien qu'elle avait de sa mère. De sa vie, d'ailleurs. Cette réminiscence du passé était restée enfouie dans les tréfonds de son cerveau depuis si longtemps ! Il avait fallu une simple odeur de livre ancien pour que tout remonte à la surface. Sa vénération pour ses parents. Son attachement au château de son enfance. Son immense et inextinguible chagrin au décès de ses parents, partis à six mois d'intervalle l'un de l'autre. Sa promesse de les honorer pour le restant de sa vie. Sans parvenir à l'arrêter, une larme perla au coin de son œil droit. Discrètement, elle la sécha avant qu'elle ne coule sur son visage. Elle ne voulait pas que son mari remarque son émotivité. Il risquerait de lui poser des questions. Questions auxquelles elle ne se sentait pas prête à répondre. Elle avait besoin de réfléchir. Mais pas ici. Pas maintenant. Elle tenta de retourner à sa lecture, sans succès, et resta là, assise sans bouger, le livre ouvert entre les mains, l'esprit éclipsé bien au-delà des frontières.

James n'aurait pas pour autant pu s'apercevoir de l'état émotionnel de sa femme à cet instant. Pour cause, il était lui-même totalement absorbé dans ses pensées. Tout à l'heure, alors qu'il venait d'attraper un livre dans la bibliothèque pendant que Pamela préparait du chocolat chaud, la sonnerie d'une notification sur le téléphone portable l'avait fait tressaillir. D'ordinaire, il n'était utilisé que pour des appels sortants, à des horaires et jours convenus. Le jeudi matin pour appeler leurs meilleurs amis, Laurence et Paul, et le vendredi soir où James appelait immanquablement sa mère à dix-huit heures pile, heure française. Ils n'avaient reçu que deux appels sur ce téléphone ces dix dernières années, dont l'un parce qu'il allait composer le numéro de sa mère avec une minute de retard et qu'elle tressaillait d'impatience à attendre que son téléphone ne sonne. Le deuxième appel reçu, huit ans auparavant, celui de leur amie Laurence, les avait menés jusqu'ici, en Norvège. En dehors de ces contacts routiniers, ce téléphone n'était pas prévu pour recevoir des appels. Encore moins des SMS. Fébrilement, il avait attrapé le téléphone, s'était assis sur le canapé, avait posé le livre sur ses genoux et affiché le message qui lui avait fait l'effet d'une lame transperçant son cœur. Il ne s'était même pas demandé comment son ex-épouse avait obtenu son numéro. Le message était trop glaçant. Cette simple phrase « Mon fils a eu un accident, il est à l'hôpital. » résonnait comme un appel au secours. Ils n'avaient eu aucun contact depuis plus de dix-huit ans. Aucune nouvelle ni d'elle ni de leur fils. Ce devait être grave pour qu'elle prenne le temps de chercher son numéro et de lui envoyer un message aussi désespérant. Il était si choqué qu'il ne lui en voulut même pas de l'exclure ainsi de la paternité de leur enfant. Lui qui avait désespérément cherché à retrouver les traces de son fils, voilà qu'il allait enfin savoir où il était. En espérant que ce ne soit pas trop tard. Il se leva alors brusquement, laissant tomber le livre qu'il avait sur les genoux sans même s'en apercevoir, faisant sursauter sa compagne qui sortit subitement de ses rêveries en se demandant où elle était et ce qu'il se passait, puis se dirigea promptement vers la porte, le téléphone en main.

31.

Le professeur CHARBONNIER eut beaucoup de mal à s'endormir, malgré l'heure tardive. Non que son lit ne soit confortable. Au contraire, les draps étaient soyeux, la couette bien épaisse sans être trop lourde, les oreillers moelleux à souhait, le tout sentant bon la lessive. Tout était parfait ! Pourtant, à deux heures du matin, elle continuait à se retourner dans son lit à baldaquin. Décidément, même dans un lit de princesse, elle n'avait rien de la Belle au bois dormant ! Elle n'avait jamais été une grosse dormeuse. Elle n'avait besoin que de cinq heures de sommeil pour récupérer. C'était inespéré, vu les heures qu'elle avait passées dans son laboratoire, avant d'obtenir le poste qu'elle avait tant convoité ! Puis elle avait rencontré son mari et levé le pied, pour revenir à des horaires un peu plus chrétiens. Fini les réveils à cinq heures du matin pour n'être de retour à la maison qu'à minuit. Fini les trois repas quotidiens sur le pouce, toute seule devant son ordinateur ! Désormais, elle aimait se réveiller aux côtés de cet homme qui faisait vibrer son cœur et profitait de ce moment de quiétude où elle pouvait le regarder dormir paisiblement. À six heures, elle se levait et préparait maintenant un vrai petit-déjeuner, qu'elle prenait en sa compagnie avant de se préparer à partir pour la journée.

Les premières semaines, elle avait eu un peu de mal à avancer dans ses recherches, son esprit s'évadant régulièrement durant la journée vers son prince charmant. Le soir, quand le dernier de ses collègues quittait le laboratoire, vers dix-huit heures, elle ne demandait pas son reste et filait retrouver cet homme avec qui elle envisageait sérieusement de passer le restant de sa vie. Que la vie était étonnante ! Parfois, le hasard faisait bien les choses, ce n'est pas elle qui dirait le contraire. Le destin avait mis son futur époux sur son chemin alors même qu'elle n'était pas censée se trouver là. Ce jour-là, alors qu'elle venait d'arriver au laboratoire à six heures, comme chaque jour, hormis le dimanche où elle rendait visite à sa grand-mère, son ordinateur n'avait pas voulu démarrer. Elle avait eu beau essayer de le relancer plusieurs fois, de le débrancher pour tout redémarrer, rien n'y avait fait. Elle avait dû se résoudre à aller demander de l'aide au service informatique de l'hôpital. Évidemment, à cette heure-ci, il n'y avait encore personne. Vu que sa demande ne relevait pas des critères d'appel de l'astreinte informatique, elle avait décidé d'aller prendre une boisson à la cafétéria de l'hôpital, en attendant. Depuis qu'elle travaillait ici, elle n'y avait jamais mis les pieds. Seul un petit groupe d'internes discutaient à une table près de la fenêtre devant un café. Vu leurs cernes, ils devaient être en fin de poste. Elle les avait salués poliment, passé sa commande et s'était installée avec son plateau à une table, à demi cachée par une énorme plante verte. Assise depuis une dizaine de minutes, un médecin était venu poser son plateau sur la même table qu'elle, plongé dans ses pensées. Au moment de s'asseoir, il avait relevé la tête et s'était aperçu de la présence de Candice. Confus, il s'était excusé et s'était apprêté à reprendre son plateau pour aller s'installer à une table, quand elle lui avait répondu que ça ne la dérangeait pas du tout qu'il reste là. Ils avaient bavardé longuement, sans voir les aiguilles défiler sur l'horloge, ni aucun des clients qui s'étaient succédés. C'est le coup de téléphone de son collègue qui, inquiet de ne pas la voir en poste, l'avait sortie du monde parallèle dans lequel elle flottait depuis deux heures. Ils avaient pris congé, l'une repartant en direction de son laboratoire, l'autre rentrant chez lui après sa nuit de travail, se promettant de se revoir pour continuer cette passionnante conversation. Depuis ce jour, ils s'étaient revus quotidiennement, à l'hôpital ou en dehors, déjeunant ou dînant ensemble chaque fois que leurs horaires coïncidaient. Deux mois plus tard, il avait quitté son logement pour emménager avec elle. Un an après, ils se mariaient. Il avait trente-deux ans, elle en avait vingt-neuf.

Et la voilà, douze ans plus tard, avec un mari et deux enfants de onze et huit ans qui l'attendaient à près de huit cents kilomètres, en train d'essayer vainement de trouver le sommeil, après une journée de route et une soirée émotionnellement intense. L'adrénaline avait du mal à retomber. Elle revivait en pensée cette soirée mémorable, qui allait changer le cours de sa carrière professionnelle. Elle était heureuse et soulagée d'avoir suivi son instinct. Et que son hôte ne soit pas un tueur en série !

Le soleil la réveilla à sept heures. Elle n'avait pas pensé à fermer les tentures en se couchant. Fatiguée par une trop courte nuit, elle prit une bonne douche dans la salle de bains attenante à sa chambre, espérant que ça lui donnerait un peu de tonus. Elle se sentit chanceuse d'avoir passé la nuit dans un luxueux château, dans une chambre de quinze mètres carrés avec lit à baldaquin, somptueuse salle de bains et toilettes séparés privés, au prix modique de la petite chambre d'hôtel qu'elle avait réservée en ville. Décidément, parfois le hasard fait bien les choses ! Lorsqu'elle descendit dans la salle de séjour, une bonne odeur de brioche chaude l'accueillit. Un petit-déjeuner digne d'une maison d'hôte était posé sur la table. N'osant pas s'asseoir sans y être invitée, elle alla se poster devant la fenêtre et observa la roseraie, encore dépourvue de fleurs à cette période de l'année. Il lui sembla entendre des canards au loin. Il devait y avoir un plan d'eau à proximité. Anthony lui souhaita un chaleureux bonjour en entrant dans la pièce. Apparemment, lui, avait bien dormi. Ils discutèrent des projets pour la journée. Allait-elle pouvoir rester encore un peu pour visiter son bloc opératoire ? Huit heures et demi de route l'attendaient, mais s'il avait encore un peu de temps à lui accorder, elle en serait évidemment plus que ravie. Ils passèrent par la terrasse. À cette heure-ci, aucun bruit ne se faisait entendre à l'intérieur du château. Anthony savait que tout le monde profitait de ses vacances et dormait encore à poings fermés. Tout le monde sauf Amanda, qui les vit passer devant ses appartements alors qu'elle prenait son bol d'air matinal sur son balcon, un étage au-dessus d'eux, dans l'aile opposée du château. Ils traversèrent un grand jardin potager de trois cents mètres carrés, entrèrent dans une serre tout au bout sur leur droite, et en ressortirent par une porte latérale pour pénétrer dans la forêt. Après de longues minutes de marche où elle se félicita d'avoir choisi ses bottines confortables à talon plat, ils arrivèrent dans une clairière avec une petite maison en bois. Elle ne s'était pas trompée, il y avait bien un plan d'eau. Elle lui demanda si ce lieu enchanteur appartenait à la même propriété que le château, ce qu'il lui confirma en ajoutant que l'étang en faisait également partie. Quel magnifique domaine ! Elle comprenait aisément qu'on puisse ne pas éprouver le besoin de sortir, quand on vivait dans un lieu aussi grandiose.

Il ouvrit la porte d'entrée et se poussa pour laisser son invitée découvrir les lieux. Un coin cuisine sur la gauche, avec l'évier sous la fenêtre, un poêle à bois dans l'angle de la pièce et une table, quatre chaises et deux tabourets devant le plan de travail. Un salon aménagé dans l'angle opposé, avec l'un des deux canapés faisant face à la baie vitrée et l'autre orienté vers la cuisine. Face à eux, des étagères couvertes de livres. Cet endroit semblait un havre de paix et d'évasion. Sur leur droite, trois portes. La première donnant sur une chambre avec deux lits jumeaux accolés et deux tables de chevet. La deuxième donnant sur une petite salle de douche. La troisième sur des toilettes. Cette maisonnette avait tout le confort minimum. Il ne manquait qu'un téléviseur et internet pour que tout le modernisme y soit présent. Mais rien de médical ici, en revanche ! L'air interrogateur, elle se retourna vers Anthony, qui la fixait, tout sourire. Se moquait-il d'elle ? Où était donc cette salle d'opération dont il lui avait vanté la modernité ? Elle s'apprêtait à lui poser la question lorsqu'il se dirigea vers la bibliothèque, attrapa un livre, appuya sur un bouton invisible d'ici vu la hauteur de l'étagère, ce qui eut pour résultat d'ouvrir la porte dérobée, révélant un monte-charge suffisamment spacieux pour accueillir quatre personnes. Manifestement, cet homme aimait les passages secrets ! Elle comprenait pourquoi il habitait dans un château ! Il ne manquait plus qu'il soit hanté pour parfaire la légende, se dit-elle en entrant dans l'ascenseur. Elle fut soulagée, en arrivant en bas, de constater que le sol était recouvert d'un revêtement étanche, comme le laboratoire, sans passer par la case terre meuble. Il alluma la lumière. Elle ne fut pas déçue. Le bloc opératoire était à la hauteur des attentes du plus exigeant des patients. Tout paraissait flambant neuf. Au-dessus de la table d'opération, entre deux luminaires, un système de neuromonitorisation intraopérative avec écran, pour observer le cerveau grâce aux électrodes placées sur le cuir chevelu du patient. En bout de table, un robot avec neuronavigation, pour calculer les coordonnées de la zone chirurgicale et atteindre la cible avec une grande précision. Un microscope de neurochirurgie était accroché au second bras articulé fixé au plafond. Dans le fond de la pièce, à proximité de deux armoires sur roulettes, un appareil de tomographie mobile était installé à portée de main pour permettre de réaliser des imageries à deux ou trois dimensions au cours des opérations neurochirurgicales. Cette salle hybride était apparemment équipée des meilleures technologies de pointe ! Elle pouvait lui faire confiance, il avait tout prévu pour que l'opération soit un succès. Il ne lui restait plus qu'à se renseigner sur le neurochirurgien pour être totalement rassurée. Pourvu qu'il ne lui ait pas donné un faux nom, lui non plus ! Après ça, elle pourrait se sentir suffisamment sereine pour aborder le sujet avec Stuart.

– Cet endroit est extraordinaire ! On dirait que vous venez d'inventer le concept de séjour médical ! Une opération et une semaine de vacances à la montagne, les pieds dans l'eau, pour le deuxième effet *kiss cool*, comme diraient mes enfants ! lui dit-elle une fois remontés au rez-de-chaussée.

– Je pense effectivement qu'il faudra prévoir un temps de convalescence, pour être sûr qu'Alex s'adapte à ses nouvelles lunettes. Et aussi pour vérifier qu'il n'y a pas d'effet secondaire qui n'aurait pas été observé chez la souris.

– Et vous avez poussé le concept jusqu'à ne pas mettre de téléviseur dans le logement !

– Oui, vous avez raison. Peut-être qu'il serait intéressant d'en installer un, pour tester le résultat de l'opération ? s'interrogea-t-il en cherchant autour de lui le meilleur endroit pour en placer un.

– Et, sans vouloir être indiscrète, vous n'allez tout de même pas faire ça bénévolement ? Je ne parle même pas des millions d'euros que vous avez dû dépenser pour aménager votre laboratoire et cette salle d'opération, ni pour financer vos recherches, mais les lunettes en elles-mêmes doivent être extrêmement coûteuses. Et vous devrez en reproduire pour chaque patient !

– Il est hors de question de faire payer mon premier patient ! Il paiera déjà suffisamment de sa confiance en moi pour lui rendre la vue ! Ça vaut tout l'or du monde !

205

– Je vous comprends parfaitement. En somme, Alex sera votre « essai clinique » !

– En quelque sorte ! Un échange de canne blanche contre une paire de lunettes de soleil, ce sera ça ma plus belle victoire !

– Je ne suis pas certaine que vous ferez fortune en recyclant des cannes blanches ! rit-elle franchement. En tout cas, c'est tout à votre honneur ! Je présume que quand l'argent n'est pas un souci, on peut s'affranchir de beaucoup de convenances.

Anthony lui répondit par un sourire crispé.

– Pourquoi ne pas m'avoir donné votre véritable nom ? changea-t-elle de sujet, voyant la gêne qui venait de s'installer entre eux.

– Peut-être que je voulais d'abord voir si je pouvais vous faire confiance ? Où peut-être pour savoir si vous alliez effectuer des recherches sur moi, ce que vous avez manifestement fait !

– Et ce professeur DELATTRE ?

– C'est son véritable nom, si c'est votre question. Je vous l'ai donné parce que je sais maintenant que vous ne révélerez pas mon secret. Vous n'auriez pas effectué tout ce trajet, posé toutes ces questions sur mes recherches et visité ce bloc opératoire, si vous ne vous souciiez pas d'Alex. Or, vous avez signé un engagement de confidentialité, que j'avais pris soin de faire passer entre les mains d'un juriste pour m'assurer qu'il ne pouvait pas être remis en question. Je vous fais donc officiellement confiance. Faîtes donc vos recherches sur ce professeur, comme vous l'avez fait avec moi, mais je doute fort que vous trouviez quoi que ce soit qui puisse vous faire douter de ses compétences. Vu le lien qui unit la personne qui me l'a recommandé à Alex, je ne pense pas prendre de gros risque. Ah, une dernière chose, le professeur DELATTRE est disponible pour venir ici dès après-demain, si Alex se sent prêt. J'ai cru comprendre que le plus tôt serait le mieux.

Lorsqu'elle monta dans sa voiture pour repartir en direction de La Rochelle, Anthony l'invita à revenir, si elle le souhaitait, pour des vacances avec sa famille. Cela lui ferait de la compagnie et surtout ça lui ferait plaisir de pouvoir échanger de nouveau avec elle. C'était tellement agréable de pouvoir parler de ses travaux scientifiques avec quelqu'un qui le comprenait.

32.

C'était la fin de leur périple givré. Révolue la magie de cette Norvège envoûtante. Fini les petites maisons en bois coloré si caractéristiques de ce décor nordique. Exit les 'aurora borealis', ces mystiques aubes colorées qui se révélaient au beau milieu de la nuit en plein vent du nord. Elles resteraient à tout jamais gravées dans sa mémoire, si toutefois celle-ci acceptait de ne plus lui jouer de mauvais tour à l'avenir. Pamela en était triste et soulagée à la fois. Un seul regard, c'est tout ce qu'il lui avait fallu pour comprendre qu'il était temps de partir, lorsque James avait franchi la porte, après être resté au téléphone dix minutes dehors dans le froid. Ne se rendant pas compte qu'il était frigorifié, il s'était dirigé vers le canapé tel un automate, ne voyant pas le regard inquiet que sa femme portait sur lui. À la manière dont il s'était effondré sur le canapé, il était évident que quelque chose de grave venait de se produire et qu'il avait grand besoin de réconfort. Pamela s'était empressée de poser le plaid sur les genoux de son époux et s'était assise à ses côtés, n'osant pas ouvrir la bouche. Elle avait tellement peur d'apprendre que quelque chose soit arrivé à sa marraine, la maman de James. Elle lui avait doucement attrapé la main puis ouvert ses bras, l'y invitant délicatement. Il n'avait opposé aucune résistance et s'y était laissé tomber docilement.

L'heure du dîner était passée depuis bien longtemps. L'heure du coucher également. Pamela était toujours assise aux côtés de son mari, envahie par un sentiment d'inutilité qui la tétanisait et la rendait incapable de trouver une solution pour le faire sortir de sa léthargie. Que devait-elle faire ? Appeler les secours ? Elle avait beau le caresser ou lui parler, il restait totalement figé, ne semblant même pas se rendre compte de sa présence, totalement insensible à ce qui se déroulait autour de lui. Comme paralysé. Les minutes s'étaient transformées en heures et Pamela pleurait maintenant en silence, dans le noir, caressant toujours la main de son mari. Elle aurait dû appeler les secours. Elle le savait, pourtant, que les minutes étaient souvent comptées lorsqu'il s'agissait de sauver quelqu'un. Pourquoi n'avait-elle pas pris ce fichu téléphone, tant qu'il en était encore temps ? Il était maintenant certainement trop tard ! Elle avait failli à son rôle d'épouse alors qu'elle lui avait promis secours et assistance le jour de leur mariage ! Elle allait finir ses jours en prison pour avoir enfreint la loi et elle le méritait ! De toute manière elle ne pourrait pas vivre sans lui, ce serait trop dur à supporter.

Mais ce n'était pas le moment de flancher. Pas ici. Pas maintenant. Elle devait impérativement ramener James en France, à sa mère. Il fallait qu'elle appelle les secours. Mais où était passé ce satané téléphone ? Ah, le voilà, tombé par terre. Ah ! C'était peut-être ça le problème ! En fait, elle n'avait aucune idée du numéro composer. Elle ne s'était jamais posé la question. Son mari était à ses yeux la personne la plus forte et la plus protectrice qui soit, il ne pouvait absolument rien lui arriver ! Et pourtant, de toute évidence la réalité lui démontrait aujourd'hui le contraire. Elle se leva alors brusquement pour chercher dans les tiroirs un annuaire ou quelque autre document qui pourrait lui indiquer comment joindre les secours. C'est le moment que choisit James pour, enfin, sortir de sa torpeur. Dans la panique, elle ne se rendit même pas compte qu'il tenta de se lever avant de se rasseoir aussi soudainement, le visage crispé par la douleur des crampes qui lui assaillaient les mollets. Figé dans la même position depuis plus de deux heures, l'acide lactique qui s'était vraisemblablement accumulé dans les fibres musculaires venait de le rappeler vivement à l'ordre. Lorsqu'il parvint à soulager la souffrance de ses membres après avoir massé ses mollets durant d'interminables secondes, il se leva doucement et attrapa sa femme par les épaules, qui était en train de vider par terre le contenu du quatrième tiroir qu'elle avait ouvert, son corps entier tremblant de peur. Elle tressauta, puis son corps se figea l'espace d'une seconde, avant qu'elle ne se retourne brusquement, saute au cou de son mari et lâche prise, pleurant toutes les larmes de son corps dans ses bras. Elle n'avait jamais eu aussi peur de toute sa vie.

Une fois le trop-plein d'émotion évacué, ils décidèrent qu'ils feraient mieux d'aller se coucher. L'appétit ne viendrait assurément pas ce soir et il était déjà une heure du matin. Pamela savait qu'il lui parlerait quand il en serait capable. Aucune raison pour elle de le brusquer, même si elle avait une terrible envie de savoir ce qui avait provoqué ce choc émotionnel. Elle ferait tout pour l'aider, mais pour ça elle avait besoin de connaître l'origine du mal. Elle n'eut pas à attendre longtemps. À peine la lumière éteinte, il lui raconta ce qu'il venait d'apprendre : son ancienne femme avait eu un fils avec son deuxième époux. Il savait qu'elle s'était remariée. C'était son ancien employeur et ami, Tom, qui le lui avait annoncé pratiquement deux décennies auparavant. C'était d'ailleurs ce qui l'avait décidé à lâcher son fardeau et à demander la main de Pamela, sachant son ancienne femme heureuse et son fils envolé pour les États-Unis. Mais ce qu'il ne savait pas, c'est que le nouvel époux de son ancienne femme n'était autre que Tom, qui s'était bien gardé de le lui dire. Il se souvenait pourtant encore des mots exacts de son ami lors de ce coup de téléphone : « Tu sais, il leur a fallu du temps, beaucoup de temps, mais maintenant ils vont mieux. Lui est parti faire ses études et elle vient de se remarier. Ils ont réussi à remonter la pente, il faut vraiment que tu les laisses vivre leur vie ». C'est bien ce qu'il avait fait toutes ces années durant. Sans rien savoir de leur vie, depuis ce coup de téléphone. Regrettant chaque jour de ne pas avoir persévéré à essayer de reprendre contact avec ce fils qui lui retournait systématiquement tous ses courriers sans même vouloir les lire. Et maintenant, aujourd'hui, il venait d'apprendre que son ami n'avait pas seulement épaulé son ancienne femme et leur fils. Loin de là ! Il l'avait épousée et lui avait donné un second fils. Un fils qui allait fêter ses dix-huit ans. Un fils qui avait été admis à l'hôpital après s'être fait renverser par un chauffard.

– Mais c'est terrible ! Dans quel état est-il ? s'enquit Pamela, accablée par cette terrible nouvelle.

– Il a eu un traumatisme crânien qui lui a fait perdre la vue, peina James à articuler.

– Oh mon Dieu ! Comment est-ce possible ? C'est peut-être dû au choc. C'est sûrement réversible. Sa vue va forcément revenir.

– Apparemment non. Les spécialistes ont affirmé à Alison que c'était irréversible. Il va vivre dans le noir pour le restant de sa vie.

Les sanglots qu'il retenait depuis plusieurs heures éclatèrent soudainement, secouant le lit de soubresauts.

– Quelle horreur ! Je ne le souhaite à personne, mais... si jeune... c'est tellement injuste ! s'insurgea une Pamela aussi ulcérée par le sort de l'enfant que par le mal-être de son mari. Comme je plains cette pauvre femme, après tout ce qu'elle a vécu dans sa vie. Oh, désolée, je ne voulais pas te causer de chagrin supplémentaire... mais il est vrai qu'elle ne mérite vraiment pas ce sort qui s'acharne sur elle.

James ne répondit rien.

– Il y a cependant quelque chose que je ne comprends pas. Pourquoi cet appel ? Pourquoi, après tant d'années de silence – tu ne m'as rien caché, dis-moi, tu n'as pas été en contact avec elle, toutes ces années, sans me le dire, rassure-moi ?

– Non, bien sûr que non, je ne t'aurais jamais menti !

– Alors, pourquoi, après toutes ces années de silence, t'appelle-t-elle ce soir ?

– Elle avait l'air tellement affolée... imagine, c'est comme si elle venait de perdre son enfant, c'est une souffrance innommable !

– J'imagine...

– Elle ne sait plus où elle en est, elle semble avoir complètement perdu ses repères. Peut-être qu'elle se raccroche à toutes les branches possibles, dans sa chute...

– Ou peut-être qu'elle te demande inconsciemment de faire quelque chose pour l'aider, en réparation de tes erreurs du passé ?

La nuit ne leur laissa que peu de répit. Difficile de trouver le sommeil après cette nouvelle qui leur avait fait l'effet d'une bombe. James ne cessait de se retourner dans le lit, ressassant les derniers mots de sa femme. Elle avait raison, il devait trouver un moyen de réparer le mal qu'il avait causé. Mais comment ? Il n'avait pas le pouvoir de redonner la vue à son enfant. Personne ne l'avait. Que pouvait-il faire ? Comment pouvait-il l'aider ? Ça ne servirait à rien qu'il retourne en Vendée pour essayer de la réconforter, ce serait vraiment malvenu considérant qu'elle était remariée. D'ailleurs, comment réagirait-il en voyant sa femme et son ancien employeur et ami, Tom, main dans la main ? Oh la la, mais ce n'était absolument pas le moment de penser à ça ! Il devait se concentrer et trouver une solution pour aider Alison ! Mais c'était impossible ! Même son propre fils ne voulait plus entendre parler de lui !

Ivre de toutes ces pensées qui tournoyaient dans sa tête et dans l'incapacité d'avoir des idées claires qui puissent l'aider à raisonner correctement, les larmes et la fatigue finirent par avoir raison de lui et l'envoyèrent dans les bras de Morphée, où un sommeil agité l'attendait, bien loin d'être réparateur. Chaque fois qu'un soubresaut l'assaillait, Pamela lui posait délicatement une main sur l'avant-bras, pour tenter de l'apaiser. Pour elle, c'était impossible. Tellement d'émotions la submergeaient. Cette terrible injustice, d'abord, d'une maladie incurable touchant un innocent dans la fleur de l'âge. Non que ce soit juste qu'une personne plus qu'une autre tombe malade. Mais il y avait quand même une différence entre quelqu'un qui débutait sa vie et quelqu'un comme elle, qui entamait sa dernière partie. Qu'elle soit touchée par des pertes de mémoire à son âge, bien que ça commence à l'ennuyer vu les regards inquiets que lui portaient régulièrement son mari, cela n'avait rien d'anormal. Elle était consciente d'être sur la pente descendante. Mais un adolescent promis à un bel avenir ? Qu'y avait-il de juste à lui rendre la vie si difficile ? Et qu'avait fait cette Alison pour que le sort s'acharne autant contre elle, entre la perte de son mari, son premier enfant qui s'était enfui aux États-Unis et maintenant son deuxième enfant qui serait dans l'incapacité de vivre une vie normale ? Pourquoi la vie devait-elle être si cruelle ? Fait extrêmement rare, Pamela était hors d'elle. Révoltée par l'inhumanité de la situation. Révulsée de voir son mari dans cet état. Elle sentait qu'il allait lui falloir faire quelque chose pour soulager ces douleurs du passé. Devait-elle prendre contact avec Alison pour qu'ils se revoient, discutent et essaient d'apaiser les démons qui les rongeaient ? Non, ce n'était peut-être pas une si bonne idée. Alison était certainement heureuse avec son mari. Aucune raison de faire remonter à la surface de vieux souvenirs douloureux. Mais elle avait tout de même appelé James ce soir. Le passé n'était donc pas enterré si profondément que ça. Elle l'appellerait demain matin. Non, elle ne pouvait pas ! Certainement pas maintenant ! Une émotion supplémentaire pourrait lui être fatal ! Il fallait d'abord attendre qu'elle se remette de l'accident de son fils. Mais elle ne pouvait pas attendre et voir son mari dépérir à ses côtés ! Peut-être qu'elle pourrait prendre contact avec son fils, Stuart ? Peut-être qu'elle réussirait à le convaincre de retisser un lien avec son père ? Mais vu que Stuart avait refusé tout contact avec son père depuis son départ, ce n'était sûrement pas la femme pour laquelle il était parti qui réussirait à établir le contact ! Elle en revenait toujours au même, il fallait qu'elle parle à Alison. À moins qu'ils n'aillent directement sur place ? Peut-être que leur nouveau point de chute serait en Vendée ? Elle n'aurait jamais imaginé y mettre les pieds mais, vu les circonstances, ce n'était après tout peut-être pas une si mauvaise idée que ça ? Comme la vie pouvait être pleine de surprises ! Elle repensa à toutes les étapes de leur périple à travers le monde, depuis le déchirement ressenti à la vente du château de ses parents, avant de quitter le Grand-Bornand, jusqu'à leur apaisement à leur arrivée en Norvège huit ans plus tôt.

James s'agita de nouveau à ses côtés. L'horloge indiquait 04h37. Elle ne parviendrait définitivement pas à trouver le sommeil. Elle se leva doucement, prenant soin de ne pas réveiller son époux. Assise sur le canapé, elle attrapa machinalement le livre qu'elle avait débuté la veille au soir, toujours perdue dans ses pensées. L'odeur de livre ancien lui fit un pincement au cœur. Un sentiment atroce l'étreignit : celui d'avoir trahi ses parents en se séparant de leur domaine. Repensant à tous les souvenirs heureux vécus au Grand-Bornand, elle attrapa instinctivement le téléphone et composa le numéro de sa meilleure amie. Sans décalage horaire avec la France, une voix ensommeillée lui répondit.

– Que se passe-t-il ?

– Tout va bien, ne t'inquiète pas !

– Tu m'appelles à cinq heures du matin et tu ne veux pas que je m'inquiète ? Tu en as de bonnes !

– J'avais juste besoin d'entendre une voix amicale… et d'écouter tes conseils…

33.

La veille des examens, Chloé se coucha tôt, pour être en forme le lendemain. Il lui avait fallu deux mois pour s'adapter à ces nouvelles méthodes d'enseignement, l'an dernier. Les deux premières semaines, elle se sentait tellement fatiguée en rentrant du collège qu'elle se couchait à dix-neuf heures tous les soirs, avec un mal de tête incroyable. Non que les cours soient compliqués, mais elle n'aurait pas pensé que ce serait aussi fatigant de devoir se concentrer toute la journée, tant pour comprendre que pour parler en français. Et comme si ce challenge n'était pas suffisant, les journées étaient interminables ! Alors qu'elle avait toujours été habituée à terminer ses journées de cours à quinze heures, elle devait dorénavant réussir à se concentrer en classe jusqu'à dix-sept heures trente ! C'était totalement inhumain ! Dans son ancienne vie, elle faisait du sport trois fois par semaine, en dehors de l'école. Le lundi c'était athlétisme, le mercredi danse et le jeudi judo. Ses mardis soirs étaient consacrés aux cours de piano, qu'elle prenait depuis l'âge de cinq ans. Mais ça, c'était avant. L'année de quatrième ne lui donna que peu de répit. Ses semaines, les deux premiers mois, consistèrent à aller à l'école et à dormir. Elle pleura plus d'une fois son ancienne vie, son ancienne école et ses amies. Il n'y a que sa maison qu'elle ne regrettait pas car elle avait considérablement gagné au change, surtout avec la piscine ! Mais les semaines passèrent et la fatigue aussi. Elle finit par s'habituer à ce nouveau rythme et commença même à prendre des cours d'équitation, une fois par mois. Ses parents ne gagnant plus autant d'argent qu'avant, ils ne pouvaient se permettre de l'y inscrire plus régulièrement, à son grand damne car, depuis qu'elle avait approché un cheval pour la première fois, elle s'était pris d'amour pour cet animal gracieux et tellement amical. Alors, les samedis où elle ne pouvait pas participer à des cours d'équitation, faute de financement, elle allait les voir, juste pour être avec eux. Elle pouvait être elle-même avec ses nouveaux compagnons à quatre jambes. Elle leur parlait anglais et ils la comprenaient. Elle se sentait tellement bien avec eux. Quand sa mère ne pouvait l'emmener en voiture, elle allait au centre équestre à pied. Elle devait faire une demi-heure de marche alors qu'elle y était en moins de dix minutes en voiture, mais elle s'en moquait, elle avait besoin de les voir. Dorine, qui s'occupait du haras, la prit rapidement sous son aile. Durant deux semaines, elle l'observa en train de cueillir de l'herbe dans les champs voisins, venir la donner aux chevaux qui sortaient la tête de leurs boxes avec enthousiasme dès qu'ils la voyaient arriver, puis les caresser durant de longues minutes en leur parlant doucement, avant d'aller s'asseoir au bord de la carrière pour regarder les cours d'équitation. Le troisième samedi, elle lui proposa de venir l'aider à apporter les soins quotidiens, ce que Chloé accepta avec des étoiles dans les yeux. Elle apprit à panser la robe, la crinière et la queue de l'animal. Il lui fallait quasiment vingt minutes par animal. Dorine avait mis à sa disposition un petit escabeau pour réussir à atteindre le haut du dos des chevaux. Mais ce qui lui prenait le plus de temps, c'était les câlins qu'elle leur faisait régulièrement, tellement heureuse de ces moments privilégiés avec ses nouveaux amis. Un mois plus tard, elle avait pris suffisamment d'assurance pour leur curer les pieds toute seule, Dorine l'observant toujours discrètement, tout en s'occupant d'un autre animal à proximité, pour s'assurer que tout se passait bien et pour lui donner de nouveaux conseils en cas de besoin. Elle apprit également à graisser leurs pieds pour entretenir la corne. Dorine était amusée par cette petite anglaise expatriée qui avait ce petit quelque chose de plus que les autres adolescents qui venaient habituellement prendre des cours. Elle se passionnait autant pour l'art de monter à cheval que pour l'animal en lui-même. Et elle savait s'y prendre. C'est ainsi qu'elle gagna le droit de monter à cheval gracieusement chaque samedi, en fin d'après-midi, après la fin des cours, avant de rentrer les chevaux aux boxes. Chloé n'en revenait pas de la chance qu'elle avait ! Celui avec lequel elle se sentait le plus connecté, c'était Delta. Dorine s'en aperçut rapidement et le lui réserva systématiquement. Parfois, quand les cours n'étaient pas complets, elle pouvait même y participer, avec les autres. Ils firent rapidement corps tous les deux. Elle progressa d'ailleurs très vite. Elle riait aux éclats chaque fois qu'il partait au galop. Cela faisait plaisir à voir. Elle s'était trouvé une seconde famille et avait fini par se faire de nouveaux amis parmi les adolescents qui venaient prendre des cours au centre. Elle se sentait tellement redevable auprès de Dorine, de lui avoir accordé cette chance de pouvoir s'occuper des chevaux et de lui avoir appris à les monter. Elle se sentait libre, sur le dos de Delta. De nouveau heureuse. Ainsi, une fois par semaine, elle oubliait tous ses soucis. Le deuil de sa vie en Angleterre, les journées interminables au collège, le handicap de son oncle Alex. Tout. Tout disparaissait, le temps d'une journée de connexion avec Delta et ses compagnons. Elle rentrait chaque samedi soir, reboostée pour la semaine. Ses parents avaient remarqué le changement, depuis qu'elle passait ses journées au centre équestre, c'est pourquoi ils ne disaient rien qu'elle y passe tous ses samedis entiers. À la seule condition *sine qua non* qu'elle courre à la douche en rentrant ! Ses notes, qui avaient fortement chuté en arrivant en France, remontèrent très rapidement. Son bulletin fut même exemplaire ! Tout autant qu'elle, aux dires de ses professeurs. Elle rejoignit le trio de tête de classe, ce qui lui valut autant l'admiration des meilleurs élèves qui louaient son travail en plus de la barrière de la langue qu'elle avait su surmonter, que le surnom d'intello de la part de certains cancres jaloux. Ça l'affectait beaucoup d'être ainsi la risée des autres mais elle tâcha de ne pas le montrer, pour ne pas leur donner de raison de continuer à s'acharner sur son cas. Grâce à deux bons élèves qui devinrent ses amis, elle continua à s'accrocher à son objectif, qu'elle était aujourd'hui sur le point d'atteindre. En cette fin d'année, qui clôturait les années collège, elle était prête à réussir le challenge qu'elle s'était fixé en arrivant en France : obtenir haut la main le Diplôme National du Brevet français. Elle était fin prête. D'ailleurs, en fait, elle savait déjà qu'elle avait son diplôme, avant même de se présenter aux épreuves. Mais elle visait la mention Très bien. Elle avait quand même peur de perdre ses moyens et de ne pas y arriver. Son oncle venait d'avoir mention Bien au bac, elle ne pouvait donc pas faire moins, au risque de décevoir sa famille. Au risque de se décevoir elle-même. Alors, ce soir de veille d'examen, le stress la tint éveillée. Impossible de s'endormir. Elle ne se sentait pas bien. Elle avait chaud. Ça la grattait de partout. Il devait y avoir des bêtes dans son lit. Elle se leva à tâtons, sortit de sa chambre en direction de celle de ses parents, y entra et se dirigea vers sa mère, qui se réveilla et lui attrapa la main pour la guider dans le noir jusqu'à elle. Chloé chuchota à l'oreille de sa maman, pour ne pas réveiller son papa. Elles retournèrent dans sa chambre et inspectèrent le lit sans rien y trouver. Maman ne se posa pas davantage de question, installa un matelas gonflable à côté et, une fois Chloé bien calée dans les draps propres de son lit de fortune, lui donna son livre.

– Je peux lire maintenant ?

– Oui, ça t'aidera à décompresser et à t'endormir.

– Toi non plus tu n'arrivais pas à t'endormir ?

– Si si, je dormais très bien, avant que tu ne viennes me réveiller ! chuchota Rebecca en riant. Bonne nuit mon cœur.

– Ah, désolée de t'avoir empêchée de dormir. Merci maman. Bisous. Bonne nuit. Fais de beaux rêves. Et merci d'être venue.

– C'est normal, ma chérie. Surtout, si tu n'arrives toujours pas à t'endormir et que ça ne va pas, tu viens me voir de nouveau, ok ?

La semaine d'attente lui parut interminable. Les examens s'étaient globalement bien passés mais elle était loin d'être sûre d'avoir des notes suffisantes pour la mention visée. Le 8 juillet arriva enfin, avec son lot d'excitation et d'angoisse. Lorsqu'elle lut la ligne correspondant à son nom de famille, Chloé sauta de joie. Elle avait réussi ! Elle l'avait, sa mention Très bien ! Son premier coup de téléphone, elle le réserva à son oncle Alex. Il le lui avait expressément demandé. Elle attendit d'être de retour à la maison, toujours un sourire jusqu'aux oreilles, pour demander si elle pouvait appeler ses amies en Angleterre, afin de leur annoncer la nouvelle. En passant par l'ordinateur de ses parents, dans le bureau, elle pouvait téléphoner à l'étranger sans frais supplémentaire. Elle raccrocha après une bonne demi-heure de conversation téléphonique, plus euphorique que jamais. Elle était sur le point de demander à ses parents si ses deux meilleures amies pouvaient venir passer une semaine chez eux. Elles venaient de tout regarder, le prix et les horaires des billets d'avion de Londres-Stansted à La Rochelle, les possibilités de couchage dans la chambre de Chloé, les dates possibles. Les parents de Chelsea et Sophia étaient d'accord si ça ne dérangeait pas Rebecca et Stuart de faire les allers-retours à l'aéroport et de les accueillir. Chloé était certaine qu'ils allaient dire oui. Après tout, ne le méritait-elle pas ?

Elle s'arrêta net à l'entrée de la salle de séjour, stoppée dans son élan. Des ballons turquoise et ivoire ornaient la pièce, accrochés à des bâtons en plastique blanc et plantés dans des vases remplis de sable. Il y en avait sur chaque meuble. Quelqu'un aurait-il organisé une fête ? En son honneur ? Elle n'eut plus aucun doute possible lorsqu'elle aperçut la banderole de félicitations installée entre les deux tableaux sur le mur au-dessus du canapé :

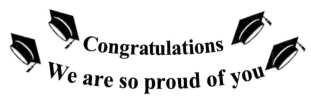

C'est alors qu'un cri collectif la fit sursauter : SURPRISE !!! Toute sa famille était là, cachée dans la cuisine à attendre qu'elle termine son coup de téléphone. Stuart avait fait plusieurs allers-retours discrètement, prêt à intercepter sa fille si elle sortait du bureau avant que tout ne soit prêt dans le séjour. Heureusement, ils avaient terminé juste à temps. Les regards pétillants de sa famille lui fit monter les larmes aux yeux. Elle se demanda qui était le plus heureux, à cet instant précis. Ses parents, parce que leur fille avait brillamment clôturé ses années collège ? Et peut-être aussi parce qu'ils avaient réussi à organiser cette sacrée surprise ! Ses grands-parents paternels parce que leur petite-fille anglaise avait remarquablement réussi son intégration en France par l'obtention du Diplôme National du Brevet ? Son oncle Alex, qui n'arrêtait pas de chanter à tue-tête qu'elle était la plus brillante de la famille et qu'il n'avait eu qu'une mention Bien à son brevet, sans barrière de langue ? Ses grands-parents maternels, qui avaient fait le déplacement d'Angleterre tout spécialement pour elle ? En fait, ils étaient arrivés pile au moment où la voiture de Rebecca quittait la maison pour aller voir les résultats au collège avec Chloé mais s'étaient coordonnés par SMS, pour ne pas gâcher la surprise, et avaient attendu à l'autre bout de la rue pour être sûrs qu'elle ne les verrait pas. Tous paraissaient tellement heureux !

Chloé profita de l'euphorie de la fin de soirée pour demander à ses parents si ses amies pouvaient venir passer une semaine de vacances chez eux. Ravis de pouvoir récompenser leur fille pour ses brillants résultats, ils calèrent aussitôt des dates dans l'agenda. Ils partiraient en vacances ensemble deux semaines en Bretagne, que Chloé et son père avaient adoré et souhaitaient faire découvrir à Rebecca, qui n'avait pas pu en profiter en raison de son burnout. Ses amies viendraient ensuite la dernière semaine de juillet. Puis Chloé et sa mère iraient passer les trois premières semaines du mois d'août chez les parents de Rebecca, avant de rentrer préparer la rentrée, pendant que Stuart resterait à La Rochelle pour travailler.

Deux mois de vacances bien méritées, qui passèrent vite, beaucoup trop vite. La rentrée arriva bien trop rapidement. Chloé avait passé de super vacances mais le retour avait été brutal pour elle, qui avait revu ses amies et retrouvé ses racines pour une durée plus que limitée. Elle se sentait comme en sursis. À la fois triste de laisser derrière elle son Angleterre chérie, ses amies, sa culture, sa langue maternelle. Mais également stressée à l'idée de faire ses premiers pas au lycée. Elle allait se retrouver comme en sixième, la plus petite de tout l'établissement. Elle se ferait traiter d'avorton, de rase-mottes ou de farfadet. Et le harcèlement recommencerait.

34.

En redescendant en latitude, ils avaient gagné près de vingt degrés. Le contraste était saisissant malgré l'arrivée imminente de l'hiver. Le froid était loin d'être rigoureux ici. Il faut dire que les températures tombaient rarement en-dessous de zéro degré en bord de mer. Ils descendirent dans un petit l'hôtel de La Rochelle, non loin du port de plaisance et du lac de la Sole où ils avaient rendez-vous deux heures plus tard dans les locaux de la toute nouvelle association de l'IEMPI, l'Institut d'Endobiogénie Médecine Préventive et Intégrative. James avait fait des heures de recherche sur internet pour trouver comment aider le fils de son ex-épouse, avant de passer quelques coups de téléphone jusqu'à obtenir ce rendez-vous qui, l'espérait-il, allait changer la donne. Ils avaient beaucoup discuté, le lendemain du coup de téléphone fatidique d'Alison. L'appel que Pamela avait passé à son amie avait également beaucoup aidé et, comme d'habitude, Laurence avait été de bon conseil pour son amie. En raccrochant le combiné, Pamela était convaincue que c'était LA solution et n'avait ensuite pas hésité une seconde à parler de son projet à son mari. Elle avait été claire sur ce point : son héritage servirait à dédommager la famille qu'elle avait brisée. Aucune discussion possible. Elle resterait ferme et ce n'était pas la peine d'essayer de l'en dissuader ! Ne voulant pas être à l'origine de la dilapidation de l'héritage de sa femme, James avait catégoriquement refusé cette proposition extraordinairement altruiste. Cependant, face à son incapacité à contrer les arguments qu'elle lui avait opposés durant la demi-heure qui avait suivi, il avait fini par capituler, dans un état de gêne extrême. Il s'était, une fois de plus, senti extrêmement chanceux de l'avoir à ses côtés. Ils s'étaient alors mis d'accord pour chercher l'endroit le plus propice, doté d'équipements à la pointe de la technologie et prodiguant la quintessence des soins, pour qu'Alex vive le restant de sa vie dans les meilleures conditions possibles. Peut-être que cela aiderait à alléger le fardeau qui pesait sur leurs épaules ? Mais encore fallait-il trouver cet endroit… si toutefois il existait ! La journée ne suffit pas à finaliser leurs recherches mais l'éternel optimisme de Pamela lui prédisait qu'avec un peu de persévérance ils parviendraient à dénicher l'endroit qu'ils cherchaient. Deux jours plus tard, toujours dans l'impasse, ils durent se rendre à l'évidence : tout l'or du monde ne les aiderait pas, si aucune infrastructure ne proposait ce qu'ils cherchaient. Ils changèrent d'optique après la découverte d'une publication qui leur avait donné un nouvel espoir. Ils avaient alors effectué des recherches sur cette médecine qui prétendait permettre une prise en charge individualisée et globale des patients afin de cibler le traitement pour les impliquer de façon responsable et active dans la prise en charge de leur propre santé. Après quelques coups de fil, rendez-vous fut pris. Il ne leur restait plus qu'à réserver leur billet d'avion et à refaire leurs valises.

Le docteur CHARRIÉ les reçut en personne. Malgré un agenda bien chargé, il avait pris le temps de bloquer une demi-heure pour les recevoir et leur expliquer l'approche de l'endobiogénie soutenue par l'association. Il leur expliqua qu'Alex pourrait être reçu par l'un des médecins de l'association, au cours d'une consultation d'une durée d'une heure à une heure trente organisée en trois grandes étapes : d'abord un temps d'écoute et de questionnement, suivi d'un examen clinique, avant l'établissement d'un projet thérapeutique personnalisé qui l'aiderait, à travers l'utilisation de compléments alimentaires naturels et la mise en œuvre de conseils hygiéno-diététiques, à se sentir acteur de sa propre santé. Une prise en charge allopathique, c'est-à-dire médicamenteuse, pourrait cependant s'avérer nécessaire. Évidemment, les soins thérapeutiques de l'association ne lui permettraient pas de retrouver la vision si le nerf optique était irrémédiablement touché. La science avait ses limites.

Après avoir remercié le médecin pour son temps, ils sortirent de l'entretien aussi circonspects l'un que l'autre. Vu les circonstances, aucun des deux n'était convaincu que leur démarche aiderait Alex.

Il fallait se rendre à l'évidence, ces soins avaient certainement un effet bénéfique dans tout un tas de situations, mais si les spécialistes avaient effectivement affirmé qu'Alex ne retrouverait jamais la vue, alors toutes les thérapies naturelles ne lui seraient d'aucune utilité. En tout cas, pas pour l'aider à appréhender sa nouvelle vie dans l'obscurité. Dépités, ils rejoignirent leur hôtel sans mot dire. De toute manière, ils savaient qu'ils ne pouvaient rien faire sans le consentement d'Alex ni celui de ses parents. Il était temps de prendre contact avec eux, maintenant qu'ils étaient sur place. L'appel surprit Tom, qui n'avait pas parlé à son ancien ami depuis pratiquement vingt ans. Alison n'avait pas jugé important de lui dire qu'elle avait téléphoné à James, ne sachant pas comment justifier son geste. Elle était elle-même incapable de savoir pourquoi elle l'avait fait.

– Bonjour James, long time no see ! Je ne pensais pas avoir un jour de tes nouvelles !

– C'est vrai qu'il m'aura fallu un peu plus de dix-huit ans pour revenir en Vendée mais tu constateras que mon premier coup de téléphone t'est destiné. On ne peut pas balayer une amitié d'un revers de main, n'est-ce pas ?

– C'est sûr ! Et tu es descendu où exactement ?

– Alors, pour tout te dire, pour l'instant je ne suis pas encore tout à fait en Vendée. Je suis avec ma femme à La Rochelle. Nous sommes descendus à l'hôtel. Mais j'aurais bien aimé venir te voir.

– Bien sûr ! Ce n'est pas vraiment le meilleur timing mais… en fait si, c'est le parfait timing ! Ça nous changera grandement les idées, à vrai dire ! Venez quand vous voulez ! Si vous n'avez pas d'autres projets, vous pouvez annuler votre réservation et venir directement à la maison. Nous avons une chambre d'amis prête à vous recevoir. Par contre, je dois t'avertir que la situation est un peu compliquée en ce moment à la maison. Mon fils est en pleine dépression et nous faisons notre possible pour essayer de lui redonner goût à la vie mais ce n'est pas facile. Stuart vient de repartir pour l'Angleterre et Alison est complètement anéantie. Je t'expliquerai tout ça sur place, si ça ne te décourage pas à venir.

– Bien sûr que non ! Mais nous ne voulons pas déranger, nous allons chercher un hôtel pas loin.

– Tu rigoles ? Hors de question de faire dormir un ami à l'hôtel !

– D'accord, alors je te rappelle dès que j'ai trouvé une voiture de location.

– Ah mais non ! Si tu n'as pas de voiture, je viens vous chercher ! Quelle heure est-il ? Dix-sept heures. Parfait, je suis là dans une heure et demi, le temps de prévenir Alison. Je te rappelle en arrivant.

La rencontre entre Alison et Pamela ne fut pas aussi chaleureuse que celle avec Tom, qui n'avait pas arrêté de poser des questions tout le long du trajet en voiture, semblant réellement heureux de revoir son vieil ami et de rencontrer enfin celle par qui tout avait commencé, de l'histoire d'amour de James à celle de Tom et Alison. Évidemment, les deux femmes ne voyaient pas les choses aussi joyeusement, les deux rivales ayant chacune perdu beaucoup dans la bataille. Il faudrait bien plus que quelques questions pour apaiser la tension qui s'était établie entre les deux. La soirée promettait d'être longue. Le sujet qui les préoccupait actuellement leur permit toutefois de ne pas trop y penser et de focaliser leur attention sur la priorité du moment : trouver un moyen d'aider Alex. Depuis leur arrivée, il était resté cloîtré dans sa chambre, refusant de rencontrer Pamela et James et balayant l'annonce du dîner d'un revers de la main. Il ne voulait voir personne. Qu'on le laisse tranquille. Du bout du couloir, entendant toute la colère dans ses paroles, les larmes montèrent aux yeux de Pamela, qui ne réfléchit pas une seconde et demanda l'autorisation d'aller discuter avec lui, bien qu'elle ne le connaisse absolument pas. Peut-être pour quitter cette pièce où elle se sentait si mal à l'aise. Peut-être même pour se racheter et marquer des points auprès de sa rivale. En tout cas, sûrement parce qu'elle ne supportait pas cette injustice qui touchait le jeune homme et voulait absolument trouver un moyen de l'aider. Contre toute attente, ce fut Alison qui acquiesça à sa demande et l'accompagna jusqu'à la chambre de son fils. Une fois les présentations faites, Pamela prit la liberté de s'asseoir au bout du lit sur lequel Alex était allongé, leur tournant le dos, recroquevillé sur lui-même. Son air bougon ne laissait aucun doute au fait que l'échange risquait d'être compliqué. Qu'à cela ne tienne, ce n'est pas ce qui arrêterait Pamela. Avec douceur, elle se présenta, lui raconta la vie merveilleuse qu'elle avait vécue enfant et adolescente ; l'amour qu'elle avait vécu jusqu'à ce que l'homme de sa vie ne disparaisse sans aucune explication, lui laissant le cœur brisé ; les vingt années suivantes à exercer son métier d'infirmière pour donner aux autres toute l'affection qu'elle ne voulait désormais plus recevoir d'aucun homme afin de ne plus jamais revivre la souffrance de l'abandon ; sa vie entourée de ses deux meilleurs amis mais avec un vide abyssal au fond du cœur ; la terrible épreuve de voir ses parents quitter ce monde, à six mois d'intervalle l'un de l'autre ; les retrouvailles inespérées avec l'amour de sa vie ; la déchirure ressentie lorsqu'elle dut vendre le domaine de ses parents ; le voyage initiatique autour du monde avec toute la joie et la sérénité qu'elle avait lue dans le regard de personnes vivant pourtant dans la misère ; jusqu'à la maladie qui semblait maintenant lui grapiller doucement le cerveau. Alison, restée adossée à la porte de la chambre, les bras croisés, avait la gorge serrée. Pour faire passer la douleur de la perte de son premier mari, elle avait fini par se convaincre de la méchanceté de cette femme destructrice de couple. Elle dut se rendre à l'évidence : il n'en était rien. Loin de là. En écoutant son histoire, elle fut touchée par la douleur enfouie au fond de cette âme qui n'en laissait rien paraître de l'extérieur. Cette femme avait, de toute évidence, souffert autant qu'elle. Voire même davantage. Sa douceur et son altruisme étaient désarmants. L'effritement de la carapace s'amorçait.

Alex, quant à lui, n'avait pas bougé non plus. Les traits de son visage crispé avaient toutefois commencé à amorcer une détente, effaçant progressivement la colère qui s'y était figée. Qui était cette femme, présentée par ses parents comme une amie dont il n'avait pourtant jamais entendu parler avant ? Et pourquoi se confiait-elle à lui de la sorte ? En quoi ses déboires pouvait-il l'intéresser ? Bon d'accord, ce serait hypocrite d'affirmer que ça ne le touchait pas. S'il était sincère avec lui-même, il avouerait même que ça le soulageait un peu de savoir qu'il n'était pas le seul à souffrir, que la vie n'était un long fleuve tranquille pour personne et que chacun portait son lot de calamités et de détresse. Mais son histoire n'avait absolument rien à voir avec la sienne ! Lui ne retrouverait JA-MAIS la vue ! Observant la ride frontale qui se durcissait à nouveau entre ses sourcils, Pamela anticipa les pensées négatives du jeune homme.

– Tu sais, s'il y a bien deux choses importantes que j'ai appris de mes expériences, c'est d'abord que rien n'est jamais figé dans le marbre et ensuite que la persévérance finit toujours par payer. Si je n'avais pas baissé les bras quand James m'a quittée et si j'avais insisté pour connaître les raisons de son départ, je n'aurais pas été malheureuse toutes ces années et ç'aurait empêché une autre femme de vivre ce malheur quelques années plus tard.

Subrepticement, elle jeta un coup d'œil à Alison, dont le regard voilé trahissait la douleur enfouie durant toutes ces années. Comme pour s'excuser de faire remonter à la surface d'aussi douloureux souvenirs, elle lui sourit doucement, avant de se retourner de nouveau vers Alex. Il lui sembla qu'il avait légèrement bougé. Comme s'il voulait s'exprimer, sans toutefois oser passer le cap. Sentant une ouverture, elle l'encouragea.

– Ne penses-tu pas que la vie, aussi éprouvante puisse-t-elle être avec son lot de tragédies, mérite qu'on s'acharne pour la rendre la plus heureuse possible ? Après tout, on n'a qu'une vie ! Et on a tous le droit au bonheur ! Tu vois… euh, pardon, je voulais dire tu sais, je n'ai jamais ressenti autant de joie et de bonheur que chez les Indiens et c'est pourtant chez eux que j'y ai vu le plus fort taux de misère. Comme si le bonheur était inversement proportionnel à la richesse. Comme s'ils ne se rendaient absolument pas compte ou plutôt se fichaient complètement de leurs conditions de vie, préférant se focaliser sur tout ce que la vie a de beau à offrir par ailleurs. Comme si la maturité intellectuelle, même chez les enfants, y était très largement supérieure à celle des Occidentaux, qui cherchent à en avoir toujours plus. Plus de confort, plus d'argent, plus de sensations fortes, plus de tout ce qui est superficiel et qui, au final, semble apporter moins de bonheur.

Un sanglot s'échappa de la bouche tremblante de l'adolescent meurtri mais sans plus aucune colère sur le visage. La vie avait-elle encore quelque chose de beau à lui offrir ?

35.

Chloé retrouva, fébrile, ses deux amis du collège, devant l'entrée du lycée, pour savoir à quelle sauce ils allaient être mangés. Un surveillant les orienta vers la cour intérieure où des panneaux d'affichage avaient été installés avec la répartition des classes. Tremblants, ils parcoururent les listes de noms. Seconde quatre. C'était sa classe. Et ils n'étaient pas séparés ! Plus que soulagés, un sourire éclairant de nouveau leur visage, ils discutèrent joyeusement de leurs vacances en attendant la sonnerie de la cloche. Chloé en profita pour envoyer un texto à sa mère. Elle aurait aimé qu'elle soit là avec elle pour partager ce moment important mais ç'aurait été trop la honte et, pour sûr, si elle avait été la seule à avoir sa maman avec elle, les sobriquets auraient été encore plus blessants que ce à quoi elle s'attendait.

En se regroupant devant le panneau mis en place pour sa classe, elle aperçut de nouvelles têtes qu'elle n'avait jamais vues auparavant. Et elle n'était pas la plus petite ! Idem en regardant les autres classes de part et d'autre de sa rangée. Les élèves de plusieurs collèges se retrouvaient maintenant groupés dans le même lycée. Ça expliquait pourquoi les classes étaient aussi chargées. Elle avait compté trente-six noms dans sa classe alors qu'ils étaient déjà vingt-six l'année dernière et que c'était suffisamment compliqué pour les professeurs de se faire entendre. Ça ne promettait rien de bon. Elle fut toutefois étonnée de constater que les cours de cette première journée s'étaient déroulés dans le calme, avec une participation plus ou moins active de beaucoup d'élèves. Elle se sentit soulagée de savoir qu'elle était dans une bonne classe. Au moins, elle ne devrait plus se faire traiter d'intello ! Ni de nabot !

Sa première journée au lycée se passa excellement bien, contrairement à ce qu'elle s'était imaginé. Elle fut agréablement surprise par la liberté qui leur était accordée. Ils avaient le droit d'utiliser leur téléphone portable dans la cour et de sortir de l'enceinte de l'établissement sans autorisation, même entre les heures de cours ! Plus aucune obligation d'aller s'enfermer en salle de permanence quand ils n'avaient pas classe, ils pouvaient trainer dans la cour – sans bruit – ou même aller jouer au babyfoot au café du bout de la rue ! Et, au contraire, les professeurs les encourageaient à faire preuve d'autonomie. Elle se sentait grandie, considérée comme une future adulte, une citoyenne en devenir. Plus comme une enfant. Qu'est-ce que ça faisait du bien de ne plus être infantilisée ! Plus d'imposition de cahier ou de classeur, tout était laissé au choix des élèves. Sur la route du retour à la maison ce soir-là, elle raconta à sa mère tous les avantages qu'elle voyait à être au lycée. Rebecca souriait de voir sa fille si joyeuse un soir de rentrée. Ça n'avait pas toujours été le cas. Elle se souvenait de la crise de larmes, le soir de son entrée en sixième, parce que des quatrièmes s'étaient moqués de sa petite taille. « Tu te rends compte, je suis la plus petite de tout le collège ! DE TOUT LE COLLÈGE ! » lui avait-elle crié en pleurs. Elle avait eu beau essayer de la rassurer, rien n'y faisait, elle avait passé la soirée à pleurer, au point de s'endormir avant même le dîner. Elle avait dû la réveiller un quart d'heure plus tôt le lendemain, pour qu'elle ait le temps de préparer son cartable pour la journée. Heureusement, ça n'avait pas duré, ça s'était tassé, elle s'était adaptée et ne s'était plus plaint d'être la risée des autres. Mais l'ombre de cette journée avait plané sur chacune des rentrées suivantes et plus encore cette année d'entrée au lycée. Rebecca avait beaucoup pensé à sa fille durant cette journée spéciale, priant pour que tout se passe bien. Alors, la voir sortir avec désinvolture, accompagnée de ses amis, un sourire radieux sur son joli minois, avait instantanément fait disparaître le nœud qui lui vrillait l'estomac depuis qu'elle avait pris la direction du lycée pour la récupérer. Passée l'euphorie de cette liberté nouvellement acquise, Rebecca la mit en garde contre le piège de l'abus de liberté, pour qu'elle apprenne à user intelligemment cette indépendance. C'était une première étape pour les préparer à devenir des adultes responsables. Ils avaient effectivement désormais davantage de droits qu'au collège, c'était un fait, mais ils avaient également toujours le devoir de respecter les lieux, les autres élèves ainsi que les professeurs et, évidemment, de réussir les examens à venir. Il ne fallait pas qu'elle oublie que le bac de français arriverait déjà l'année prochaine et le reste des épreuves l'année suivante. L'année de seconde était donc une phase de test, comme l'avait été l'année de sixième avec ses changements de salle de classe et de professeur toutes les heures. Une année de transition pour se préparer à un nouveau mode de fonctionnement, plus libre et plus autonome. Une liberté à utiliser à bon escient, en toute responsabilité.

C'est ainsi que Chloé sortit le moins possible de l'enceinte du lycée durant ses journées de classe, pour pouvoir s'avancer au maximum sur ses devoirs durant ses heures libres et être débarrassée de toute corvée scolaire pour le weekend. Ce n'est pas tant les conseils de sa mère qui l'avaient convaincue, quoi que, ça avait eu le mérite de lui éviter de faire des erreurs et de les regretter après, mais c'était surtout le besoin de voir son cheval Delta et ses amis du centre équestre qui l'avait poussée à travailler d'arrachepied. Elle savait que si ses notes chutaient, ce serait le moyen de pression que ses parents utiliseraient pour la réprimander. Ce serait la pire punition pour elle, il n'était pas question qu'elle soit privée de sa passion. Alors, elle s'accrocha. Tant et si bien que son premier bulletin scolaire avait été accompagné des félicitations de l'équipe pédagogique de l'établissement. Ses parents l'avaient préparée à une baisse de ses notes, pour qu'elle ne soit pas découragée, lui expliquant qu'elle arrivait dans un établissement de grande renommée, avec un niveau plus élevé que le collège dans lequel elle était allée, et que les professeurs les prépareraient aux examens du baccalauréat, avec de nouvelles méthodes de travail qu'il faudrait acquérir. Alors, effectivement, ses notes baissèrent. Mais pas autant que ne se l'étaient imaginé ses parents. Elles chutèrent d'un point, de dix-huit et demi à dix-sept et demi sur vingt ! Des notes tout ce qu'il y a de plus honorables ! Alors, elle en fut récompensée par ses parents à Noël, qui lui offrirent un billet d'avion pour les vacances d'hiver à Londres. Elle n'en revenait pas ! Comment Chelsea, sa meilleure amie à qui elle parlait au téléphone toutes les semaines, avait pu réussir à lui cacher que tout avait été arrangé depuis plus d'un mois et qu'elle passerait une semaine chez elle ?!!

Sa joie de retrouver ses deux amies, Chelsea et Sophia, qu'elle n'avait pas vues depuis l'été précédent, était telle que même le rythme infernal des devoirs donnés du jour au lendemain et des évaluations quasi-quotidiennes, n'entamèrent pas sa positivité et sa bonne humeur. Chaque jour passé la rapprochait de la semaine tant attendue de fiesta entre filles !

36.

Lorsqu'il arriva à Limoges ce dimanche pour passer la journée avec Alex, comme il le faisait un weekend sur deux depuis plus d'un an, Stuart était surexcité. Il avait l'impression d'avoir enfilé le costume du Père-Noël et de venir apporter à son petit frère le cadeau dont il avait tant rêvé ! Il avait tellement hâte de voir sa réaction !

Une fois la ferveur et l'émotion des retrouvailles passées, il enjoignit Alex à s'asseoir pour lui annoncer une grande nouvelle. Il ne pouvait pas attendre la fin de la journée pour le lui divulguer. Alex s'exécuta d'un air contrarié. Habituellement, quand on demande à quelqu'un de s'asseoir, c'est mauvais signe. Il écouta alors attentivement son frère, sans dire un mot.

– Alors, qu'en dis-tu ?

– Mais pourquoi ? En admettant que ce soit possible, ce dont je doute très fortement, pourquoi voudrais-tu que je prenne le risque de me faire charcuter la cervelle maintenant que je me suis enfin habitué à mon handicap ? Tu ne te rends pas compte de ce par quoi je suis passé ces trois dernières années ! Tu ne sais pas ce que c'est de se retrouver dans le noir le plus complet, du jour au lendemain, sans y être préparé ! Ce n'est pas comme faire l'expérience d'un repas masqué pour voir ce que ça fait et ensuite pouvoir dire « bon bah, c'était une super expérience, maintenant j'enlève le masque et je reprends ma vie normale » ! Tu n'imagines même pas les douleurs encéphaliques que j'ai subies les premières semaines ! Sans compter la colère qui m'a dévorée durant des mois entiers et qui me consumait doucement de l'intérieur. Alors pourquoi ? Pourquoi, maintenant que j'ai surpassé ces épreuves et enfin réussi à faire le deuil de ma vie d'avant, pourquoi me fais-tu miroiter ce faux espoir ?

– Parce que j'y crois vraiment ! Parce que ça fait pratiquement un an que je travaille en heures supplémentaires non rémunérées au centre de recherche pour trouver ce protocole miraculeux qui te permettra de reprendre une vie normale ! Parce que tu as trop souffert et que tu mérites d'être heureux !

– Mais je SUIS heureux ! J'habite avec ma petite amie, je fais des études qui me plaisent… je n'ai besoin de rien d'autre !

– Écoute, je comprends que tu sois complètement chamboulé et désorienté par cette nouvelle. Mais pense un peu à cette expérience que tu vas pouvoir vivre !

– Je te coupe tout de suite, je ne suis pas un rat de laboratoire ! Tu te rends compte de ce que tu me demandes ?!! Tu voudrais que je laisse un chercheur trifouiller dans mon cerveau et jouer avec mes neurones pour l'aider à obtenir le prix Nobel ?!! Mais t'es complètement timbré !!!

Après un long silence, Stuart s'excusa auprès de son frère.

– Je ne voulais pas te faire peur ou te mettre une quelconque pression sur les épaules. Tu sais, j'ai passé beaucoup de temps à étudier ce protocole, avec plusieurs éminents chercheurs de ce domaine précis, avant même d'envisager de t'en parler. Il était évidemment hors de question pour moi de te faire miroiter une poule aux œufs d'or qui n'existerait pas. Mais il est incontestablement encore plus important pour moi de ne pas te mettre en danger. Alors si je t'en parle aujourd'hui, c'est seulement et uniquement parce que je suis convaincu de ne te faire courir aucun risque. Mais surtout parce que j'ai un immense espoir que cette opération t'apportera quelque chose de positif. Je comprends tes réticences et, crois-moi, quelque décision que tu prennes je serai avec toi. Tu sais que je t'adore et que je ferais n'importe quoi pour toi ! Mais aie confiance en moi, à défaut d'avoir confiance en toi-même !

Stuart se leva, attrapa un dossier dans la pochette qu'il avait posée sur la console de l'entrée, puis poursuivit :

– Regarde, j'ai emmené avec moi un résumé du dossier de recherche avec tous les résultats observés.

– Très drôle ! Et je te fais confiance pour me le lire ?

– Idiot, je te l'ai fait imprimer pour toi, en braille ! Mais bientôt tu n'en auras peut-être plus besoin...

Alex attrapa le dossier sans conviction.

– Même si ça marchait, ça servirait à quoi ?

– À faire avancer la science, à aider d'autres personnes comme toi... et, accessoirement, à faire en sorte que ce soit plus facile pour toi d'effectuer ton métier, une fois que tu seras diplômé, si jamais l'opération est un succès. Je ne peux pas te promettre que cette opération te garantira le retour de ta vision, comme avant, mais si au moins elle te permet de distinguer les formes des objets alentour, ne serait-ce pas tellement plus facile à vivre ? Tu ne reverras peut-être pas les couleurs mais mieux vaut-il un monde en noir et blanc, ou un monde plongé dans le noir le plus complet ?

– Je sais bien que tu as raison... et que tu fais tout ça pour m'aider... mais je ne sais pas si je serais capable de revivre toutes ces horribles émotions. Ça a été vraiment traumatisant, tu sais. Ça laisse des cicatrices indélébiles.

– Je sais, mon frère, lui chuchota Stuart en lui posant une main sur le bras pour le réconforter. Je ne veux pas te forcer la main. Analyse tout ce que je viens de te dire. Étudie ce dossier. Discutes-en avec Lucie. Mais promets-moi de n'en parler qu'à elle seule car c'est une expérience ultra confidentielle et que je n'ai pas envie que tout tombe à l'eau à cause de gros sous. Tu sais, tu ne crois pas si bien dire quand tu parles de prix Nobel. Une découverte comme celle-là vaut de l'or et certains seraient prêts à tuer leur propre mère pour s'attribuer ce succès. Alors, motus et bouche cousue, ça reste entre nous et Lucie. Et personne d'autre, ok ? On en reparle dans quinze jours quand je reviens. Et surtout, pas de pression, frérot, d'accord ? Je suis avec toi, quoi qu'il arrive.

– Et maintenant, si on passait aux choses sérieuses ? On se le fait ce poker ?!!

En fin de journée, alors que Stuart embrassait son frère et s'apprêtait à repartir pour La Rochelle, Alex le retint par le bras.

– Tu as raison, il faut bien des cobayes pour faire avancer la science ! Et peut-être que ça ouvrira la voie à de nouvelles recherches et avancées technologiques ? D'après ce que tu m'as dit, je n'ai pas grand-chose à perdre, surtout vu tout ce que j'ai déjà perdu !

– Tu n'as pas à prendre ta décision tout de suite. Parles-en d'abord avec Lucie.

– Non, je ne veux pas la mêler à ce délire. J'ai confiance en toi, tu travailles en laboratoire de recherche, tu sais forcément ce que tu fais. Mais je ne veux pas qu'elle souffre une fois de plus, si ça ne marchait pas. Promets-moi de ne rien lui dire. Elle ne doit rien savoir avant que l'opération n'ait eu lieu. Je ne veux pas qu'elle s'inquiète de me voir repartir à l'hôpital. Ce sera notre secret à tous les deux. Rien qu'à nous deux. Promets-le-moi.

– Je te le promets.

– Et puis, comme ça, après l'opération, on pourra m'appeler l'homme qui valait trois milliards, avec ces électrodes plantées dans mon cerveau ! reprit-il sur un ton léger pour faire retomber la pression.

Mais il retrouva rapidement de nouveau son air sombre.

– J'ai juste peur d'une chose… les maux de tête. J'en ai eu de si terribles, après l'accident. C'est ça qui me fait le plus peur.

37.

En arrivant sur le tarmac de Londres Stansted, après une durée de vol d'à peine une heure et demie, Chloé jubilait et n'arrêtait pas de remercier sa mère de lui avoir payé ce moyen de transport, tellement plus agréable que le souvenir qu'elle avait de la journée de voyage en camion lors de leur déménagement d'Angleterre. Rebecca accompagna sa fille chez son amie puis partit pour une semaine de vacances de son côté. Elle logerait chez ses parents et en profiterait pour aller voir ses amis et anciens collègues. C'était la première fois qu'elle partait en vacances sans Stuart, ça lui faisait bizarre. Elle se sentait comme une enfant, un peu perdue. Elle savait qu'elle allait passer une excellente semaine, bien chargée à courir de droite et de gauche, espérant réussir à rendre visite à toutes les personnes qu'elle souhaitait voir. Mais cela faisait plus de quinze ans qu'elle n'avait pas passé de vacances en célibataire. Que sa vie tournait autour de son mari et de sa fille. Elle ne se sentait pas angoissée, mais le vide qu'elle ressentit en déposant Chloé chez Chelsea lui étreignit tout de même le cœur. Elle savait que ce n'était pas la faute de Stuart. Il voulait bien faire. C'était lui qui l'avait encouragée à rentrer en Angleterre avec Chloé cette semaine pour revoir ses parents et ses amis. Ce n'est pas qu'il ne voulait pas venir, mais son petit frère lui avait demandé de l'emmener en cure. Il ne pouvait pas refuser, c'était normal, après tout ce qu'il avait vécu. Rebecca savait que c'était un bon compromis, que chacun passerait un moment agréable et que la joie de se retrouver n'en serait que plus intense. Mais, bien qu'elle soit extrêmement contente d'être ici aujourd'hui, ça ne changeait fondamentalement rien au vide qu'elle ressentait, sachant qu'elle rentrerait avec sa fille dans une semaine pour trouver une maison vide, Stuart n'ayant prévu de rentrer que le weekend suivant. Quand sa mère la serra dans ses bras, l'ombre de tristesse s'évanouit instantanément de son regard et l'étincelle qui y apparut dura la semaine entière, à peine voilée quelques minutes par les appels conjugaux quotidiens.

Partir en cure. Ce n'était pas tout à fait ce que Stuart avait prévu, mais il n'avait pas su comment aborder le sujet avec Rebecca. Le professeur CHARBONNIER avait été très claire et lui avait fait promettre de n'en parler strictement à personne, en dehors d'Alex. Il avait pourtant entièrement confiance en sa femme, elle lui avait maintes fois prouvé qu'elle était capable de garder un secret, mais il n'avait pas osé trahir la confiance du professeur. Se mentait-il à lui-même ? En fait, il savait très bien qu'il avait tout fait pour que sa femme ne s'aperçoive pas du stress qu'il vivait ces derniers temps. Il réussit à afficher un visage serein, tout sourire en agitant sa main en l'air pour leur dire au revoir, jusqu'au moment où Rebecca et Chloé disparurent derrière les portes d'embarquement. Elles ne se doutaient de rien. Il avait tout fait pour qu'elles ne se rendent pas coupables de complicité. Mais alors qu'il regardait leur avion s'envoler et s'éloigner dans le ciel, il fut incapable de retenir plus longtemps le torrent de larmes brûlantes qui se mirent à ruisseler le long de ses joues, inondant le col de son polo. Puis brusquement, les sanglots qui l'étouffaient lui montèrent à la gorge jusqu'à éclater bruyamment, lui secouant tout le corps de manière saccadée, sans qu'il ne puisse rien faire pour les contenir, tandis que des voyageurs le dévisageaient comme une bête curieuse en passant précipitamment à ses côtés. De longues minutes durant, le front et les mains collés à la vitre, il versa toutes les larmes de son corps, ne se rendant absolument pas compte du spectacle qu'il donnait de lui-même, jusqu'à ce qu'un membre du personnel de l'aéroport ne s'approche de lui pour lui proposer son aide. Revenant à lui-même et prenant conscience de la situation gênante dans laquelle il se trouvait, il se confondit en excuses, attrapa le chiffon que l'homme tenait à la main et essuya énergiquement la vitre pour effacer les traces qu'il avait laissées. Les stigmates de cette peur qui le paralysait. Et si son frère avait raison ? Et s'il lui avait donné un faux espoir ? Et si l'opération était un fiasco ?

38.

Madame DAVENPORT était en pleurs. Elle qui, d'ordinaire, restait toujours sur la réserve, estimant qu'elle se devait de toujours garder la tête haute, ne parvenait pas à stopper les larmes qui inondaient maintenant son visage. Elle n'arrivait même plus à décrypter un seul mot de la carte que son fils et sa bru venaient de lui remettre. Elle les regarda tour à tour, de peur de lire dans leur regard que ce n'était qu'une mauvaise plaisanterie. Ils venaient de lui faire le plus merveilleux des cadeaux de Noël. Ils n'allaient donc pas retourner en Norvège, ni nulle part ailleurs, après les fêtes de fin d'année. Ils allaient rester auprès d'elle, tout près d'elle, dans un appartement qu'ils louaient désormais dans l'un des chalets de la route des Envers ! Ils étaient enfin revenus ! Pour de bon ! Ils avaient enfin compris qu'ils pourraient parcourir le monde entier à la recherche de ce qui pouvait ressembler au bonheur mais que ce n'était pas le lieu qui importait, seulement l'environnement. Être entouré des gens qu'on aime, c'est tout ce qui comptait pour être heureux ! Et ça, pour être heureuse, elle l'était Madame DAVENPORT, en ce moment précis !

Ne voulant pas les faire fuir à nouveau, elle les laissa reprendre progressivement leurs marques, les invitant seulement à dîner le dimanche midi, de peur qu'ils ne se lassent de voir trop souvent une vieille dame peinant avec ses rhumatismes. La neige disparut progressivement, laissant seule leur blancheur aux sommets du massif des Aravis et cédant la place à un printemps lumineux et exceptionnellement chaleureux pour la saison. La joie qui accompagnait généralement l'arrivée de la douceur ne résista malheureusement pas aux angoisses que procurèrent la réapparition des absences, de plus en plus fréquentes, que subissaient Pamela. Elle se rendait compte, aux nombreux regards inquiets de son mari, que quelque chose n'allait pas.

— Ça m'arrive de plus en plus souvent, n'est-ce pas ? lui demanda-t-elle un matin en observant, une fois de plus, le regard anxieux posé sur elle.

— Quoi donc, ma chérie ?

— Mes absences. Ne me mens pas, je le vois dans tes yeux. Ils ne pétillent plus de joie. Ils débordent d'angoisse chaque fois que tu me regardes.

— Eh bien, pour tout te dire, je dois t'avouer que je crains chaque jour une nouvelle rechute. Le plus difficile n'est pas tant que tu me demandes de sortir avec toi pour aller entretenir la roseraie du château. Non, ça j'arrive à le gérer. Le pire c'est quand tu ne me reconnais pas et que tu m'appelles Papa. J'ai tellement peur que tu ne remontes pas à la surface et que ce soit définitif. Je ne supporterais pas de ne plus jamais être l'homme que tu aimes.

Il s'arrêta, la voix tremblante. Pamela ne savait que dire pour apaiser ses craintes. Ne sentant les crises ni arriver ni repartir, elle était dans l'incapacité de savoir l'ampleur du phénomène et si c'était grave. Elle savait juste que son mari le vivait très mal. Et ça, c'était grave. Elle imagina ce que ça lui ferait si les rôles étaient inversés et ne mit que peu de temps à admettre que ce serait effectivement insupportable. Ça allait bien mieux du temps où ils habitaient en Norvège. En tout cas, c'était l'impression qu'elle avait. Le froid avait-il un impact sur le fonctionnement de ses neurones ? Ou était-ce simplement le vieillissement qui lui jouait ce mauvais tour ? Une chose était certaine, il était hors de question de repartir pour vérifier si le froid avait des pouvoirs magiques sur son cerveau. Hors de question d'aller retrouver leur petit coin de paradis de Flåm, même si elle en conservait de merveilleux souvenirs. Hors de question de quitter encore le Grand-Bornand, de se déraciner une nouvelle fois, d'enlever de nouveau un fils à sa mère, qui ne le supporterait pas. Elle ne voulait pas l'avoir sur la conscience si ça lui était fatal. Et puis, ils avaient désormais une nouvelle mission à accomplir, bien plus importante : aider Alex à aller mieux. Ce garçon semblait avoir surpassé la colère qui le rongeait depuis son accident. Il avait même accepté de lui parler au téléphone, pour la remercier de lui avoir confié ses souffrances et de l'avoir aidé à sortir de la coquille dans laquelle il s'était enfermé. C'était une première victoire. Il fallait maintenant qu'il reprenne goût à la vie et apprenne à vivre de nouveau, d'une nouvelle manière, mais avec bonheur. Elle ferait tout pour l'y aider. C'était l'objectif qu'elle s'était fixé. Il fallait juste que sa mémoire le lui en laisse le temps.

Au fil des mois qui suivirent, les pentes s'inversèrent. Tandis qu'Alex reprenait doucement de la vigueur, sortant progressivement de son hibernation après avoir entamé le travail de deuil de sa vie passée, Pamela plongeait de plus en plus souvent dans son monde parallèle où le passé prenait alors toute la place et côtoyait le présent le temps d'un voyage. Tandis que l'un commençait à reprendre goût à la vie, l'autre en perdait doucement la saveur. Alors que l'un apprenait à recouvrer confiance en ses propres aptitudes, l'autre en était de plus en plus souvent dépossédée. Jusqu'au jour où, alors qu'il revenait du marché, James ne trouva pas sa femme à l'appartement, en rentrant. Habituellement, elle lui laissait un mot, lorsqu'elle sortait avant qu'il ne soit rentré. Mais ce jour-là, elle avait oublié d'en déposer un sur la table. Lorsque le téléphone sonna, une heure plus tard, il comprit qu'elle avait juste oublié. Tout oublié. C'était Amanda, la gouvernante du domaine de Bel Esprit qui l'appelait pour lui indiquer que Pamela était au château et demandait à voir ses parents. Il la remercia vivement pour son appel et se confondit en excuses pour le dérangement.

Moins de dix minutes plus tard, il arrivait au château. C'est Amanda elle-même qui prit soin de lui apprendre qu'une partie du domaine avait dû être vendue, à l'arrière de la propriété, pour financer les soins de Madame JOHNSON lorsqu'elle était gravement tombée malade. Une Maison des Sages s'y était installée. Il s'agissait d'une unité spécialisée dans l'accompagnement des personnes atteintes de la maladie d'Alzheimer. Non pas comme une maison de retraite médicalisée mais plutôt un domicile où les colocataires atteints de la même maladie vivaient en communauté, accompagnés par des assistants de vie qui se relayaient jour et nuit, sept jours sur sept. Ça pourrait peut-être lui être utile. Évidemment, il balaya cette option d'un revers de main, sans toutefois le montrer à Amanda, qui essayait simplement de lui apporter son aide, à sa manière. Il la remercia donc vivement pour cette information précieuse et détourna la conversation en posant des questions sur l'état de santé de la propriétaire du domaine. Quelle ne fut sa stupeur d'apprendre qu'elle était décédée après avoir perdu la vue ! Il ne put s'empêcher de lui confier le malheur qui avait touché le fils de son ex-épouse. Sait-on jamais, cette femme allait peut-être lui apprendre que les scientifiques avaient fait la découverte du siècle et allaient pouvoir aider Alex à retrouver la vue ! Son propre fils lui serait alors reconnaissant et lui pardonnerait de l'avoir lâchement abandonné tant d'années auparavant ! La vie serait de nouveau légère, joyeuse, magnifique ! L'agacement de Pamela, qui demanda une fois de plus quand ses parents allaient arriver, le rappela tristement à la réalité. Il ne vivait pas dans un monde utopique. Un monde où les aveugles retrouvaient la vue. Un monde où les malades d'Alzheimer recouvraient la mémoire.

39.

Il s'arrêta subrepticement de lire en voyant Pamela sourire. Assise dans son rocking-chair, son regard semblait perdu dans le lointain. Il espérait secrètement qu'elle était en train de vivre sa lecture. Il n'osa cependant pas s'interrompre pour le lui demander et continua, lui aussi tout sourire. Ces moments les rapprochaient et cela lui faisait le plus grand bien, il n'en demandait pas davantage. De toute manière, il ne le pouvait pas.

Cela faisait maintenant pratiquement un an que James venait chaque jour lui tenir compagnie. Elle n'avait d'abord pas compris pourquoi cet homme lui portait autant d'intérêt, à son âge, mais elle avait tellement apprécié sa compagnie qu'elle s'était rapidement laissée allée à cet élan d'insouciance. En même temps, ce n'est pas comme si quelque chose pouvait lui arriver. Elle était en lieu sûr ici, entourée de ses amis. Elle ne se souvenait plus comment elle en était arrivée à prendre la décision de venir vivre ici mais elle n'avait absolument aucun regret. Ils habitaient à une dizaine dans cette immense maison, tous sur le même palier. La coloc lui convenait parfaitement. Une bande de copains, tous à peu près du même âge, partageant la plupart du temps de bons moments ensemble, dans une propriété où ils n'avaient aucune corvée à effectuer, une cuisinière et une femme de ménage s'occupant de tout, pour leur plus grand plaisir. Ils n'avaient même pas à aller faire les courses ! Vraiment pas de quoi se plaindre !

Pourtant, par moments, Pamela sentait une sorte de nostalgie l'envahir et elle ne parvenait pas à contenir ses émotions. Elle oscillait alors entre pleurs et colère, ne comprenant pas d'où lui venaient ces sentiments qu'elle ne savait contrôler. Elle avait la chance, où en était-ce une conséquence, que chacun de ces épisodes survienne alors qu'Angela venait leur rendre visite. Pauvre Angela, qui devait subir ces mouvements d'humeur de manière répétée. Mais elle portait tellement bien son nom. Pamela ne se souvenait plus à quelle occasion elles s'étaient rencontrées mais, malgré les trente ans qui les séparaient, Angela était devenue son ange gardien. D'une douceur incomparable, avec son tact légendaire, elle arrivait chaque fois à la consoler et à lui remonter le moral. Dans ces moments-là, elle l'accompagnait inéluctablement vers le piano du salon et lui jouait des morceaux qui évoquaient des souvenirs lointains mais heureux et parvenaient finalement à l'apaiser.

Le temps était particulièrement clément pour un mois de février. Demain après-midi, il l'emmènerait de nouveau en promenade à travers les bois, tout comme aujourd'hui, jusqu'à leur antre secrète où, jadis, ils aimaient se retrouver, en amoureux, lorsque la chaleur estivale les accablait. Lorsqu'il avait dû se résoudre à prendre la terrible décision de se séparer de sa femme pour préserver son bien-être et sa sécurité, James avait convenu un petit arrangement avec le propriétaire du domaine, par l'entremise de sa gouvernante, Amanda. En revenant vivre au domaine, même si la Maison des Sages n'en faisant aujourd'hui officiellement plus partie, Pamela se voyait octroyer le droit d'arpenter les allées dans lesquelles elle avait couru toute son enfance, les bois dans lesquels elle avait tant aimé jouer à cache-cache ou encore la roseraie dans laquelle elle avait rencontré l'amour de sa vie et qui avait recueilli, cinq années d'affilée, la capsule temporelle dans laquelle avaient été enfermés tant d'objets symboliques de leur amour. Cette capsule, pleine de passion et de souvenirs, était à nouveau enterrée. Dans le domaine. Mais pas dans la roseraie. Ils ne voulaient pas être pris en défaut par le propriétaire. Elle reposait désormais dans la grotte. Là où ils aimaient trouver la fraîcheur, en période estivale. À l'abri des regards. Elle n'était désormais plus nécessairement ouverte à date anniversaire. Elle l'était bien plus souvent. Au gré des souvenirs de Pamela. Au gré de ses délires aussi.

Ils marchaient main dans la main, comme autrefois, comme si rien n'était venu compromettre leur vie à deux. Pamela semblait heureuse. Heureuse d'être ici. Heureuse d'être au bras de l'homme de sa vie. Elle avait toujours un peu de mal à comprendre pourquoi elle avait décidé de faire construire cette maison au fond de la propriété plutôt que de continuer à vivre au château. Trop d'entretien, sûrement. Et quelle mouche l'avait piquée de vouloir vivre en communauté avec des amis, à son âge. La peur de vieillir, certainement. Elle acceptait, difficilement certes, mais elle l'acceptait tout de même, la décision de James de n'avoir pas eu la folie de se joindre à son joyeux délire. Alors, puisqu'elle avait pris cette décision, elle n'allait tout de même pas la requestionner, ce serait mal venu. C'est pourquoi elle savourait de tout son être ces moments de quiétude avec son Amour. Elle n'aimait rien plus que ces promenades à son bras, discutant insouciamment de tout et de rien.

Leurs pas les guidèrent jusqu'à l'entrée de la grotte. LEUR grotte. Ils frissonnèrent en y pénétrant. Le contraste de température était saisissant. Ils s'assirent sur leur rocher, toujours main dans la main. James espérait que cette escapade effacerait leur conversation de la veille, lorsqu'elle lui avait annoncé qu'elle voulait partir. Tout quitter. Comme un air de déjà-vu. Mais peut-être pas pour elle ? Elle n'avait peut-être aucun souvenir de leur périple à l'autre bout du monde.

– Ne fais pas cette tête, je ne compte pas m'enfuir sans toi, lui avait-elle dit en riant.

– Je ne doute absolument pas de toi. Mais je dois t'avouer que ce grain de folie qui m'a toujours tant plu chez toi me fait également un peu peur.

De l'autre côté de la paroi rocheuse, une petite fille était figée, un ballon dans les mains, les yeux grands écarquillés, la peur se lisant sur son visage. Angélina ne dirait à personne qu'elle venait d'entendre des morts-vivants, de peur qu'on la prenne pour une folle.

Mais aujourd'hui, plus aucune allusion à un quelconque départ. Depuis un certain temps déjà, les conversations et l'humeur étaient rythmées par son état de santé. Alors James prenait à pleines mains toute la joie qui se présentait, quand c'était possible. Il savait trop bien que tout pouvait basculer d'une seconde à l'autre. Parfois cela durait quelques minutes, parfois davantage. En cet instant précis, il savourait autant que Pamela le bonheur d'être ensemble.

– Si tu rencontrais un génie qui te donnait la possibilité d'exaucer un vœu, lequel ferais-tu ?

– J'aimerais tellement pouvoir remonter le temps pour éviter les erreurs du passé et tout faire pour te rendre heureuse ! répondit James sans hésiter, en lui attrapant la main.

Pamela resta silencieuse, réfléchissant elle-même à ce qu'elle aurait pu ou dû faire pour changer le passé et le rendre moins douloureux. Au bout de quelques minutes, alors qu'il se levait pour aller récupérer la capsule temporelle cachée sous des pierres, comme chaque fois qu'ils venaient ici, James fut stoppé dans son élan.

– Pourriez-vous me dire ce que nous faisons en cet endroit lugubre, monsieur ? Je souhaiterais retourner dans ma chambre, s'il vous plaît, exigea Pamela d'un ton détaché qui n'avait plus rien à voir avec l'amour qui s'entendait précédemment dans sa voix.

– Oui, tu as raison, il commence à faire froid, rentrons, lui répondit-il d'un air triste.

Dès qu'ils quittèrent la grotte, une fillette sortit doucement de la cachette dans laquelle elle avait trouvé refuge, derrière le rocher où Pamela et James s'étaient assis. Les muscles tétanisés et endoloris, Sam attendit une minute avant de se diriger en direction de l'entrée. Une fois assurée que le couple ne reviendrait pas, elle pressa le pas pour rejoindre la serre le plus rapidement possible, traversa le potager et ne se sentit vraiment en sécurité que lorsqu'elle atteignit l'abri de jardin, en entendant les rires joyeux de ses amies et de son frère de l'autre côté. Cette partie de cache-cache lui avait vraiment fichu les jetons !

40.

Le panier repas déposé sur la table, Anthony passa une demi-heure à remettre en état la cabane. Il pestait de devoir faire ça au dernier moment, mais il n'avait pas vraiment eu le choix. Quand ses neveux lui avaient demandé l'autorisation de venir passer la nuit ici, il ne lui avait pas fallu longtemps pour répondre. Il savait que s'il refusait, les enfants useraient de tous leurs pouvoirs pour le faire changer d'avis. C'était des aventuriers, ils n'avaient peur de rien ! Il savait qu'il ne pourrait pas leur tenir tête jusqu'à la fin de la semaine. Or, il ne restait que deux jours avant que ses invités d'un nouveau genre n'investissent les lieux. S'il devait accepter, si les enfants allaient camper là-bas, il n'y avait donc qu'une solution. Vu l'heure, il était trop tard pour qu'ils y aillent aujourd'hui. Il ne restait donc plus que demain. La nouvelle fut acceptée par les quatre enfants à grands cris de joie. Anthony, lui, se demanda toute la soirée pourquoi il avait accepté. Avait-il remis correctement en place le livre ? Et s'il avait laissé la porte dérobée ouverte ? Et si les enfants découvraient la salle d'opération ? Impossible. Il faisait toujours attention à bien remettre tout en état chaque fois qu'il y allait. Pour être sûr. Au cas où. On ne sait jamais. Amanda pourrait décider d'aller faire un brin de ménage là-bas, par exemple. Or, personne ne devait savoir. Personne. Pas même Amanda. C'était pourtant elle qui lui avait parlé de ce jeune garçon qui avait perdu la vue. Mais il ne voulait pas lui avouer qu'il l'avait écoutée. Ce n'est pas le manque de confiance en elle qui l'empêchait de lui en parler. Seulement sa conscience. Ce qu'il s'apprêtait à faire était totalement illégal. Il risquait la prison à vie s'il se plantait. Et même si ça fonctionnait, d'ailleurs. C'est pourquoi, quand le professeur

CHARBONNIER lui avait rendu visite, il s'était assuré qu'Amanda ne puisse pas la voir. Il avait un peu honte d'avoir chapardé le petit-déjeuner qu'elle avait préparé, pour que le professeur CHARBONNIER soit reçue royalement. Il avait surtout honte de voir son état de gêne, après. Il avait tenté de la rassurer, lui mentant effrontément, mais il voyait bien qu'elle était vraiment perturbée, avec la nette impression de perdre la tête. Qu'à cela ne tienne, il ne pouvait pas lui révéler son secret. Pas maintenant. Il la rassurerait définitivement plus tard. Il fallait d'abord que tout se passe bien. Parfaitement bien. Ensuite, et seulement alors, il pourrait tout lui avouer. Avouer qu'il l'avait écoutée. Avouer qu'il avait agi. Avouer qu'il avait réussi. Là où personne ne l'avait fait avant. Il priait pour que tout se déroule comme prévu. Comme au laboratoire.

Il était tellement loin d'être serein que la nuit fut cauchemardesque. À cinq heures du matin, il se leva, s'habilla et partit en direction de la cabane. Il devait s'assurer que tout était en ordre pour que son secret ne soit pas mis à mal. Il se faufila discrètement à l'intérieur de la pièce principale, s'assura qu'aucun bruit ne provenait de la chambre, vérifia que les livres étaient correctement rangés dans la bibliothèque, cachant la porte secrète, puis rassuré sur ce point, repartit comme il était venu.

En sortant de la cabane, il aperçut Angélina, lui tournant le dos, assise au bout du ponton. Il avait eu de la chance qu'elle ne le voit pas en arrivant ! Il quitta alors les lieux sur la pointe des pieds, aussi discrètement que possible. Ce n'était pas le moment d'attirer l'attention !

Mais en arrivant ce matin à la cabane avec, sous le bras, le panier repas qu'il avait chapardé à Amanda, après avoir pris soin d'attendre que les enfants aient quitté les lieux, traversé l'étang et débarqué sur l'autre berge, Anthony pesta de voir le bazar qu'ils avaient laissé derrière eux. C'était ça ce qu'ils appelaient ranger ?!! Ils avaient même changé le lit de place ! Une demi-heure plus tard, tout était remis dans l'ordre. Il jeta un coup d'œil à sa montre. Il était temps ! Ses invités allaient arriver d'une minute à l'autre. Il se hâta de quitter la cabane, traversa le bois et bifurqua en direction de la Maison des Sages où se garait en ce moment-même la voiture de Stuart.

Anthony arrivait à l'orée du bois lorsque Stuart lui téléphona. Ensemble, ils aidèrent Alex à s'installer dans le fauteuil roulant qu'Anthony avait acheté la semaine précédente et caché sous une housse, à l'abri d'un arbuste un peu en retrait du sentier. Ils se rendirent alors ensemble à la cabane, Anthony jetant régulièrement des regards autour d'eux, de peur de voir surgir l'un des enfants. Tout se passait pour l'instant comme sur des roulettes. Ils avaient atteint la cabane sans encombre, sans se douter que des détectives en herbe tentaient de les débusquer. Heureusement, pas de risque pour eux dans l'immédiat, le guetteur gourmand étant en train de se resservir une deuxième part de moelleux au chocolat dans le panier qu'Amanda leur avait préparé !

Une fois à l'intérieur, le regard circonspect de Stuart suffit à convaincre Anthony que l'urgence était de lui faire visiter la salle d'opération, pour le tranquilliser. Impressionné et semblant rassuré, l'anxiété de Stuart s'atténua visiblement, une fois remonté au rez-de-chaussée, lorsqu'il raconta avec entrain à son frère tout l'équipement flamboyant qu'il avait vu à l'étage en-dessous. Ses invités mis à l'aise, Anthony se décida alors à prendre congé.

– Il ne reste plus qu'à attendre le professeur DELATTRE, le neurochirurgien qui opérera Alex. Il devrait arriver en fin de journée. L'opération est prévue pour ce soir à minuit. Je vous laisse vous installer confortablement. Si jamais le panier repas n'est pas à votre goût ou s'il vous manque quoi que ce soit, donnez-moi un petit coup de téléphone, d'accord ? J'espère que la quiétude des lieux vous conviendra. À tout à l'heure !

Anthony venait à peine de sortir de la cabane que la sonnerie de son téléphone portable retentissait déjà. Ouf, ce n'était pas Stuart. C'était le professeur DELATTRE qui venait d'arriver au Grand-Bornand et prenait possession de sa chambre d'hôtel. Comme convenu ils se retrouveraient sur le parking de la Maison des Sages à vingt-deux heures. Le sourire aux lèvres, Anthony raccrocha, ravi de voir que tout se déroulait comme prévu. Il était loin de se douter qu'il venait d'être démasqué par sa nièce qui le fixait en ce moment-même de sa paire de jumelles, d'un air horrifié, de l'autre côté de l'étang.

41.

Pas de manifestation effrénée de joie. Étonnant. Cassiopée se demandait ce qu'il se tramait. La maman d'Angélina et de Marion avait l'habitude de devoir décrypter les humeurs de ses filles, qui se chamaillaient souvent avant de s'enfermer dans un mutisme à toute épreuve. Là, elle voyait bien les regards en coin qu'ils se lançaient. Que cachaient-ils ? Malgré ses tentatives, la conversation resta plutôt pauvre. Oui. Non. Même les questions ouvertes peinaient à trouver réponse. Apparemment, ils auraient préféré être ailleurs. Elle se sentit mal à l'aise de les avoir traînés jusqu'ici. Elle avait l'impression de les avoir kidnappés pour venir au marché ce matin, vu leur manque d'entrain. Mais elle n'avait pas eu le choix. Elle avait bien vu qu'Anthony était fatigué ce matin et que sa sœur s'inquiétait pour lui. Il avait peut-être des soucis. Ils avaient sûrement besoin de se retrouver en famille. Impossible pour elle de laisser une joyeuse bande d'ados leur casser les oreilles avec leurs cris de joie ! Mais apparemment, elle se trompait pour les cris de joie. Ils n'étaient pas de rigueur aujourd'hui. Même les blagues de Sébastien ne les déridaient pas ! Bizarre. Les saucissons et les Reblochon fermiers n'attiraient même pas l'œil habituellement toujours affamé de Marion. Vraiment bizarre. Ce marché était pourtant tellement typique, odorant et alléchant ! L'un des plus réputés des Aravis, l'en avait avisée Jessica, la maman de Sam et d'Elliot. Ce n'était de toute évidence pas un mensonge, vu la foule qui déambulait entre les étals. Après avoir empli le panier à provision prêté par Anthony, passant devant la brasserie de l'hôtel de La Croix Saint-Maurice, Cassiopée proposa d'y faire une halte. Devant le peu d'enthousiasme ambiant, Sébastien annonça qu'il ne serait pas contre la petite planche de fromage et de charcuterie qu'il avait vu servie un peu plus tôt dans le pub Les Deux Guides, de l'autre côté de la place. L'endroit lui paraissait fort sympathique. Va pour une planche de fromage et de charcuterie, alors ! De toute manière, rien ne semblait devoir dérider les jeunes. Au moins, au pub ils trouveraient bien un coin cosy pour s'installer et discuter en toute discrétion. Ils allaient leur tirer les vers du nez, s'ils ne voulaient pas parler d'eux-mêmes. Vu leurs têtes, ce devait être suffisamment grave pour qu'ils décident de s'en mêler. Mais c'était loin d'être gagné. La terrasse était bondée de monde. Pareil à l'intérieur. Ils faillirent faire demi-tour lorsque le barman leur indiqua une autre salle, sur la droite. Contrairement à la première salle qui ressemblait plus à une taverne avec ses tables, chaises et bancs en bois, cette salle-ci avait tout de l'ambiance du pub anglais avec ses banquettes en tissu disposées en alcôves, et ses deux tables de billard. Il ne restait qu'une alcôve de libre, qu'ils s'empressèrent d'investir. À peine installés, Cassiopée lança l'assaut.

– Alors, pourquoi avons-nous droit à ces têtes renfrognées, ce matin ? Vous n'avez pas assez dormi ? Vous avez vu un fantôme cette nuit ? Vous avez fait nuit blanche ?

– Vous voulez boire quoi ? l'arrêta Sébastien en lui jetant un regard réprobateur.

– Je veux bien un sirop de grenadine, s'empressa de répondre Angélina, aussitôt suivie d'Elliot.

– Est-ce que je peux prendre un diabolo menthe ? demanda timidement Sam.

– Bien sûr ! Et toi, Marion, tu veux quoi ?

– Je ne sais pas… j'hésite…

La serveuse vint la sauver *in extremis* en apportant la carte.

– Chérie ?

– Je pense que je vais commander une double ration de sérum de vérité pour notre joyeuse bande de petits cachotiers !

– Chérie !

– Ok, d'accord, je vais d'abord prendre un cappuccino ! Mais vous ne perdez rien pour attendre, moi je vous le dis !

Les veinures de la table étaient apparemment hypnotiques, vu les quatre regards baissés dessus. Seuls Sébastien et Cassiopée communiquaient, en mimiques silencieuses. Ce qui ne manqua pas d'attirer le regard d'Angélina, qui releva la tête en direction de ses parents, pour les observer. Marion surprit le regard paniqué de sa sœur. Il fallait qu'elle prenne les choses en main.

– Ça fait longtemps que votre oncle vit seul au château ? Enfin, je veux dire, sans sa femme ?

– Tata Hélène est partie il y a maintenant cinq ans, répondit Elliot d'un air mélancolique.

– Et pourquoi ils ont divorcé ? s'enquit Angélina sans détour.

– Ils n'ont pas divorcé ! Ils s'aimaient comme des fous ! Ils étaient tout le temps en train de s'embrasser devant nous ! Beurk !!!

Sam vint à la rescousse, devant le regard interrogateur de la famille STERENN.

– En fait, elle est décédée. En février. Il y a cinq ans. C'est pour ça qu'on vient toujours à ces vacances-ci. Pour ne pas laisser Tonton Anthony tout seul avec son chagrin.

– Mais c'est terrible ! s'étrangla Cassiopée, les yeux subitement grands ouverts et la main masquant sa bouche ouverte d'effarement. Comment est-ce arrivé, si ce n'est pas indiscret ?

– Elle était malade, est devenue aveugle et a fait une chute mortelle, peina à articuler Sam.

Il aurait été indécent de poser davantage de questions. Il était temps de changer de sujet. Ouf, sauvés par le gong, ou plutôt par le service des boissons, que chacun sirota sans mot dire. Jusqu'à ce qu'Angélina lève la tête de son verre, les yeux pleins d'effroi. Cette voix… elle la reconnaissait… à lui glacer le sang… ce n'était pas tout à fait le même timbre, elle n'avait plus rien d'une voix d'outre-tombe mais c'était le même grain, les mêmes intonations, elle en était sûre, elle pourrait mettre sa main au feu, c'était la même voix qu'elle avait entendue trois jours auparavant ! Il était assis juste derrière elle. La suivait-il ? Allait-il s'en prendre à elle parce qu'elle l'avait entendu ? Elle aurait peut-être dû en parler aux autres ? Tétanisée de peur, retenant son souffle, dans l'espoir de la rendre invisible, elle entendit deux voix d'hommes parler argent. Et gros sous, d'ailleurs. Ça ne disait rien qui vaille. Des gangsters ! Ou des tueurs à gage ! Il fallait absolument qu'ils partent d'ici immédiatement ! Mais comment avertir sa famille et ses amis sans attirer l'attention des malfaiteurs ? « Merci pour ce que vous avez accompli, je suis bluffé ! Je vous en serai éternellement reconnaissant. C'est une nouvelle vie qui commence ! » entendit-elle. Les sons lui parurent s'étouffer. Puis plus rien, plus un mot. Elle prit son courage à deux mains et se retourna, tremblant de la tête aux pieds. Deux hommes étaient en train de quitter le pub. Soulagée que l'homme l'ait oubliée, elle perturba le silence absolu de la tablée et vida son sac, racontant tout ce qu'elle avait entendu l'autre jour de l'autre côté du rocher, lorsqu'elle cherchait le ballon qu'ils avaient perdu. Perplexe, Sam se demanda s'il s'agissait du même homme qu'elle avait vu la veille dans la grotte mais se retint de s'en ouvrir aux autres, ne voulant pas révéler à son frère la localisation de son antre secrète. Cassiopée intervint pour savoir si c'était la raison de leur inquiétude mais comprit bien vite que personne d'autre n'était au courant. Face aux multiples questions qui s'ensuivirent, à la peur que l'homme ne soit dangereux et que leur oncle ne soit en danger, Sam finit par se mettre à table et à avouer aux parents de ses amies que son oncle avait un drôle de comportement en ce moment.

– Ça a commencé quand il a menti en disant qu'il allait se coucher parce qu'il avait mal à la tête l'autre soir, alors qu'en fait il recevait une femme dans ses appartements. Puis Marion a vu de la lumière à la cabane le lendemain. Ce qui était impossible puisqu'il n'y a jamais eu d'électricité là-bas. Sauf que, quand on y est allés, on s'est aperçus que non seulement il y a maintenant l'électricité mais qu'en plus Tonton a aménagé la cabane comme une vraie maison, avec tout le confort – *sauf la télé, fit remarquer Elliot !* Et puis j'ai vu un couple qui se promenait dans la forêt privée du domaine ! Et Angélina a vu un homme qui s'enfuyait à l'orée du bois, près de la cabane. Et hier, tonton était à la cabane, on l'a vu. Qu'est-ce qui se passe ? J'ai entendu maman dire qu'il avait des problèmes d'argent. Mais ça ne peut pas être un trafic de drogue, ce n'est pas possible ! Ça ne lui ressemble en rien ! Mais qui sont ces rodeurs ? Il faut vite qu'on aille l'avertir, il est peut-être en danger !

– Pas de panique ! Il y a sûrement une explication rationnelle. C'est certainement moins grave que ce que vous imaginez !

42.

Jessica avait secrètement remercié ses invités d'avoir eu la bonne
idée d'aller au marché ce matin-là. Et d'avoir emmené les quatre
enfants ! C'était l'occasion parfaite. Celle dont elle avait besoin
pour parler entre quatre yeux avec son frère. Elle voyait bien que
quelque chose le tracassait. Elle avait tellement peur qu'il lui
apprenne qu'il était malade. Elle opta pour une autre approche,
priant pour que son imagination lui joue des tours. Si c'était une
question d'argent, il devait le lui dire. Ils formaient une famille. Il
était hors de question qu'elle le laisse sombrer dans la banqueroute
sans bouger le petit doigt. Il devait lui parler. Elle l'aiderait du
mieux qu'elle le pouvait. Anthony n'avait jamais parlé de ses
problèmes d'argent. Il n'osait pas. Il avait honte. Il fut finalement
soulagé de l'avouer à sa sœur. Ce domaine était un gouffre
financier. Il ne lui confessa évidemment pas que tout son argent,
durement épargné à la sueur de son front, il l'avait placé dans la
construction d'un laboratoire secret, dans des recherches
scientifiques extrêmement coûteuses qui n'avaient en définitive
servi à rien puisqu'elles n'avaient même pas pu sauver sa femme.
Il ne lui dévoila pas non plus avoir été démasqué par Amanda
l'année précédente, alors qu'il venait d'aboutir à un protocole qui
pourrait potentiellement rendre la vue à un aveugle s'il se décidait
à aller plus avant dans cette extraordinairement angoissante
aventure. Ni qu'Amanda lui avait parlé d'un jeune aveugle dont elle
avait eu écho et qui accepterait d'être son cobaye, vu qu'il fallait
bien un premier patient et qu'il n'avait rien à perdre. Ni qu'il avait
rencontré celui qui avait parlé de ce jeune homme à Amanda, et
qu'il était l'ex-mari de la mère de l'adolescent qui avait perdu la

vue dans un accident de la route. Ni que cet homme n'était autre que l'ancien propriétaire du domaine. Ni qu'il avait fait affaire avec lui. Ni que celui-ci avait financé la construction d'une salle d'opération dans le sous-sol de la cabane. Ni que ce patient allait arriver au domaine d'ici trois heures. Ni que le neurochirurgien arriverait dans la soirée. Ni que l'opération était programmée pour cette nuit. Ni qu'il avait espoir de prouver que le protocole qu'il avait mis au point avait un avenir et qu'il prévoyait de le vendre coûteusement pour faire face aux dépenses. Mais Jessica sembla accepter sans broncher que son frère puisse avoir des soucis financiers pour entretenir un aussi vaste domaine. Elle était surtout soulagée de ne pas apprendre qu'il avait une maladie incurable. Elle lui proposa de commencer par payer son séjour chez lui, ce qu'il refusa évidemment catégoriquement. Pourtant ce serait comme si elle partait en location en vacances, ni plus ni moins. Et puis il pourrait peut-être envisager d'ouvrir cette aile du château à la location saisonnière. Ça aiderait sûrement. Il y réfléchirait. Il le lui promit. Pour mettre fin à la discussion. En attendant, il devait se débarrasser de sa sœur et aller s'assurer que la cabane était prête à recevoir son patient. Le compte-à-rebours était lancé.

43.

– Tonton, est-ce qu'on pourrait emprunter le livre de Tata ?

La tête d'Anthony en disait long sur son envie d'obtempérer. Est-ce vraiment nécessaire ? Vous l'avez déjà lu une fois, ça suffit bien, non ? Vous risquez de l'abîmer si vous le lisez de nouveau ! semblaient exprimer ses yeux ronds. Devançant les pensées de son oncle, Sam reprit :

– J'aimerais bien faire découvrir l'histoire à Marion et à Angélina. Tu veux bien ?

Bien sûr que non, c'est l'histoire privée de notre famille, écrite par feu MON épouse, ça ne regarde personne d'autre ! avait-il une envie irrépressible de rétorquer.

– Pas de souci, je vais vous le chercher, se surprit-il à répondre.

– C'est ça, le secret que je voulais vous montrer l'autre jour ! souffla Sam à ses amies dans un clin d'œil.

– Quoi, on a failli se faire pincer comme des délinquantes pour un livre ? Tu ne pouvais pas plutôt le demander directement à ton oncle ? s'insurgea Angélina, l'angoisse de l'autre soir se rappelant vivement à sa mémoire.

– C'était plus fun de jouer aux aventurières, non ?

Marion hocha de la tête. Angélina fit la moue.

– Vous savez d'où vient le nom du domaine de Bel Esprit ?

– Des fantômes qui rôdent la nuit dans le château ? se hasarda Angélina, espérant de tout cœur se tromper.

– Non, lui répondit Sam en riant. Enfin pas tout à fait. Il s'agirait plutôt d'UN fantôme.

– Tu nous as invités dans un château hanté et tu ne nous as rien dit avant ?!! s'étrangla Angélina, le visage soudainement aussi blême que lorsqu'elle s'était attendue à voir Bloody Mary apparaître à la porte de la chambre l'avant-veille.

– Mais non, voyons, ce n'est pas un revenant ! Enfin, pas un fantôme qui veut du mal. Apparemment, ce serait un esprit qui protège le domaine, un esprit pur et beau, celui d'un cygne magique. C'est pour ça qu'ils ont donné ce nom au domaine. On ne devrait donc pas dire le domaine de Bel Esprit mais celui DU Bel Esprit.

– Hum, et ça te vient d'où, cette histoire à dormir debout ? demanda Marion qui s'était attendue à quelque chose de bien plus extraordinaire ou plutôt moins rocambolesque.

– De ce livre ! répondit-elle en brandissant fièrement le livre qu'elle tenait entre ses mains. Le livre écrit par Tata Hélène ! Elle avait fait de nombreuses recherches sur l'histoire de ce château et avait dit qu'elle souhaitait la coucher sur papier, pour rendre hommage à ses bâtisseurs. Je vous propose qu'on le lise ensemble, chacun un chapitre, à haute voix, et ensuite vous me direz si vous pensez que c'est toujours aussi invraisemblable que ça, ok ?

Si l'on en croyait l'histoire, apparemment une princesse avait vécu au domaine et y aurait été abandonnée par son prince charmant. Celui-ci n'était pas parti par manque d'amour mais un sort lui avait été jeté… par le roi et la reine. Il devait quitter le domaine et n'y remettre les pieds sous aucun prétexte, sous peine d'être condamné à ne plus jamais pouvoir aimer. Car la princesse était promise à un autre prince. Le cœur lourd, il se résigna à quitter le domaine, le Grand-Bornand et la région, fuyant à l'autre bout de la France pour laisser une chance à sa princesse d'être heureuse et à lui de l'oublier. Ce qu'il ne parvint pas à faire, loin de là. Il prit donc le risque de revenir, à ses risques et périls, après avoir appris que la princesse ne l'avait pas remplacé. Mais l'envoûtement le rattrapa dès qu'il passa les grilles du domaine, se transformant en un magnifique cygne d'un blanc immaculé. Il avait la majesté d'un prince mais désormais l'incapacité d'aimer et de rendre heureuse sa bien-aimée. Mais lorsqu'elle l'aperçut, c'était comme si elle voyait à travers l'enchantement. Il était revenu. Pour elle. Elle ne le laisserait pas s'enfuir une nouvelle fois. Depuis ce jour, elle voua sa vie aux canards et aux oiseaux du domaine, mais surtout et avant tout à son merveilleux cygne, qu'elle nourrissait et chérissait de tout l'amour qu'elle portait en elle. Elle lui voua une dévotion totale, s'assurant que son sac de graines soit toujours plus rempli la semaine suivante que la précédente. Ce sac devait être le plus garni possible pour qu'un jour sa magie puisse opérer. Car magique, il l'était ce sac ! Il promettait d'empêcher les propriétaires du domaine de tomber dans la misère, quoi qu'il arrive…

– C'est tout ? Ça se finit comme ça ? C'est bizarre ! Ta tante voulait peut-être écrire une suite ?

– Je ne pense pas. En tout cas, elle a écrit ce livre plusieurs années avant de tomber malade. Si elle avait voulu écrire la suite, elle l'aurait fait. Enfin, je présume. Et sinon, vous en pensez quoi de ce livre extraordinaire écrit par une divine romancière ?!!

– Bah, je dois dire que ça me donne l'impression que ce n'est pas la réalité… commença Angélina.

– Sans blague ! Un homme qui se transforme en cygne, tu ne trouves pas ça réaliste ?!! se moqua sa sœur.

– Je ne parlais pas de ça ! répondit-elle en lui jetant un regard noir. Je voulais dire qu'il ne me semble pas avoir vu de cygne ici dans le domaine. Tu en as déjà vu un ?

Devant le secouement de tête de Sam, elle poursuivit.

– Des oiseaux et des canards, il y en a plein, oui, ça c'est vrai. Mais un cygne ? Il n'y en a pas trace !

– Mais c'est normal, il est mort. C'est pour ça que son esprit a donné son nom au domaine !

Marion leva les yeux au ciel, en même temps que ses bras.

– Non mais n'importe quoi, ça n'existe pas les cygnes magiques, les filles ! Vous délirez ! Non mais allo quoi !

– Et pourtant, poursuivit Angélina sans même relever, non seulement ta tante en raconte l'histoire mais en plus elle garde un sac à son intention ! Magique ou non, s'il n'y a pas de cygne ici, pourquoi est-ce qu'elle gardait dans l'abri de jardin des sacs de graines pour les oiseaux, pour les canards ET POUR LES CYGNES ? Moi je vous le dis, j'ai la drôle d'impression que ce livre est un message codé. Il en dit quoi ton oncle ?

255

Sans réponse convaincante à sa question, elle abandonna les filles pour aller trouver Elliot afin de lui confier sa théorie sur le message codé du livre de sa tante.

— Je n'ai jamais remarqué de sac de graines avec un cygne dessiné dessus dans l'abri au bord de l'étang.

— Mais si, j'en suis sûre, j'en ai vu un ! Tu n'as qu'à venir voir par toi-même !

— Tu délires complètement avec ta théorie fumante ! Ce n'est qu'une histoire de conte de fée pour faire rêver les filles !

— Non mais j't'adore mais t'es pas vraiment finaud, toi !

D'argument en argument, ou peut-être juste d'agacement parce qu'il sentait qu'elle ne le lâcherait pas tant qu'elle n'aurait pas eu gain de cause, Elliot accepta tant bien que mal de délaisser sa console de jeu le temps d'accompagner Angélina sur place pour vérifier par elle-même sa théorie complotiste à propos d'une simple histoire écrite pour faire rêver les petites filles.

Après avoir ouvert la fenêtre de la petite bicoque en pierre bordant l'étang, pour mieux éclairer la pièce, Elliot rejoignit Angélina qui était déjà plantée devant l'étagère emplie de sacs de graines en toile de jute que la femme d'Anthony utilisait autrefois pour nourrir les canards et les oiseaux qui avaient élu domicile sur le domaine. Un sourire narquois sur le visage, elle observait Elliot tandis qu'il restait coi devant le dessin d'un cygne sur l'un des sacs.

— Ah, tu vois, je te l'avais dit, quatorze sacs : neuf avec un canard dessiné dessus, quatre avec un oiseau et un avec un cygne ! Ok pour les canards et les oiseaux, mais puisque tu m'as affirmé n'avoir jamais vu de cygne ici, alors, pourquoi, à ton avis, ce sac ? Ça ne peut pas être un hasard ! Pas avec l'histoire qu'elle a écrite ! T'en dis quoi ? On y jette un œil à ma « théorie fumante » comme tu l'as appelée ?

Elliot était perplexe. Mais, faute d'explication, il consentit à s'approcher pour attraper le sac afin d'en vérifier le contenu. Sa curiosité était maintenant piquée. Il s'aperçut qu'il ne savait même pas ce que les cygnes mangeaient. Impossible de bouger le sac. Il était trop lourd. Voyant les efforts de son acolyte, Angélina courut attraper une chaise auprès de la table centrale et revint la placer juste devant lui. Effectivement, ce serait bien plus pratique pour visualiser le contenu sans bouger le sac. Elliot grimpa sur la chaise, entrouvrit le sac et poussa un cri avant de l'ouvrir davantage pour vérifier que tout le contenu était identique. Non, il n'y avait pas à se tromper, ce sac était plein de ce qui ressemblait à des billets. Il en sortit un du sac, descendit de la chaise, le montra à Angélina dont les yeux pétillaient de fierté d'avoir émis une théorie pas si fumante que ça, et sortit de la cabane pour vérifier si c'était bien un vrai billet de banque. Aucun doute là-dessus, c'était bien du véritable argent frais ! Mais qu'est-ce qu'il faisait là, dans un abri de jardin même pas fermé à clé ?!! En tout cas, une chose était sûre, Angélina avait bien raison sur le message codé, qui devait vraisemblablement s'adresser à son oncle. Et il était urgent de l'en avertir !

En sortant de la baraque au trésor, ils aperçurent Anthony qui passait le portillon du jardin potager, en direction du château. Il revenait assurément encore de la cabane. Ils coururent aussi vite qu'ils purent pour presser Sam et Marion de venir les rejoindre de toute urgence et interceptèrent Anthony alors qu'il atteignait la terrasse.

– Tonton, Tonton, Tata t'a laissé un cadeau dans l'abri de jardin ! s'écria Elliot en arrivant devant son oncle. Viens vite voir, elle t'a laissé plein d'argent, comme elle l'a dit dans son livre ! Tu ne vas plus avoir de problèmes financiers, tu n'as plus besoin de faire de trafic de drogue, Tonton !

– Quoi ? Mais qu'est-ce que c'est que cette histoire ?!!

Après les explications, quelque peu décousues, de son neveu et de sa nièce, sur tous les trafiquants de drogue qu'ils avaient vu roder dans le domaine, sur le livre et sur les incroyables talents de détective d'Angélina, Anthony se mordit la lèvre pour ne pas rire.

– Je crois que je vous dois quelques explications…

257

44.

La vision brouillée par les larmes, Alex n'en croyait pas ses yeux. Plus de trois ans après l'accident, après le déni, après la colère, après la dépression, après la frustration, il avait enfin fini par faire le deuil de son ancienne vie. De sa vue. Passant tour à tour par des émotions qui l'avaient submergé sans parvenir à les maîtriser, il avait refusé durant de longs mois d'accepter de vivre dans ces conditions. Il avait d'abord repoussé l'évidence : ce n'était pas possible, ce n'était qu'un mauvais rêve, il allait se réveiller et rire de cet horrible cauchemar. Puis il avait pensé que ce n'était pas irrémédiable, qu'un médecin allait trouver un moyen de réparer ses yeux. Mais il avait fallu se rendre à l'évidence, aucun remède n'existait, la science ne faisait pas de miracles. Il s'était alors effondré. Sa vie s'était stoppée d'un coup sec. Il se sentait prisonnier chez lui. Prisonnier de son propre corps. Il ne voulait plus vivre. Il n'y avait aucun intérêt. Il avait alors fui la réalité en passant son temps à dormir. S'évadant dans un monde de rêves plein d'images qu'il pouvait encore voir. Se recroquevillant sur lui-même, pour éloigner les gens autour de lui, comme sa petite amie Lucie, qui pouvait vivre une vie normale et ne méritait pas de rester au chevet d'un handicapé. Mais il était trop bien entouré et chacun s'accrochait à lui comme une sangsue. Et Dieu merci, bien qu'il ne s'en soit d'abord pas rendu compte, c'était exactement ce dont il avait besoin. Du soutien de ses proches. Pour se relever. L'amour de ses parents et de Lucie, les coups de pied au derrière de son demi-frère Stuart, la fraîcheur et la naïveté sans filtre des propos de sa nièce Chloé, jusqu'à la conversation avec cette femme, Pamela, également atteinte d'une maladie incurable, amie de ses parents dont il n'avait pourtant jamais entendu parler avant. Tout le monde avait, chacun à sa manière, contribué à l'aider à se relever, à accepter cette déficience et à revoir sa façon de penser. Personne n'est parfait mais tout le monde a des compétences sur lesquelles s'appuyer. Il avait perdu la vue, certes, mais il était toujours la même personne et le reste de ses forces était intact. Il s'était alors senti prêt pour la reconstruction. De son estime de soi. De sa nouvelle vie. Son séjour de quatre mois à l'hôpital, à Paris, lui avait beaucoup apporté, tant pour son adaptation fonctionnelle que pour son mental. Il était rentré chez lui plus fort. Ce qui ne l'avait néanmoins pas empêché pas de souffrir ni d'être frustré. Les rechutes avaient même été fréquentes au début. Mais au moins, depuis lors, il pouvait évoluer, malgré ce qu'il avait perdu, grâce à des techniques et stratégies compensatoires. « Reconnaître que c'est injuste permet d'avancer », disait Françoise Dolto. Pour Alex, depuis cette prise de conscience, la période Caliméro était révolue. Crier à l'injustice ne l'aiderait pas à progresser. Il était temps pour lui d'avancer. Sa nouvelle motivation : faire en sorte que son handicap devienne une force. Blind tests et karaoké remplacèrent les séances intensives de football. Moins fatigant mais tout aussi fun, au final ! Et en plus il était doué, ce qui ne gâchait rien ! La vie pouvait donc aussi être joyeuse pour les handicapés. Il osa même penser que s'il continuait sur cette voie, avec un peu de persévérance, il risquait de retrouver le bonheur ! La vie lui souriait de nouveau. Alors, il avait persisté. Au point de reprendre ses études. Au point d'obtenir son baccalauréat. Au point d'intégrer l'université. Il deviendrait kinésithérapeute. Rien ne l'en empêcherait. Il avait retrouvé confiance en lui. Et depuis son emménagement avec Lucie, il se sentait de nouveau heureux. Peut-être même davantage que dans sa première vie, sa vie de voyant. Alors, quand son frère lui avait manifesté l'idée de retrouver la vue, sa réaction n'avait pas été des plus positives. Comment osait-il venir ainsi remettre en cause son bonheur retrouvé ? De quel droit ? Après tout ce qu'il avait traversé ! Mais il savait que Stuart ne voulait que son bien. Il s'était donc senti obligé d'écouter ses arguments. Après tout, il n'avait rien à perdre. Surtout si ça pouvait aider d'autres personnes. Il fallait bien des cobayes pour faire avancer la science. C'est comme ça qu'il s'était retrouvé embringué dans cette aventure, avec pour seul espoir d'apporter l'aide qu'il aurait aimé recevoir trois ans et demi plus tôt. Il n'avait aucune attente de son côté. Il était heureux aujourd'hui et ne cherchait rien de plus. Il avait appris à vivre autrement, au ralenti, se sentant maintenant beaucoup plus libre et tellement moins intransigeant envers les autres et envers lui-même que dans sa vie précédente.

Ce n'est que lorsque des images se formèrent devant lui, en ouvrant les yeux, qu'il se rendit compte de la chance inouïe qu'il avait. En fait si, la science pouvait accomplir des miracles ! Pour quiconque le regardait sans le connaître, la différence n'était pas flagrante. Il avait juste traversé la France pour venir échanger une paire de lunettes contre une autre, toutes deux hors de prix. Rien d'extraordinaire, me direz-vous ? Son ancienne paire de lunettes, l'OrCam MyEye, lui avait permis de vivre de manière indépendante en lui traduisant ce qui l'entourait. Mais sa nouvelle paire ne pouvait être que d'une inestimable valeur aux yeux d'une personne ayant perdu la vue. Elle lui permettait de discerner ce qui l'entourait, directement, sans traduction. La différence était majeure ! Les larmes qu'il avait retenues depuis si longtemps ne laissèrent que peu de répit à ses yeux pour s'habituer à cette nouvelle vue. Stuart, à ses côtés, avait également le regard embué. Il avait tellement attendu de cette opération ! Il avait travaillé si dur pour arriver à ce moment ! Il n'osait le brusquer mais tremblait d'impatience de savoir ce qu'Alex ressentait. Sans un mot, celui-ci attrapa la main de son frère, fixant toujours l'horizon devant lui. Se serrant fort tous les deux, ils n'avaient pas besoin de se parler. Ils étaient connectés. Ils se comprenaient. Les remerciements étaient sincères. Le soulagement également. C'est là, debout devant la baie vitrée, admirant la vue sur l'étang où voguait un couple de canards avec ses jeunes, un majestueux château en arrière-plan, qu'Alex prit conscience de l'exploit accompli par son hôte. Une fois le trop-plein d'émotions évacué, il se tourna vers Anthony et le professeur DELATTRE pour les remercier chaleureusement. Ils étaient tous deux restés en retrait à l'autre bout de la pièce, respectant ce moment d'intimité entre les deux frères.

Une fois le neurochirurgien parti, Alex demanda à Anthony et à Stuart de lui expliquer comment un tel exploit avait été possible. Confortablement installés dans le salon, là où la vue sur l'étang était la plus belle, Anthony expliqua avoir perdu sa femme avant qu'il ne parvienne à trouver le moyen de la sauver. Il raconta sa colère, sa tristesse, ses doutes, puis sa détermination à vouloir aider d'autres personnes. Alex reconnut les émotions par lesquelles il était passé lui aussi. Chacun à leur manière avait perdu quelque chose qui leur était cher. Durant plus d'une demi-heure, Alex et Stuart écoutèrent avec le plus grand respect celui par qui le miracle était arrivé. Mais Anthony ne voulait pas s'attribuer le gros lot. Non, il n'était pas du genre à revendiquer les mérites d'autres. Il n'aurait jamais pu parvenir à ce résultat tout seul. Loin de là. Ce n'était pas lui le bienfaiteur d'Alex. Il n'en était que la cheville ouvrière. Ses réels bienfaiteurs étaient en fait la personne qui avait financé les recherches d'Anthony, ainsi que celle qui lui avait parlé d'Alex et l'avait convaincu d'enfreindre la loi pour lui venir en aide ! Il n'en fallut pas davantage pour qu'Alex demande à son frère de l'aider à organiser une petite soirée pour remercier l'ensemble de ses bienfaiteurs. Après tout, ils étaient là pour quelques jours, autant en profiter pour faire la fête !

Son premier coup de téléphone fut pour Lucie. Il ne lui avait pas dit pourquoi il allait réellement passer une semaine sans elle au Grand-Bornand. Il avait juste évoqué le fait que passer un moment avec son frère lui ferait du bien. Ce qu'elle n'avait eu aucun problème à concevoir et à accepter. Elle savait combien il lui était reconnaissant de l'avoir boosté quand il en avait le plus besoin. Lorsqu'il lui avoua la vérité, Lucie ne sut que répondre. Différentes émotions contradictoires la traversèrent instantanément. Était-ce une mauvaise blague ? Avait-il réellement pris le risque de mettre sa vie entre les mains d'un scientifique sans expérience, juste pour aider d'autres personnes ? Et si ça avait mal tourné ? Il n'avait donc pas pensé à elle ? À leur avenir à tous les deux ?

Son deuxième coup de téléphone fut pour Chloé, son rayon de soleil. Il réservait son appel à sa mère pour après. Il avait besoin d'une conversation moins émotionnellement éprouvante. Chloé était toute indiquée pour ça, avec ses traits d'humour décalés qu'il aimait tant. Il ne fut pas déçu. Cette jeune fille était réellement une bouffée d'oxygène, joyeuse, rieuse, l'encourageant inconsciemment à toujours vouloir être meilleur. Il reposa le combiné le cœur léger et décida de rester sur cette impression d'allégresse qui l'avait envahi. Il appellerait sa mère plus tard.

Il aurait aimé pouvoir remercier Pamela, cette amie de ses parents qui lui avait fait comprendre combien il était important de relever la tête pour ne pas s'apitoyer sur son sort alors que tant de gens vivaient dans la misère. Il demanderait ses coordonnées à sa mère.

Stuart venait de rentrer, les bras chargés de victuailles. Il était temps de passer en cuisine. Leurs invités arriveraient d'ici moins d'une heure. À peine le temps de mettre la table, préparer salade, pommes de terre et un plat de Berthoud, ce mets traditionnel savoyard à base de fromage d'Abondance et de vin blanc de Savoie, pour faire honneur à leurs invités. L'excitation était à son comble. Ils avaient l'impression d'organiser un bal masqué. Remarquez, ils n'en étaient pas si loin, considérant qu'ils connaissaient le nombre d'invités mais ni leurs noms ni leurs visages !

Alors que Stuart ouvrait une bouteille de vin pour la faire aérer, on frappa à la porte. Alex s'empressa d'aller ouvrir. Il était tellement heureux de retrouver une rapidité dans ses mouvements qu'il voulait absolument être celui qui accueillerait les invités. Se sentant tellement fortuné d'avoir retrouvé son autonomie, il avait à cœur de les remercier du plus profond de son âme de lui avoir donné la chance de pouvoir un jour voir ses enfants grandir. Ouvrant la porte, un grand sourire sur les lèvres, les mots restèrent néanmoins figés, à la vue des premiers visiteurs. Pamela et son mari, les amis de ses parents, étaient là, sur le pas de la porte ! James éclata de rire en voyant le regard interloqué d'Alex.

– Surprise ! Tu ne t'attendais pas à nous voir, n'est-ce pas ? Pour tout te dire, on habite ici, au Grand-Bornand, et on a vu de la lumière, alors comme on a entendu qu'il y avait une petite fête, on s'est invités !

– Ne l'écoute pas, l'interrompit Pamela en riant, il est bien trop humble pour t'avouer que c'est lui qui a proposé à Anthony de financer ses recherches pour t'aider !

James, la rectifia aussitôt.

– Après que tu m'aies dit qu'il fallait absolument qu'on fasse quelque chose pour l'aider et que ton héritage devait servir à ça, puisque nous n'avions pas d'enfant à qui le léguer !

Alex était éberlué !

– Je n'en reviens pas ! Je voulais demander à Maman vos coordonnées pour vous remercier de m'avoir redonné le courage de me relever et voilà que j'apprends que vous êtes derrière tout ça ! C'est ahurissant !

Il les serra tour à tour dans ses bras avant de les laisser entrer dans la cabane.

– Stuart, viens voir, il faut que je te présente les amis des parents qui étaient venus à la maison juste après que tu sois rentré en Angleterre, après l'accident. Ce sont eux qui…

– Papa ! s'écria Stuart la gorge serrée.

James ne put retenir ses larmes.

– Mon fils… enfin je te retrouve… après toutes ces années à te chercher !

Carpe diem

Et n'oubliez pas de partager des foulards blancs…

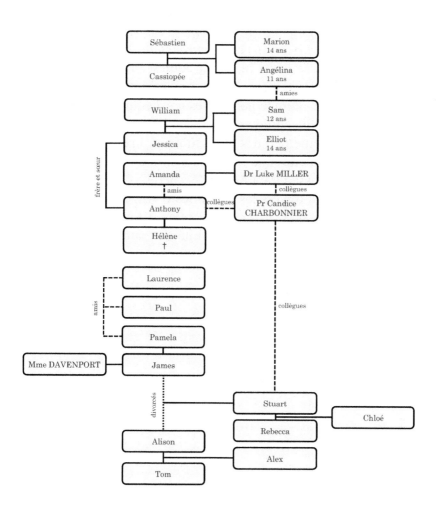

QUI EST L'AUTEUR ?

Auteur de la série de romans *Twinkle – le mystère de Noël* (2020), *Twinkle II – le secret de la statuette aux cheveux d'or* (2021) et *Twinkle III – le château de Bel Esprit* (2023), ainsi que du *livre de l'avent'ure – Le mystérieux parchemin* (2023), Cassandra TACLERT s'adresse aussi bien aux adolescents qu'à un lectorat adulte. Née dans les années 70, la romancière a, depuis sa plus tendre enfance, été animée par un besoin d'équité et de justice. À travers ses récits, elle aborde des sujets tels que le partage, l'esprit de famille ou le bien-être qui sont ses moteurs au quotidien tant dans sa vie professionnelle que personnelle. De nature joyeuse et perfectionniste, Cassandra TACLERT cherche à donner le sourire et la joie de vivre à travers les aventures d'Angélina et de Marion. Ses nombreux voyages en France comme à l'étranger l'inspirent pour offrir à ses lecteurs l'opportunité de parcourir le monde à travers ses écrits.

Remerciements

L'écriture est loin d'être un acte solitaire. On a beau puiser au fond de notre âme et de notre créativité, seul(e) dans notre bulle face à une page blanche, finalement joie d'écrire rime avec bonheur de partager. Sans vous, ce livre n'existerait pas. L'écriture reste, pour moi, une des plus belles façons de communiquer et d'offrir à de potentiels lecteurs un petit moment d'évasion.

Le livre que vous venez de terminer est certainement le plus personnel de mes trois romans, dans lequel on retrouve des épreuves réellement vécues (burnouts par exemple). Je n'étais pas certaine de voir ce projet aboutir. Il faut dire que j'avais mis son écriture en suspens durant une année complète, pour me concentrer sur l'un des plus importants personnages du livre de ma vie : ma fille, mon adorable Angélina, qui vivait des moments très difficiles et avait besoin de sa mère. On s'en est sorties. Sa joie de vivre a de nouveau résonné dans la maison. Notre petit clown altruiste et sensible était enfin de retour 😊 ! Nous avons recommencé à vivre et avons repris les activités qui nous tenaient à cœur. J'ai alors renoué avec l'écriture de ce troisième tome.

Été 2023 : l'été de tous les possibles. Un condensé de rencontres et d'échanges qui m'ont redonné confiance et l'envie de partager mes histoires. Difficile de citer tout le monde… Sophie A., Manon, Aurore, Dom, Céline, Margot, Titi, Sophie M., vous vous reconnaîtrez. Merci d'être là !

Merci Chloé, fidèle lectrice des premières heures, de m'avoir envoyé cette si gentille lettre pour me demander d'écrire la suite des aventures d'Angélina et de Marion. Ton courrier m'a beaucoup émue et c'est grâce à toi que j'ai retrouvé la force de retourner à l'écriture. On ne se connaît pas et pourtant tu comptes beaucoup pour moi. Ce roman t'est dédié, tu as pu largement t'en rendre compte au fil de la lecture 😊 !

Merci Bertrand, d'avoir oublié d'éteindre les phares de votre voiture ce soir d'août 2023 et d'avoir, inconsciemment, provoqué notre rencontre. Quelle est la probabilité de rencontrer un professionnel du monde de l'édition au détour d'une promenade ? Quelle chance, quelle joie et quel honneur d'avoir pu partager avec vous, même si j'étais tellement impressionnée que j'ai pris tous vos conseils sans vous donner beaucoup en retour. Mille mercis pour ce moment exceptionnel, hors du temps, que vous m'avez offert ! Je vous en suis infiniment reconnaissante.

En terminant la dernière phrase de ce roman, j'étais en proie à une vive excitation car j'avais abouti précisément à ce dont je rêvais d'écrire. Une histoire sur un thème qui me tient à cœur – le bonheur face à l'adversité – sur fond d'aventure, où l'on découvre les connexions entre les personnages au fil de l'eau.

Puis j'ai soumis le manuscrit à mes quatre fidèles bêta lectrices, qui semblaient l'avoir attendu avec impatience. Quatre merveilleuses personnes qui ont cette incroyable capacité à prodiguer des conseils sans jamais que l'on se sente incompétent de ne pas avoir su voir ce qu'elles mettent en lumière. Vous êtes vraiment top, les filles !

Oui mais voilà, c'est là que j'ai flanché. Complètement. Soudainement submergée par d'horribles émotions négatives : « L'histoire est trop compliquée à comprendre », « Les lecteurs vont lâcher le livre avant le cinquième chapitre », « Je vais les décevoir », « Ils vont détester ». J'étais totalement anéantie. Il allait falloir que je reprenne tout depuis le début et il ne me restait que deux mois pour tenir la promesse que j'avais faite à cette jeune lectrice normande de le lui offrir pour Noël. Autant dire impossible, quand on a un travail prenant et des enfants ! J'étais effondrée…

Jusqu'à ce que je reçoive le premier retour de bêta-lecture ! Merci, Sophie, pour ton immense capacité à toujours trouver les mots pour remonter le moral des auteurs en détresse émotionnelle ! Tu ne peux pas savoir combien ton retour m'a été précieux. Je ne pourrai jamais te remercier à la hauteur de l'aide que tu m'as apportée et notamment de cette merveilleuse idée que tu as eue de me faire ajouter un arbre généalogique pour suivre les personnages de ce roman ! Merci de m'avoir redonné confiance ! Merci de m'avoir rappelé le sens premier de ma quête : me faire du bien en m'évadant dans un monde parallèle lors du processus d'écriture. Tu es vraiment une personne exceptionnelle !

Ça ne m'a pas empêchée d'être de nouveau en proie à un état de fébrilité absolu lorsque j'ai reçu les trois retours suivants de bêta lecture ! Surtout que je ne fais pas partie de leur registre de lecture habituel. J'avais tellement peur qu'elles m'annoncent n'avoir pas réussi à en terminer la lecture, faute d'intérêt. Comme j'ai été soulagé par vos retours ! Merci pour vos critiques constructives. Vos commentaires m'ont fait chaud au cœur ! Et, Aurore, si on m'avait dit un jour que je serais contente de te faire pleurer, je ne l'aurais pas cru ! Vous noterez que j'ai bien pris en compte vos remarques, qui ont grandement contribué à améliorer ce roman ! Merci à vous, les filles ! Je mesure ma chance de vous avoir à mes côtés.

Comme vous pouvez le constater, un nouveau roman, c'est comme partir en voyage sans savoir où l'on va. C'est un véritable ascenseur émotionnel ! Heureusement que vous êtes là, chères lectrices et chers lecteurs. Vos messages, vos courriers, vos encouragements, vos remerciements sont de précieux trésors qui me rappellent à quel point l'écriture est une aventure partagée. Chacun de vos retours, qu'il soit empreint de louanges ou de critiques constructives, est inestimable car c'est grâce à vous que j'apprends et m'améliore pour essayer de vous offrir des récits à la hauteur de vos attentes. Alors, du plus profond de mon cœur, je vous remercie pour chaque page tournée, pour chaque mot lu et surtout pour votre bienveillance.

Finalement, avant de me lancer dans le grand bain, il ne me reste plus qu'à exprimer ma gratitude à ceux qui me supportent au quotidien. Merci mon amour d'être celui que tu es, mon âme sœur. Merci pour ton amour, pour ton indéfectible soutien et pour ta fierté qui me permet de voir les étoiles que je suis à mille lieux de distinguer à l'intérieur de moi-même. Merci de croire en moi pour deux ! Je ne te remercierai jamais assez de me permettre de réaliser mon rêve. Je n'aurais voulu partager ce chemin de vie avec personne d'autre !

Merci mes filles chéries de faire scintiller nos vies. Merci pour vos encouragements, votre enthousiasme, votre bienveillance et votre générosité. Merci de m'encourager à suivre mon propre chemin, la tête dans les étoiles, moi qui aie d'ordinaire les pieds bien ancrés sur terre ! Vous êtes mes plus belles étoiles !

Merci à vous trois de ne pas me tenir rigueur de m'enfermer dans ma bulle pendant l'écriture de mes romans. Votre générosité est extraordinaire !

Printed in Great Britain
by Amazon